# 天國的祈願：櫻花雨

蝶天凱旻———著

# 序文

　　台灣，一個東西方文化匯聚之地，也是東西方強權爭鋒之地。她曾經屬於一個遺世獨立與世無爭的化外之島，可謂一個自由的、平等的、公義的「天國之島」。

　　距今四百年前的大航海時期，歐洲的荷蘭人登島之時，詢問當地原住民族此島名稱。西拉雅族人看見異邦人說道：「TAIOWAN」，據說此為「外來者」的意思，誠如台灣名字的語意緣起一般，爾後也成為移民之島。西元一六二四年，荷蘭人在台灣建立第一個外來政權，成為基督教文化的啟蒙時期，從此躍上世界歷史的華麗舞台。

　　由於台灣原住民族沒有文字，與外來政權變換更迭之下，歷史的記載存在斷層化與破碎化，更有甚者呈現扭曲化與抹滅化的情況。長久以來失落歷史的群體，如同一個失去記憶的人，同時迷失生命的意義與方向。有人說：「歷史的真理如同一幅拼圖，唯有完整看見真相的圖案，方可撫平命運的血淚，最後得到真實的原諒。」

　　台灣歷史本身就是一部世界史，在塵緣滄桑的四百年歲月之中，歷經了歐洲的荷蘭與西班牙、東寧王國、清帝國、日本帝國，

以及現今的中華民國等政權，世界的旅客穿梭出入烙印足跡。因此，必須跳脫於「政治與族群」的立場藩籬，回歸以「人性與慈悲」的視角觀點，看待台灣七彩繽紛的歷史。除了呈現真實與真相之外，也讓歷史具有公正客觀的真理價值。

西元一八九五年，一個悄然與偶然的邂逅，台灣成為日本帝國的領土，也是東西方文化的融合時期，同時走入風起雲湧與波瀾壯闊的歷史命運……

本書是關於台灣在日本統治時代的歷史故事。相傳在台灣杳無人跡的崇山峻嶺之中，有一座與世隔絕的「櫻花雨森林」。傳說凡是前往此座森林的旅客，在此地種下櫻花樹與真誠地祈願，即可實現希望、夢想、幸福的愛與生活……

櫻花雨森林的傳說，敘述曾有一群人懷抱著希望、夢想與幸福的愛，試圖建立一個自由的、平等的、公義的「人間天國」。這個傳說中的天國之境，屬於一個「沒有欺騙謊言、沒有巧取豪奪、沒有剝削壓迫、沒有孤獨恐懼」的塵世淨土，也是一個「人人有居家、戶戶有生計、孤寡有所養、老弱有所依」的理想世界，可謂一個「愛的國度」。

在政經動盪與波濤洶湧的時代洪流之下，描繪大時代背景的兒女情長，面對愛情、友情、親情的恩怨情仇與愛恨糾葛；同時刻劃人生善惡的命運無常，以及社會現實的悲歡離合，一部訴說「愛、智慧、勇氣」的故事。

人類由於具有保存記憶與傳承經驗的能力，如此得以發展形

成文化與知識，但是人類也是善於遺忘與易於沈淪。因此，回顧歷史可以提供一個鑑古知今的省思，綜觀現今世界上普遍存在：「貧富差距、階級對立、政經分歧、制度矛盾、國族衝突」等社會問題與國際局勢。歷史不會重演，但是總有驚人的相似之處，人類命運彷彿再度輪迴在第二次世界大戰之前，那一段似曾相識世事紛亂與局勢動盪的歷史年代⋯⋯

　　有人說：「每個人都是這個娑婆世界的旅客，唯一可以留下的只有愛的足跡，可以帶走也唯有愛的記憶。」謹以此書，獻給關心人類未來與世界命運的人們，期盼「愛之光」可以照耀地球村，改變人類與世界的未來命運。

# 目次

# 櫻的邂逅

「相信這個娑婆世界，曾有天國的存在嗎？」
「傳說前往天國的道路，可看見一座櫻花雨森林……」

　　太平洋菲律賓群島北邊、中國陸地東南與日本列島西南方交界之處，一座孤懸於廣袤海洋的島嶼名為「台灣」。此座島嶼從幾千年前，抑或久遠不可考的過去，即有居住族群薈萃與文化多元的古老民族。曾經屬於一個遺世獨立與世無爭的化外之島，可謂一個自由的、平等的、公義的「天國之島」。

　　台灣在日本古代喻為「高砂」或「高山國」；中國古文獻有「夷洲」、「東番」之稱呼。十六、十七世紀大航海時期，緣於歐洲的葡萄牙或西班牙人航海看見此島，以葡萄牙語、拉丁語讚嘆稱呼：「ILHA FORMOSA」指為「美麗之島」的意思。「FORMOSA」的稱呼悄然無聲躍上世界歷史的華麗舞台，自此偶然與必然地走入了世界文明的歷史命運。另外據說歐洲的荷蘭人登島之時，詢問當地原住民族島嶼地名。西拉雅族人看見異邦人回答：「TAIOWAN」原指「外來者」之意，也有一說是指「濱海之地」的意思。爾後外來者如此稱呼之下，最終譯名演變統稱為「TAIWAN，台灣」。

　　台灣島大約三萬六千多平方公里與南北狹長的面積之中，除了東、西部擁有平原與丘陵地帶，本島百分之七十為山脈高地矗立盤據。中央地帶由五大山脈群與奇峰峻巖所構成的島嶼，境內海拔標高三千公尺以上的高山多達兩百六十八座。尤其以三千九

百五十二公尺的「玉山山脈」主峰為百岳之首，此座縱貫於台灣中南部地區的山脈，也是屬於東北亞第一高峰。

　　孤立於太平洋的東北亞與東南亞交界之處，堪稱全世界高山密度第一，形狀如同海上巨鯨的山海之島，流傳著一個美麗的鄉野傳說……相傳位於台灣第一高峰玉山的南方地帶，在群峰環抱與山勢迭起中雲霧變幻的深山壑谷地帶，隱藏一座絕美夢幻的森林被稱為「櫻花雨」。「櫻花雨森林」隱身於人煙罕至與世隔絕的高山絕境之地。在春季風和日麗與細雨朦朧相交之際，經常乍現高掛天空橫跨於山巒頂峰的彩虹之橋。綿亙於彩虹橋下方的櫻花雨森林，乃是一片綿延不絕的櫻花樹形成的森林地帶。

　　這一座數以萬計的櫻花林，在每年二月底至三月份的時節，正值大地一片綠意盎然與欣欣向榮的春天之際。大約五至十米高聳無以數計與群聚簇擁的櫻花樹，樹枝上粉紅色的櫻花櫛比鱗次地綻放，爭奇鬥艷與風情萬種地展示著炫目奪人的姿色。倘若經由高處俯瞰或遠方眺望廣闊壯觀的櫻花林，有如一幅上帝即興的大自然畫作。映入眼簾的圖象恍如夢幻仙境與人間奇景，令人流連忘返與深刻難忘的悸動。倘若有機會進入浮雲流霧裊繞與空氣清新凜冽的櫻花雨森林之內，行走漫步在櫻花林的步道上，不經意的春風吹拂搖曳著櫻花林，成千上萬的櫻花瓣隨風飄逸灑落。彷彿片片雪花輕盈覆蓋於天地，景象如同下雨的優美情境，總會不禁令人引發驚喜地讚嘆之語：「櫻花雨……」顧名思義美如其名的稱謂不脛而走。

　　傳說凡是進入這個如詩如畫的世外桃源與夢幻飄渺的天國之境。在初春天氣清朗與晴空萬里的時節，視野遼闊遠眺玉山的頂峰，山峰覆蓋的靄靄白雪宛如清新脫俗的少婦。光鮮明亮懸掛天際的彩虹橋，在雲海變幻山嵐無常之中若隱若現；也在霧雨飄忽與清風冷冽的氣象之下，沁涼提神與清新怡人的空氣滲透七竅。走在櫻花雨森林的羊腸小徑，腳步輕踏著舖滿粉紅色櫻花瓣的地面，瀰漫著淡雅迷魂的花草芬芳。飄揚的櫻花瓣伴隨微風拂面而來，彷彿欣喜歡迎著來自遠方的遊子，讓人情不自禁地張手撫觸一縷縷細緻的花雨。漫無目的地走在寂寥的小徑，偶然聽見從輕風傳來悅耳的天籟，正當狐疑探尋聲音的來龍去脈，不經意發現已經身處幽靜的小徑盡頭。

　　林道小徑柳暗花明的轉角一隅，總會出現一片白色十字架墓碑排列林立的墓園。在墓園入口之處，矗立了一座石柱與鳥居。石柱上方刻鑄代表墓園名稱的文字：「神侍團」。鳥居笠木的正上方豎立一個石刻字體：「愛」。笠木與下方稱為貫的橫樑之間有一面牌匾刻鑄：「捍衛天國」。在鳥居上方以漢字與平假名刻鑄的文字，彷彿默默地訴說著「神侍團墓園」的歷史故事。

　　穿越鳥居時總會看見一位大約九十歲的老婆婆。踽踽獨行的老婆婆身形佝僂與頭髮斑白，雖然容顏滄桑但是散發著慈祥親切的神情，以及難掩貴族一般雍容華貴的氣息。據說老婆婆會在神侍團墓園的十字架墓碑前，獻上採集的櫻花且專注地祈禱。她就是傳說中守護櫻花雨森林的「櫻婆婆」。

　　若有此機緣與櫻婆婆不期而遇，總是令人心生疑惑與百思不解。在這個窮山惡水與孤絕偏僻之處，為何乍然出現神秘的老婆婆……她總會給予不請自來的訪客，一個禮貌的鞠躬與和善的笑容；同時誠摯邀請訪客在神侍團墓園的櫻花林之中，種植櫻花樹苗。「凡是在櫻花雨森林，種下一株櫻花樹與真誠地祈願，即可得到神的祝福，實現希望、夢想、幸福的愛與生活。」櫻婆婆總是輕聲細語和寓意深長地告訴旅客。

　　傳說凡是進入櫻花雨森林返回的旅客描述，當初都是在無心插柳之下，首先看見出現在天空的「雲隙光」，此種大自然的光照現象也稱為「耶穌光」。雲隙光是指在雲層遮蔽的天空，出現一道縫隙從中投射而下的陽光，會形成一條如同與地面連接的時光隧道，彷彿通往天國的筆直道路。倘若發現雲隙光照耀著櫻花雨森林的旅客，已經不知不覺地身臨傳說的秘境。倘若依循記憶的路線再度前往尋覓，櫻花雨森林彷彿伴隨彩虹與雲霧，消融隱藏於大千世界的滾滾紅塵之中……

　　據說發現櫻花雨森林的時間已不可考，最早源自於幾名日本的青年男女，在日本的登山旅遊團體之間耳語。此事緣起於他們曾經前往山地迷途之際，巧遇櫻婆婆以「日本語」問候指引，因此開啟一段台灣山地的奇幻之旅。據說若有此機緣幸運與櫻婆婆邂逅，總會聽見從天空傳來基督教詩歌：「奇異恩典」的樂曲，一種由「陶笛」吹奏迴盪縈繞於山地之間的聲音。在純淨悠揚與自然原始的天籟之音伴隨下，據說總會看見一隻盤旋於天空人稱

「神眼」的老鷹，以及一匹奔馳於櫻花林人稱「龍馬」的白色純
種馬。

關於這一段在台灣山地「櫻的邂逅」之旅，從此讓櫻花雨
森林的奇遇故事廣為流傳。期間總有心懷好奇的旅客探詢，有關
櫻婆婆與神侍團墓園的來歷。假使你專注凝視著櫻婆婆睿智澄明
的眼神，恍如一股無形的魔力吸引一般，使人深陷於時光迴廊
之中……靜心聆聽櫻婆婆娓娓道來一段塵封記憶與傳奇軼事：
「我永遠都無法忘懷，那是一段刻骨銘心與殘念淒美的愛情故
事……」

「日本帝國大正年間，台灣。」

台北州台北市淡水河畔的大稻埕碼頭，河面上往來穿梭與河
岸邊井然有序裝卸貨物的戎克船，以及碼頭邊穿梭喧嚷的工作人
員絡繹不絕好不熱鬧。由於正是夕陽西下的時刻，火紅的光暈慵
懶潑灑在河面的映影，波光粼粼閃耀一幅繁華花俏的景象。台北
市的永樂町、太平町與港町三條主要幹道形成的地區稱為「大稻
埕」。大稻埕充滿了台灣河洛式、西洋式與日本式等風格建築混
搭的商業街景。街道上書寫漢字、平假名或片假名的看板匾額等
商號林立，街道邊與騎樓內熙攘往來的人龍川流不息。

街道上流動走馬看花的人潮，或有西式洋裝、日式和服與台
灣大襟衫服飾打扮的男女老少。街道之中載有乘客的兩輪式人力
車或個人自行車呼嘯而過，可謂是人聲鼎沸與車水馬龍的絢麗街

市。大稻埕地區是台灣茶葉製造與貿易的集散地，經由淡水河船運到淡水碼頭海關，再由大型郵輪商船轉運至全世界。其中英國人約翰陶德所創立的「寶順洋行」，以「FORMOSA OOLONG」的茶葉品牌，出口銷售到美國與歐洲夙負盛名。

坐落於大稻埕永樂町整齊筆直的街道，一家名為「永興茶葉商行」的會社，也是大稻埕經營有成商譽良好的茶葉行號。商行前方三名身穿白色汗衫與深灰色長褲、繫著白色頭巾與腳踏木屐的青年，魚貫地從木製台車上方卸下一綑綑麻布袋的貨物，同時將貨物整齊堆疊在門口之處。一位穿著洋裝長髮披肩與笑容滿面的女子名為「陳惠美」，她是永興茶葉商行社長的千金小姐。

陳惠美走到茶葉商行門口，興致勃勃地與專心致力於工作的青年們，談論起幾日前參加「台灣同化會」的活動：「當天他們在現場看到數以千計的民眾，陸續湧入台北車站前方表町通的台北鐵路飯店。表町通的街道上方台灣同化會的旗海沿路隨風飄揚，似乎恭迎著三五成群接踵而至的民眾，參與一場台灣有史以來盛況空前的社會活動。

板垣退助伯爵在台北鐵道飯店的禮堂，手持台灣同化會意見書與創辦趣意書進行演講：「台灣為日本帝國與中國接壤之南門鎖鑰，具有亞細亞敦親睦鄰之重要位置。雖得其土若未得其民，實在終非國家之福。為此本人主張應以平等主義，修正目前台灣總督府統治之缺陷。我此行成立台灣同化會的目的，主旨推動本島人與內地人享有平等之人權。」早於台灣同化會創立典禮之前，

台灣五大家族之一的台中州仕紳林獻堂。他在東京新聞社寺師平
一副社長的引薦之下，前往東京都拜會板垣退助時表示：「台灣
在總督府專制集權的統治之下，對於本島人與內地人之間，雖同
屬日本國民卻有諸多不平等的現象。」

　　由於林獻堂與東京新聞社寺師平一的懇請之下，於是促成了
板垣退助的首肯，為台灣的民權發聲與登高一呼。會場聚集的民
眾交頭接耳與竊竊私語地議論，板垣退助神情燦爛地發表精彩絕
倫的演講。同時展示他收集來自於首相、貴族院議長與眾議院議
長等，日本政軍界重要人物的贊助文。此刻現場響起如雷灌耳與
高潮迭起的鼓掌聲。「板垣伯爵將是台灣同化會的總裁，帶領我
們一起邁向光明的未來。」會場司儀興高采烈地宣布消息。「板
垣伯爵，自由之神……」民眾熱烈期待與歡欣鼓舞的情緒達到沸
騰，同時激動不已地集體喝采。會場隨即出現一群台灣總督府醫
學校的學生，大約一百七十多名的學生雀躍地到場宣布加入台灣
同化會。」

　　「板垣退助」出身於幕府時期土佐藩現今的高知縣。名聞遐
邇的日本自由民權運動家，素有「日本自由之神」的名諱。明治
維新時期與坂本龍馬、西鄉隆盛等人，帶領各藩盟軍推翻德川幕
府，結束了幕府封建的武士時代。他是明治維新的功臣之一，受
明治天皇敕封伯爵的勳等位階。明治維新政府成立之後，由於新
政府的成員多數由薩摩藩與長州藩為主的勢力把持。板垣退助為
了改變薩長兩藩壟斷的政治局面，以期實現平等的精神立志投入

自由民權運動，他同時是一位「亞細亞主義」的提倡者。據說板
垣退助曾經在宣揚民主人權的演講之中，當下被反對派人士刺殺
時高喊：「板垣雖死，自由不死！」他總會在演講結束的最後說道：
「今天……我之所以能做這一切事情，其實都要感謝當年的坂本
龍馬先生」。

　　板垣退助為了台灣同化會的成立，期間往返台灣兩次訪查與
籌備，並且事先在東京的報紙媒體發表「台灣之急務」的專刊。
台灣同化會在板垣退助與林獻堂的號召之下，獲得曾任總督府高
級官吏的佐藤源平與山木實彥等人，以及本島鄉紳名士的大力支
持與聲援。拋磚引玉之下得到台灣民眾非常熱切的參加與迴響，
推波助瀾之下期間加入的會員多達數千人，聲勢浩大之況讓台灣
總督府備感如坐針氈。台灣同化會成立數個月的時間之際，最後
總督府以「妨害治安」為由勒令解散，結束了台灣首次集會結社
的社會運動。

　　陳惠美眉開眼笑與名為「林英明、蟾蜍、黑熊」等青年男子，
談笑風生地討論板垣伯爵舉辦的台灣同化會，以及板垣旋風在台
灣激起的漣漪，餘波盪漾與深遠影響著「大正民主時代」。正當
永興茶葉商行的一行人笑語呢喃之際，已近黃昏依然喧囂繁忙的
街市，兩名西裝革履的男子神情輕鬆與步伐悠閒地行經街道。兩
名男子之中，一個五十歲開外蓄著鬍鬚的中年男子，與一個年約
三十歲出頭的青年。他們並肩而行的後方相距五步之遙，尾隨一
名穿著西裝頭戴黑色圓帽的男子，此名男子神色詭異與表情蕭穆

地令人心生畏懼。

　　「小心！」茶葉商行扛著麻布袋的青年林英明，正好瞧見黑色圓帽的男子，從西裝外套取出了一把手槍，意圖瞄準前方蓄鬍中年男子的背後；反應機靈的林英明隨即吆喝示警，同時將麻布袋拋向持槍男子。受到撞擊的男子手槍不慎走火向空中擊發，並且腳步踉蹌跌倒後手槍掉落街道不知滑向何處。突如其來的槍響劃破原本歡樂繁榮的景象，街道的行人如同鳥獸散一般慌張走避。蓄鬍中年男子也隨即被青年同伴掩護躲到騎樓角落。方才持槍的男子跌倒後旋即起身，訓練有素地從身上取出一把短刀。讓出手干預的林英明頓時後退幾步，此時驚呼騷動與沿街圍觀的民眾頓時屏氣凝神。

　　「是誰在此聚眾滋事呢？」正好身處附近的一位警察名為「佐藤武哲」，他在不遠處聽見民眾的驚呼聲聞風而至。持刀男子趁勢隱遁人群消失於街道遠處。「警察大人，剛剛因為……」茶葉商行的青年蟾蜍率先上前與佐藤武哲攀談。「我聽不懂河洛語，說國語。」佐藤武哲帶著困惑的神情以日本語打斷談話。「剛剛有人攜帶手槍，對著他們……」蟾蜍不知何時已撿拾了手槍，用手指著兩名男子以日本語說明。茶葉商行的青年黑熊也趕緊聲援解釋。「傻子！槍口不能對著人。」佐藤武哲突然被蟾蜍持槍的舉動驚嚇，同時迅速地奪下手槍斥責。

　　「我們是中國人士，前來台灣進行公務訪問。」經過一陣騷亂鎮定之後，蓄鬍中年男子的同伴名為「羅福星」，他主動向警

察解釋，同時出示護照的文件資料。佐藤武哲閱讀護照文件內容：「中華民國⋯⋯孫文。」「中山先生，總督府正好派人尋找您！」警察得知兩名男子的國籍與名字恍然大悟表示。「這個鬍子仔，好像是個大人物。」佐藤武哲引領著孫文與羅福星離去時，蟾蜍打量背影喃喃自語地嘀咕。

　　「天色快暗了，我們趕緊完成工作吧！」林英明逕自鬆了一口氣望著火紅的天空提醒同伴。陳惠美則是被這個突發事故攪亂了高昂的興致顯得意興闌珊的模樣。淡水河畔上空一群歸鳥優雅地穿越天際的晚霞，黃昏的大稻埕已在夕陽餘暉的染色之下，披上了嫣紅嬌羞的衣裳，展現如同新婦一般的嫵媚與典雅。庸庸碌碌的人群消散在寂寥的街道，朦朧的街燈已經開始夜色站崗的任務。

　　坐落在台北市榮町街道的「台灣日日新報社」，與中部地區的「台灣新聞」，以及南部地區的「台南新報」，並稱為台灣三大報社。尤其以台灣日日新報屬於台灣島內發行量第一的報紙，以國語版的日本語發行為主，同時發行漢文版的新聞。

　　「藤原櫻子」是台灣日日新報社的女記者，她是台灣警察最高首長警務局長藤原忠一的獨生女。她穿著一襲西洋式粉白相間的套裝，紮著一束披肩的馬尾長髮，整齊俐落的裝扮不失風姿綽約的嫻雅神態。正當她整理著桌面上散亂的文件，冷不防地瞧見報社走廊的盡頭，佐藤武哲一身英挺有型的警察制服，腰際配帶武士刀翩翩地走來。佐藤武哲是大稻埕派出所的警察，身形高挑

纖瘦、容貌俊俏秀氣、氣質溫文儒雅的青年，他是台北州知事佐藤孝之的獨生子。

其實藤原與佐藤家族在日本內地已是世交，藤原櫻子與佐藤武哲自從孩提時期即已認識。兩家族更是比鄰而居的深情厚誼，可謂一起成長的青梅竹馬，因此兩人總是情同兄妹不期而遇地見面。「櫻子，我已經是巡查部長了。」佐藤武哲告知自己升職的好消息。「太好了，晚餐讓我請客吧！」藤原櫻子報以同感欣喜的神情回應。「妳不是也進入夢寐以求的報社，實現記者的夢想。」其實佐藤武哲是專程前來向她道賀。藤原櫻子想成為記者是從小念茲在茲的夢想，但是雙親總是抱持著有所保留的態度，如今能夠如願以償可是經過一番努力爭取成功。「我們就一起慶祝吧！」藤原櫻子與佐藤武哲不約而同地異口同聲，突如其來地默契讓兩人不禁露出會心一笑。

藤原櫻子與佐藤武哲離開報社，漫步在行人寥落的街道。行經街道兩旁的民宅內，不時可以撇見暈黃燈光映照屋內的人影，想必是家家戶戶共聚晚餐的時刻。街道兩旁住家的庭院內，時可看見紅色、黃色、紫色、白色等顏色，風情萬種與含苞待放的花朵，呼朋引伴地從矮牆探頭探腦。似乎偷窺著初春夜間的街道，傾聽這對細長延伸與迤邐街道的男女身影。並肩而行羞澀靦腆的朦朧身影，彷彿那些春意盎然的花朵，使得夜間幽靜的街道上，吐露著引頸期盼與充滿遐想的芬芳。

此刻華燈初上的永樂町街道，永興茶葉商行已經結束營業的

時間。今晚蟾蜍心血來潮地邀約林英明，他們已經是相識許久的同事，偶爾總會一起上街祭祀五臟廟。正值他們行經街道的轉角之處。「有何指教呢？」林英明狐疑地詢問迎面擋住去路的三名男子。「我們主子想要宴請兩位，答謝相助之恩。」羅福星從容地表明來意之後，林英明與蟾蜍也立即回想起眼前的男子。總是喜歡貪小便宜的蟾蜍，耳聞羅福星熱切宴請的邀約，不禁顯得喜出望外地表示認可。在林英明使出面有難色的眼神之後，讓蟾蜍尷尬地收起得意的笑容。林英明心想只是舉手之勞與萍水相逢，再者非親非故因而推辭與婉謝。

　　「我們只想完成主子交辦的任務，敬請包涵！」羅福星禮貌的語氣之中顯出堅決的態度。原本在他後方兩名穿著白色襯衫的神秘男子，早已移動到林英明與蟾蜍的兩側。感覺到兩名神秘男子披掛在手臂的西裝外套之內，隱隱約約藏著類似手槍的物品，正好頂住林英明與蟾蜍的腰際，似乎訴說著盛情難卻的道理。受到要脅的兩人只能勉為其難在羅福星的引領之下，忐忑不安地跟隨前往未知的領域。林英明側目端詳始終沈默不語的神秘男子，身穿白色襯衫捲起衣袖的手臂上方，發現一個明顯的黑色刺青標誌：「一個外圓十六瓣菊花紋與內圓心三旋式彎弧形」的圖騰。這是一個日本黑龍會的組織徽章。

　　「黑龍會」是由內田良平與頭山滿，在東京橫濱碼頭創立的組織，成員多數為明治維新之後的武士浪人。在明治時代直接參與和資助孫文等人，協助成立「中國同盟會」推翻清帝國的革命

事業，也曾經組織義勇軍參加日俄戰爭等歷史。黑龍會負責保護
孫文與中國同盟會等重要領袖的任務，屬於日本一個「愛國主義」
的組織，同時也是支持「亞細亞主義」的團體。

　　藤原櫻子與佐藤武哲笑語漫步地踩踏街道的月光，林英明與
蟾蜍跟隨著羅福星的步伐提心吊膽走來。在夜間燈光迷濛與不甚
寬敞的街道，出現了五位神秘兮兮的男子，立刻引起了佐藤武哲
職業天線的警覺性，轉眼間雙方就在街道上迎面相逢。「佐藤警
官，晚安！」羅福星眼尖與機警地隨即率先寒暄。佐藤武哲也不
疑有他地回應互動。毫無預警地巧遇警察讓後方兩位黑龍會的成
員神情緊張，以藏在西裝外套內的手槍示意著林英明與蟾蜍，別
想輕舉妄動的詭譎氛圍。

　　「傻子！我就是那個傻子……警察大人還記得嗎？」蟾蜍帶
著微笑無厘頭的話語，似乎想引起佐藤武哲的注意。晴天霹靂的
舉動讓客氣活絡的氣氛瞬間凝結，同時讓羅福星與黑龍會成員緊
張地倒抽一口氣。「我們正要參加中山先生邀約的晚宴。」林英
明深怕蟾蜍的魯莽誤事立即忐忑不安地解釋。羅福星順水推舟地
緩頰圓場，使得表情凝結與困惑的佐藤武哲，似乎豁然開朗一掃
啞然靜默的神色。藤原櫻子眼見蟾蜍滑稽逗趣的模樣，將一向冷
靜沈著的佐藤武哲攪和地不知所措，她冷不防地發出莞爾一笑。
讓眾人也不約而同地露出尷尬的笑聲，巧妙化解了冰冷僵化的
局面。

　　坐落於台北市御成町街道的「梅屋敷」，一座具有鳥居門口

的建築物。結束一起街頭偶遇的緊張時刻，羅福星引領的一行人不知不覺地已經到達目的地。從外面環視建築物可見黑色瓦面的屋頂，經過鳥居走入這座高級素雅的日本式建築，具有蜿蜒縱深的庭院迴廊步道。羅福星一行人走在一條潔淨的木質地板步道，步道的迴廊穿越一處整齊幽靜與栽種梅樹的庭園，沿途風雅逸致的景觀與格局，想必是達官顯要與名人雅士聚會之地。走在迴廊的步道依稀可以聽見由三味線彈奏的琴聲，伴隨著日本演歌的曲調，如同氣味一般飄散瀰漫著夜色。琴聲與歌聲隨著腳步的前進，隱約漸次地清晰明亮起來。雖然音樂的旋律與演歌的內容，似乎正在表達與戀人無法見面的悲傷故事，但是總能令人陶醉其中與暫時忘卻憂愁。

「中山先生！」在歌聲牽引下一行人走到燭光明亮的和室前，羅福星以中國語向內表明身分。伴隨和室的木門開啟演歌聲音也戛然而止。走進踢踢米地板的和室廂房，眼見一名穿著華麗和服與手抱三味線，帶著細膩妝容的潔白臉龐，以及艷紅胭脂與櫻桃小口的藝伎。想必方才餘音繞樑與黃鶯出谷一般，穿透心靈的歌曲是出自於她的傑作。藝伎在訪客進入廂房後立即鞠躬致意，尾隨黑龍會的成員一同離開。

林英明與蟾蜍懷著生澀不安的神情，隔著餐桌正襟危坐地面對孫文，餐桌上方置滿日本料理的美膳佳餚。羅福星端坐在孫文的側邊，手上握著白色瓷壺的清酒，逐一將眾人桌前的白色瓷杯，注入溫熱蒸騰與透明如水的瓊漿玉液。「他是中華革命黨的總

理。」原先孫文以中國語一連串地表達之後，使得鴨子聽雷的林英明與蟾蜍一頭霧水之際，經由羅福星的翻譯介紹與片刻交談，才讓他們頓時認識這位來自於中國的大人物。隨著孫文訴說在日本內地與台灣的見聞，以及展現平易近人與溫和親切的態度，讓原本陌生隔閡的氣氛與狀態，漸漸地騰出友善輕鬆的空間。林英明與蟾蜍也放下坐立難安的心情，隨遇而安地向孫文舉杯敬酒。蟾蜍更是得意洋洋地自覺有識人之明，毫無忌憚地大快朵頤著豐盛饗宴。

　　雙方客套熱絡與酒酣耳熱之際，席間羅福星得知林英明與蟾蜍屬於本島人氏，無意間透露想在台灣成立革命分會的事情。「革命？這個可是會流血與殺頭的……」原本飢腸轆轆與大吃大喝的蟾蜍，膽小如鼠地吞嚥喉嚨剩餘的食物，顯現驚恐的表情和語氣之外，同時立即飲盡一杯溫清酒，疏通噎住的食道與佯裝鎮靜。「我們只是凡夫俗子，根本不懂什麼政治大事，非常感謝盛宴的款待。」林英明對於羅福星語中玄機低頭思忖半晌。他認為沒有必要參與外國的革命事務之外，對於在本島成立革命組織的想法，感到事有蹊蹺與有所狐疑。林英明冷靜委婉地表達意見後起身致意，蟾蜍也隨即以尷尬的笑容答謝，試圖掩飾冰凍凝結的空氣。黑幕沈重低垂的天帳，讓這座明亮闊綽的別館，顯得更加不食人間煙火的優雅。林英明與蟾蜍果斷迅速地遠離是非之處，結束詭譎驚奇的繽紛夜晚。

　　孫文進行革命事業期間，為了躲避通緝與掩人耳目化名「中

山樵」的日本名字。爾後推翻清帝國建立中華民國之後，被尊稱為「中山先生」或「孫中山」。中華民國成立時日本隨即進入大正時代，此刻孫文與取得第一任大總統的袁世凱政權鬥爭失敗，自詡必須進行二次革命再度流亡日本。因此成立「中華革命黨」日後更名為「中國國民黨」。

羅福星是中國同盟會成員，曾經參加推翻清帝國的廣東黃花崗之役，原籍清帝國廣東省出生於印尼雅加達。早年曾經跟隨祖父前來台灣經商，當時居住於新竹州的苗栗郡，就讀於苗栗公學校習得日本語。

孫文在黑龍會的支持之下，革命期間經常出入日本各地，其中包括先後三次到訪台灣。曾經在台灣總督兒玉源太郎與民政長官後藤新平的協助之下，受到台灣五大家族之一的台北州仕紳林熊徵捐款資助。黑龍會組織支持孫文的革命事業期間，根據日本內務省「東亞志士錄」的統計資料，直接參加革命行動約有一千名的日本人犧牲生命，其中半數者屬於黑龍會成員。

黑龍會支持孫文革命的主要宗旨，以革命成功換取「滿洲」與「蒙古」的獨立條件。在中華民國成立之後，孫文領導的中國國民黨改弦易轍與「聯俄容共」的政策之下，讓黑龍會與孫文及其領導的中國國民黨分道揚鑣。對於一向宣揚亞細亞主義、反西方霸權主義與共產主義的黑龍會，認為中華民國政權悖離雙方承諾與亞細亞主義的理想，埋下日本與中國全面決裂與衝突的種子。

晴空萬里艷陽高照的大稻埕碼頭，湛藍的蒼穹和雪白的遊

雲，照映著河面形成盪漾的水天一色。河面上裝載貨物的戎克船往來依舊，泊岸的貨船與碼頭裝卸工作的人流出入繁忙。林英明帶領著永興茶葉商行的夥伴們，魚貫行走在貨船與碼頭之間架起的木板橋，來回穿梭扛著從貨船卸下的貨物，並且整齊地堆疊在碼頭邊的台車之上。

　　林英明雖為中等身材但是體型精實英挺，清新灑脫與氣宇不凡的容顏帶著深沈憂鬱的眼神。他是永興茶葉商行的製茶師與工人領班，在茶葉商行以廠為家的工作已有許多年的時間，深受社長陳義雲的器重與信任。他與年齡相當的蟾蜍與黑熊，擁有情同手足一般的同事情誼，讓茶葉商行的工作氣氛和樂融洽。

　　蟾蜍外型屬於個子矮小細瘦，但是一副精明圓滑的模樣。據說孤兒院的修女在野外發現襁褓之年的他，身旁正巧一隻兩棲類的動物且驚嚇大喊：「蟾蜍」。從今以後認識他的人都以此稱呼。

　　黑熊則因有著黝黑的膚色，高大壯碩的體型與略顯微凸的腹部，狀似笨重與龐大身軀的野熊。尤其他總能扛起一般男子兩三倍重量的貨物，外型憨厚老實與力大無窮的形象，自然被人取個如此貼切的綽號。

　　此刻一襲長髮隨風飄逸、清秀端莊與明眸皓齒的臉龐、開朗大方如鄰家女孩一般氣質的陳惠美，在不遠處的涼亭揮舞著雙臂召喚。一行人揮汗如雨來到微風輕拂的涼亭，陸續從手提袋內取出以報紙包裹的木質便當盒。掀起便當蓋可見裡面熱騰騰的肉類、蔬菜與蛋等食物。雖然稱不上精緻豪華，但是多種佳餚覆蓋

在白米飯上，菜色豐富與份量十足的景象，讓人有垂涎三尺的感動。飢腸轆轆的一行人已經迫不及待，或坐或蹲狼吞虎嚥地享用午餐。

「惠美就是偏心，英明總是吃雞腿！」蟾蜍總是經常藉機逗弄與製造話題。陳惠美首先將便當遞給了林英明，大家都習以為常她對於林英明特別地照顧。「便當盒子，待會兒我再過來收拾。」陳惠美靦腆的笑容鑲嵌著兩個深邃的酒窩，羞怯紅暈的臉頰宛如醉酒一般迷人。她機伶地避開蟾蜍例行性的插科打諢，逕自一溜煙地逃離現場。

「惠美長得漂亮賢慧且知書達禮，又是社長的掌上明珠，若能娶到她不知有多好呢！」蟾蜍以手肘輕觸與逗趣的口吻暗示，不想捲入漩渦與專注用餐的林英明。「蟾蜍，不要……癩蝦蟆……想吃天鵝肉！」黑熊則是以憨厚語氣與略帶口吃的方式，回應蟾蜍一副遐想地傻笑與幻想的表情。其實對於永興茶葉商行的日常生活，有時插科打諢已經是他們工作互動的樂趣。黑熊的話語惹得其他人異口同聲地哄堂大笑起來，蟾蜍一時語塞嘆氣與自討沒趣地大口扒飯。

台灣日日新報的頭條新聞：「中國籍人士羅福星，以新竹州苗栗郡為基地，經常在台北市大稻埕地區活動。他以經商的身分作為掩護方式，秘密吸收成員鼓吹島內進行革命。形跡敗露之後欲潛逃返回中國，在台北州淡水郡港口被捕。總督府根據羅福星攜帶的名冊，總共逮捕近千名的涉嫌參與者。」永興茶葉商行的

資深員工忠哥，發現報紙的頭條新聞提醒一行人，攤開包裹便當的報紙仔細閱讀「苗栗事件」的報導。

　　一週之前，林英明與蟾蜍被大稻埕派出所的巡查部長佐藤武哲訊問，兩人由於沒有列入名冊之中，因此相安無事地全身而退。當時蟾蜍還驚魂未定地說道：「感謝老天有眼！」忠哥以大嗓子嚷嚷地發表內心不滿的情緒：「台灣同化會，不是已經被勒令解散嗎？總督府根本將我們本島人視為二等國民！」「小聲一點！被警察聽到會自找麻煩的。」蟾蜍隨即環顧四周以食指搗住嘴唇示意。一行人對於忠哥快人快語的說辭，一時感到沮喪與失望的神情。傾聽眾人滔滔不絕與無奈搖頭地評論政事，始終安靜不語的林英明此刻深邃的眼神，凝望著浩瀚無垠的蔚藍晴空，流露出憂鬱沈思與多愁善感的靈魂。

　　台中州能高郡與東部的花蓮港廳交界之處，一座標高三千五百多公尺的「奇萊山」。從位於西北方的合歡山高台遠眺奇萊山地區，由於背向陽光因此顯得特別地漆黑龐大，而且山岳雄偉綿延與稜脊嶙峋，同時山勢陡峭蜿蜒與神祕莫測。尤其奇萊山區天候氣象總是詭譎多變，倘若身處此山總有一股莫名的恐懼感油然而生，所以也被俗稱為「黑色奇萊」。因為地形與氣候的特殊複雜，凡是到此出勤的軍警人員，總在行經這座氣候陰晴不定與環境晦澀不明的山地抱怨說道：「討厭！」

　　日正當中一團高掛的金黃色火球，閃耀著刺眼奪目的光芒。眼前一望無際的雲海霧嵐，彷彿是有人故意鋪設在天空的棉花地

毯。巍巍高崗視野遼闊的草原之上，矗立一支虎虎生風與旗面飄揚的旭日軍旗。成千上萬數量龐大的軍警部隊，排列顯現巍峨壯盛的軍容。「總督，部隊已經集結完畢整裝待發。」一名軍官向面前的佐久間左馬太總督報告行禮。「為了帝國領土的統一，這一場太魯閣族討伐戰爭，無論如何一定要成功凱旋。」佐久間左馬太向部隊意志堅決地下達軍令。

　　佐久間左馬太出身於幕府時期長州藩現今的山口縣。西元一八七四年明治七年，距今四十年前他曾經參與征台之役的牡丹社事件。因此成為台灣第五任總督的主要任務，就是負責對於山地部族的討伐。佐久間左馬太為了討伐太魯閣族，已經費時兩年的時間籌備作戰計劃。他親自策劃率領兩萬大軍，同時準備足以長期作戰的後勤物資，目標是討伐盤據中部地區最強悍的山地部族。他單獨佇立在山巔的懸崖邊，眼神銳利如鷹若有所思，鳥瞰狀如波濤洶湧與視野阡陌交錯的壯麗山巒。

　　無獨有偶在奇萊山地區的太魯閣族群社部落，總首領哈鹿克那威以太魯閣族語，神情憤慨與聲嘶力竭地表示：「台灣總督府數次強行侵入部落的土地，為了祖靈神聖的獵場，我們必須傾全力一戰！」成群結隊動員而來的太魯閣族勇士，全副武裝地聚集在部落廣場，腰配獵刀、身揹弓箭與手持獵槍，精神抖擻地聆聽部落首領慷慨激昂的演說。太魯閣族的勇士舉起長彎形的獵刀，齊聲發出雄渾豪邁與咆嘯響亮的戰吼。獵刀的刀鋒在陽光的折射之下，閃耀著銳利刺眼的光芒，似乎也反射著戰鬥意志的昂揚。

　　氣勢浩浩蕩蕩與威風凜凜的太魯閣討伐軍，沿著奇萊山周邊的山地高嶺，一路攀登崎嶇險峻的山路後順勢而下。沿途盡是高山鐵杉、白枯木與箭竹林大草原等特有的高山景觀。部隊循著河谷溪流與山區小徑穿越，兵分三路準備夾擊圍剿太魯閣族的群社部落。鳥瞰眺望綿延數里與迂迴環繞的軍警部隊，狀似蜷曲蟠伏的高山巨蟒，宛如神兵天將緩緩地進入一個深不可測的境地，以及即將面臨一場混沌未知的爭戰。

　　台灣總督府為了討伐太魯閣族可謂是精銳盡出，已經在東部花蓮港廳的外海，布署與停泊一艘大型的軍艦。艦艇的海軍士兵聽從艦隊長官下達的指令，操作校準著艦艇的火炮裝置，依據指令座標向著奇萊山區，發射震天巨響與撼動山海的砲彈。從這艘蟄伏在海上的移動城堡，海天一色廣袤遼闊的視野，可見遠處的山巒閃爍著朵朵艷麗的火花，為這場空前壯烈的戰役揭開謳歌的序幕。縱然在軍艦綿密砲火的轟炸之下，對於在皺褶崎嶇的原始叢林之內，初步只能達到先聲奪人與震懾嚇阻的效果。太魯閣族勇士依然穿梭馳騁在這片熟悉的森林，討伐軍只能步步為營地緩慢深入陌生的國度。

　　山地的縱谷危崖之間，雪白瀑布傾瀉散髮直下激起朵朵白色水花。潺潺作響的溪流蜿蜒曲折，汨汨流淌在錯綜複雜與雲霧飄渺的巍巍山地。森林的樹梢枝葉之間，群鳥一哄而散的振翅聲喚醒靜謐的山巒。數百名穿著白底交織紅色幾何圖形的服飾、鐵青色紋面與長髮捆綁的太魯閣勇士，迅速地奔馳穿梭於陰暗晦澀、

陽光穿射的密林巨樹之間。成群結隊的勇士嫻熟地貫穿在幽暗靜謐的森林，奔跑跨越腐朽橫斜的樹幹，矯健靈活的步伐摩擦低矮樹叢發出沙沙的聲響。古木參天的森林霧氣流動變化多端，原本清新凜冽的山林空氣之中，飄散一股濃郁驚悚的詭譎氣味。樹梢上方的松鼠母子轉眼間遁藏，似乎已經嗅到一觸即發的肅殺之氣。

　　穿著卡其色軍裝與頭戴軍帽的步兵，成群結隊地手持步槍裝上刺刀，小心翼翼前仆後繼地交疊行進，四處張望與屏氣凝神地挺進視線不明危機四伏的森林。「散開……臥倒！」幾個連續的槍響迴盪撞擊在密閉的崇山峻嶺，剎那間已有若干名軍人應聲倒下，驚呼聲伴隨槍聲此起彼落。槍聲響起的當下步兵們反射性地向前還擊，密集散亂的子彈如同下雨一般鑲嵌於樹幹，雙方槍聲大作如同慷慨激昂的交響樂團。

　　太魯閣族勇士除了獵刀、弓箭、長矛等傳統兵器之外，也擁有火繩槍、毛瑟槍或溫徹斯特槍等裝備。軍警則是配備現代化的三八式步槍、機關槍與山砲等優勢的武器。雙方陣營在硝煙瀰漫方圓幾百公尺的林木間展開游擊戰，數名突圍與衝鋒前進的步兵，被不知埋伏何處而來的槍彈或弓箭擊中，表情痛苦嗚咽地倒在地上掙扎。更有為數眾多的太魯閣勇士，在軍隊密集的機關槍火網強力掃射之下，無情的彈丸鑽入他們結實黝黑的胸膛。綿密不絕由叢林間突襲而出的太魯閣勇士，不敵現代化武器的猖狂陸續地倒下。

　　雙方隊伍已完全進入水乳交融地近距離混戰，期間有太魯閣

勇士被步兵的刺刀無情地刺殺；或有軍人被埋伏於樹木後方的太魯閣勇士，以獵刀或弓箭冷不防地攻擊之下，血流如注與傷重不支倒地。軍警的武士刀與勇士的獵刀互不相讓，此起彼落地交織著火花，地上橫躺盡是血跡斑斑與匍匐掙扎的太魯閣勇士與軍警人員。短兵相接血腥橫流的景況卒不忍睹，此刻這片林木交錯遠離塵世的隱密空間，儼然成為人間瘋狂的殺戮戰場。

　　偌大遼闊的叢林戰場，分布在太魯閣族的群山聚落之間。討伐軍的砲火爭先恐後地襲擊各處部落，砲彈的呼嘯聲劃破長空如同雨下，震耳欲聾與爆炸噴發的火焰硝煙四起。多數奔跑前進與無懼迎戰的勇士，伴隨炸裂的土石毫無招架之力騰空翻滾。無情的砲火肆無忌憚地張牙舞爪，讓部落村莊已陷入熊熊的火海與狼煙。山林環抱的太魯閣族部落，已經陸續被討伐軍突破與長驅直入，軍人奉令以火把點燃部落的房子，被火把紋身的木屋草房瞬間燃起沖天火焰。太魯閣族的群社部落熊熊燃燒的烽火，諷刺地如同討伐軍勝利慶祝的煙火，夜間眺望彷彿猛烈的火蛇竄出黑暗的森林，在星光微稀的黑色蒼芎之下顯得格外的閃耀。

　　太魯閣戰場後方的部落指揮中心，一間蕭瑟昏暗的木屋之內，太魯閣族總首領哈鹿克那威點燃菸斗深思熟慮地吞雲吐霧。一束明亮的晨光經由窗櫺的縫隙直導屋內，如同一條筆直的時光隧道。哈鹿克那威口鼻傾洩的灰白色煙霧，在陰暗房間的時光隧道之中形成一條潺潺煙流，彷彿流淌著他此刻煎熬焦灼的神色與心境。

　　「頭目，多年以來的對峙征戰，總督府這一次可是下定無比的決心，勞師動眾地不達目的誓不罷休。歷經大約九十天的浴血戰鬥，我們大約三千名的勇士死傷慘重。如果繼續負隅頑抗唯恐遭致滅族的命運，為了族人生存的香火延續，請立即停止戰鬥吧！」穿著太魯閣族服飾、臉部黥面的婦人姬望依娃爾急切地遊說。她是太魯閣族人也是一名虔誠的基督徒。早在太魯閣族與總督府多年以來的矛盾衝突之中，她經常遊走於雙方之間穿梭調解與斡旋談判。

　　佐久間左馬太總督任職九年期間，對於台灣山地部族總計發動一百六十多次的討伐行動。為了討伐太魯閣族還徵召四百名的賽德克族勇士，作為前鋒與尖兵部隊協助軍警突破戰線。姬望依娃爾深知總督府抱持志在必得的決心，她可是懷著焦急如焚的心情，不厭其煩與苦口婆心地溝通調停。哈鹿克那威神情膠著沈思地深吸一口菸斗，在煙霧瀰漫的覆蓋之下，內心充滿無限的痛苦煎熬。在他剛強威武與堅毅不屈的黥面之中，滲出慘澹凝重與舉棋不定的愁容。

　　「這段日子部隊不斷地緩慢挺進，真是一場漫長的意志力之戰，想必很快可以獲得勝利的消息。」奇萊山西北方的石門山討伐軍總部，佐久間左馬太手持軍用望遠鏡觀察著戰場，同時聽取部屬回報戰情。三個月的戰事期間，佐久間左馬太總是事必躬親掌握進度，此刻瞭望著烽煙飛揚的遠方，耐心等待最後的戰況。

　　「天意啊！我願意立石歸順。」哈鹿克那威帶著幾經煎熬的

心情走出木屋，站在門口眺望烽煙瀰漫的群社部落，神色沮喪地做出審時度勢的最終決定。「感謝上帝！」姬望依娃爾手握胸前配戴的十字架項鍊，如釋重負地在胸前比劃十字聖號表達感謝。她猶如熱鍋上螞蟻的心情，幾經多時的奔波之下，終於皇天不負苦心人，此時仰望天空露出積鬱已久的笑容。已屆黃昏時刻的太陽火球，彷彿女子懷抱琵琶半遮面的嬌羞模樣，隱身在奇幻迷離的雲霧天地。眺望雄偉瑰麗與峰峰綿延的浩瀚山地，凝視寬廣無盡與婀娜多姿的流霧浮雲，此刻已經渲染成為血紅色的風采。

　　坐落於台南州台南市的「大天后宮」，寺廟香火鼎盛供奉的女海神信徒稱為「媽祖」，屬於台灣道教神祇也是重要的民間信仰。廟宇本來是大航海時期，從明帝國流亡的東寧王國興建的府邸。

　　大天后宮屬於台灣河洛式的建築，一座精雕細鏤氣宇恢弘的廟宇。建築的地勢節節高昇和外型厥偉典麗，重簷歇山的屋頂構造曲線優美昂揚。多層次的橙黃色屋簷輝煌耀眼，猶如老鷹展翅落落大方的傲氣。尤其最頂層的屋簷上方青色龍形圖騰，更是展現騰空睥睨的王者風範。

　　廟宇前方有三個出入口稱為「三川門」。正面的門扉和牆壁採用豔光四射的紅黃色系。門前台階乃是白石鋪設的階梯，中間正門的兩旁鼎立簡潔遒勁的圓形龍柱、坐落栩栩如生的威猛石獅，以及門簪、抱鼓石、廊牆石雕、窗櫺木雕等建築設計。建築物雕刻與彩繪各式各樣的花鳥祥物和靈禽瑞獸，可謂洋溢著生動

活潑與華麗尊貴。

三川門人員進出川流不息，前方寬敞的灰色石板庭院上，擺放了眾多大大小小、造型多樣的木製神轎與神輿。庭院內也陸續湧入穿著祭典服飾的民眾，以及色彩繽紛與眼花撩亂的祭典旗幡和道具。民眾之中或有為神轎裝飾打點、或有整理旗幡道具、或有來回忙碌穿梭，儼然即將舉行一場精采熱鬧的慶典：「媽祖祭」。每年台南城內若逢媽祖祭的活動，信徒也必由開山神社恭請開台聖王，作為祭典遶境隊伍的領頭神轎。

坐落於台南州開山町的開山神社，一座日本和式與台灣河洛式的混搭建築，參拜殿是由黑色瓦片覆蓋的破風面屋頂。精緻樸素和莊嚴幽靜的簡約禪風建築之內，祀奉十七世紀大航海時期的大海盜鄭芝龍之子，也是人稱國姓爺的「鄭成功」。他在台灣被人尊稱為「開台聖王」。

鄭成功的母親田川氏，屬於日本江戶時期肥前國人士，現今九州長崎縣。相傳在長崎縣平戶市的千里濱海灘，一塊人稱「兒誕石」的地方，就是田川氏誕生鄭成功之處。他的出生彷彿是冥冥之中註定的命運……西元一六二四年八月，歐洲的荷蘭人在台灣建立第一個外來政權，同年同月二十七日鄭成功誕生。

事隔三十七年之後，鄭成功因緣際會接收其父的海盜集團，率軍擊敗荷蘭軍隊入駐台灣。日本長崎人士有感於他顯赫不凡的傳奇故事，因此興建鄭成功神社以茲表彰紀念，並且每年在他的誕生日舉行「鄭成功祭」。日本帝國領有台灣之後，總督府認定

鄭成功乃為日本之血脈後裔，也將祀奉他的廟宇大張旗鼓地修建，同時追諡尊封為「開山神社」。

開山神社外高聳矗立的鳥居前方，已近午時的開山町街道，聚集了萬頭攢動與交頭接耳的民眾。井然有序人山人海的街道中央，騰空一條蜿蜒冗長的通道，道路兩旁排列著引頸期盼的善男信女。街道兩旁竄動擁擠的群眾之中，可見站立或行進維持秩序的警察崗哨。如此難能可貴水洩不通的場景，主要等候媽祖遶境隊伍的蒞臨與會合。此時街道不遠處隱約傳來鑼鼓與炮竹的聲響，經由街道正中央淨空的通路，可見數百公尺之外媽祖遶境的祭典隊伍。敲鑼打鼓的配樂音響和五顏六色的旗幟飄揚，浩浩蕩蕩長驅直入地緩緩移動前來。

站在高處瞭望煙霧瀰漫的街道，以及移動行進的隊伍與冗長隨從的信眾。視野形成綿延數百公尺的人龍景象，隊伍行經的街道鞭炮煙火震耳欲聾。由八個人以肩膀抬起的媽祖主神鑾轎，以及各地的宮廟神輿共襄盛舉所組成的遶境隊伍，臨經街道可見夾道以雙手合十或持香恭迎的人群。信眾或站或跪虔誠地祈願禱告，更有甚者前仆後繼膜拜後俯趴於地，讓媽祖神轎從身體上方穿越前行，似乎意味著接受神的灌頂與庇佑。

媽祖遶境隊伍的最前方，由俗稱官將首與八家將的陣頭引領行進，以及伴隨鑼鼓樂音隊、旗幟隊與各式各樣造型的人形偶團等陣列。後方有琳瑯滿目木質雕刻製作而成，造型精緻細膩的神轎或神輿所組成的龐大隊伍，宛如古代帝王或貴族出巡一般地叱

吒風雲。其中以五人扮演的官將首與八人喬裝的八家將,最令人心生懾服與畏懼之感。這些由真人化妝摹擬象徵「陰間警察」的信仰意涵,具有降服和刑求妖邪魍魎的權威能力,彷彿迎神祭典的保鑣與侍衛隊。

「官將首」的行進動作剛強威猛,「八家將」相較之下肢體語言則為輕盈陰柔。官將首與八家將共計十三人的隊伍,個個彩繪著顏色鮮豔搶眼、圖案神秘詭異與令人敬畏的臉譜;或有陰森恐怖或有青面獠牙的氛圍,頭戴盔帽身穿如同表演戲袍的祭典服飾。乍看之下驚豔乖張與奇裝異服的造型,讓人感到暈眩震盪的強烈視覺效果。他們雙腳套白襪著草鞋繫鈴噹,手執猶如彩虹鮮豔色調的扇子、旗幟、棍棒、刀劍、刑具或武器等各式各樣的法器象徵。以獨特的步姿移動行進,動作整齊之中又各領風騷的姿勢。所有成員搔首弄姿、瞪目怒視、恣意擺動與威儀凌人的態勢,彷彿一群神秘靈異的街頭藝術舞者。演繹著一套精心設計的舞姿與陣式,似乎象徵著執行神的公義和法律。

台灣日日新報社的藤原櫻子,作為媽祖祭的專題報導記者,不遑多讓地穿梭在擁擠熱鬧的人群之中;藤原家的管家花子奮力地在人群夾縫中尾隨而行,花子特地跟隨藤原櫻子一同參與本島年度的宗教盛況。藤原櫻子專注在眾所矚目的宗教祭典之中,捕捉精彩珍貴的新聞報導內容和影像。無獨有偶,永興茶葉商行的眾人同時出現在祭典之中,陳惠美與林英明、蟾蜍、黑熊等人,已在昨日搭乘鐵道列車前來台南州,共襄盛舉參與媽祖遶境行程。

　　永興茶葉商行的一行人恭敬虔誠地融入在人群之中，當迎神遶境隊伍甫為抵達之時，群眾情緒與場景熱烈高潮之際……來自五湖四海抬著各式各樣神轎，以及隱身在遶境隊伍的祭典人員，冷不防地抽出了隱藏在神轎的刀械武器。位於隊伍最前方的官將首與八家將人員，轉眼間已經丟棄手上的祭典道具，紛紛亮出鋒利光芒的刀刃。

　　大約數十名手持刀械的暴動人員，朝向附近維安的警察展開了襲擊。原本歡樂期待的祭典氣氛，頓時淹沒在煙火炮竹的爆炸聲之中，同時灰煙迷濛的視線摻雜著危險性與血腥味。穿著鮮豔祭典服飾與黑色警察制服的兩造人員，在混亂失序與倉皇失措的街道之中混戰。驚慌的群眾爭相推擠朝著安全的地方疏散遠離。

　　林英明眼見情勢詭異急切地想分辨狀況，毫無警覺性的陳惠美、蟾蜍與黑熊等人，已經受到群眾強力推擠退到街道的邊緣。藤原管家花子受到突發狀況驚嚇，隨著人潮退避安全之處，左顧右盼地尋覓自家小姐藤原櫻子的身影。

　　原本在人山人海的群眾之中穿梭拍照的藤原櫻子，此刻也發覺祭典已經出現暴動的危機，基於記者工作的職業慣性使然，當下只想記錄重要的歷史片斷。藤原櫻子鋌而走險地在原地猛按相機的快門，由於相機閃光燈引起一名八家將人員的側目，手持利刃朝向不遠處的她奔跑前行。

　　專注記錄影像的藤原櫻子，完全沒有警覺來自於後方的危險。林英明當下正巧相距藤原櫻子幾步之遙，眼見在她後方持刀

來者不善的八家將，情急之下縱身以臂膀推撞她；同時順勢在地上撿拾一把形同木劍長度的棍棒，與狂奔而來的八家將人員形成對峙局面。林英明熟稔地手持棍棒擺出劍道的「中段姿勢」，如此一個攻守兼備的劍道架式，使得敵人頓時不敢輕越雷池一步。

　　現場暴動混亂的狀態延伸周邊街道，大稻埕派出所的佐藤武哲此次奉命南下，支援媽祖祭典的維安任務。正值街頭情勢失控之下，他眼尖地看見兩名手持刀械的八家將人員，快速穿越開山神社前方的鳥居，橫衝直撞地奔跑進入神社之內。佐藤武哲尾隨兩名八家將人員掉落的盔帽，緊追不捨地注視著前方狼狽慌張的奔跑背影，此刻已身處開山神社正殿前方筆直寬敞的參拜道。「站住！」佐藤武哲的斥喝聲在封閉的神社內迴響。兩名八家將人員轉身怒視，環顧四周空蕩無人的神社，很有默契地朝向佐藤武哲緩慢趨近，擺出兩側包抄與攻擊的架式。

　　神情冷靜自若的佐藤武哲俐落地抽出腰間的武士刀，雙方一觸即發地對峙在神社的參拜道。靜肅的氛圍彷彿可以聽見神社天井上方，一片晴空萬里的風聲歌唱。方形天井垂直灑落的陽光讓刀劍格外閃爍鋒芒，現場的觀眾只有參拜道兩側靜默的石燈籠，以及殿內祀奉的開山聖王是唯一的裁判。

　　兩名八家將快速地展開凌厲的攻勢，刀刀追魂地朝向從容應戰的佐藤武哲而來。快如閃電的武士刀已在一名八家將大腿上留下清晰的吻痕，連同顏面一道鮮血直流的血河。另外一名八家將被佐藤武哲行雲流水的劍法驚嚇地轉身逃跑之際，如同流星劃

過夜空一般的劍光，讓八家將身上的祭典服飾一分為二，背上留下一道深刻的刀痕癱瘓於地上哀號。決戰過程如同曇花一現地落幕，徒留參拜道上緘默無語的石燈籠，與神社內不動如山的開台聖王。

　　在祭典暴動情況發生的時刻，台南州的派出所有備而來地聞訊增援。警隊接踵而至到達現場之際，已有若干的襲擊人員在混亂之中逃竄，或有負傷束手就擒者，或有頑強遭逢格斃者。由於警隊蜂擁而至增援使得局勢獲得控制，期間與林英明對峙的八家將人員，眼見情勢不妙也立即棄械逃跑。在街道邊緣的陳惠美一行人全程目睹驚險緊張的一幕，受到林英明推撞跌坐街道的藤原櫻子，古道熱腸的陳惠美見狀立即趨前攙扶。

　　佐藤武哲與八家將人員搏鬥後返回現場，也與花子緊張兮兮地關切藤原櫻子的情況。「非常感謝各位的幫助。」藤原櫻子向林英明與陳惠美一行人連忙道謝。「大家立即前往安全的地方吧！」佐藤武哲建議所有人離開現場。眼前街道停置大大小小的神轎與神輿，以及地上滿是丟棄的旗幟道具，神轎鑾座內的媽祖神像依然莊嚴慈祥。雙方人員在短暫互動後各自遠離是非之地，徒留落寞孤單的神轎與神像，讓歡欣隆重的媽祖祭帶著無盡的扼腕與遺憾。

　　台南州由於宗教信仰所發生的暴動事件，風暴中心源自於一座台灣河洛式建築的廟宇名為「西來庵」。寺廟內供奉的五個神像被信徒尊稱為「五王爺」，屬於專司掌管瘟疫的台灣道教神祇。

因為正值台灣島內鼠疫與瘟疫爆發橫行，尤其是台南地區相對嚴重一時人心惶惶，此時西來庵以訴求「驅除瘟疫」的廟宇使得香火鼎盛。

　　暴動事件主導者是曾任警察的本島人余清芳。他因為涉及了詐欺罪受到解職，對於政府心懷不滿與怨懟憤恨。由於他與西來庵的管理者等人員熟識，心懷不軌地唆使與聯合西來庵管理者，謊稱寺廟的靈符具有醫治鼠疫的神效。正巧台南州在夏季實行街道清掃與嚴格衛生管理的工作，以致鼠疫終於獲得良好的控制。但是民智未開的台南地區農民，對於靈符的傳說卻深信不疑。

　　余清芳不僅以怪力亂神的說法謊騙農民，且變本加厲宣稱捐獻金錢即可得到五王爺的靈符。只要將靈符配戴於身上誠心念誦真言，除了可以除病消災解厄之外，更可使血肉之軀刀槍不入等神蹟。余清芳等人以宗教迷信的約束力，以及威脅利誘的方式攏絡人心。凡是信徒招收購買靈符者可得拆成佣金，蠱惑人心的傳教手法在單純的農民之間隱密蔓延。

　　余清芳利用農民對於總督府政策的不滿，曾經大放厥詞地表示：「我受本寺廟五王爺的神祇降靈指示，乃身負天命為『大明慈悲國元帥』奉旨領導革命。他日推翻台灣總督府之後，奉天之命將登基為『台灣人的皇帝』。」他承諾參與革命成功之後，土地重新分配賜贈革命有功人士，以及免除賦稅等說辭。甚至謊稱全島已布滿招收的革命志士，屆時起義中國軍隊等外國勢力也會奧援攻打台灣，並且還自吹自擂擁有神兵利器可以鎮住總督府的

軍警。

　　余清芳以天花亂墜的方式蠱惑與搧動農民加入組織的信心。由於行事作風招蜂引蝶消息逐漸走露，引起警務單位的密切關注與探查。他得知事情紙包不住火的狀況之下，遂孤注一擲地發起暴動，攻擊台南地區的警務單位與派出所。

　　「西來庵事件」參與者以台南地區的河洛族與平埔部族為主。依據統計直接或間接參與人數大約兩千人，將近半數以上的人被判處死刑。由於茲事體大與牽連甚廣引起了日本內地的媒體質疑，同時抨擊總督府的統治能力，在日本國內與國際之間形成強大的輿論壓力。正值走馬上任的第六任總督安東貞美鑒於形勢，以大正天皇登基時日不久之由，將多數判為死刑者改判成無期徒刑。此事件爾後也讓總督府以「治安為由」，藉此名正言順高壓管制台灣社會運動的組織。

　　台北州基隆郡平溪庄夜幕低垂的山城，一輪明月高掛於星光點點的蒼穹。靜謐秀麗的平溪庄是海拔大約五百公尺的山村小鎮。原本偏僻荒野的鄉間村落，由於台灣五大家族之一的基隆仕紳顏雲年，為了開採瑞芳、九份的金礦與平溪的煤礦等礦產，建設運輸的鐵道支線因而開始繁榮發展。

　　小鎮街道上緩緩流動著精心裝扮的人潮。街道兩旁日式建築的商家屋簷與門口，懸掛著精緻柔和與千姿百媚的燈籠。商家燈火通明穿梭出入的遊客眾多，門庭若市與鞠躬迎送的招呼聲，可謂此起彼落高潮迭起的景象。街道溢滿三五成群的花男綠女、成

雙入對的佳偶伉儷，與家族團聚出遊的景象。這是平溪專屬的地方特色祭典，也是台灣本島特有的年度節慶活動：「天燈祭」。這個祭典是本島人每年初春時節舉辦的民俗活動。相傳位於山地之上比較接近天國，只要在天燈上方寫下祈求的心願，真心誠意地祈禱願望必能順利實現。

「天燈」乃是以白色宣紙包覆與黏貼竹框支架，以此製作而成橢圓形狀的紙燈籠。橢圓形上寬下窄中心簍空的結構體設計，下方小托盤放置浸泡煤油的棉花球。點火燃燒棉花球形成的熱空氣對流，向上對流的熱空氣讓簍空輕盈的紙燈籠朝向空中飄浮，形成一盞散發暈黃色彩閃耀明亮的燈光。緩緩騰空飄浮飛向廣闊天空的天燈，倘若成百上千同時匯聚空中，在黑色夜幕籠罩的對比之下，形成一片燈海照亮夜空的「天國之燈」。

藤原櫻子在媽祖祭的因緣際會之下，認識了永興茶葉商行的眾人。她親自前往大稻埕登門表達感謝之意，不久前陳惠美向她邀約天燈祭的事情，她爽朗地答應與期待早已耳聞的祭典。今晚的天燈祭藤原櫻子與花子、佐藤武哲一道結伴同行。其實陳惠美早已計劃邀約林英明，總是不甘寂寞的蟾蜍想方設法地請求參加，因此促成了一行人盛裝出席難能可貴的聚會。

藤原櫻子與花子一身優雅婉約的浴衣。尤其藤原櫻子身穿白色為底粉紅色櫻花織面的棉質浴衣、腳著粉紅色織帶的木屐，動靜之間煞是婀娜多姿與千嬌百媚之態。

花子的母親乃是第一位前來台灣的內地人藝伎名為「小花」。

由於母親不幸因病去世且不知生父的背景來歷，童年時期幸運被藤原家收養成為管家。花子活潑好動與率真樂天的個性舉止，相比藤原櫻子的嫻靜典雅與雍容華貴頗有天壤之別，但是兩人卻是無話不談與情同姊妹。

　　陳惠美穿著淡粉綠絲質與點綴白色蕾絲花邊的洋裝連身長裙，襯托眉清目秀與秀外慧中的氣質，行進之間裙襬微飄格外感受初春的氣息。陳惠美與年齡相仿的藤原櫻子、花子似乎已經打開話匣子，街道上盡是笑語呢喃與春風滿面的人群。他們一路行走在雖然不算寬敞的街道，但是麻雀雖小五臟俱全的平溪山城。

　　小城街道商家林立與展示販賣形形色色的商品，尤其街道兩邊擺置的天燈最受注目，走馬看花之中讓遠離塵囂的山城充滿驚豔的感覺。他們經過一座木造建築的派出所，轉瞬間已經到達街道的盡頭之處，這是一片群眾停留聚集的廣場空地。

　　寬敞平坦的空曠草地之中，簇擁群眾形成各自的單位團體。時有全家福的和樂景象、三五好友的追逐嬉戲、為數眾多一對對含情脈脈與並肩依偎的鴛鴦佳侶。人人手提大小不一的天燈，令人眼花撩亂與目不暇給。草地外圍是一大片馬蹄型環狀分布的櫻花林，融合夜幕與山地綿延地排列矗立。由於正值春天花開的時節，白色的櫻花瓣朵朵綻放著春色。在皎潔的明月與滿天的星光輝映之下隨風輕舞，飄逸著春天明媚與生氣蓬勃的香味。「天燈祭，今年春天……櫻的邂逅。」藤原櫻子驚艷地深呼吸同時讚嘆眼前的美景。

　　此刻花子迫不及待地取出街道購買的天燈，陳惠美等一行人也都已準備就緒。在進行天燈施放之前，必須事先在白色天燈上方書寫祈願的內容。祝禱文一般都以愛情、工作、事業、財富、健康或家庭等祈求項目為主。以毛筆沾染紅色或黑色墨水所書寫的天燈祈願文諸如：「愛、幸福、希望、夢想」等主題的關鍵字眼。一行人依序將天燈下方的棉花球以燭火點燃，同時小心翼翼地雙手托住天燈，讓它輕緩地向上騰空飛揚，頃刻間群眾的天燈聚集在蒼穹之中。

　　伴隨著花團錦簇一般的天燈，在天際翱翔形成一片光亮的燈海。現場群眾或有雙手合十之狀、或有雙手手指交叉握拳等恭敬虔誠地祈願與禱告。「愛、幸福、希望、夢想」的意念與願望不間斷地湧上天國……群眾暗自祈願禱告內心的嚮往，祈禱著天國之燈的光明燦爛，飛揚照耀著未來的應許之地。「砰—砰—」在不遠之處傳來清脆的槍響，驚擾此刻靜默與虔誠祈禱的群眾。響亮的聲音在寧靜的山地迴盪顯得格外突兀淒涼。

　　一名身穿紅白相間具有幾何圖形的服飾、臉部黥面皮膚黝黑與長髮披散的裝扮，腰際之間繫著一把獵刀的山地部族勇士，快速奔跑地衝撞闖入群眾之中。受到不速之客突如其來的攪亂，原本井然有序的人群相互推擠碰撞。山地部族勇士以驚弓之鳥的態勢狂奔，從身上斜背的布巾內掉下一顆長著毛髮的圓球體。球體在草地之上滾動了數公尺之遠，定睛觀看竟是一顆滲出血水、面容慘白與死狀猙獰的男性頭顱。

　　群眾之中或有呆若木雞、或有搗口作嘔，瞥見的女子更是花容失色與掩面哭泣的混亂景況。「不要再追了！」佐藤武哲舉起手臂示意後方手持步槍的警察。眼見敏捷如豹的山地部族勇士，已經隱沒於山地的櫻花林，頓時消融於幽暗的夜色之內。

　　在山地部族勇士橫衝直撞之時，正值專心祈禱的藤原櫻子、花子與陳惠美等一行人，冷不防地也受到群眾強力推擠與混亂失序的影響。首先是陳惠美失去平衡跌坐於草地上，當場也有為數眾多的人踉蹌跌倒。不知何時藤原櫻子已經癱瘓在林英明的懷裡……兩人方才即將跌倒於草地時，林英明下意識地以雙臂保護住藤原櫻子。躺臥草地的兩人顏面貼近的距離，幾乎可以吸吮對方溫濡的鼻息，時間彷彿永恆靜止於此時此刻。

　　毫無預警地親密接觸之下，讓雙方恍如隔世一般驚醒。由於藤原櫻子浴衣的穿著束縛與行動不便，當下林英明以無所適從地舉止試圖攙扶，兩人的動作彷彿酒醉微醺一般慌張起身。驚魂未定的藤原櫻子赤紅靜默的容顏，帶著清澈澄明與靈氣勾人的丹鳳大眼、高挺端莊的鼻子與豐潤水嫩的朱唇，冰肌玉脂的膚色還透露粉紅嬌羞，勝過豔麗盛開的春天花朵。「不好意思……」林英明只能頻頻以道歉的言語，試圖化解一切盡在不言中的尷尬。

　　無獨有偶的隔鄰更是絕妙的景象……蟾蜍身軀平躺於草地雙臂頂住壓在上方的花子，雙掌不偏不倚地緊貼在她胸部突顯的雙峰位置，形成上下四目相交的姿勢。「痴漢啊……」花子往自己胸部一瞄發現所處的狀況後，大聲發出驚恐的慘叫聲。不知所措

的蟾蜍情急之下即刻把花子推開。兩人令人嘩然的姿態與模樣，讓已經起身的藤原櫻子與林英明同時忍不住莞爾一笑，方才的窘境彷彿短暫地煙消雲散。此刻陳惠美也起身拍打著跌坐草地的臀部。

「櫻子，沒事吧？」佐藤武哲在恢復秩序後走過來關切。「山地的蕃人……出草！」正當所有人感到疑惑的當下，佐藤武哲隨即解釋場面混亂的原因。他事先到平溪派出所探望舊同僚，未料突然出現警察遭遇襲擊的事件，不幸有警員的頭顱被襲擊者馘首，聞訊之後也加入追擊的行列。

個性率直爽朗的花子，對於平白無故受到蟾蜍佔便宜的狀況，覺得心有不甘地嘀咕與扮出戲謔的鬼臉。油嘴滑舌的蟾蜍只能佯裝無辜與若無其事的表情，對於花子數落的神情與態度，他還故意看著手掌面露猥瑣得意的傻笑。此刻明月高掛與星光點點的蒼穹，已經被飄揚高空成百上千的燈海覆蓋。漫天飛舞的天燈照耀著搖曳生姿與春光乍現的櫻花林，結束一場驚奇震撼的天燈祭之旅。

新高山部落

　　坐落於台北市文武町的華麗建築物，屬於台灣島最高權力機構的「台灣總督府」。中央的塔樓高聳突顯雄渾豪邁的威嚴，外觀的線條氣質優美，帶著氣勢恢弘的莊嚴。採用漢字的「日」字形空間設計，屬於辰野今吾風格的紅磚與灰白色系飾帶相間的建築。總督府是由辰野今吾的弟子「長野宇平治」設計，「森山松之助」監造完成。正門朝向東方盤踞象徵面臨旭日東昇的意涵，中央塔樓頂端豎立一面隨風飄揚的「日之丸」國旗。

　　「帝國治理台灣歷時至今二十載，可謂含辛茹苦與篳路藍縷……」安東貞美總督想起了佐久間左馬太語重心長的話語，同時困擾著甫為上任即面臨西來庵暴動事件的問題。西元一九一五年大正四年，佐久間左馬太離職三個月後，與世長辭享年七十一歲。他是台灣在位最久歷時九年的總督，在去年太魯閣族討伐戰役結束，基本上山地部族的討伐任務已屆平定。

　　安東貞美今年五月接任前與佐久間左馬太會面長談，也讓他深入得知日本帝國領台至今，歷經一段峰迴路轉與跌宕起伏的故事：「西元一八九五年明治二十八年四月，坐落於日本山口縣下關市關門海峽山坡的「春帆樓」。關門海峽乃是分隔九州與本州的海灣渠道，具有金黃色瓦片屋頂的春帆樓，從四層樓的華麗建築物向外遠眺，可見地平線寬廣遼闊與海天一色之中船隻穿梭。

　　如此天然美景與大地春回的時刻，日本帝國伊藤博文首相與清帝國欽差大臣李鴻章，雙方率領議和代表團相約此地。主因去年雙方軍隊在清帝國的黃海、渤海地區爆發海戰，以及在遼東半

島、山東半島，與朝鮮半島等地區的陸戰。戰爭之前國際間原本看好清帝國，始料未及日本帝國大獲全勝，這場衝突被稱為「日清戰爭」或「甲午戰爭」。

清帝國承諾割讓台灣與澎湖等島嶼作為賠償議和的條件之一。兩國今日特地於春帆樓舉行這場歷史性的會議，並且簽訂「下關條約」或稱「馬關條約」。「余大清帝國領有台灣兩百年間，如此蠻荒草莽的化外之地，自古海盜窩藏與蕃族盤據，實難克盡教化之力。此地可謂鳥不語花不香，男無情女無義也，實為統治的燙手山芋之地。今貴國得之想必日後一定困擾不已。」清帝國的李鴻章於簽訂合約之時，對於戰敗之事雖有微詞，仍舊不忘發表對於台灣的看法與調侃日本。伊藤博文表示：「素聞貴國統治下的台灣人民，尚有吸食阿片之惡習，日本領台後定當進行根除。」春帆樓的窗外煙霞飄渺與海水波光粼粼，日清兩國在會議中交換議和條約書。在春蛙報音與海鷗傳訊的喧囂鼓譟之下，彈奏著台灣未來的命運交響曲。

同年五月，相距千里之遠的台灣島東北方，台北近郊的澳底漁港外海之處，聚集與停泊日本帝國海軍的登陸艦隊。日本近衛師團的團長北白川宮能久親王，親自率領大約一萬五千名的天皇親衛軍，以及台灣首任總督樺山資紀將軍率領的直屬部隊，在沖繩會合之後轉往台灣東北方的海域待命。同時乃木希典將軍率領的第二師團，以及混成第四旅團、第七旅團、混成支隊與台灣兵站部等。以上總計大約五萬名兵力的部隊，展開一場「台灣平定

戰爭」或稱「乙未戰爭」。

　　「耳聞清帝國前台灣巡撫唐景崧以及丘逢甲、劉永福等人，自行宣布成立『台灣民主國』。依序自詡為總統、副總統與大將軍，以藍地黃虎旗幟為國旗自命國號永清，拒絕日本帝國接收台灣島。」北白川宮能久親王聽取軍官的簡報後，帶領近衛師團從澳底漁港登陸，一路浩浩蕩蕩地直搗黃龍與深入虎穴。近衛師團從基隆前進台北城方向的期間，沿途遭遇清帝國稱為「黑旗軍」的部隊零星反抗。多數清帝國的軍隊都已棄械而逃，日本軍大約一週時間的推進之下兵臨台北城。

　　「吾人代表台北城仕紳，恭迎北白川宮能久親王的部隊入城。」一名台北城商人辜顯榮等候城門外迎接近衛師團。他身邊也隨同美國紐約先驅報的記者戴維森、英國商人湯姆遜與德國商人奧利等人，一同向近衛師團解釋與說明。據說日本軍進入台灣島執行接收之時，原本駐守的清帝國軍隊紀律敗壞，竟然淪為強盜匪徒在台北城內劫掠財務，以及焚燒建物或破壞秩序等暴亂行為。眼見治安敗壞與情勢大亂的台北城仕紳，其中以大稻埕的茶葉富商李春生等人，共同推舉自告奮勇的辜顯榮為代表，前往迎接日本軍和平接收台北城，就此平定作亂的清帝國軍隊。因緣際會之下協助日本軍的辜顯榮，也引領近衛師團前進南台灣的任務。

　　近衛師團勢如破竹地不斷挺進與步步為營，在台北近郊以南的桃園、新竹與苗栗地區，開始遭遇台灣「客家族義民軍」的強烈抵抗。這些自發性組織成為反抗軍的客家族，主要是清帝國

時期廣東地區移民的後代。清帝國佔據台灣西部平原時期，是漢民族的河洛人與客家人大量移民的階段。由於西部平原地區自古屬於原住民族的平埔部族之領域，從福建地區早期移民的河洛人爭搶平原地帶，相對晚期移民的客家人則屯墾於平原與山地交界的丘陵地帶。清帝國時期居住於平原地帶的平埔部族與河洛族經常發生反抗事件，客家族遂成為清帝國招撫平亂與協助作戰的主力，自此被清帝國敕封稱為「義民」。

服膺台灣民主國的客家義民軍以吳湯興、姜紹祖與徐驤等人為首。據說具有數千名兵力的義民軍，與近衛師團在新竹與苗栗交界的尖筆山首度展開遭遇戰。由於武器裝備落後與兵員實力懸殊的客家義民軍，完全不敵近衛師團的強烈攻勢後節節敗退，一路潰敗逃竄到中部地區的彰化八卦山，輾轉與清帝國的黑旗軍會合此地，準備作為最後的殊死戰。

期間新竹地區的平埔部族道卡斯族後壠社，由於部落遭受義民軍的侵擾決定迎接日本軍，同時道卡斯族勇士也出擊掃蕩零星的義民軍，從中協助近衛師團的平亂與駐紮。自從北部一路敗逃的客家義民軍，猶如困獸之鬥一般退守於八卦山，最後在近衛師團以山砲攻擊與突破掃蕩之下，歷時八小時戰鬥數千名的義民軍死傷慘重。自始至終彷彿以卵擊石的客家義民軍，在領導人物紛紛陣亡之後宣告瓦解。

無獨有偶位於台灣南部高雄六堆地區的客家義民軍，大約擁有一萬名的常備兵力，與在恆春半島枋寮登陸由乃木希典將軍率

領的第二師團，雙方在高雄鳳山地區遭遇激戰，南部的義民軍也是節節敗戰與無力回天。乃木希典率領第二師團佔領高雄鳳山之後，以秋風掃落葉之姿北上與近衛師團會合，形成南北夾擊圍困台南城的態勢。

台灣島除了「清帝國黑旗軍」、北部與南部的「客家族義民軍」等台灣民主國的反抗軍之外，西部平原與丘陵地帶的零星地區，也有河洛族與平埔部族等各自為政的零星反抗團體。但是多數於日本軍強勢壓境之後，局勢底定最終瓦解潰散。

「奇異恩典，何等甘甜，我罪已得赦免；前我失喪，今被尋回，瞎眼今得看見。如此恩典，使我敬畏，使我心得安慰；初信之時，既蒙恩惠，真是何等寶貴。許多危險，試煉網羅，我已安然經過；靠主恩典，安全不怕，更引導我歸家。將來禧年，聖徒歡聚，恩光愛誼千年；喜樂頌讚，在父座前，深望那日快現。」一位英國籍的湯瑪斯巴克禮牧師，帶領著一群手持白色蠟燭的男女老少，幾百盞的燭光逶迤延長形成的隊伍，在罕無行人的夜晚顯得明亮耀眼。彷彿燭光長龍的民眾，以台灣河洛語宏亮地歌唱基督教詩歌：「奇異恩典」的樂曲，溫馨的歌聲在肅靜的夜間響徹雲霄。

北白川宮能久親王的近衛師團與乃木希典將軍的第二師團，在進入台灣島歷時約五個月的時間，最終依照計劃於台南城外近郊之處會合。由乃木希典將軍騎馬前導率領軍隊入城，浩蕩冗長的大軍部隊兵臨台南城門前，此時正值夜色瀰漫與黑暗籠罩之

際。不遠處聽見嘹亮的「奇異恩典」歌曲，感覺一股平穩人心與撫慰心靈的力量，瞬間化解日本軍的暴戾之氣。湯瑪斯巴克禮牧師趨前向騎馬的乃木希典表示：「乃木將軍，我們在此地恭候多時。」

先前在日本軍登陸台灣之時，台南城的不利謠言與百姓耳語已經傳得沸沸揚揚。隨著台灣民主國的戰情潰敗，自稱總統的唐景崧與副總統的丘逢甲，早在初期已先後潛逃返回清帝國。最後鎮守台南城的黑旗軍大將軍劉永福，眼看情勢不妙也喬裝為老婆婆乘船鼠竄回國，拋棄意志堅定與奮戰到底的客家族義民軍。有鑑於形勢危急與事態誤判的擔憂，台南城的仕紳請託湯瑪斯巴克禮與宋忠堅牧師，攜帶請願書代表台南城拜見乃木希典將軍，迎接日本軍和平進入台南城。

「湯瑪斯巴克禮」出身於英國蘇格蘭的基督教徒。西元一八七五年二十六歲前來台灣傳教。他學習與精通台灣河洛語，長期在台南地區傳播福音。由於巴克禮牧師引領日本軍和平入城有功，爾後獲得明治天皇授予五等旭日勳章作為表彰義行。

在日本軍進入台南城之後，正式宣告日本帝國領有台灣的時代開啟。期間清帝國的駐軍多數並未實際參戰，解甲回國的兵員乃由日本的船艦載運遣返。歷經大約五個月的綏靖時間，第一任總督樺山資紀郵寄兩箱「台灣芭蕉」獻貢予明治天皇，以及電報宣告：「全島悉已平定」。同時日本外務大臣向世界各國公使發布「台灣領有權」之後，除了第二師團與後備兵員負責留守之外，

近衛師團則是完成任務回歸本部。

　　日本軍隊接收台灣的期間，統計除了少數戰死與受傷者之外，絕多數官兵折損的因素乃為惡劣的氣候與環境，總計死亡者大約八千五百人。台灣參與反抗軍的犧牲人數大約一萬四千人。期間不幸感染瘧疾的北白川宮能久親王不敵病魔的摧殘，最後在台南城駕鶴西歸，爾後祀奉於台北州台北市大宮町的「台灣神社」。

　　西元一八九五年明治二十八年六月十七日，病歿前的北白川宮能久親王與總督樺山資紀，在台北城原為清帝國布政史司衙門舉行「台灣始政典禮」。現場數百名文武百官，英國、德國領事與諸多台灣仕紳等舉行始政大典，本日此後也訂為「台灣始政紀念日」。

　　西元一八九五至一八九六年樺山資紀與桂太郎兩位總督任職期間，公布了「台灣住民國籍選擇令」、成立「國語傳習所」，以及「台灣阿片令」與「六三法」等重要法令政策。

　　台灣住民國籍選擇令，這是屬於下關條約或稱馬關條約的第五款規定：「即西元一八九五年五月十八日至一八九七年五月十八日共兩年期限，日本帝國准許台灣與澎湖列島住民自由選擇國籍。期間可變賣所屬財物與產業離開，於屆期未離開者自此視為日本帝國之臣民。」初期台灣島內謠言與耳語漫天飛舞，類似日本帝國統治後有如世界末日降臨，但是經過時間的觀察傳聞也不攻自破。台灣島內總共大約兩百五十萬人口，最後僅有大約六千

多人移居返回清帝國。例如：台灣五大家族之一的台中州林獻堂家族，在日本軍接收期間西渡清帝國，眼見局勢穩定之後表明願意歸化日本籍返回台灣。

國語傳習所，在始政的隔年正式成立。為了普及教育日本語也稱為「國語」，爾後成為台灣島眾多族群的官方語文。但是在台北成立的「芝山巖國語傳習所」，發生教師不幸遇害與令人震驚悲痛的「芝山巖事件」。事件遇害的六位教師被稱為「六氏先生」。

六氏先生的成員分別為：「山口縣的楫取道明、愛知縣的關口長太郎、群馬縣的中島長吉、東京都的桂金太郎、山口縣的井原順之助、熊本縣的平井數馬」等六位人士之統稱。他們是總督府首位學務部長的伊澤修二，從內地招募的首批教師。其中六氏先生之首的楫取道明，父親乃是明治維新時期的長州藩志士楫取素彥，在明治政府成立之後，首任的群馬縣令與貴族院議員。

「伊澤修二」出身於幕府時期高遠藩現今的長野縣。他是明治維新政府第一屆公費留學生，留學美國歸國後成立「國家教育社」，呼籲日本實施國民義務教育，成為日本知名的教育家。台灣總督府成立時，伊澤修二即發表「台灣教育意見書」。主張以免費教育普及日本語，因此受邀成為總督府第一任學務部長。他是奠定台灣教育基礎的擘劃者。

台灣島甫為平定初期，零星的強盜匪徒團體仍為猖獗。六氏先生於返回學校的路途之中，受到匪徒襲擊與慘遭斬首殺害，

此事件震驚了日本政府與內地民眾。時任內閣總理大臣的伊藤博文，遂成立「六氏先生紀念碑」以茲悼念，爾後也建立「芝山巖神社」奉祀。六氏先生的「芝山巖精神」成為台灣島日本教育者的精神象徵。

　　台灣阿片令，這是總督府始政初期的政策。有鑑於清帝國時期的平原地區，住民養成吸食阿片的風氣，清帝國除了不禁止吸食之外，還視為重要的財政稅收來源。日本領台朝野輿論對此皆傾向嚴厲禁止的態度，但是審慎評估之後，認為住民的陋習根深蒂固。台灣平定初始治安正值方興未艾，若以強制性手段斷絕恐遇強烈反抗，屆時可能耗費更多的警務人力與資源，於是採行時任內務省衛生局長後藤新平提議的「漸禁政策」。

　　漸禁政策採取若有阿片吸食成癮者，在規定的用量範圍內當作藥品使用，並且實行嚴格納管的法律政策：「一、阿片吸食者需有醫師檢驗證明與政府核發許可證。二、阿片統一由政府製藥所輸入與製造。三、訂立阿片藥品經銷業者的專賣許可規定。」依據統計台灣阿片吸食特許者大約有十三萬八千人。

　　六三法，這是總督府發布之法律第六十三號，此為日本政府統治台灣初期的法律依據。六三法主要的內涵如下：「台灣總督具有發布法律效力的命令。總督發布之命令必須由總督府評議會決議訂立。此法律效力期限為三年。」評議會的議員多數為總督府高級官員，而且均由總督全權派任與聘用，亦即台灣總督具有行政、立法與司法的絕對權力，甚至還可以直接動用軍事權。西

元一九〇七年明治四十年，六三法才由法律第三十一號的「三一法」取代，以此限縮台灣總督的權力，確立日本帝國議會為最高立法機關。但是根據六三法之前所頒布的法令仍然具有效力。

由於日本領台初期社會動盪與治安混沌，使得樺山資紀與桂太郎雙雙任職不久即掛冠離去，總計任期僅有一年多的時間。西元一八九六年明治二十九年六月，台灣中部雲林支廳的古坑大坪頂山區，一支號稱為「鐵國山」的武裝反抗軍，首領名為「簡義」自立為王，而且訂立年號為「天運元年」自詡為「九千歲」。

鐵國山的反抗軍大約六百人圍攻雲林地區，反抗軍的突襲致使駐守雲林支廳的軍警傷亡不少，當時台中守備隊的部隊受命前往支援。雲林支廳長松村雄之進憤怒指稱：「雲林轄下無良民」。由於松村支廳長懷疑雲林地區民眾串通反抗軍，因此台中守備隊的部隊在擊退反抗軍與掃蕩期間，私下進行報復總計焚燒五十六處村莊，大約五千戶民房燒毀，同時有數千人為此遇害。

「雲林事件」爆發之後，西方傳教士投書於英國與國際媒體。日本政府受到國際輿論的壓力，最後松村雄之進受到撤職處分，事隔不久桂太郎也辭去總督的職務。鐵國山反抗軍的領袖簡義，受到台灣五大家族之一的辜顯榮勸降之下，獨自一人下山歸順。鐵國山的餘部事後推舉人稱「柯鐵虎」作為總統，與台灣總督府形成對峙的局面。

西元一八九六年明治二十九年十月，擔任台南守備隊司令與第二師團長的乃木希典成為第三任總督。同年十一月花蓮地區研

海支廳爆發「新城事件」。據說這是駐守當地的山地守備部隊，因為不尊重太魯閣族的風俗習慣，以及侵犯生活領域等諸多矛盾與爭端，導致新城守備隊軍人共有十三人悉數遭到殺害，此事件是軍警首次與太魯閣族的衝突。

　　隔年總督府立即展開總計四次的討伐，期間數度招募花蓮地區數百名的阿美族勇士，偕同軍警部隊深入山地圍剿。由於地勢崎嶇與叢林阡陌，火砲裝備攜帶不易與環境陌生之下，最終被倚據天險的太魯閣族部落擊退。西元一八九七年明治三十年一月，陸軍步兵大尉深掘安一郎，率領總計十四人的探險隊前往奇萊山，在花蓮地區途中全數失聯。搜索隊兩個月後發現失蹤人員的遺物，證實探險隊遭遇襲擊全數犧牲，推定或有地緣關係的太魯閣族所為。「深掘大尉事件」讓總督府下令，山地部族討伐與高山地帶探險宣告停止。

　　日本領台初期除了平原與丘陵地區有所掌握之外，位於台灣中心南北狹長地帶的高山地區，仍然是一無所知的情況。其中幾個山地最為強悍的部族，當屬總督府稱為北蕃：「新竹地區的泰雅族、花蓮地區的太魯閣族、台中地區的賽德克族」，以及稱為南蕃：「台東地區的布農族、高雄地區的排灣族」等。被區分為南北蕃的五個山地部族，乃是台灣最為剽悍難馴的民族，從荷蘭人伊始以至於清帝國期間，皆難以進行討伐與降服。這幾個部族位於台灣島由北而南的中央高山地區，擁有火繩槍、毛瑟槍或溫徹斯特槍等武器。山地部族縱橫高山地帶與勇猛善戰，清帝國曾

經出兵圍剿最終仍以失敗收場。

　　乃木希典上任為了安撫山地部族，特地安排與邀請部落首領或勇士進行內地參觀之旅，冀望藉此能達到招降與歸順的目的。當時一艘從基隆港出發的「橫濱丸號」輪船，千里迢迢地穿越海洋與沖繩群島，悄悄地抵達關東地區的橫濱港口岸。山地部族穿著色彩鮮艷、裝扮隆重與頭戴冠冕的民族服飾，臉部鐵青色黥面與腰際配戴獵刀。幾名台灣總督府的軍警人員，引領著一群來自於台灣山地的賓客，一行人步下橫濱丸號到達繁華的現代化街市，奇裝異服的隊伍倒是引起了民眾的好奇與注目。

　　都會熱鬧與繁華富庶的街道景象，著實讓這些初見世面的山地賓客大開眼界與眼花撩亂。不知不覺地已經來到一處軍事機構，裡面擺設琳瑯滿目與現代化的槍砲彈藥。「這是日本帝國陸軍的戰鬥部隊，屬於最先進的現代化武器。他們正在做戰技訓練……也就是學習『出草』的方法。」總督府的軍警人員指著操作裝備的陸軍士兵，以山地部族可以理解的語彙介紹。

　　「出草還需要學習嗎？」身形壯碩結實的賽德克族莫那努道嗤之以鼻地嘀咕。轉瞬間一行人經過軍隊營區的武德殿，這裡是部隊官兵練習柔道、劍道或空手道的場所。當下有幾名穿著柔道服的士兵，正好演練著過肩摔的技巧。「賽德克的勇士可以扛起近百公斤的山豬，一次就可扭斷野鹿的脖子。」莫那努道再次喃喃自語地發表意見。「遇見布農族的勇士，可能就英雄無用武之地。」布農族身材高大魁梧的拉馬達星星，似乎不以為然的態度

表示。聽見拉馬達星星意有所指的話語，感到非常不悅的莫那努道趨前一步。兩個壯碩結實的身影彼此以眼神相互對峙，旁邊各個部族的勇士如：「太魯閣族的哈鹿克那威、賽德克族的瓦力斯布尼、布農族的拉荷阿雷與阿里曼西肯」等人，見狀趕緊作勢緩頰尷尬與緊張的局面。

　　總督府千方百計帶領這些山地首領與勇士，前來內地觀看日本帝國的盛況與實力，無非希望達到懷柔歸順的策略。但是對於這些發號施令與威風凜凜的人物眼裡，彷彿給予他們一個威嚇招降的震撼教育。據說山地部落的參觀團，最後在晉見明治天皇之後結束行程。這次參觀團之中有幾名的首領與年輕勇士，爾後各自成為領導部族的靈魂人物。哈鹿克那威在乃木希典時期，曾數次領導部族擊退總督府的軍警，最後在佐久間左馬太時期的太魯閣戰役立石歸順。

　　乃木希典除了受困於山地部族的難題之外，平原丘陵地區仍然存在著治安的問題。零星的強盜與土匪團體盤據出沒，懷柔威嚇並行似乎仍然無法解決。他主政推行的「三段警備法」，依據台灣治安狀況分為三段區域：第一段區域為無法統治與治安惡劣的山地，劃分為軍隊負責的範圍。第二段區域為山地與平原交界的丘陵灰色地區，劃分為憲兵負責的範圍。第三段區域則是平原與城鎮地帶，治安相對良好劃分為警察負責的範圍。

　　乃木希典的三段警備法成效不彰的情況時有所聞。除了中部地區「鐵國山」自立盤據的問題之外，南部地區有一支人稱「貓

字軍」，首領名為「林少貓」的武裝團體。據說這是一個大約兩千人的盜匪集團。

　　清帝國時期除了西部平原地區設有官府機關之外，丘陵與山地皆為各族村落或蕃族部落，各自盤據林立的政治格局。族群眾多和語言紛亂的社會狀態，對於環境險惡與亂無章法之島，始稱為：「化外之地」。清帝國末期崛起於鳳山縣地區，一支以漢字「貓」的三角旗幟作為番號，令人聞風喪膽的武裝集團「貓字軍」。在日本領台後盤據出沒於高雄州的鳳山郡、東港郡，屏東郡與恆春半島等丘陵山地的隱密地帶。

　　相傳貓字軍是由台灣河洛族、客家族，以及半數為排灣族勇士組成的聯盟軍。這支草莽部隊會襲擊官署與警務機關，同時劫掠當地富商與鄉紳等治安問題。乃木希典對於治安束手無策與無計可施，他認為台灣平定作戰之時，大量病死的軍人大約佔部隊總數的百分之十五以上，台灣環境可謂是蠻荒瘴癘與瘟疫橫流之地。如今面臨山地部族與盜匪團體等治安混亂的問題，倘若進行強力討伐與武力治理，唯恐必須再有大量軍警的死傷。因此讓他萌生「台灣賣卻論」的想法。

　　「台灣自古為海盜流寇聚集與野蕃蠻族盤據之地，平原丘陵地區盜匪猖獗與高山峻嶺地區蕃族縱橫。平地土匪桀驁不馴的特性、山地蕃人黥面馘首的惡習，族群複雜紊亂與環境荒蕪濁穢，實為難以文明教化的瘴癘之地與野蠻之域也。清帝國自稱統治台灣兩百年，僅為西部平原與丘陵地帶，山地峻嶺與東部地區仍屬

尚未征服的荒野僻壤。其實清帝國根本沒有統治與擁有台灣，他
們以割讓為由實質是丟掉沈重的包袱。日本帝國擁有台灣……如
同乞丐討到一匹馬，既不會騎又會被馬踢！」乃木希典返回東京
都的帝國議會貴族院，會議之中滔滔不絕地大吐苦水與發表見解。

　　在此之前，乃木希典曾私下與英國、法國的官員接觸，試
探對於轉售台灣的機會與意願，其中法國表達非常高度的興趣。
當時日本的內閣政府正臨財政問題，初步聽取乃木希典的提議，
確實令不少軍政大臣與爵士華族頗有同感。他們認為台灣自從併
入日本帝國領土，接收初始即犧牲眾多的軍警與公務人員，非但
毫無經濟效益況且難以進行統治。倘若可以順利出售台灣，除了
解決財政問題與回收成本等經濟益處，也可以將問題就此轉嫁他
國。如此讓許多內閣要員認真評估出售的可行性，一度形成以「一
億日圓」轉售給予法國的價格與說法。

　　「如果比喻台灣的現代化文明階段屬於孩童期。孩童原本只
會吃喝哭鬧，以及不知世事與無法自律。在座各位已經養兒育女，
焉能不知如此簡單的道理。倘若因此有逃避卸責之心，就是間接
承認日本與清國，同屬一丘之貉的國家嗎？倘若因此有萌生退卻
之意，如何面對折損的眾多英魂，以及北白川宮能久親王的犧牲，
都只是毫無價值與毫無意義可言嗎？吾人願立下軍令狀，倘若失
敗就以死謝罪！」會議之中一直靜默沈思的兒玉源太郎，在眾多
與會者意見紛亂的當下，以斬釘截鐵與鏗鏘有力的論述反駁議
案，著實令人啞口無言與面面相覷。

　　時任內閣總理大臣的伊藤博文首相，於帝國議會之中任命兒玉源太郎為台灣第四任總督。西元一八九八年明治三十一年三月，兒玉源太郎延攬內務省衛生局長後藤新平，作為助手出任台灣民政長官，開啟史稱「兒玉後藤時期」的階段。

　　任職總督之前的兒玉源太郎心知肚明，自從日本領台歷時近三年光景，乃木希典的想法與意見並非空穴來風。台灣財政連年的赤字與虧損，倘若要讓台灣完全的脫胎換骨，必須投入大筆的資金挹注與建設經費。因此他邀請帝國議會貴族院的同僚，期望對於建設台灣的財政預算能有解決的方案。「只要大藏省發行公債的話，就可以籌措龐大的建設資金問題。」在一間明亮寬敞的和室之內，兒玉源太郎特地邀請幾名貴族院議員闢室聚餐與商討，同時有備而來地解釋。「為了一匹只會踢人的馬嗎？」貴族院議員之中有人語帶質疑地表示。這一句乃木希典在國會的證詞與名言，著實令一行人再次哄堂大笑。

　　對於眾人的嘲笑兒玉源太郎並不以為意，他心中有一個非常清晰的願景。他意志堅決地請求議會能夠支持，勢在必行的態度也讓貴族院議員備感困窘與憤怒。現今日本面臨財政拮据與捉襟見肘的情況，還要為了一個麻煩的包袱舉債撒幣完全不合乎常理。但是兒玉源太郎仍然使出渾身解數與死纏爛打的策略，並且取出後藤新平書寫的「台灣統治急救案」計劃。眼見兒玉源太郎滔滔不絕與誓死方休的態度，況且內閣總理大臣伊藤博文也決定認可之下，幾名重要的貴族院議員，除了期許他不是無可救藥的

樂觀之外，只能報以無奈妥協與搖頭同情的神色離開廂房。獨留盤坐榻榻米意猶未盡和欲罷不能的兒玉源太郎。

　　西元一八九九年明治三十二年三月，日本國會通過「台灣事業公債法」與修改「台灣銀行法」。在東京都舉行「台灣銀行創立委員會」正式成立「台灣銀行」。日本政府認購台灣銀行的股份，發行公債募資與籌備資金，發行日本帝國印刷局承印的「台灣銀行券」等金融政策，啟動台灣建設與經濟發展的火車頭。

　　兒玉源太郎總督、民政長官後藤新平與殖產局長新渡戶稻造登上日本帝國第一高峰，標高三千九百五十二公尺的新高山。這座台灣島的第一高峰冬季雲霧罩頂，山頂積雪潔白彷彿「玉石」的景象，在清帝國時期被漢人稱為「玉山」。西元一八五七年一艘美國商船「亞歷山大號」，從台灣的台南安平港離開時，名為「摩里遜」的船長看見此座高聳的山峰，遂將它記載於航海日誌之中，西洋人從此稱其為「摩里遜山」。日本領台初期的明治天皇，得知於陸軍參謀本部陸地測量部，探測此山高度超越「富士山」，因故敕令命名為「新高山」。

　　「兒玉源太郎」出身於幕府時期周防國德山藩現今的山口縣。西元一九〇四年明治三十七年，他任職總督期間身兼日本帝國滿洲軍總參謀長，領導在清帝國滿洲地區的「日俄戰爭」。因此總督期間鮮少在台灣，政務幾乎交由民政長官代勞執行。

　　「後藤新平」出身於幕府時期陸奧國現今的岩手縣。他任職台灣民政長官為了農業經濟的發展，說服任教於北海道農學校的

新渡戶稻造，出任殖產局長為台灣的農業發展擘劃。

「新渡戶稻造」與後藤新平屬於岩手縣的同鄉。他是留學德國的農業經濟博士。他以英文撰寫的書籍「武士道：日本之魂」，不但讓他名聲響譽國際，翻譯成為日文之後更是轟動國內，此書同時翻譯二十幾國的語文傳遍全世界。

兒玉源太郎、後藤新平與新渡戶稻造齊心戮力擘劃治理台灣的方略。在新高山周邊地區還是高山部族盤據之地，尚屬於未歸順與極度危險的地帶。當初陸軍陸地測量部前來勘查測量時，乃是冒著不入虎穴焉得虎子的膽識與勇氣。他們今次前來也是煞費軍警人員的武裝護衛，為了展現無比的決心與毅力，穿越危機四伏的山地攀登東北亞第一高峰。正值秋季時節奇峰險峻的新高山，遍布了滿山滿谷的法國菊。黃色圓球狀花蕊與白色花瓣的菊花，高挑修長的莖梗隨著秋風搖曳之時，如同清新優雅的窈窕少女，跳著凌波微步一般的歡迎舞曲。

新高山頂峰有一座以檜木製成的小神社名為「新高祠」，此刻似乎眺望與護衛著壯麗雲海與錦繡山川。三人立於新高祠之前恭敬虔誠地祈願，希望得到治理台灣的精神力量。已獲得財政資金奧援的民政長官後藤新平，開始推行台灣統治的建設方略。他以「漸進同化主義」，以及「糖貽與鞭子」的方式確立統治經緯：「一、人口普查與習慣調查。二、城市規劃與基礎建設。三、農業經濟的發展政策。四、土匪招降政策。五、阿片問題治理。六、土地測量調查。」等大刀闊斧的嶄新政策。

　　「人口普查與習慣調查」：後藤新平詳細研究清帝國時期，
在平原與丘陵地區都未有統一的制度規範，山地更是尚未深入涉
獵與掌握。台灣島內為數眾多的族群，都是各自為政與維持自治
的局面。他發現在沒有統一的法制與習慣之下，日本想以現代化
的文明與法律強加管理，只有造成更大的反彈與阻力。因此他從
日本內地尋找與委託學者，諸如：「鳥居龍藏、森丑之助、伊能
嘉矩」等人，進行族群調查、習慣研究與人口普查等族群分布與
文化研究的任務。西元一九〇五年明治三十八年，首度完成人口
的普查結果，台灣全島大約為三百一十萬人。

　　「城市規劃與基礎建設」：後藤新平是留學德國的醫學博士，
他曾經任職愛知縣醫院院長與醫學院校長，對於醫療與衛生最為
重視，因此台灣的統治建設即從醫療衛生著手。他進行城市自來
水與排水道的建設，解決居住衛生問題與改善瘟疫狀況，並且規
劃基礎建設諸如：「鐵路建設、道路建設、港口建設、公共建設」
等工程項目。他任內完成台灣的「南北縱貫鐵路」與各地道路等
交通網，讓交通便利與運輸發達促成經濟高速發展。甚至台灣城
市的「上下水道系統」，還比日本內地提早完成與竣工，當時台
北地下水道覆蓋率更是堪稱亞洲第一。

　　「農業經濟的發展政策」：後藤新平三顧茅廬歷經兩年的時
間，說服了留學歐美的農業經濟學博士新渡戶稻造，首肯出任殖
產局長掌管農業發展。新渡戶博士提出的「糖業改良意見書」，
不但成功奠定台灣農業的發展基礎，爾後糖業成為台灣出口外銷

總額約佔一半以上產值。糖業產量更居於世界排名第三的盛況。

「土匪招降政策」：後藤新平對於台灣統治初期，平原與丘陵地區武裝反抗的零星團體統稱為「土匪」。一般土匪盤據出沒的丘陵山地，依據乃木希典的三段警備法屬於軍隊或憲兵管轄，平地街市則是屬於警察負責，如此出現指揮管理系統的問題。他借鑒參考清帝國時期的「保甲制度」，在總督府成立「保甲總局」。任命迎接近衛師團的台北仕紳辜顯榮出任局長，組織成立地方的「壯丁團」，以協助防範土匪的襲擊活動。保甲制度由警察單位帶領「保甲局」的地方組織，深入村莊與民眾達成孤立土匪團體，斷絕反抗集團的物資來源。同時總督府還頒布「匪徒刑罰令」，以安撫招降與武力圍剿並行的策略，軟硬兼施的方式使得土匪團體歸順。

「阿片問題治理」：後藤新平以漸禁方式管理阿片吸食的問題。清帝國時期吸食阿片，可是屬於高級社交場所的行為，多數吸食者以平地的城鎮住民與高收入的階層為主。他除了將阿片吸食者進行列管之外，對於阿片的製造與銷售進行法律規範，實行專賣制度的管理方式。同時以學校教育與宣傳阿片的危害等，漸進式讓阿片吸食者逐年遞減與消失。

「土地測量調查」：後藤新平設立了「臨時台灣土地調查局」同時自任局長。他叮嚀土地測量人員必須尊重民情與祖墳等問題，全面進行土地的測量與調查。期間發現大量的隱田，統計之後實際為農田的一點七倍數量。另外以百分之七十實物債券或

百分之三十的四大公司股票，收回大租戶所有權的補償方案，確定小租戶為土地所有權人。不但解決清帝國時期土地「一田多主」的現象，讓土地買賣獲得保障，也讓田賦稅收增加等益處。

綜觀後藤新平實行「糖貽與鞭子」的恩威並濟政策，其中除了調查研究台灣的風土民情、攏絡本島仕紳與有力人士，延攬本島人擔任參事或區街庄長等基層庶務，以及教師、公務職員或基層警務人員等。另外警務單位與保甲制度，成功招降與圍剿棘手的土匪武裝團體，尤其以中部地區柯鐵虎的「鐵國山」、南部地區林少貓的「貓字軍」，以及其他零星的反抗勢力等悉數平定。

後藤新平任職民政長官歷時八年的期間，其成就諸如：「醫療衛生、基礎建設、交通網絡、教育推廣、農業發展、工業生產、戶口地籍、金融制度、警務治安」等社會制度與經濟建設的輝煌成果，奠定了台灣現代化建設與發展的基石。西元一九〇四年明治三十七年，由於日俄戰爭的爆發讓日本財政極端窘迫，至此台灣財政已經成為自給自足的狀態，爾後不再是日本的累贅成為寶貴的資產。因此有美國學者將兒玉源太郎、後藤新平、新渡戶稻造的功績，讚譽與尊稱他們為「日本治台三傑」。

西元一九〇六年明治三十九年，日俄戰爭結束返回日本的兒玉源太郎與世長辭，結束歷時八年的「兒玉後藤時期」。民政長官後藤新平治理期間，平地的建設與治安趨於安定狀態，此時位於台灣島的心臟與脊椎地帶，盤據高山地帶的山地部族歸順問題，成為總督府最為棘手的課題。同年四月，佐久間左馬太成為

第五任總督，他年輕時期曾經參與討伐台灣山地部族的征台之役，這個經歷成為他臨危受命的原因。

有關征台之役的牡丹社事件緣起。西元一八七一年明治四年，沖繩宮古島民由於船難漂流，登陸在台灣南部的恆春半島地區。由於語言溝通不良與誤解問題，排灣族牡丹社部落勇士斬首殺害五十四人。西元一八七四年明治七年，日本政府派遣明治維新三傑之一的西鄉隆盛之弟，西鄉從道受命成為「蕃地事務局都督」的職務，當時佐久間左馬太即是銜命征討排灣族的軍官之一。他具有與台灣山地部族作戰的經歷背景，因此擔負討伐與平定山地的重責大任。他雷厲風行的圍剿行動被稱為「鐵血總督」。

「蕃人……出草！」位於花蓮港廳的吉野村農民，有人聲嘶力竭地警告周邊的民眾。「吉野村」是佐久間總督時期，從日本內地四國的德島縣吉野川沿岸，首批招募農民屯墾建立的村落。村內分為宮前、清水、草分等三個部落。面積總共大約一千兩百六十甲，大約有三百多戶一千多人的村莊。村落內皆以阿里山檜木建造的日式房舍、小學校、醫療所、佛教真言宗佈教所與神社等。由於吉野村地處花東縱谷平原的北端，西邊為高聳的中央山脈與東部的台東山脈之間。並且毗鄰於中央山脈的花蓮研海支廳，此處是劃分為蕃地的太魯閣族傳統領域，所以總有山地部族下山出草的情事。

「出草」是指原住民族部落的馘首行為。由己方部落的勇士獵殺外族部落的人，且將被殺害者的頭顱砍下帶回保存。此等習

俗源於族群戰爭的征伐決鬥，象徵戰士保衛部落與英勇神武的目的，同時具有宗教信仰與祈福的神聖意涵。彷彿日本古代武士的戰勝者，作為戰敗者的介錯人砍下首級的儀式。日本領台後對於山地部族的出草行為，一直視為統治管理與警務治安的難題，期間有為數眾多的軍警官吏受傷或犧牲生命。

　　西元一九○六至一九一二年期間，佐久間左馬太首先對於盤據在新竹州角板山與李棟山等山地，不願歸順的泰雅族部落進行圍剿。期間總督府最多曾經派遣三千多名的軍警部隊，歷經數十回的大小戰役，最後一次的李棟山戰役，還歷時三個月的漫長戰鬥。一度軍警在暴風雨期間山洪爆發之際，被泰雅族的勇士襲擊與突破防線，一夜之間戰死數百名的軍警。此役的報導還令日本內地震驚，最後以強力的山砲火力日夜不停猛烈砲擊，將泰雅族人驅離遷居於更加深入的山地。「角板山之役」與「李棟山之役」是總督府的軍警，與新竹地區泰雅族大規模與長期性的交戰。加上先前對於花蓮地區太魯閣族幾度討伐的挫敗，讓總督府驚訝於台灣山地部族的戰鬥力。佐久間左馬太與泰雅族作戰的經驗檢討，他認為採取強攻唯有增加軍警傷亡的比例。

　　西元一九一○年明治四十三年，佐久間總督訂立「五年理蕃計劃」，以期徹底解決所有山地部族的歸順目標。他在警務單位內特別編制成立「蕃務課」，以隘勇線作為圍堵策略，漸進式執行山地討伐的任務。

　　「隘勇線」就是在山地與平地交界的丘陵地帶，設置兩界隔

離的界線和隘口，作為警戒與防務的功能。清帝國時期被稱為「土牛溝界」，以此作為平地安全的緩衝地帶。

山地部族之間的語言與文化差異，形同類似國家與國家之間的國際關係，彼此或曾有嫌隙或曾有戰爭等情況。於是將歸順的部落進行收編，並且實行「以蕃制蕃」的統治策略。因此在隘勇線設置的警察駐在所，利用不同族群與部落之間的矛盾衝突，對於歸順的部族施以利益之後協助討伐，漸漸地將隘勇線推動與前進。總督府對於協助討伐的部族則稱為「味方蕃」。

期間以鐵絲網隔絕的藩籬，讓隘勇線由北至南將台灣島骨幹的高山地帶，圈圍與限制形成一個天然巨大的禁錮區域。同時為了招撫山地部族歸順，進一步以「政治聯姻」的策略實行勸降。例如：台中州賽德克族馬赫坡社首領莫那努道之妹狄娃斯努道，即與山地警察近藤儀三郎結婚。由於政治聯姻歸順的部族，通常願意加入總督府討伐其他部族的行動。

「隘勇線、以蕃制蕃、政治聯姻」等統治策略，以及管制平地和山地部落的物資交易與斷絕資源，日積月累漸漸地瓦解與限縮山地部族的反抗力量。等待時機成熟之後的槍械收繳政策，無預警強力卸除山地部族的武裝，因此引起太魯閣族部落的總首領哈鹿克那威，號召全面性的反抗戰鬥。

西元一九一四年大正三年五月，佐久間左馬太領軍親征的太魯閣討伐戰前夕。由於必須組織動員與籌備物資等軍費財源，在明治天皇時期確定與帝國議會通過之下，籌備兩年才得以順利進

行討伐任務。尤其為了知己知彼百戰百勝的考量，在發動討伐戰的前一年，也事先派遣測量探險隊，由隊長野呂寧帶領的「合歡與奇萊山探險隊」，深入山地勘查與測繪地形。當時探險隊還因為失足墜谷與酷寒下雪，導致總共八十九人犧牲的慘劇。

　　討伐戰爭行動之前，也事先徵召歸順的部族。台中州賽德克族部落組成的聯軍，大約數百名的賽德克族勇士作為先鋒部隊，負責襲擊與突擊的作戰任務，使得總督府的軍警部隊得以順利突破戰線。歷時大約三個月山地叢林的密集作戰，期間佐久間總督因視察戰線進度，不慎在前線跌落山谷負傷。戰事在太魯閣族總首領哈鹿克那威率隊繳械後結束，在歸順式後撤除太魯閣族討伐軍司令部。

　　另外太魯閣族討伐戰役期間，位於台中州與台東廳交界的布農族部落，不滿於無預警的槍械收繳政策，導致布農族先後襲擊台東廳逢坂警察駐在所，以及花蓮港廳大分警察駐在所等出草事件。無獨有偶在高雄州屏東與恆春半島的德文社、力里社、大龜文社、四林格社、姑仔崙社等排灣族部落，也因為不滿槍械收繳同時接連反抗。總督府派遣大約兩千名的警察部隊，歷時大約五個月的鎮壓才令排灣族繳械歸順，一連串討伐行動稱為「南蕃事件」。

　　台灣山地部族剽悍善戰之程度，可從總督府警務局的「理蕃誌稿」之紀錄一窺概況：「蕃人雖然沒有文字的歷史，但是具有神話傳說作為文化憑據。開墾建設與誇耀其祖先的事蹟，且具有

遵從遺訓習俗與分境定域，重視自我的傳統領域。具有家族專有的田園林野，還有部落社群或族群共有的獵地和漁場，區別井然與不可互侵。如有故意侵犯者立即要求賠償，若是親朋好友亦無所寬貸。若有他社或他方的部族侵犯，不惜動武藉此平息紛爭。同族之間尚且如此，更何況異族或外來者欲行入侵時，完全不論其是否為統治者。尤其蕃人的風俗習慣尚武好勇，年幼時即由家族或部族訓練，身體強健與膽識豪壯，行走如飛與移動迅速難以預測。善於攀樹與泅水之技，也擅於射擊等作戰能力令人不可輕侮。其中攜帶槍械半數屬於精銳，有毛瑟槍、施奏德槍或連發槍亦為數不少，尤其以泰雅族、太魯閣族、賽德克族、布農族與排灣族等火力特別強大。

蕃人有朝一日與外敵干戈相向之時，即形成攻守戰鬥的同盟團體，同社參戰或為同盟之外者，倘若為同一部族的勇士皆為支援。尤其泰雅族與太魯閣族最為剽悍，僅有二、三人即敢突襲我方機關槍隊或砲兵隊，單身揮刀躍入我軍陣地之內，其不畏死的膽識由此可見。蕃人之難以治理以此五族為主，但是一切危機困難之所在，完全在於他們擁有槍械與彈藥，因此若可完全收押終不得為患。但是槍械與彈藥為其愛惜與捍衛之物，假使曉以大義仍不願歸順，情非得已也必須以武力奪取。倘若欲推進隘勇線與討伐蕃社的關鍵，唯有收押他們的槍彈武器。現今與平地交界之蕃族部落，所有槍械與彈藥皆已令繳出，但是尚有據於崇山峻嶺與自然天險之部族，頑強堅定地不服政令。甚至煽動歸順之蕃社

起事，已有不少成群結社的騷動跡象，他們暴動反抗之狀已日益加劇。」

太魯閣討伐戰役是佐久間總督的五年理蕃計劃，動員最龐大與最激烈的戰爭，同時也是他此生的最後一戰。西元一九一五年大正四年，歷時九年終於將山地部族的招降與反抗悉數平定。唯獨號稱布農族三雄的「拉馬達星星、拉荷阿雷、阿里曼西肯」領導的部落。他們帶領部族反抗歸順的行動，據說已經隱藏蟄伏於新高山南方地區的神秘未知地帶。」

安東貞美回顧日本領台至今的歷程。他思索著今後對於台灣統治的階段任務：「第一階段『樺山資紀與桂太郎的始政時期』。第二階段『乃木希典的賣卻論時期』。第三階段『兒玉後藤的建設奠定與平地安定時期』。第四階段『佐久間左馬太的山地討伐與台灣統一時期』。如今他的歷史任務應該進入第五階段的『穩定發展時期』。」

「花蓮港廳大分駐在所十二名警察，全數遭遇布農族蕃人出草！」總督府警務局長藤原忠一的話語，將陷入回憶與沈思的安東貞美喚回現實。根據藤原警務局長敘述，在花蓮港廳南部與台東廳、高雄州北部交界之處，布農族部落從去年的槍械收繳政策伊始，至今大約一年的時間，已經在霧鹿、小川、喀西帕南、阿桑來戛等地區接連發生襲擊的事件。為了安全起見已將花蓮港廳拉庫拉庫溪流域的駐在所全數撤離，暫時只能採取隔絕的政策，將反抗的布農族部落阻絕於高山之內。

　　成群結隊反抗歸順的布農族人，據說已經盤據在新高山地區的南方地帶，這個神秘的地理位置交錯於台中州、台南州、高雄州、台東廳與花蓮港廳等多處行政區域。面積廣達十八萬五千九百八十公頃以上，境內全數為高山壑谷地帶，環境從熱帶至寒帶等森林景象兼具。因此在那裡建立村落的布農族人，警務局將其統稱為「新高山部落」。

　　據說新高山是布農族的聖山，這個部族更有「高山霸主」的稱號。新高山部落首領的布農三雄，尤其以「拉馬達星星」被稱為「兇蕃之王」。他性格警覺機伶、頭腦冷靜靈活、善於謀略策劃、行事果敢堅定，尤其是行蹤飄忽不定。曾經與拉馬達星星謀面的台東廳警務部長淺野義雄形容：「身材魁梧、相貌堂堂、頭腦清晰、善弄權術，蕃中難見之將才！」淺野義雄同時給予拉馬達星星一個評價：「蕃族之『北條早雲』。」警務局曾經派遣軍警部隊，與招募台中州賽德克族、花蓮港廳阿美族、台東廳卑南族等味方蕃的部族搜尋圍剿，但是都被拉馬達星星等人識破脫逃。

　　新高山南方地區除了探險隊曾經進入之外，目前軍警尚無法建立駐在所，對外也沒有正式通行連接的道路，無從得知新高山部落真正的位置。若像討伐太魯閣族一般勞師動眾的話，必須先規劃與修築出入的通行道路，這可是曠日廢時與工程浩大的任務。此等問題確實困擾著總督府，如今新高山部落已是台灣最後尚未歸順的部族。藤原警務局長若有所思語重心長地表示：「新高山部落，帝國黑暗的角落……」

　　安東貞美對於藤原警務局長的見解心有同感。他理解佐久間總督任內討伐山地部族與「苗栗事件」等治安問題，因此強制解散「台灣同化會」的政治考量。如今台灣山地終於也宣告平定，對於「西來庵事件」的暴動問題，讓他甫就任即感到震驚地發表意見：「如同十五年前，在清國發生的義和團之亂。為何今日的台灣也會有此類暴動？盲從者應該具有分辨迷信的能力，這不只是我們統治的失敗，亦是教育的失敗。」

　　坐落於台北市大宮町的「台灣神社」，主要紀念與奉祀「北白川宮能久親王」。西元一九〇一年明治三十四年，神社竣工落成之時，北白川宮能久妃曾親自參與台灣神社鎮座式。神社幅員廣闊總面積大約五公頃，由下而上分成三階梯的規劃型式，建築物包括：鳥居、狛犬、石燈籠、手水舍、社務所、拜殿與本殿等。本殿立於最高處位置，從神社上方可居高眺望與盡覽山下的明治橋與基隆河。太魯閣族討伐戰役弭平之後，總督府在台灣神社舉行「蕃地平定奉告祭」。宣告歷時二十年台灣島統一，正式成為日本帝國的完整領土。

　　期間被譽為調查三傑：「鳥居龍藏、森丑之助、伊能嘉矩」。他們經過詳細的田野調查與研究，大致可將台灣島族群分為幾大類：「平埔部族、山地部族、河洛族、客家族」。

　　平埔部族，屬於世居在台灣平原與丘陵地帶的古老民族，乃是多個民族統合的概稱。依據語言與文化大致可分為：「凱達格蘭族、噶瑪蘭族、道卡斯族、巴宰海族、巴布拉族、巴布薩族、

洪雅族、西拉雅族、馬卡道族」等。由於居住在平地與外界文明經常接觸融合，被統稱為「平埔蕃」或「熟蕃」。

山地部族，依據語言與文化大致可分為：「泰雅族、太魯閣族、賽德克族、布農族、鄒族、賽夏族、排灣族、魯凱族、阿美族、卑南族」等。由於山地部族世居山地或高山地帶，與外界文明相對隔閡與民風驃悍，因此被統稱為「山地蕃」或「生蕃」。另外位於台灣周邊列島的蘭嶼原住民族則稱為「雅美族」。

河洛族，此為明帝國末期渡海的移工、或流亡的海盜集團鄭成功軍隊，以及清帝國時期福建地區的移民後代之統稱。主要居住在平原地區的城鎮，以古漢語的「河洛語」和自稱為「河洛人」的族群。

客家族，此為清帝國時期廣東地區的移民後代。因為相較晚於河洛人的移民，所以多數屯墾在丘陵地帶。以古漢語的「客家語」和自稱為「客家人」的族群。在台灣的分布以桃園、新竹、苗栗地區為主。

總督府完成了詳細的台灣族群分布與研究，將台灣島民統稱為「本島人」，日本帝國之內的其他島民統稱為「內地人」。倘若內地人戶籍屬於台灣或周邊列島出生者則註明為「灣生」。從此台灣正式進入族群歷史與文化的大融爐。

東京都千代田區的「皇居」，原為江戶時期歷代幕府將軍居住的「江戶城」。如今已成為日本天皇的宮殿，也是天皇辦公與居住的處所。皇居高築的石壁城牆與環繞盤旋的護城河，展現著

建築物的氣勢雄偉與尊貴不凡。

　　皇宮城堡的庭園稱為「御苑」，正舉辦著每年度天皇的「觀櫻會」。三月下旬或四月初，櫻花綻放盛開之時，漫步在庭園走道行廊之中，美不勝收的景象盡收眼底。春天清新芬芳的氣息撲鼻而來，沐浴在觸目可見與伸手可及的櫻花之間，賞櫻的閒情逸致分外彌足珍貴。在御苑內除了大正天皇與皇室成員之外，盛裝出席的名門貴族與政商名流等穿梭其間。此刻來自於台灣的辜顯榮、林熊徵與藍高川，也成為大正天皇的入幕之賓。

　　「對於帝國領有與統治台灣至今，卿等有何看法呢？」大正天皇眼見台灣的仕紳於是開啟話題。「台灣自從荷蘭、西班牙等歐洲的海商集團建城以來，歷經明帝國的鄭成功流亡政權與清帝國期間。只有盤據西部平原與丘陵地帶，均未能達成統一治理之事實。日本帝國領有之前，尚屬於蠻荒瘴癘之境與文明混沌之地也。今得帝國統一台灣之語文教育、貨幣金融與法律制度等現代化建設，實為陛下之德惠恩澤也。」台灣觀櫻會代表之首的辜顯榮表達看法。

　　辜顯榮，出身於台中州彰化郡。由於引領近衛師團接收台北城有功，受賜敍勳六等單光旭日章。他在兒玉後藤時期任職總督府保甲總局局長。曾經在日俄戰爭的期間，耳聞俄羅斯的波羅的海艦隊欲繞道航行台灣海峽。奮勇親自率領十二艘的戎克船，出海巡視與偵查，再獲頒敍勳五等雙光旭日章的殊榮。辜顯榮經商取得總督府授予：樟腦與鹽的專賣權、阿片的經銷權等，深受信

任成為總督府評議會的議員。爾後也受昭和天皇敕選為日本帝國議會貴族院議員的職位，可謂是台灣五大家族之首。

林熊徵，出身於台北州海山郡。據說他是台灣首富的金融業銀行家。在兒玉後藤時期，曾經資助孫文的中國同盟會，也是總督府評議會的議員。皇太子時期的昭和天皇，在台灣行啟的期間，獲頒勳四等瑞寶章。家族事業的涉獵諸如：銀行業、製鹽業、製糖業、炭礦業與電氣工業等知名商社，被列為台灣五大家族之一。

傍晚時分大稻埕永樂町的永興茶葉商行，林英明與忠哥正在後方烘焙製作茶葉，讓人整個陶醉在屋內飄散的陣陣清香。商行專門製作東方美人茶，乃是銷售日本內地與出口歐美地區最暢銷的品項。

東方美人茶的產地，以新竹州的桃園郡、新竹郡與苗栗郡一帶為主。據說以前英國的茶商，將此茶進貢給大英帝國的維多利亞女王。由於一心一葉的嫩芽沖泡之後茶湯色澤艷麗，女王眼見如同絕色美人在水晶杯漫舞，品嘗之後驚艷與讚不絕口。因為來自遙遠的東方，受封為「東方美人茶」。

東方美人茶屬於台灣烏龍茶的一種製作技藝，製作完成的一心一葉嫩芽帶著繽紛色澤。製作方式主要使用被小綠葉蟬叮咬的茶葉，製成的茶菁帶有特殊的花果蜜香，沖泡之後茶湯呈現琥珀色澤。品嘗時以口接近茶湯，首先聞到一股淡淡的蜜香氣味，啜飲入口滑順甘醇與香味清新。茶湯入口時從舌尖至喉間，隱約纏綿一股淡淡的甜蜜回香和花果清香。

東方美人茶的製茶程序精細繁瑣。低溫炒菁與低溫乾燥的方式沒有焙火味，茶湯不苦不澀與甘甜味香。最大特色有一股幽長細膩的天然蜜香之外，重發酵的茶葉外觀呈現白色、綠色、黃色、紅色與褐色等五種絢麗的色澤。可謂是色、香、味兼具的完美製茶工藝。

林英明謹記恩師忠哥傳授的製茶心法，他與忠哥屬於台南州的同鄉。多年前他的母親因病驟逝之後，形單影隻從台南州東石郡前來台北大稻埕。當天傍晚下雨的時刻，躲避在商行騎樓之下，已在商行工作的忠哥，得知他是北上求職的同鄉，因緣際會推薦成為員工。林英明對於年長十歲的忠哥有一份感謝之情，不只當年北上的知遇之恩，在商行將近十年的期間，也是忠哥無私傾囊相授學得製茶技術。由於林英明天資聰穎、領悟力高，以及天生具有的領導能力，忠哥還推薦他出任領班的職務。因此舉目無親的林英明，將忠哥視如恩師與兄長一般敬重對待。

今晚是茶葉商行社長陳義雲宴請員工的時刻。「陳義雲」出身於台南州嘉義郡農村，年輕時期北上前來大稻埕，從苦力的工作開始，當時大稻埕已是本島人聚集繁榮的地區。爾後陳義雲白手起家創立了永興茶葉商行，在台北商界與大稻埕地區可是享譽盛名。

商行後方的庭院之內，早已擺置宴席的桌椅。大稻埕的夜晚天氣特別爽朗，在庭院天井上方的夜空，悄悄地懸掛一輪明月與滿天星星的點綴。初夏夜晚的蒼穹月光顯得明亮，閃爍的星光如

同眨眼微笑，彷彿是這場饗宴刻意安排的布景。「請大家入座，準備開飯。」陳惠美不顧千金小姐的形象吆喝員工集合。

「飛虎，敬請入座。」陳義雲的年輕妻子「王麗紅」，她是陳惠美的繼母，熱情地招呼著一位貴客黃飛虎。陳義雲的元配因病早故後續弦，當時陳惠美正值十歲年紀的女孩。對於年長自己只有十歲出頭的年輕繼母，在生下同父異母的弟弟之後，彼此之間總有無法跨越的鴻溝與隔閡感。今晚王麗紅特地邀請的貴賓「黃飛虎」，則是總督府評議會議員「黃飛龍」的獨生子。

黃飛龍與陳義雲已是年輕時期的舊識。王麗紅得知黃飛虎對於陳惠美情有獨鍾，為了拉攏政商關係良好的黃飛龍議員，因此總會特別安排兩人互動的機會；同時她也盤算著若早點讓陳惠美成親，未來自己兒子可以順利繼承茶葉商行的事業。

王麗紅總是趁機向丈夫嘮叨繼女的婚事，陳義雲對於與黃飛龍結為親家的事情，抱持樂觀其成與水到渠成的態度。受過高等女校教育的陳惠美獨立有主見，又是茶葉商行事業的得力助手，陳義雲也保持尊重女兒的意願。丈夫開明的心態反而讓王麗紅芒刺在背，她以身為女人的直覺觀察，繼女對於林英明的感覺非同尋常。

林英明雖然獲得陳義雲的重視與信任，但是他深知社長夫婦的想法。他年長陳惠美大約七歲，認識至今已經視同妹妹一般看待。其實在永興茶葉商行的眾多員工之間，情誼也是如同兄弟姊妹一般的家人關係。

　　「飛虎，幫惠美夾個菜，不要讓人有癩蝦蟆想吃天鵝肉的機會。」眼見所有人就座時，王麗紅藉機向黃飛虎示意，此舉無非意有所指地影射商行的男性員工。「沒錯，我看到旁邊有一大群蒼蠅呢！」黃飛虎的跟班吳不良隨即冷嘲熱諷地附和。「吳不良」是黃飛龍議員的助理，跟隨著老闆的兒子這種紈褲子弟，總是小人得志與作威作福的模樣令人感到作嘔。

　　陳惠美看在父親與黃飛龍議員的熟識關係，一般總是虛應故事與避免得罪。茶葉商行的員工對於黃飛虎與吳不良的行徑，也總是嗤之以鼻與視若無睹。尤其蟾蜍總是喜歡油腔滑調地與他們抬槓，有時詼諧逗趣有時瘋言瘋語地讓人不禁笑場。雖然餐宴之中出現令人冷眼相待之客，總是還有令人難得歡聚一堂的氣氛。

　　「誰是張義忠呢？我們要逮捕你。」大稻埕派出所的佐藤武哲帶領兩名警察，突如其來地現身與出示拘捕令說道。佐藤武哲指稱的名字就是忠哥，他宣告忠哥涉嫌參與西來庵事件的暴動名單。正值歡樂熱鬧的宴席之中，在不速之客的驚擾之下，徒留呆若木雞與面面相覷的眾人。

神隱貓人

　　西元一九一四至一九一八年期間，由於在歐洲大陸爆發第一
次世界大戰。未被戰火波及的日本受惠於農產品外銷，大量出口
供給參戰國導致通貨膨脹。因為大米價格不斷地上漲，造成人民
生活經濟的困難，對於以稻米為主食的農村地區衝擊更加嚴重。
西元一九一八年大正七年大戰的末期，日本內地爆發了「米騷動」
的暴動事件。

　　第一次世界大戰的協約國聯盟：「日本、美國、加拿大、英國、
法國、義大利」等，其中日本與美國為主的軍隊，由於俄國爆發
內戰決定進行「西伯利亞出兵」的任務。日本為了援助「俄國白
軍」對抗「俄國共產黨紅軍」的軍事行動，對於出兵西伯利亞大
量購買大米，使得米價雪上加霜地暴增與飆漲。人民對於政府物
價控制與經濟表現的無能，不滿的抗議事件從農村蔓延到都市
地區。

　　最初在富山縣下新川郡的小漁港開始出現請願運動，不過事
態很快地升級成為罷工、暴力襲擊警局與政府機關。警民之間爆
發大規模的衝突，事件延燒到日本內地三十八座城市，參與者多
達兩百萬人影響甚鉅。最後政府採取鎮壓的方式平息動亂，統計
大約有兩萬五千人被捕，總計有八千多人被判刑責。

　　米騷動事件讓寺內正毅內閣引咎辭職，轉由立憲政友會的原
敬出任首相。原敬屬於記者出身，爾後成為大阪每日新聞的社長，
因為他推辭受封伯爵享有「平民首相」的美稱。原敬走馬上任，
正逢第一次世界大戰結束，戰勝的「協約國」在法國凡爾賽宮，

召開「巴黎和會」處理戰敗國事宜。因此簽署「凡爾賽合約」確定遏制戰敗的德國與俄羅斯，以及成立世界政府組織「國際聯盟」等國際局勢。

期間日本代表團曾經提出「種族平等議案」，但是遭遇美國與大英國協等國家的反對。從此國際之間形塑成為美國、英國與法國主導的世界政治格局。

西元一九一九年大正八年，早年提倡台灣總督應該改為文官擔任的原敬首相，任命田健治郎為第八任總督。「田健治郎」出身於幕府時期丹波國現今的兵庫縣。西元一八九五年日本領台，成立「台灣事務局」之時，田健治郎即為交通部門的代表委員，因此緣由與台灣展開了淵源。

田健治郎以「內地延長主義」的統治方針，標榜「內台合一」與「一視同仁」的同化主義政策。他任職總督之時，隨即規劃與確立台灣地方制度的五州三廳：「台北州、新竹州、台中州、台南州、高雄州」，與「花蓮港廳、台東廳、澎湖廳」等行政區。

田健治郎主張以「法三號」取代舊時的「六三法」與「三一法」作為統治根本大法，同時完成「內台共學制」與「內台通婚制」等法律。西元一九二一年大正十年，日本帝國議會公布法律第三號，也稱為「法三號」。其中明文規定日本內地的法律適用於台灣，而且以「天皇敕令」定之，台灣總督制定之律令，只具有補充的地位。除非台灣有需要且內地沒有的法律、或者台灣的特殊情況且內地法律不適合實施之下，方可採用制定律令的辦

法。從此台灣總督的立法權受到抑制，統治方法從「律令主義」轉變為「敕令主義」的階段。

　　在第一次世界大戰結束之後，德意志、俄羅斯、奧地利與鄂圖曼土耳其等帝國分崩離析之下，時任美國總統的伍德羅威爾遜提出「民族自決」的政治概念。形成追求民族平等或民族獨立的社會運動，民族主義的浪潮風起雲湧與推波助瀾地影響國際局勢，因此台灣的知識分子也深受影響。

　　東京都麴町區富士見町的基督教會。白色教堂的講台後方豎立一座落地玻璃牆面，玻璃牆上方懸掛著一座巨型的紅色十字架。白天耀眼的陽光從玻璃牆面投射直入教堂時，使得教堂內中間走道上方烙印一幅十字架的影像。講台上方一位牧師名為「植村正久」，同時中間走道兩旁的座椅上有兩位台灣男子，一位是台灣五大家族之一，出身於台中州大屯郡的「林獻堂」，另外則是出身於台南州北港郡的「蔡培火」。三人面向玻璃牆的紅色十字架恭敬虔誠地祈禱。

　　在多年以前，林獻堂與板垣退助伯爵成立的「台灣同化會」。當時兼任同化會理事的東京每日新聞副社長寺師平一，與曾任職總督府高級官吏的佐藤源平、山木實彥等人，遭到總督府冠以涉嫌不當募款的罪責，同化會運作幾個月隨即受到杯葛告終。當時加入同化會的本島人蔡培火，也被迫離開台南市第二公學校的教職工作。爾後林獻堂資助蔡培火報考與就讀東京高等師範學校，蔡培火因為結識富士見町基督教會的植村牧師，成為一名虔誠的

基督徒。

　　西元一九二〇年大正九年，板垣退助伯爵逝世的隔年。林獻堂特地前來東京都與蔡培火會合的目的，主要是植村牧師邀請教會兩名重量級的教友。他們分別是日本帝國議會貴族院議員的「江原素六」，與眾議院議員的「田川大吉郎」。

　　植村正久，出身於德川旗本將軍家現今的東京都。明治維新政府成立之時，家道中落於是努力學習英文與接受日本基督公會受洗。成為基督教牧師之後在東京都傳道，堪稱一位神學家與思想家。植村正久總共九次到達台灣全島進行傳道演講，對於日本領台必須統治台灣眾多的異民族，在當時即提出基督教：「神之國」的概念，期望以文化包容與融合的同化主義思想。植村正久曾經發表「基督教與武士道」、「基督教之武士道」等論文。他在台灣傳道演講的期間，同時觀察總督府的統治方式，讓他有諸多不滿的情緒，因此支持台灣展開民主人權的社會運動。

　　江原素六，出身於幕府時期的武藏國現今的東京都。他是政治家與教育家，大日本和平協會的副會長。田川大吉郎，出身於幕府時期肥前國現今的長崎縣。西元一八九七年明治三十年，他曾經前來台灣任職於「台灣新報」的記者淵源。隔年台灣新報與台灣日報合併成為「台灣日日新報」。他是出身於新聞記者的社會運動家。

　　植村正久得自於林獻堂與蔡培火請託協助台灣民權的問題，隨即安排江原素六與田川大吉郎議員親臨商討。「台灣實施有別

於內地的『特別統治主義』與法律制度。總督府掌握行政、立法
與司法的專制集權，在台灣進行民主人權的社會運動，難免會受
到阻礙壓制的情況。再者由於台灣曾經發生諸如：六氏先生事件、
苗栗事件、西來庵事件、以及山地部族馘首等反抗與治安問題。
致使內地多數帝國議會的議員，普遍聽信台灣總督府對於統治的
意見與決策。」江原素六議員分析台灣統治問題的現況表示。

　　「日本是一個君主立憲的國家，依據憲法人民享有自由與平
等的基本人權，主要精神乃是民主選舉的政治與法律制度。一、
只要在內地以請願活動的方式，向帝國議會提出成立台灣議會的
法案，台灣總督府無法管轄與掣肘。二、根據『三一法』的條文
規定，台灣總督的命令或律令不得牴觸日本憲法，台灣法律制定
由帝國議會管轄與同意。三、台灣議會法案倘若通過帝國議會審
議成立，即可改變總督府專制集權的法律制度。」田川大吉郎議
員深思後提出一針見血的解決方案。

　　「今日有幸親聞江原議員與田川議員的高瞻遠矚，真是醍醐
灌頂與受益匪淺。」林獻堂與蔡培火面露豁然開朗的笑容表示。
「教會的場地也可以提供宣傳與演講的地方。」植村牧師隨即提
供鼎力相助的建議，讓林獻堂與蔡培火感動地無以言表與連聲道
謝。「這是基督徒應有的天職與作為。」植村牧師與兩位議員異
口同聲地說道，不約而同的默契讓一行人露出會心的笑容。教堂
外面嫵媚的陽光從玻璃牆面潑灑進來，讓白色教堂內顯得益加明
亮，也讓莊嚴祥和的十字架散發光明希望。

　　台灣日日新報的頭版新聞標題：「劫富行善怪盜……神隱貓人。」報導內容敘述一名怪盜，深夜搶劫位於台北市大稻埕黃飛龍議員的住家之後，再以被劫者的名義捐助錢財。受款者是一家「木村盲啞教育所」的故事。

　　「神隱貓人？這是什麼鬼東西！」藤原警務局長在總督府的會議室裡，將台灣日日新報使勁拋甩於桌上語氣嚴厲地斥責。現場聚集台北州各級警務單位的主管，個個面色鐵青與驚慌失措的表情。藤原警務局長如此憤怒的原因，本來是只有他、台北州知事佐藤孝之與警務高層等少數人知情的案件，突然變成台灣日日新報的頭條新聞，在毫無預警的情況之下東窗事發。原本隱密調查的案件如今內幕曝光流傳，完全重挫警務局的威信。

　　事件源自於幾個月之前，好幾個與總督府關係交好的富商仕紳，先後遭遇匪徒在夜間闖入居所與劫掠錢財的情況。由於受害者全是台北州地區的富貴名門，尤其總督府評議會的黃飛龍議員，竟然都遭受池魚之殃，以此可見匪徒真是膽大包天。受害者都是有頭有臉的人物，他們千叮萬囑希望不動聲色地緝捕匪徒。如今報紙揭發之後已是公開的秘密，新聞報導與民間輿論形成總督府警務局莫大的壓力，等同向台灣最高警務機關公權力的挑釁與挑戰。

　　根據受害者描述搶案的過程與口供的情資。這名匪徒都在深夜的時刻出沒，無聲無息地闖入了受害人的居所之內，以武士刀挾持受害者藉此打劫財物。由於夜深人靜與視線不明的狀況之

下，只見匪徒穿著全身黑色如同古代忍者的服裝。最為奇特就是戴著一副「白色貓臉」的面具，腰際挾帶著一把武士刀，夜間一身漆黑使得白色貓臉尤為驚悚恐怖。

匪徒打劫之時，總是明確表示意向：「我只取錢財，絕不會傷害任何人。」幾名受害者描述的證詞與狀況雷同，匪徒作案都是單槍匹馬行事，達成目的之後隨即身手俐落地揚長而去，隱沒消融在神秘的夜色之中。目前研判應該屬於同一人所為，因為匪徒都是晝伏夜出與神出鬼沒，完全沒有掌握匪徒任何蛛絲馬跡的資訊。這個如同秘密隱藏在世間的神秘人物，新聞報導內容將其稱呼為：「神隱貓人」。

「如果無法達成任務的話，各位的烏紗帽恐將難保。」藤原警務局長一番狂轟訓斥之後，現場各級警務主管猶如驚弓之鳥地鳥獸散離開。「主編，這篇報導是你撰寫的嗎？」台北州知事佐藤孝之，等待警務人員離開後詢問報社主編。「藤原警務局長的令嬡藤原櫻子，她得到獨家的內幕消息親自撰寫的。」報社主編不假思索地回答後，讓藤原警務局長與佐藤台北州知事感到詫異。

台灣日日新報可是台灣島內發行量最大，屬於半官半民合辦的報紙媒體，同時也是總督府官方喉舌的御用媒體。「今後如果有神隱貓人……不對！盜匪的內線消息，希望可以立即知會我們。」藤原警務局長一時口誤後意有所指地表示，報社主編只能唯唯諾諾地應允。

神隱貓人的新聞報導與傳聞消息，迫使總督府警務局發布了

全島通緝令，同時祭出舉報與緝捕的高額獎金，立即成為台灣島內茶餘飯後的議論話題。對於政商名流與富商仕紳可謂風聲鶴唳與草木皆兵，反而在尋常百姓與販夫走卒之間，成為繪聲繪影與耳語謠傳的趣聞，顯然有著天壤之別的情況。

台北市大稻埕太平町的大安醫院前方，街道上人流竄動與呼朋引伴的景象。「台灣議會設置請願運動」與「台灣文化協會」的旗幡隨處飄揚。西元一九二一年大正十年一月三十日，林獻堂領銜首次向日本帝國議會，正式提出「台灣議會設置請願書」。「請支持成立台灣議會法案。」林獻堂、蔡培火與蔣渭水在大稻埕的街道，演講宣傳與號召簽署請願書。

蔣渭水，出身於台北州宜蘭郡。他畢業於台灣總督府醫學校，爾後改隸為台北帝國大學醫學院的高材生。多年前板垣退助伯爵成立台灣同化會之時，他正值就讀醫學校期間，也極力號召同學加入會員。畢業分發在宜蘭醫院實習一年之後，自行在大稻埕設立「大安醫院」開始執業。蔣渭水成立台灣文化協會的組織，主旨為了聲援林獻堂與蔡培火的台灣議會設置請願運動，以及從事民主人權的社會運動。

「如果成立台灣議會，可以享有與內地一樣的民主選舉制度。屆時民選的議員，可以為本島人爭取自由與平等的權利。」永興茶葉商行的陳惠美與林英明加入請願運動的會員，在街道散發傳單與解說。「到時候我也有機會競選議員了。」總是語出驚人與喜歡湊熱鬧的蟾蜍打趣地說道。「你不要……做夢了！」黑

熊以口吃的語氣提醒專心做事。「大家加油吧！」台灣日日新報的藤原櫻子微笑點頭地打個招呼，立即前往採訪蔣渭水等人的工作。「癡漢！你懂得什麼是『民主』嗎？」尾隨而至的花子以挪揄的語氣對著蟾蜍說道。

自從結伴參加天燈祭之後，藤原櫻子與花子已經無數次前往永興茶葉商行。除了購買東方美人茶之外，與陳惠美也建立交情與日益熟稔，日積月累地茶葉商行的員工遇見她們，已經彷彿朋友一般地態度看待。每次花子與蟾蜍會面的情節，如同一對歡喜冤家一般地鬥嘴。最後蟾蜍總是無言以對地甘拜下風，這個也成為眾所皆知的笑談。

台灣議會設置請願運動成立伊始，立即得到民眾踴躍地響應與參與。同時在街頭群眾的集會效應之下，使得嚴密管控台灣治安的總督府，感到非常關切與掌握情勢的必要性。警務機關對於治安的風吹草動可謂動見觀瞻，大稻埕派出所的佐藤武哲收到消息，也率領部屬前來現場觀看與視察。春寒料峭與繁華熱鬧的大稻埕街道，黃昏的夕陽隨著請願運動的旗海飄揚沈入地平線。

大稻埕太平町的「春風得意樓」也簡稱為「春風樓」。這是蔣渭水入股投資與擴建營業的餐館，為了提供社會運動人士一個聚會與議論政事的場所。這個附有藝伎歌唱表演的高級台菜餐廳，一般本島人俗稱為「酒家」。除了「春風樓」再加上「江山樓、東薈芳、蓬萊閣」，並稱為「江東春蓬」是大稻埕的四大酒家。

華燈初上聞香而至的賓客絡繹不絕，春風樓的夜晚經常匯聚

眾多的食客與酒客。除了文人雅士餐宴的歌酒助興，多數也有針
貶與議論時事的社會運動人士。藤原櫻子帶著花子宴請永興茶葉
商行的陳惠美，林英明、蟾蜍與黑熊自然地一併成為座上賓。身
為記者的藤原櫻子為了深入報導如火如荼的社會運動，最近則是
經常出入在大稻埕地區。

在享受盛宴與杯觥交錯之餘，不免談論有關台灣議會設置請
願運動的事情。先前林獻堂、蔣渭水、蔡培火等台灣文化協會的
幹部，一行人前往東京都與植村正久牧師、東京每日新聞副社長
寺師平一、東京政界與媒體人士，以及台灣學生團體等聲援民眾，
舉行一場有史以來首場的請願遊行活動。

陳惠美活靈活現地轉述當時的情況：「大約幾百名的民眾沿
街遊行，舉著台灣議會設置請願的布條與旗幟表達意見：『請內
地的同胞，支持台灣成立民主議會吧！』從東京都的天空鳥瞰遊
行隊伍綿延在街道之上，此刻有一架輕型飛機名為「台北號」，
飛翔與盤旋在晴朗澄澈、萬里無雲的蒼穹。

在飛機上方突然散發與空飄著數十萬張的傳單。白色傳單如
同冬天雪花一般覆蓋東京都的天空，緩緩飄落的白色雪片落在東
京都各處的街頭。「台灣呻吟在暴戾政治之下久矣！」、「請給
台灣人議會吧！」等傳單內容，街道的行人紛紛好奇地撿拾觀看。
「台北號」的飛機駕駛是一位台灣青年名為「謝文達」。他出身
於台中州豐原郡，畢業於千葉縣的「伊藤飛行機研究所」。他以
行動支持台灣議會請願的遊行活動。

　　除此之外，貴族院的江原素六議員，首次正式向日本帝國議會提案：「台灣議會設置請願書」，其大致內容如下：「一、台灣情況特殊，不同於日本內地有特別立法之必要。二、日本是立憲國家，台灣受其統治應享有立憲政治之待遇。三、台灣總督同時掌握行政權與立法權，違反日本憲法精神，立法權應歸還人民。四、請願設置台灣議會，台灣立法與預算審核改由議會進行。」雖然活動獲得日本內地民眾與媒體輿論的支持，但是帝國議會貴族院與眾議院仍以「不採納」駁回議案。得知議會請願運動在內地造成民眾和輿論的奧援，事件讓總督府顏面無光與火冒三丈。」

　　「帝國議會不是已經頒布『法三號』，實施內台合一的政策。為何請願法案還是不採納駁回呢？」事件敘述地生動活潑，讓眾人聽得津津有味的陳惠美感到疑問。藤原櫻子眼見陳惠美與一行人感到疑惑不解，她發表隱藏於其中的貓膩與問題：「雖然有內地民眾與媒體輿論的支持奧援，在本島也波濤洶湧與聲勢浩大。但是尚有辜顯榮與林熊徵等本島仕紳，他們服膺於總督府的指使之下，成立『公益會』與『有力者大會』等組織。他們公然地反對台灣議會設置請願運動的訴求，並且聲明這個並非多數本島人的意願。總督府利用本島仕紳鞏固權力，也從帝國議會強力的杯葛。

　　西元一九〇一年明治三十四年兒玉後藤時期，總督府設立專賣局統籌專賣事業。舉凡：「鹽、酒、鹽滷、樟腦、菸草、酒精、火柴、石油、度量衡器」等大宗物資，包含「阿片」都成為攏絡

本島仕紳的授權事業。另外本島仕紳為了利益與內地的大型會社，共同成立製糖企業也壟斷蔗糖資源。

倘若台灣議會的民主選舉制度成立，必然動搖總督與高級官吏的權力基礎。總督府評議會由總督任命組成，議員皆為高級官吏的內地人與本島仕紳擔任。倘若以民主選舉的議會政治，將動搖這個政商勾結的特權階層與既得利益集團。例如：台灣五大家族之一的林熊徵，他所屬的林本源製糖株式會社，早年曾經涉嫌賄賂總督府的民政長官大島久滿次，導致民政長官受到彈劾去職的事件。

日本領台初期，為了平定混亂政局與權衡統治之計，採取利益輸送與攏絡豢養本島的仕紳。如今這個金權共生與根深蒂固的特權集團，一定無所不用其極地運用影響力，阻止帝國議會的提案與決策。」藤原櫻子直指核心與精闢分析的解說，真是讓一行人無言以對與甘拜下風。

「妳與那個……警務局的藤原大賊頭，是否具有關係呢？」口無遮攔的蟾蜍突然聯想，藤原櫻子與警務局長的姓氏問題。「你這個人總是狗嘴吐不出象牙。」藤原櫻子被蟾蜍的問題突襲語塞之時，花子立即發出救援的聲音。她們主僕年紀相仿也都屬於「灣生內地人」。

花子明白藤原櫻子在外總是刻意隱藏身世背景，只是為了不想讓人側目或心有顧忌。小時候兩人時常結伴進入本島人的市集，因此她們對於平地最常使用的河洛語，不但聽力沒有問題還

能說得上幾句。藤原櫻子可以精準傳神的評論政局，源自於從小家裡高官政要與富商仕紳，往來雲集已經是習以為常，耳濡目染之下總是見多識廣。不過身為虔誠基督教徒的藤原櫻子，與一般名門貴族的子女可謂天差地別。除了優雅談吐與氣質非凡雷同之外，增添一份出淤泥而不染的超然脫俗之感。

　　林英明注視藤原櫻子專心忘我的神情，不但對她一番見解感到臣服之外，不禁回憶某次親送茶葉前往大稻埕蓬萊町的「木村盲啞教育所」，當時無意間看見她正在教導盲啞兒童的情景。「a—i—u—e—o—」藤原櫻子在教室內引導著盲人兒童，以手觸摸點字板輕輕地背誦五十音。「藤原小姐，多虧妳長期地幫助與募款，讓我們的財務壓力減輕不少啊！」木村盲啞教育所校長非常感謝地語氣說道。林英明在窗外聽見她與校長的對話，得知藤原櫻子是盲啞教育所的長期義工。除了對她的愛心與義行感到佩服之外，不由自主地內心孺慕之情油然而生，回憶到此隨即回神提醒自己不要胡思亂想。

　　木村盲啞教育所，其創立者是出身於靜岡縣基督教家庭的「木村謹吾」。西元一八九五年明治二十八年，當時木村謹吾以海軍軍醫的身分，跟隨乃木希典的第二師團到達台灣。最初他致力於傳染病的撲滅，直到台灣環境衛生已經趨於穩定。緣自於他的父親也是一名視障者，同時在台灣行醫的期間，發現沒有完善的殘疾教育機構。因此他建議總督府設置公立的盲啞學校，但是政府沒有多餘的人力與經費就此作罷。西元一九一七年大正六

年，木村謹吾決定投入所有的積蓄，同時向內地的兄弟姊妹籌措
資金，胼手胝足地創立教育所與身兼校長。

其實藤原櫻子報導「神隱貓人」的獨家新聞，正是緣於木村
盲啞教育所的關聯。不久之前，某次週末大清早她前往教育所，
正逢木村謹吾拿著一只錢袋說道：「有人捐獻五百元。」錢袋之
內附有署名者：「總督府評議員黃飛龍」的字條。當下藤原櫻子
與木村謹吾都直覺怪異，為何捐獻者既然署名，卻不當面給予或
者轉交，還將錢袋丟置在教育所的庭院。由於藤原櫻子認識黃飛
龍議員，因此偕同木村謹吾前往拜訪與答謝。黃飛龍當時顯得支
支吾吾與閃爍其詞地表示：「不用客氣，小事一椿。」當事者甚
至尷尬匆忙地結束談話，此事令人感到疑惑不解。

事後藤原櫻子某次前往永興茶葉商行時，從陳惠美口中得知
一則令人好奇地隱情與內幕：「傳聞黃飛龍的住家，曾經遭遇盜
匪闖入與劫財。」此則消息就是黃飛虎在言談之中，無意之間向
陳惠美脫口而出的事情。長久以來黃飛虎為了接近陳惠美，對於
大如總督府政策的內幕，或者是家裡雞毛蒜皮的小事，總是知無
不言地作為話題。

因此當陳惠美悄悄地轉告秘密事件時，具有記者與媒體人敏
銳嗅覺的藤原櫻子，即刻聯想木村盲啞教育所與黃家搶劫案的關
聯性。她為了抽絲剝繭還藉故旁敲側擊地詢問黃飛虎，證實了黃
飛龍完全沒有捐獻金錢給予教育所。藤原櫻子大膽地揣測捐款者
就是搶劫黃家的盜匪，同時將獨家內幕公諸於世。有關盜匪搶劫

的經過與情節描述，報導內容也是來自於陳惠美的轉述。

　　餐宴現場熱絡的氛圍似乎達到高潮。既然有人提起神隱貓人的事情，這個讓喜歡八卦傳聞的蟾蜍，終於忍不住地想要吹噓一番。幾杯黃湯下肚與酒酣耳熱之際，蟾蜍簡直像是唱作俱佳的說書人。「只要將錢捐獻出來，就當作是行善積德！」蟾蜍開始自吹自擂與模仿扮演神隱貓人的故事情節。據說坊間謠傳神隱貓人，當天深夜時刻闖入黃飛龍臥室，將正在酣睡的黃飛龍夫婦搖醒，指示他們互相把對方的嘴巴塞住與手腳綑綁。「神隱貓人，保險櫃的錢可全部帶走，請饒恕我們的小命！」蟾蜍也誇張地扮演黃飛龍夫婦的台詞。

　　其實神隱貓人搶劫的幾個富商之中，都以經營阿片煙膏者為主要對象。尤其黃飛龍就是屬於阿片煙膏的經銷商與阿片煙館的投資者。他的阿片事業交給一個幫會組織：「鬼頭門」負責經營管理，這個幫會的首領人稱：「白鬼」。白鬼的鬼頭門在大稻埕地區狐假虎威與狗仗人勢，可是赫赫有名與眾所皆知的秘密。由於總督府評議員的權勢與淫威，只能令一般人敢怒不敢言。在神隱貓人的新聞報導爆料之時，社會底層民眾多數認為黃飛龍賺取不義之財。因此普遍的評論與意見諸如：「神隱貓人，替天行道！」、「神隱貓人，仁義之盜！」等大快人心的說辭。

　　蟾蜍彷彿親臨現場一般意猶未盡、口沫橫飛地描述神隱貓人的事蹟：「在夜深人靜與月黑風高之時，他就像行動自如與身手敏捷的貓兒，神出鬼沒地縱橫穿梭在街道巷弄之間。貓人的眼睛

散發著正義光芒，雪白面具猶如天使降臨一般，讓不義之人聞風喪膽。他彷彿鬼魅一般神秘莫測地現身懲罰為富不仁的惡人，身先士卒地劫財義助社會弱勢貧病的人民……」蟾蜍說到激動之處還亢奮地站上椅子，手持筷子模仿神隱貓人拔刀的姿態。他誇張的演說讓餐廳大堂鄰桌的民眾，情不自禁地感到精彩絕倫與齊聲拍案叫絕。「有沒有……那麼誇張啊？」黑熊聽得津津有味地還是以口吃的語調說道。眼見蟾蜍生動活潑的肢體語言，此刻花子卻一反常態地捧場之外，藤原櫻子、陳惠美與鄰桌的民眾等，全都被他花俏逗趣的故事情節與自導自演，逗得樂不可支與開懷暢笑。唯有林英明不以為意地搖頭苦笑。

　　「說得這麼傳神……彷彿你就是神隱貓人！」黃飛虎意有所指地拍拍手說道。不知何時他已經與跟班吳不良到達現場，穿著警察制服的佐藤武哲，更是靜悄悄地站在蟾蜍的身旁。銜命偵查的佐藤武哲與黃飛虎一道現身，原本南轅北轍與毫無交情的兩人，為了達成破案的目標開始互動與交集。「飯可以亂吃，話不能亂說啊！」站在椅子上方的蟾蜍頓時尷尬與畏縮的回應。

　　不速之客的來臨使得現場冰凍凝結與鴉雀無聲。「如果有盜匪的線索，知情不報者，可是有連坐法的責任。」佐藤武哲意有所指地提醒現場的民眾。「佐藤警官，敬請一起用餐吧！」陳惠美起身試圖讓尷尬的氣氛緩解，同時巧妙地安撫黃飛虎。「武哲，我們想要回家了……能不能勞煩護送一程呢？」藤原櫻子拉起花子試圖支開佐藤武哲，同時向陳惠美使個心照不宣的眼神離開。

春風樓猶如吹皺一池春水一般漣漪蕩漾，賓客依舊川流不息的匆忙景象。夜間燈紅酒綠與精彩絢爛的大稻埕，醉翁之意不在酒的文人騷客，與酒酣耳熱的風流雅士，似乎依然沈醉於藝伎銷魂迷人的歌聲。

　　台北市大正町的街道筆直整齊，街道的兩旁沿路種植了櫻花樹，是一處仿效京都棋盤式規劃的住宅區。東西向街道稱為「通」，南北向則是稱為「筋」。街道規劃是獨門獨院戶建式和洋混合型態的住宅為主。大正町與隔鄰的御成町是總督府高級官吏與公務人員，或外國領事館使節等外國人居住的高級住宅區。「美國駐台北領事館」即設立在御成町轄區。

　　美麗整潔的大正町與御成町佔地大約三十公頃面積。位於大正町住宅區的台北州知事佐藤孝之與警務局長藤原忠一比鄰而居。他們從年輕時期至今都是同僚關係，除了在日本內地的父執輩已有所認識之外，他們長期的共事與交情亦如同親兄弟。

　　早在日本接收台灣，總督府成立的初始，他們就是屬於第一批同時派駐台灣的基層警務人員。佐藤孝之與妻子佐藤幸子膝下兒女唯有佐藤武哲，身為獨子的佐藤武哲在日本內地出生，童年時期跟著雙親移居台灣。藤原忠一的妻子藤原美紀子，則是一名虔誠的基督徒，潛移默化影響了獨生女藤原櫻子的信仰。正因為基督徒的開明教育，讓藤原櫻子從小養成自由獨立與冒險外向的性格。

　　今晚佐藤孝之作東邀約府內餐宴，除了藤原家族受到邀請之

外，黃飛龍議員夫婦與其獨子黃飛虎也成為入幕之賓。黃飛龍妻子是大稻埕地區人稱：「黃議員夫人」的貴婦，黃飛虎則是游手好閒與不學無術的紈褲子弟。黃飛龍可是憑藉著身段柔軟與手腕高明的交際能力，與歷屆總督府的高級官吏等達官顯要，尤其佐藤台北州知事與藤原警務局長的關係良好，已經擁有年深日久的來往時間。

黃議員夫人對於佐藤幸子與藤原美紀子等總督府的官夫人，更是極盡逢迎拍馬與阿諛奉承之能事，因為黃家享盡榮華富貴的特權基礎，必須來自於這些高官政要的私相授受。對於佐藤台北州知事與藤原警務局長而言，他們需要本島仕紳的合作與協助，以便能夠穩固權力與統治基礎，正所謂：「魚幫水，水幫魚」的金權遊戲規則。

「據我所知，總督認為台灣文化協會的成員，都是麻煩製造者！」藤原警務局長對於最近的政事發表意見。台灣議會設置請願運動在東京都的遊行，向帝國議會的請願書提案，以及在東京都成立「台灣民報」的宣傳方式等。讓總督親赴帝國議會接受質詢與說明，實在讓總督府上下承受莫大的輿論壓力。

「我們公益會與有力者大會，絕對會全力配合總督府的政策。」黃飛龍也面露同仇敵愾的神情，隨即表態反對台灣文化協會與台灣議會請願運動等社會組織。「藤原局長、佐藤州知事，預先敬您們一杯酒。他日榮升總督之時……敬請關照外子與犬兒！」黃議員夫人舉起紅酒杯諂媚地致意。她的恭維之語讓藤原

忠一與佐藤孝之感到心花怒放。總督在台灣可是獨攬大權的最高首長，也可謂天高皇帝遠的「土皇帝」。

「我吃飽了，各位敬請慢用！」藤原櫻子總是不習慣官場上爾虞我詐的互動模式，似乎不願意繼續參與現場的話題，向長輩與賓客打完招呼逕自離席。她不擅表面工夫與客套交際的個性，也讓雙親覺得頭痛不已。「據說櫻子最近常去大稻埕地區，你要特別地關心狀況。」藤原美紀子提醒佐藤武哲。其實藤原與佐藤家族之間似乎早已有默契，未來雙方可是締結親家的對象，以外界的眼光也都認為屬於門當戶對的匹配。

「攝政宮皇太子殿下，已經確定視察台灣的行程。」「有關神隱貓人的盜匪案件，追查進度如何呢？」藤原警務局長說明重要消息之後，佐藤台北州知事緊接著詢問兒子。「可能即將有突破的線索……」佐藤武哲與急欲邀功的黃飛虎不約而同地答覆。藤原警務局長為了讓佐藤武哲能有表現的機會，專責成立了特別調查任務的「緝貓隊」，同時指定佐藤武哲為隊長，以期盡速逮捕鬧得沸沸揚揚的神隱貓人。

西元一九二三年大正十二年四月，日本帝國攝政宮皇太子裕仁親王，御乘一艘名為「金剛號」的軍艦，千里迢迢地穿越海洋停泊在台灣基隆港。皇太子裕仁親王受到時任總督田健治郎的邀請，特地展開十二天的「台灣行啟」。總督府以特造的台鐵花車，作為皇太子陸路的交通工具，從基隆港上岸之後，展開台北州、新竹州、台中州、台南州、高雄州，最後外島的澎湖廳等行程。

在皇太子殿下視察團到達基隆港時，首先由穿著雪白軍服的海軍軍樂隊，以雄赳赳氣昂昂的樂曲恭迎，總督府文武百官陪同護送著浩浩蕩蕩的隊伍。府方精心安排從基隆驛啟程的御召列車，火車頭沿途冒出濃濃的白煙，伴隨著悠揚高亢與響徹雲霄的呼嘯聲，彷彿預告一場隆重盛大的旅程。

風塵僕僕的御召列車到達台北驛時，先經由敕使街道轉入「台灣神社」進行參拜儀式。完成參拜後返回台北驛的表町通轉乘禮賓車。台北市區街道兩旁盛裝歡迎的人龍綿延，個個手持日之丸的國旗揮舞旗海，行禮如儀地向禮賓車的皇太子殿下鞠躬致意。禮賓車以穩定的車速行駛於市區的街道，沿途重要的十字路口已經搭建歡迎尊客的「奉迎門」。例如：西門町、若竹町、新起町、老松町、八甲町通與大稻埕太平町等不勝枚舉。沿路上歡迎的群眾與旗幟遍地開花，可謂台北城百年難得一見的風騷景況。

東宮太子殿下的車隊穿越沿路歡迎的人龍後，很快地行駛進入總督府的正門口。從正門口可見前方偌大寬敞的廣場，廣場上方各級學校師生組成的隊伍整齊排列。隊伍的正前方可見一排騎乘高大駿馬的騎兵。走下禮賓車的皇太子殿下，轉身朝向廣場的歡迎隊伍揮手示意。從高處眺望工整的隊伍宛如地面上的螞蟻雄兵，行動一致地舉起日之丸的國旗呼喊：「恭迎皇太子殿下！」震天價響的聲音迴盪在廣場與街道，總督府官員引領著皇太子進入莊嚴如山的權力城堡。

皇太子夜晚下榻的總督官邸行館被稱為「御泊所」。總督

府特別地安排大稻埕知名酒家的「江山樓」與「東薈芳」等八位名廚，精心巧思準備了台灣料理的饗宴，恭迎宴請皇太子、皇室成員與隨從官員等一行人。御泊所宴會的出席者，除了總督府高級文武官吏之外，也邀請一些本島舉足輕重的仕紳，以及對於各個領域具有建樹的賢達人士。其中木村盲啞教育所的木村謹吾醫師，他可是台灣盲啞教育的先驅者，受到皇太子殿下特頒「教育功勞獎銀盃」的殊榮，以此表彰他對於身障殘疾教育的特殊貢獻與功績。

木村謹吾可謂台灣身障殘疾教育的領頭羊。由於他開啟先河孜孜不倦地身體力行與發揚光大，讓台灣社會大眾認同了殘疾教育的重要與理念，始獲得持續與可觀的捐款，爾後校務方可趨於穩定的經營。

皇太子殿下在台灣行啟的期間，從台北州開始視察各地方的政府機關、各級學校單位與台灣特別風景區之外，其中一個號稱日本帝國與全亞洲最大的水利工程建設，也是皇太子殿下特地親自視察的項目。坐落在台南州曾文郡的「烏山頭水庫暨官佃溪碑圳建設總管理處」，這是屬於總督府土木局技師「八田與一」的辦公處所。總管理處周邊寬廣遼闊的山地上，具有一片整齊排列的日式木造房屋，群聚景象如同孤絕於世的山間村落。此處也稱為「烏山頭水庫建設工程村」。

八田與一，出身於石川縣的農民家庭。西元一九一〇年明治四十三年，東京帝國大學工學部土木工學科畢業之後，隨即調派

台灣總督府的土木局任職工程技師。期間參與台南州、高雄州地區的上下水道工程與桃園埤圳等工程建設計劃。在歷時七年後的大正六年，正值安東貞美總督時期的八田與一，向府方提出了「官佃溪埤圳建設計劃」，這個計劃的核心內容就是建造「烏山頭水庫」。其中建造水庫的主要目的與構想，最終想要利用台南州曾文郡的官田庄、六甲庄、大內庄，以及台南州新營郡的東山庄等地區，其具有的低窪谷地成為天然的儲水區，蓄積官佃溪的河水形成珊瑚狀水庫。

　　台南州平原的氣候屬於雨量少、夏雨冬乾與日照時數長等特色，因此耕地還被戲稱為仰望天候條件收成的「望天田」。由於沒有大規模的灌溉設施，農作物種植的種類受到限制，倘若面臨颱風季節還會發生洪水的問題；加之沿海地區鹽分偏高等不利因素，台南州平原的土地生產力計算，只有台北州與台中州地區的一半效率。有鑑於此，八田與一幾經勘查與深思評估，提出這個幾乎所有專家都認為不可能的任務。

　　八田與一的烏山頭水庫計劃與構想，當時提交於日本帝國議會討論與審議。由於其規模大於桃園埤圳建設的四倍，另外建設經費龐大與工程艱鉅困難等因素。日本內閣最高財政機關的大藏省，以太過理想化為由駁回提案。如今歷經千辛萬苦獲得帝國議會重新審議通過，因此正式成立了總管理處，與搭建工程人員的宿舍，進行亞洲最大與世界第三大的水庫工程建設。

　　皇太子殿下與總督府文武百官蒞臨視察時，八田與一小心翼

翼地引領一行人走在崎嶇不平的道路。他鉅細靡遺地向皇太子殿下，與總督府官員說明計劃的內容，以及介紹工程建設的宿舍村落等情況。皇太子殿下與隨行的文武官員，最後站在村落盡頭的山坡懸崖之處，專注地遠眺著一大片綿延荒蕪的平原地帶，寬廣遼闊與乾涸龜裂的幅員腹地。此刻緘默沈思的一行人，對於眼前景況實在令人難以想像，端詳著個性沈靜自信與眼神閃爍願景的八田與一，言談之中想像描繪的荒漠旱土，即將成為溢滿甘泉的應許之地。

坐落在台北州七星郡的「草山御休憩所」，屬於台北州知名的草山溫泉風景區。總督府官員在皇太子殿下台灣行啟的最後階段，特地安排御駕親臨具有硫磺味特色的溫泉區。皇太子殿下台灣行啟的期間，日本內地的三大報紙：「獨賣新聞、朝日新聞、每日新聞」，與本島的三大報紙：「台灣日日新報、台灣新聞、台南新報」等媒體，全程隨從進行重點式的專題報導。今日皇太子殿下看見草山優美的景色，因此心血來潮地在周邊栽種一些櫻花樹。總督府官員在草山御休憩所的廣場，安排一場盛大的奉迎會慶典。

穿著幾何圖形編織與色彩艷麗服飾的山地部族，興高采烈地手舞足蹈與歡唱表演的景象。嫻熟俐落的舞姿風采曼妙，同時高亢清亮的歌聲璀璨嘹亮，彷彿一部迴盪天地的交響樂曲，演繹一齣扣人心弦的藝術饗宴。

「皇太子殿下，蕃人在帝國文明的教化之下，已經脫離了暴

戾之風與野蠻之俗。」皇太子正值專注觀賞高山部族的表演，隨從的總督府官員總是極力地誇耀政績。「爾等為何總是稱呼皇國的子民……為『蕃人』呢？」皇太子聽聞官員屢次以輕蔑貶抑的形容詞，終於語氣不悅地質疑反問，頓時讓文武百官面色鐵青與驚慌失措。「依據日本古籍之記載，今之台灣昔乃稱為『高砂』。是否應稱台灣的子民為『高砂族』呢？」皇太子思忖半晌後文雅地指稱。「皇太子殿下，所言甚是！」總督府的文武官員耳聞殿下的意見之後，適逢高砂族的歌舞結束之際，一行人同時起身鼓掌表達認同指示。

　　高砂族的美妙歌舞精彩絕倫，彷彿呼應歌舞昇平的大正民主時代。總督府文武百官的鼓掌聲猶如高調唱和，厥功甚偉與歌功頌德的統治事蹟。在皇太子殿下的台灣行啟之中，默默地宣誓日本帝國蛻變台灣的歷史階段。

　　夜幕慵懶地趴在大正町的街道上，情同姊妹的藤原櫻子和花子總有密閨長談的機會。有時藤原櫻子索性地要求花子在閨房同寢，兩人與往常一樣平躺在鋪著被褥的蹋蹋米地板。「小姐，妳覺得神隱貓人會不會遭到逮捕呢？」花子想起先前在春風樓蟾蜍敘述的故事。她突然發現這個人除了逗趣搞笑之外，當時訴說神隱貓人的情節，神采飛揚地模樣還讓人有種共鳴感，所以情不自禁地關心事件的發展。

　　「我心裡也覺得很困惑……他為何甘願冒著如此大的風險與刑責，只為了幫助木村盲啞教育所？」藤原櫻子內心充滿疑問與

矛盾。她除了很想知道神隱貓人作案的動機與廬山真面目之外，對於他犯案手法似乎沒有傷害他人的意圖，況且還是幫助她從事義工的地方，對於此人的行徑不由自主地感到敬佩。但是神隱貓人行搶的對象，可都是社會上顯達與富貴的人物，若是被逮捕依照罪責可能難以承受。

　　「說不定他就是為了錢財，鋌而走險的人啊！」花子似乎也越想越難以理解地簡化思考。「如果貪財的話……怎麼還捐給別人做善事呢？」藤原櫻子轉身面向花子後，發現她已經闔眼地沈浸在夢鄉之中，同時一如往常地發出鼻鼾聲。

　　或許是滿腦子不得其解的謎題，此刻藤原櫻子未能得到睡神的眷顧，顯得精神奕奕與心思紛亂。在仲夏的夜晚失眠，與其翻來覆去之下，不如離開沈悶的被褥前往庭院，獨自享受靜謐安詳與微風輕拂的夜色。輾轉難眠的藤原櫻子決定走出和室房間，當她到達走廊與客廳的轉角之處，倏然地對眼前的景象感到吸引與驚奇。

　　從客廳的落地玻璃窗投射進來的銀白色月光，如同鎂光燈一般巧妙地照映顯現庭院的人影。在月色朦朧的光線之下，出現一個全身漆黑、戴著貓臉面具緩慢地移動的身影。「神隱貓人？」藤原櫻子瞥見庭院人影之時，反而冷靜地暗自思忖。

　　甫從藤原宅邸外面翻牆而入的神隱貓人，四處觀望與左顧右盼之際，突然從宅邸外面的街道上，傳來一陣大聲急促的吶喊聲：「大膽盜匪，你已經被包圍了。」大約幾十名警務人員在大正町

的街道四處，蜂擁而至伴隨著警哨的聲響四起。

　　神隱貓人聽見街道的吵雜聲當下驚覺不妙，立即敏捷地翻越出藤原家的庭院圍牆。此刻藤原櫻子也隨即穿越庭院打開大門，緊追著神隱貓人飛奔的背影。此時此景的街道已經遍布警察，警隊以水洩不通地態勢手持步槍斥喝：「別動，否則開槍！」成群結隊全副武裝的警察團團圍住神隱貓人。現場眾多的手電筒光芒聚焦在神隱貓人的身上，讓他白色的貓臉面具顯得清晰明朗。

　　神隱貓人判斷情勢得知已經插翅難飛，他緩慢地將腰際的武士刀卸下後丟棄在街道，並且立即舉高雙手表示投降的意圖。「你這個裝神弄鬼的傢伙。」緝貓隊長佐藤武哲一副胸有成竹與氣定神閒的模樣。他緩緩地走近站立於街道束手就擒的神隱貓人，伸手向前用力地扯下白色的貓臉面具。「林英明！」尾隨奔跑前來的藤原櫻子，看見神隱貓人的真實容貌之後，以氣喘吁吁與不可置信的神情嘀咕。

　　在此之前，當時藤原櫻子的頭條報導引起了全島譁然。緝貓隊經過一段時間的調查，在沒有任何神隱貓人的背景與線索之下，認為案件可能從此石沈大海。事隔幾個月之後，始終毫無頭緒的佐藤武哲，聽聞調任於台南州一位昔日熟識的同僚，提供他一個重燃希望的線索。據說在台南州有幾個農家曾經收到來自於神秘人士的金錢餽贈，同僚主動提供消息讓佐藤武哲進行調查，是否與「木村盲啞教育所」的報導有所關聯。

　　由於神隱貓人搶劫的對象都是台北州的仕紳，因此負責調查

的緝貓隊警務人員，認為盜匪應該具有區域性地緣關係，最初研判盜匪應該也屬於台北州人士。台南州的線索一度讓佐藤武哲疑惑不解。但是一番暗地調查與抽絲剝繭之後，發現受到神祕人物金錢餽贈的農家有一個共同之處。在多年前安東貞美總督時期發生的西來庵事件，他們都有親屬是參與暴動罪犯的地緣背景。

　　緝貓隊鉅細靡遺地深入清查罪犯名單，發現其中一個「張義忠」的罪犯，他是唯一與台北州具有地緣關係的人物。人稱「忠哥」的罪犯被逮捕之前，在大稻埕的永興茶葉商行工作。身為管區的佐藤武哲印象深刻，當時自己曾前往逮捕罪犯的事情。

　　緝貓隊大膽研判與假設神隱貓人，可能與永興茶葉商行具有高度關聯性的人。不但暗地派遣專人輪班監視茶葉商行的情況，佐藤武哲還突發奇想地聯手黃飛虎，研擬一個捕貓的陷阱計謀。「據說木村盲啞教育所的經營非常辛苦，全部靠木村謹吾醫師與兒子，努力地賺取薪資才能勉強度過。如今恐怕經費拮据難以持續了。」黃飛虎依計行事前往永興茶葉商行，與陳惠美交談之時故意釋放訊息，讓所有人聽見有關盲啞教育所的處境。

　　其實佐藤武哲與緝貓隊先前曾經大費周章，清查與盲啞教育所具有關聯的人事，最後都排除具有涉案的可能性。他們假設倘若神隱貓人與永興茶葉商行的人員有所關連，既然他有義助盲啞教育所的動機，只要布局引誘匪徒再次現身犯案的可能性。屆時布滿天羅地網的警務人員，自然可以請君入甕與手到擒來。

　　果不其然，佐藤武哲與黃飛虎故布疑陣的計謀奏效，讓林英

明聽聞後再度選擇採取行動。在緝貓隊人員鍥而不捨地長時間監視之下，發現林英明今夜鬼鬼祟祟地離開宿舍。跟監人員一路尾隨到達大正町，最終逮捕逍遙法外歷時兩年的神隱貓人。在深夜時刻神隱貓人的現身引起騷動，驚醒早已熟睡的大正町居民。原本治安良好與平靜安詳的高級社區，今晚被這個傳聞之中的盜匪攪亂地雞飛狗跳。

藤原警務局長夫婦、佐藤台北州知事夫婦，也對這個驚天動地的事情感到心神不寧。當他們睡眼惺忪地步出街道時，看見雙手已經被反綁的林英明，藤原警務局長與佐藤台北州知事難以置信地呆若木雞。兩人目不轉睛地注視著林英明的容貌，不約而同地面面相覷與驚恐迷惘的神情。

「已經逮捕歸案的神隱貓人，可能與明治時代南台灣的大土匪林少貓有關係？」藤原警務局長與佐藤台北州知事，坐在辦公室的沙發上開啟年輕時期的話題。昨晚他們同時看到林英明的長相之時，讓他們如此感到震驚的原因，在於林英明與大土匪林少貓的容貌神似雷同。兩人酷似的程度彷彿他們當年曾經交手，活躍在乃木希典與兒玉後藤時期的南台灣大土匪，如同令人畏懼三分的林少貓死而復活。

他們疑惑不解地深陷於年輕時光的回憶之中：「西元一八九五年明治時代，年輕時期的藤原巡查與佐藤巡查偕同妻子，兩家族一同到達台灣任職。佐藤夫婦還帶著年幼的佐藤武哲。在總督府成立的初始，可說是兵荒馬亂的時期，平地與丘陵地區的匪幫

亂黨各處盤據與充斥林立。尤其總督府最為頭痛的人物，當屬貓字軍首領的林少貓，軍警稱其為「台灣之癌」。

　　林少貓，出身於高雄州的東港郡，清帝國時期舊制稱為「鳳山縣」。林少貓之父原居於台灣平埔部族馬卡道族的「阿猴社」，清帝國時期的「阿猴」即為現今的東港郡。其父以經營碾米廠的生意為主，林少貓年輕時期即已展現長袖善舞與調和鼎鼐的商業能力。協助其父在阿猴地區交遊廣闊與結識不少有力人士，在當地商場上可謂舉足輕重。其家族除了經營碾米廠之外，同時也掌握了魚和豬肉市場的買賣生意，屬於當地呼風喚雨的富商鄉紳。

　　清帝國時期地方官吏素行不良，導致曾經有亂民聚集想要搶劫官府的鹽館。據說當時林少貓前往大聲呼籲說道：「你們很傻……鹽以海水曬乾即有，為何還要行搶呢？」暴動的群眾聽聞有理之後主動散去。因緣際會之下，清帝國台南知府得知林少貓保護鹽館有功，延攬其擔任軍隊營官。當時官箴敗壞與治安紊亂，很多素行不良者犯案後謊報林少貓的名號，從此影響仕途與辭官返鄉。名聲響亮的林少貓返回鳳山地區之後，地方浪人與遊民紛紛擁立他作為首領。因此林少貓率領黨徒盤據在荒山野嶺地帶，據說屯居之地大約擁有三十八甲的面積。他們除了進行農耕之外，還有豢養牛、豬、羊等畜牧產業。

　　西元一八九五年，台灣局勢風雲變色。在情勢動盪與社會紛亂的大時代變局之下，林少貓選擇散盡家財招募當地的河洛族、客家族與排灣族等族群，籌組大約兩千人的民兵部隊，屯居在高

雄州的鳳山郡、東港郡與屏東郡等山林地帶。林少貓的私家部隊擁有一個非常顯著特徵，他們綁著深藍色麻紗布的頭巾，同時攜帶深藍色的三角旗幟。頭巾與旗幟上方都有一個白色漢字「貓」的標誌，因此被人統稱：「貓字軍」。

貓字軍的部隊配備有毛瑟槍或溫徹斯特槍，與刀劍、弓箭等基本武器之外，林少貓與隨從幹部均有配備駿馬，據說貓字軍大約擁有上百匹的座騎。由於林少貓曾經任職於清帝國的部隊營官，因此通曉部隊訓練與基本作戰的能力。貓字軍裝備的精良度雖然不敵台灣總督府的軍警，但是熟悉與善用山林地帶的地形掩護，並且擅長於隱藏、埋伏、迂迴與奇襲等神出鬼沒的游擊戰術。

據說貓字軍的軍紀嚴謹，只有攻擊軍警或官署人員，以及劫掠與總督府合作的富商鄉紳等對象。根據總督府「警察沿革誌」之記載內容：「林少貓絲毫不犯平民，概以屠戮總督府文武百官為主旨。相傳貓字軍劫掠之財物，經常賑濟當地村莊之民眾藉此巧授私恩，因此民眾皆暗自讚許與認可林少貓之德行。並且民眾也私下競相掩護其蹤跡，認定其為綠林好漢與草莽英雄的代表，遂成為總督府最為頭痛的人物與團體。」

西元一八九六年明治二十九年，第三任總督的乃木希典時期。林少貓率領的貓字軍陸續展開攻擊，位於高雄州的鳳山郡、東港郡、屏東郡、潮州郡，以及台南州新化郡等地區的憲兵駐屯所、警務單位與公務機關。所到之處，曾擊斃憲兵駐屯所的所長等軍警官員，並且勒索劫掠當地富商鄉紳等財物，例如：台灣五

大家族之一的高雄州陳中和等人，以作為私人部隊的軍需資金與
資源。

　　西元一八九八年明治三十一年，總督府正值兒玉後藤時期。
林少貓率軍襲擊與圍攻高雄州恆春郡的軍警部隊，民政長官後藤
新平接獲消息，派遣台南州的第二旅團與海軍艦艇，前往恆春半
島支援，試圖以陸海兩面包抄方式夾擊與殲滅貓字軍。台南第二
旅團部隊與貓字軍，在恆春城郊外的虎頭山展開遭遇戰，奧援的
海軍艦艇從海岸邊強烈砲擊虎頭山的貓字軍。在雙方激戰二十餘
日之後，第二旅團的部隊才可攻佔虎頭山，智勇雙全的林少貓率
領部眾突圍，撤退隱沒在恆春半島的山地。

　　當時後藤新平以軟硬兼施與招降圍剿並行的平定策略，擬訂
「保甲制度」與「匪徒刑罰令」等治安方案。總督府為了招撫貓
字軍得以歸順，委託高雄州仕紳陳中和為首出面勸降林少貓。總
督府談判團前往貓字軍聯盟部隊藏身的「傀儡山」與林少貓會面。
傀儡山即是現今的「大武山」，地處高雄州屏東郡與恆春半島交
界地帶，屬於中央山脈三千公尺以上最南端的山峰，亦是排灣族
部落的傳統領域。

　　「日本帝國統治台灣已經是既定的事實，以貓字軍兩千人的
力量絕對無法長久對抗。總督府實行的保甲制度，也將切斷貓字
軍持續反抗的資源，屆時只有面臨困獸之鬥。不如把握現今總督
府極力招撫的機會，得到優渥的條件就此皆大歡喜。人生在世，
都是為了自己與家人追求幸福美好的生活，難道不是嗎？」陳中

和向林少貓分析情勢的利害關係之外，亦介紹總督府的高階官員白井新太郎與富地近思，以表達政府招降的誠意。同時提及仕紳辜顯榮為總督府立功，因此取得樟腦與鹽等專賣特權，藉此趨之以利。「我只想擁有自由的生活……」林少貓深知未來情勢的嚴峻，藉機爭取最佳的結果。「只要你願意歸順的話，可以提出商議的條件……」陳中和抓住幹旋的契機。雙方談判終於達成協議，最後約定在高雄州鳳山郡舉行「貓字軍歸順儀式」。

西元一九○○年明治三十三年，貓字軍歸順儀式的當日街道人潮簇擁，似乎爭相一睹傳聞之中草莽英雄的盧山真面目。林少貓率領大約三十名的部屬，身上配戴著槍械與刀劍等全副武裝，一行人騎乘駿馬威風凜凜的貓字軍，風塵僕僕地到達具有總督府代表、軍警官員與地方仕紳的儀式現場。

林少貓承接總督府代表頒布的受降書與歸順證之時，他向著現場聚集的文武百官與仕紳宣誓：「吾人與貓字軍，今日歸順成為日本帝國之臣民也。」先前雙方談判，林少貓提出的歸順要求，其受降書的十大內容與條件如下：「一、總督府同意林少貓屯居於鳳山後壁林地帶。二、貓字軍屯居的後壁林，總督府官方不得往來。三、林少貓之部屬如有犯罪，必須提訴於他自行審理，總督府不得擅自搜捕。四、其他地區若有犯罪者逃入後壁林，得由林少貓逮捕提交官方，總督府不得派軍警緝捕。五、同意林少貓之部屬攜帶軍械外出，如果有誤被官方逮捕者，總督府接獲他的保證書必須立即釋放。六、保護林少貓先前之所有債權，被總督

府查封沒收之財產允許他索討返還。七、不追究林少貓與部屬等人前非，先前被總督府俘虜的貓字軍人員，在議和簽訂後立即釋放。八、總督府應以真誠待之，林少貓亦摒棄前嫌以真誠報效總督府。九、總督府當局應支付兩千圓授產費給予林少貓。十、後壁林屯地開墾免除向總督府繳稅。」上述條件除了第十條免除繳稅之外，其他總督府都給予允諾與認可。

　　爾後林少貓與貓字軍，在鳳山後壁林的屯墾開發區，據說除了開鑿與耕作水田，畜養牛、豬、羊等農牧業之外，同時也經營製糖與釀酒的事業。儼然成為總督府轄下法外之地，形成數百的住民與自給自足的獨立部落，從此被稱呼為「貓字軍部落」。

　　西元一九〇二年明治三十五年，總督府眼見貓字軍部落的屯墾區勢力日益壯大，以及自成一格的經濟資源與武裝力量。猶如日本帝國境內國之異域，也重創總督府威權的統治形象。在總督府幕僚村岡恆利銜兒玉總督之命，他抵達台南混成旅團的司令部舉行會議，秘密下達總督討伐林少貓與貓字軍部落之訓斥。總督府計劃以警隊作為主力，襲殺林少貓與其幹部，輔以軍隊作為後方支援，圍剿剷除貓字軍部落。

　　年輕時期派駐在台南州派出所的藤原巡查與佐藤巡查。兩人接到秘密任務的指示跟隨警部長官共五人，前往試圖引誘林少貓離開貓字軍部落。但是身邊隨時都有數名保鑣護衛的林少貓，性格警覺敏銳與察覺異常之後，下令貓字軍部落關閉城門與嚴防守備。

　　前晚已秘密布署包圍貓字軍部落的軍隊，在當天下午開始發動猛烈地砲火襲擊。藤原巡查與佐藤巡查跟隨警隊進行突擊攻堅，警隊在軍隊的砲火掩護之下攻入部落，雙方展開激烈的駁火與戰鬥。人多勢眾的軍警隊伍攻陷了貓字軍部落，林少貓帶著家族成員在部屬的護衛之下，從隱密的羊腸小徑之中衝鋒陷陣。期間緊隨林少貓奔逃的人員與部屬先後中槍倒地。

　　當時藤原巡查與佐藤巡查奉令追擊逃逸的林少貓，一路奔跑穿越遼闊的水田到達竹林之間。兩人在竹林外側以步槍伏擊林少貓一行人。「砰─砰─砰─」在步槍一陣瘋狂地射擊之下，林少貓與其護衛數人接連應聲倒地。「他就是林少貓……我永遠記得他的臉孔。」佐藤巡查看著身中數槍匍匐掙扎的貓字軍首領說道。「佐藤，這是我們為死去的同袍，最後報仇的機會！」藤原巡查以腳將身負重傷的林少貓翻身，隨即凝視著他的臉孔向身體連續擊發數槍。」

　　藤原警務局長點燃一根菸草深吸一口返回現實。他吞吐一抹回憶的煙霧，試圖平靜內心激盪的情緒。陳年往事彷彿掀開的潘朵拉盒子，釋放一段恩怨情仇的糾葛靈魂。疑惑的謎團猶如陣陣的煙圈一般，飄渺著一層朦朧迷惘的白色薄紗，啟人疑竇地想要揭開背後的真相。

幸福的藍圖

　　西元一九二三年大正十二年九月一日，本島三大報：台灣日日新報、台灣新聞、台南新報，以及東部地區的東台灣新報。全部號外報導撼動日本帝國的新聞：「關東平原發生芮氏規模七點九級強震。震央位於神奈川縣相模灣的伊豆大島外海，屬於上下振動型的強烈地震。影響範圍包括東京都、神奈川縣、千葉縣與靜岡縣地區。正值午餐時間的強震引起大火災，內務省宣布實施戒嚴。」

　　關東大地震，根據官方統計報告造成的損害：罹難與失蹤人數大約十四萬人、避難人數大約兩百萬人、倒塌建築物大約十二萬八千棟、火災燒毀建築物大約四十四萬七千棟。大地震造成的災害，讓面臨經濟危機的日本帝國雪上加霜。

　　西元一九一四至一九一八年期間，爆發的第一次世界大戰。這個歐洲大陸的區域型戰爭牽動國際的經濟局勢。戰爭最初的第一年，讓日本出口歐洲市場的農產品，需求不振造成出口值急遽下降，短期形成日本經濟的隱憂與壓力。

　　預料之外，在第二年伴隨戰爭的長期化，參戰國向亞洲地區的中立國，開始大量購買農產品與軍需品，所以浥注了日本經濟的戰爭景氣。為了應付歐洲戰爭的大量物資需求，日本的農業、工業與海運等各行各業，隨即蓬勃發展與急速擴張。期間日本在貿易出口激增與海運繁榮之下，造就了出口製造業、造船工業與礦產業等相關行業的產業榮景，因此創造飛速繁榮的經濟奇蹟等社會景象。

　　第一次世界大戰的因素，讓日本從明治時代的貿易入超國，在大正時代轉變成貿易出超國。產業結構從農業國轉變成工業國，也從貿易逆差國轉變成貿易順差國。除此之外，受惠於第一次世界大戰的戰爭景氣，經濟高速發展讓日本的財閥大發利市，也突然出現了一些新的財閥。

　　好景不常，原先戰爭特需帶來出口的旺盛與巨額的盈餘，隨著歐洲大戰的結束之後，景氣逐漸地萎靡不振。日本的社會卻依然沈浸在過熱樂觀的「泡沫經濟榮景」。

　　西元一九一八至一九一九年期間，由於通貨膨脹造成農民暴動的「米騷動」，緊接也爆發全球傳染病的「西班牙大流感」等事件。隔年，東京與大阪股市瞬間崩盤，股價暴跌、企業倒閉、銀行擠兌與勞工失業潮等經濟問題，日本政府大舉籌措與發放救濟性的金融貸款。

　　經濟問題的漣漪，同時震盪著政治制度。第一次世界大戰末期，日本為了抑制「社會主義」或稱「共產主義」的崛起，與美國一同出兵俄羅斯的西伯利亞，試圖干預俄羅斯內戰最終失敗收場。「蘇維埃紅軍」推翻日本與美國支持的白軍政權，其號稱的「十月社會主義革命」取得空前成功，俄羅斯帝國的尼古拉二世政權從此瓦解。

　　俄羅斯政府成立的「共產國際」，向世界發出革命宣言：「打倒國際資產階級，建立國際蘇維埃共和國。」西元一九二二年大正十一年，「俄羅斯蘇維埃聯邦社會主義共和國」宣布成立。共

產組織如同病毒地蔓延發展，在世界各國如雨後春筍一般湧現。

　　如今關東大地震的突發事件，無非在處於經濟困境的日本社會傷口灑鹽。機關、工廠與民房大量倒塌燒毀，金融機構與股票或商品交易陷於癱瘓狀態。大量災民安置與都市重建等問題接踵而來。日本內地主流媒體「朝日新聞」撰文表示：「大正十年日本財富八百億，一次震災折損四分之一以上，受災群眾總計高達六百萬人。」

　　日本政府為了處理災民的經濟問題，發行「關東大地震救災票據」的金融政策，這是政府直接補償讓銀行實行救濟性再貼現的災區支票。由於經濟蕭條、地震災損、社會救濟、災後重建等問題，使得日本銀行背負高額沈重的債務，成為金融危機的導火線，埋下日後「昭和金融恐慌」的經濟危機。

　　期間爆發了新財閥「鈴木商店」的宣布破產，更衍生「台灣銀行」的倒閉危機，對於日本的經濟與社會造成深刻沈痛的衝擊。經濟問題與地震天災帶來的雙重打擊，直接形成日本資本主義制度的嚴峻挑戰。

　　第一次世界大戰之後，資本主義制度為主的世界格局面臨崩解問題，國際秩序與世界局勢動盪不安。資本主義社會形成的貧富差距，成為爾後社會主義與共產黨崛起的溫床。在蘇維埃共產國際成立與宣示之下，民族解放運動的「民族主義」、無產階級革命的「社會主義」，以及「無政府主義」等思想浪潮。在經濟蕭條與政治動盪的危機之中，全面撼動著「民主主義」與「資本

主義」的國家體制。

　　台北市御成町的「台北地方法院」。廳堂上方法官正襟危坐與廳堂內旁聽者席位滿座的景況，可知即將進行一場法律攻防戰。依據台灣總督府法院條例，法院分為「地方法院」與「高等法院」的「二級三審」體系。

　　林英明被逮捕之後的審判庭，檢察官以「匪徒刑罰令」的律令起訴。依據匪徒刑罰令條文內容：「不問目的與動機為何，凡是聚眾行使暴行或脅迫者一概視為匪徒。法令規定匪徒首謀或指揮者處以死刑，附從者處以無期徒刑。另外如果涉及對抗官吏、軍隊、破壞建築物、船車、橋梁、通訊設施、掠奪財物、強姦婦女等重大情節者，不論首從悉數處死，且未遂犯視同正犯。藏匿匪徒或幫助匪徒逃脫者，罪證屬實也會被處以有期徒刑。」

　　總督府警務局向法院提訴，有關林英明涉嫌諸多的罪刑如下：「一、提供資金與協助西來庵暴動組織的犯罪者。二、以武力脅迫與搶奪評議會議員與社會賢達仕紳之財物。三、闖入總督府高級官吏的宅邸，企圖傷害警務首長的家族成員。四、以武力對抗警察人員等重大情節事項。」依據上述犯行造成社會重大治安危害，檢察官聲請提起訴狀：「求處死刑！」

　　「被告人林英明，台南州東石郡人士……」法官看著筆錄與訴狀向被告人確定身分資料。永興茶葉商行的陳惠美、蟾蜍與黑熊，以及藤原櫻子與花子等人到場聆聽。其實一行人在林英明被逮捕之時，已經聚會討論如何營救的方法。

　　多年以前，受到忠哥參與西來庵事件的牽連影響。當時永興
茶葉商行的人員，都被警務單位傳喚與協助調查，社長陳義雲還
曾多次配合到案說明。由於事關重大陳義雲深怕連累商行，不敢
為忠哥的案情提供幫助或辯護。神隱貓人的案件在陳惠美的苦口
婆心請求之下，陳義雲才首肯讓女兒出面處理林英明的法律訴訟。

　　陳惠美下定決心基於情誼與窮盡手段，都要幫助年長大約
七歲的林英明。回想林英明甫到茶葉商行工作之時，她只是一個
十歲的小女孩，當時父親續弦一年之後繼母即生下弟弟。由於父
親專心致力於奮鬥事業，陳惠美與年輕繼母的關係日益緊張與冷
淡。因此只要受到委屈無人哭訴之時，彷彿兄長一般的林英明總
會開導與安慰她。長久以來陪伴與鼓勵她的成長情誼，無論如何
都要竭盡所能地協助脫困。尤其最主要的原因在於陳惠美的內心
深處，已經悄悄地認定林英明是她此生想要廝守終生的對象。

　　藤原櫻子基於先前林英明的救命之恩，以及為了幫助自己參
與的慈善機構，也認為他是出自於善良的動機犯下的錯誤。所以
從人情義理方面論處的話，自己具有協助林英明解決問題的情誼
與義務。藤原櫻子為了協助林英明在法庭的辯護，請託專門支援
勞農社會運動的「布施辰治」，專程出庭作為主要辯護律師。

　　布施辰治，出身於宮城縣的農民家庭。西元一九〇二年明治
三十五年，畢業於明治法律學校現今的明治大學。他是一名律師
兼社會運動家。先前米騷動的農民暴動事件，他是義務參與被告
農民的辯護律師之一。

　　不久前關東大地震之時，東京與橫濱一帶爆發混亂。坊間耳語與謠傳朝鮮人即將暴動，日本內閣於是發布緊急戒嚴令。在訊息真假難辨之下軍部與警察單位，有人認定社會主義者與農工運動家，企圖藉此機會唆使朝鮮人製造社會動亂。

　　當時日本內閣為了防止社會混亂、穩定人心惶惶的政治局勢，緊急發布了「治安維持」的敕令。爾後敕令正式成為「治安維持法」，其目的是取締與禁止宣揚：「變更國體與否定私有財產制」，主旨遏制社會主義運動與共產黨的蔓延崛起。。

　　期間爆發東京都龜戶派出所逮捕工會會長「平澤計七」，與南葛勞動會「川合義虎」等八人，並且交由近衛師團騎兵連隊士兵私下處決。事件在報紙揭發之後，政府認定被處決者是出於反抗的因素才遭受槍殺，宣稱依據戍衛勤務的規定屬於合法情況。具有正義感的布施辰治為受害者家庭挺身而出，擔任這個「龜戶事件」的辯護律師。

　　法庭上主審法官質詢被告人：「你為何搶奪金錢捐助罪犯的家庭，是否曾經直接或間接參與西來庵暴動？」林英明在忠哥被處以二十年的重刑入獄之後，他感念忠哥當年的知遇之恩，以及在茶葉商行的師徒之情，期間曾經不定期數次前往監獄探視。

　　忠哥參加反抗政府的暴動原因，源自於日本領台之前因後果的關係……清帝國時期，他們家族在台南的老家鄉村，屬於從事種植甘蔗的農家與擁有自家的蔗廊。早期將收成的甘蔗自行榨取與熬煮製作成糖，所以擁有基本穩定的經濟來源，家族過著尚可

溫飽與安定和樂的生活。改朝換代日本帝國領台後，由於土地與糖業的法律政策之下，甘蔗只能交給總督府授權的製糖會社統一收購。倘若種植甘蔗經由製糖會社統一收購的價格，時有被製糖會社壓榨與剝削的情況。因此當地許許多多的蔗廍個體戶，從此無法繼續營運導致關閉。長大之後的忠哥在家道中落與經濟變遷之下，選擇北上前往大稻埕地區謀生。

西元一九一三至一九一四年期間，台南地區連續兩次重大的颱風災害，使得當地農民的農作物災損嚴重，隔年正值第一次世界大戰如火如荼的第二年，開始面臨通貨膨脹的時期。尤其是主食的稻米價格也不停上漲，農家開始面臨生活的困頓，對於政府產生日益不滿與心生怨懟。

於此同時，單純的農民受到存心不良的人蠱惑與煽動。平時忠哥隻身在台北大稻埕工作，妻子與三名幼小兒女則留在家鄉。忠哥返回家鄉與妻兒團聚之時，受到鄰居牽引遂加入西來庵的秘密團體。他身為農家背景對於總督府的政策，早已多有批評與積怨已久的情況。

忠哥由於牽扯反政府與暴動的罪刑事關重大，在人情冷暖與世態炎涼之下，親朋好友多數避之唯恐不及。林英明前往監獄探視期間，數次遇見熟識的忠哥妻子不斷地哭訴，頓失經濟支柱與擔憂收入拮据的情況，以及忠哥的三名幼小子女與年邁雙親等生計問題。林英明除了感同身受忠哥家庭的窘境之外，同時也眼見與忠哥處境相同的幾名農家鄰居。他為了幫助忠哥家庭度過困境

與難關，內心幾經思量方出此下策謀劃犯案。他搶劫黃飛龍議員
與幾名富商仕紳的錢財，所得全數均以無名氏義助忠哥家庭與其
農家鄰居。其中包含以黃飛龍議員的名義，捐獻給予木村盲啞教
育所的款項。

　　主審法官為了釐清下一個問題再度詢問：「你為何要捐助木
村盲啞教育所，並且還以黃飛龍議員的名義呢？」這個問題讓林
英明不禁凝視一下藤原櫻子。先前曾經在木村盲啞教育所，看見
她引導盲眼兒童背誦五十音時，此景讓他聯想與回憶童年時期的
恩人夫妻。這個隱藏在林英明內心長久以來的祕密，一直也是他
不願意觸及的陳年往事。所以林英明心虛地迴避藤原櫻子疑惑的
眼神，顯現顧左右而言他的神情表示：「我是受到了……木村謹
吾醫師的信念感動。」林英明內心知曉捐助木村盲啞教育所的動
機，其實與藤原櫻子有所關聯。至於以黃飛龍議員的名義捐助，
純粹只是他想要聲東擊西的想法。

　　主審法官犀利地追問最後一個感到疑惑的問題：「當你決定
再度犯案時，為何特別挑選藤原警務局長的宅邸呢？」林英明在
聽聞木村盲啞教育所出現的財務危機之時，當下他原本抱持不以
為意。但是腦海總會無意之間浮現，藤原櫻子教育盲眼兒童讀書
的影像，彷彿有一股無形的魔力催促他再度策劃行動。

　　林英明幾經思考認為不能只是達到錢財捐助的目的，必須引
起總督府的正視與關切，因此計劃挑選以總督府高級官員居住的
大正町下手。因緣巧合之下，闖入了藤原警務局長的住宅，事後

也才得知藤原櫻子是藤原警務局長的千金小姐。

「庭上，反對檢察官求處死刑的提告。」布施辰治律師提出異議表示，他說明被告人犯行不符合「匪徒刑罰令」的法律條文如下：「一、被告人屬於單獨行動，完全未有聚眾或其他協助人，所以不符合團體行為之犯案標準。二、對於西來庵事件的罪犯等刑案已經簽結，未有證據可以證明被告人當時曾有參與或協助，以及知情不報等涉案之情事。三、被告人闖入了總督府警務首長的宅邸，屬於隨機犯案之情事，並非具有刻意鎖定或預謀之行為動機。四、被告人當晚遭遇圍捕立即棄械投降，未具有反抗之意圖或致使警察人員傷亡之情事。五、被告人所得之錢財已全數捐獻，雖然其行為違反法律的規範，但是其未有圖利自身的動機，聲請得以從輕量刑。」

庭後藤原櫻子與陳惠美等一行人，焦急地徵詢辯護律師的意見。布施辰治認為罪刑不符合比例原則，但是依據實際狀況判斷與分析，被告人也無法完全免除其刑責，辯護方向唯有朝向「搶奪罪」或「強盜罪」的結果為之。

搶奪罪與強盜罪的主要區別，在於受害人當時處於受迫的手段屬於「未達不可抗拒」，或者「已達不可抗拒」的情況。若是未達不可抗拒可屬於搶奪罪，若是已達不可抗拒則屬於強盜罪。刑責論處強盜罪相較於搶奪罪屬於更加嚴重的程度。所以若能讓受害者願意適度更改口供，讓案情朝向以搶奪罪的方式辦理。在被告人沒有造成任何傷害，以及目前尚無前科的情況之下，即可

酌請法官給予從輕量刑處之。

　　由於布施辰治的分析與建議之後，陳惠美首先向黃飛龍議員之子表示：「飛虎，你英俊瀟灑與風流倜儻，一定願意幫我這個人情。」為了挽救林英明的案情，總是與黃飛虎保持距離的陳惠美，主動獻上殷勤與表達善意的態度，讓總是想方設法討好的黃飛虎，一時感到千載難逢與心花怒放。黃飛虎自認為是英雄難過美人關，答應協助一起向父親求情通融。

　　陳義雲與妻子王麗紅偕同陳惠美，帶著茶葉商行最上等的東方美人茶，在黃飛虎的安排之下拜訪黃飛龍夫婦。「敬請寬宏大量，大人不計小人過！」陳義雲以社長身分向熟識許久的黃飛龍請求。他們早年都在大稻埕地區白手起家。陳義雲在台北商場上也是名聞遐邇，他為人尚稱敦厚樸實。黃飛龍則是無所不用其極地攀龍附鳳，同時汲汲營營於總督府的政商人脈與關係。

　　「黃議員夫人，我們兩家人遲早都是親家，敬請給予義雲一個面子吧！」社長夫人王麗紅言談之中意有所指地打圓場，這可讓黃飛虎眉開眼笑與樂不可支。陳惠美心有不甘也只能啞巴吃黃連地苦笑以對。其實不只黃飛虎非常喜歡陳惠美，自從黃飛龍夫婦與陳義雲認識之時，對於賢慧有禮與聰慧能幹的她即讚譽有加。曾經數次示意雙方結為親家的意向，最後都在陳惠美的推托之詞與尚未首肯之下作罷。

　　除了陳義雲以永興茶葉商行的立場向黃飛龍夫婦，與其他受害者的富商仕紳求情之外，藤原櫻子也是馬不停蹄地商請木村

盲啞教育所的木村謹吾醫師，與台南州英國籍的湯瑪斯巴克禮牧師，向父親藤原警務局長交涉案情與酌情處理。木村謹吾在去年皇太子殿下台灣行啟時受到褒獎，湯瑪斯巴克禮則是早年引領近衛師團和平接收台南城，獲得明治天皇授予五等旭日勳章。藤原櫻子在基督教會的人脈引薦之下，結識了湯瑪斯巴克禮。她敦請兩位國家功勳與社會賢達的重量級人物出面協商，自然而然地令藤原警務局長禮遇三分。

佐藤武哲向藤原警務局長與佐藤台北州知事，報告近期進行的調查任務：「從戶口普查資料登記得知，林英明的父親原籍台南人士，名為『林少苗』。目前資料顯示，都與明治時代的大土匪林少貓，沒有任何親族與地緣的關係。」

自從遇見了林英明之後，讓藤原警務局長與佐藤台北州知事苦惱不已。除了疑惑與好奇心使然之外，主要是眼見當年已被自己槍殺的人，彷彿死而復活一般現身面前，總有一種詭異糾纏的強烈感覺。他們差遣佐藤武哲前往台南州東石郡，舊制稱為「台南縣嘉義廳東石港支廳」，這是林英明兒時與母親林秀琴居住的家鄉，探詢調查有關林英明的家族背景。

目前得知林英明的父親林少苗，據說是清帝國時期台南府人士，在其母親懷胎之時即已去世，所以對於其父親詳細背景與資料有限。除此之外，佐藤武哲也前往早年貓字軍的活動範圍，高雄州的鳳山郡、東港郡與屏東郡等地區。訪查當地認識明治時代南霸天林少貓的人士，完全沒有與林英明有任何交集的線索。

藤原警務局長與佐藤台北州知事，對於林英明身世背景的疑惑好奇之外，也認為不必有先入為主的過度反應。另外黃飛龍基於陳義雲社長的極力請求與人情世故，對於林英明的罪責也認為可給予通融的意向。神隱貓人搶劫案歷經大約一年的審理，在陳惠美與藤原櫻子等一行人，穿針引線與努力不懈地奔走之下，最終法官酌情以「搶奪罪」判刑五年定讞。

無獨有偶，以蔣渭水與蔡培火為首，台灣議會設置請願運動的組織成員，數名領導幹部被法院判定監禁。事件源於蔣渭水與蔡培火等人，考量為了保持請願運動的能量，必須具有集會結社的重要性。因此向台北州北警察署提出「台灣議會期成同盟會」的結社申請，旋即遭遇官方斷然的禁止。

基於日本帝國議會頒布的「法三號」，台灣已正式適用於日本內地的法律。請願運動成員向東京都早稻田警察署，提出政治結社的申請獲得同意，並且在東京都的台灣雜誌社召開成立大會，此事觸怒了總督府。警務局以「治安警察法」展開全島大檢舉，逮捕了蔣渭水與蔡培火等人，總共四十人的請願運動幹部。

台北州地方法院檢察官「三好一八」，依據治安警察法將請願運動成員等十八人起訴，第一審被告全數獲判無罪。三好一八檢察官不服判決再上訴，在覆審法院之中蔣渭水與蔡培火等七人，最後被改判四至六個月不等的監禁刑期。

這個稱為「治警事件」的法院判決，受到台灣社會高度的關注。在東京都編印發刊的「台灣民報」，刊載了法庭辯論與審判

的一切過程。幾名被告入獄時還被視為英雄喝采，當天許多的民眾在監獄前夾道護送，使得議會設置請願運動的政治熱情達到高潮，讓參與人數屢創新高最多約有兩千人之眾。

坐落於台北市福住町一個與世隔絕的監獄「台北刑務所」。四面為石頭堆砌的高牆上方，石頭間隙之中依稀可見若干的青草生長。陰森晦暗與不見天日的牢房內，只有冰冷的牆壁上方一扇裝有鐵條的小天窗。暗夜的月光從天窗投射進來，閃耀著格外令人刺眼奪目的光芒。

入獄服刑的林英明，在獄警開門之後進入牢房。此刻眼見一名年約五十歲出頭的中年男子，此男子身材矮胖壯碩膚色略顯黝黑，環顧冰冷的牢房大約四坪的空間。林英明仔細端詳牢房內的中年男子，穿著短褲上身赤膊的模樣，以禪坐方式背向著天窗。月光投射在男子赤裸的背上，隱隱約約地可見一幅佛教俗稱「怒目金剛」的菩薩刺青圖像。

一般佛教的菩薩像皆為慈顏善目之相，但是也有少數顯現怒目警世之相。佛教有云：「金剛怒目，以此降伏四魔。菩薩低眉，以此慈悲六道。」在陰暗朦朧唯有微稀月光的狹隘空間，初見怒目金剛的刺青之像，剎那間著實令人產生震懾與敬畏之感。此名男子由於背後的怒目金剛菩薩像，擁有一個非常特別的綽號：「黑觀音」。

或許方才獄警開門的聲響，讓專注禪坐的黑觀音緩緩地睜開雙眼。「朋友，請問老家何處呢？」黑觀音以低沈洪量的語氣詢

問。黑觀音頭頂光亮與濃眉大眼的粗獷輪廓，搭配背上刺青的威嚴形象，乍看總會令人神情不禁瑟縮一下。尤其他目露異樣的眼光注視之時，還會令人情不自禁地打個冷顫。黑觀音以驚奇疑惑與深陷沈思的眼神，望著面前忐忑不安的林英明。

　　鐵窗外面的黑色帳幕伴隨深夜降臨備感沈重。此刻溢滿與流淌月光的天窗，正巧出現一隻白色皎潔的蝴蝶，在窗外月光之下自由自在翩翩飛舞。林英明憂鬱的眼神凝望著鐵窗的月光，彷彿思索著美麗的蝴蝶在破繭而出之前，必先歷經黑暗困頓的蛻變時期。他不知何時能夠掙脫作繭自縛的牢籠，破繭蛻變成為自由美麗的蝴蝶。

　　次日清晨獄警不斷地催促牢房的囚犯，依序走出陰暗潮濕的房間。身穿囚衣的囚犯集體站立在監獄的廣場，排隊清點人數之後魚貫地走入餐廳。「聽說你就是大名鼎鼎的神隱貓人。」綽號「白鬼」的囚犯向著林英明挑釁說道。

　　白鬼的外表帶著蒼白毫無血色的臉孔，眼睛猙獰微凸與身形骨瘦如柴的模樣。尤其他陰險狡詐與眼露兇光的面相，直覺即非善類的惡人形象。白鬼是大稻埕地區惡名昭彰的幫會領袖，這個幫會以一個面目猙獰恐怖的「鬼頭」圖案作為標誌，成為眾所皆知與敬而遠之的「鬼頭門」。

　　白鬼除了協助黃飛龍打理阿片的事業之外，鬼頭門也涉獵地下賭場或娼妓館等生意，在大稻埕地區宛如螃蟹橫行的霸道勢力。雖然白鬼倚仗黃飛龍的勢力不可一世，偶爾也會犯下不容於

治安的差錯，諸如：暴力脅迫或聚眾賭博等行為。不過總可大事
化小或小事化無。

　　其實白鬼已經接到黃飛龍在監獄外面的指令，準備給予林英
明在監獄內一個震撼教育。白鬼身旁的四名嘍囉聽見指示，俐落
地將林英明團團圍住。「這個人是我保護的，若想要動他得先問
我！」黑觀音身高相較白鬼矮小半個頭，但是他以眼神直視與挑
戰白鬼的態勢，卻是氣勢凌人地毫不遜色。黑觀音身旁名為「紅
龜」的青年隨即聲援壯勢。白鬼眼見黑觀音與紅龜彷彿有備而來，
意興闌珊地唆使部眾一道離開。

　　黑觀音本名李志輝，出身於高雄州鳳山郡。他是大稻埕碼頭
一家船運會社，名為觀音社的社長，經營貨物船運事業已有多年
時間。從外表看來黑觀音是一個面惡心善的人，他經常向員工或
朋友以口頭禪表示：「人生無常，慈悲待人。」由於他篤信佛教
屬於觀世音菩薩的信徒，因此將船運會社取名「觀音社」。

　　紅龜，他是黑觀音的義子，擁有一頭略顯偏紅的髮色、膚
色白淨與輪廓分明的臉龐，也是觀音社經營得力的助手。據說黑
觀音年輕時期從高雄州鳳山郡北上，途中在台南地區罕無人跡的
山間小徑，發現一名氣若游絲垂死邊緣的婦人。同時婦人身旁有
一名嚎啕大哭地幾近斷氣的孩童，他試圖安撫孩童與釐清狀況之
時，婦人以最後的氣力不斷地掙扎說道：「西拉雅……」黑觀音
幾經詢問與確認得知，紅龜屬於台南地區的「西拉雅族」後裔。

　　黑觀音將帶回的孩童視如己出一般撫養長大。由於紅龜從小

即顯現「荷蘭人」特徵的紅頭髮。某次祭典時旁人看見紅髮特徵的孩童戲弄說道：「頭髮好像紅龜粿！」紅龜粿，屬於台灣河洛族與客家族的米製食品。此種食品主要使用糯米作為原料，以龜殼形狀的木製模具成型，通常在拜神或祭典使用的祭祀供品，成品樣子如同一隻栩栩如生的「紅色烏龜」。紅龜的名字即是因此而來。

「非常感謝，黑觀音老大！」林英明眼見白鬼率眾離去，以老大的尊稱向黑觀音的挺身相助道謝。「你長得特別像我……年輕時期的朋友。」林英明發覺黑觀音目不轉睛地注視自己，讓他感到彆扭之時黑觀音隨即尷尬地解釋。

林英明在台北刑務所的監獄服刑期間，認識黑觀音與紅龜兩名志同道合的知己好友。正所謂：「同是天涯淪落人，相逢何必曾相識。」黑觀音與紅龜被判監禁的原因，事發於大稻埕派出所的佐藤武哲巡查部長，接獲任務逮捕「台灣議會期成同盟會」的領導人物。

據說當時佐藤武哲帶領六名巡查的警隊，前往大稻埕太平町的春風得意樓，執行逮捕蔣渭水與蔡培火等人。身處現場的黑觀音與紅龜刻意阻撓，與警隊發生拉扯與推擠的狀況，因此被提訴妨害公務的罪責與監禁一年的刑期。黑觀音非常熱衷地參與追求民主人權的社會運動，從早年的台灣同化會伊始，他總是身先士卒與出錢出力的會員。紅龜則是全力以赴地配合義父的號召。

黑觀音父子對於林英明也是社會運動的同志，以及神隱貓人

的事蹟，更是產生相見恨晚與英雄相惜的情懷。黑觀音對於神隱貓人的事情發表看法：「你以刀械搶劫不公義的富人，主要為了幫助弱勢者。其實很多衣冠楚楚具有權力的人，以『文字與法律』的方式，巧取豪奪窮人僅有的東西。」黑觀音語畢舉起茶杯，以茶代酒向林英明致敬。他總是可以運用關係隱密挾帶一些物資，他們正在品嘗的東方美人茶，在監牢真是難能可貴的享受。他為了關心社會時事，甚至神通廣大地輸入一本「台灣民報」的週刊。

　　西元一九二〇年大正九年，在東京創刊的「台灣青年」，三年後更名「台灣民報」，一般在東京都編印之後台灣發刊。西元一九二七年昭和二年，始獲得總督府的許可在台灣編印。報社地址設立在「台北市下奎府町」。

　　黑觀音閱讀台灣民報的頭條新聞報導：「西元一九二五年大正十四年，台中州彰化郡二林庄三百名蔗農集體暴動。蔗農與『林本源製糖會社』的代表，以及警察人員爆發肢體暴力的衝突。『二林蔗農事件』總共有九十三人遭到檢舉。」

　　林本源製糖會社的社長林熊徵，屬於台灣五大家族之一。事件始末起源於一年前，農民基於蔗糖收購的價格過低，並且肥料價格已經上漲偏高，加上製糖會社秤量甘蔗的方式不公平等因素。農民組織代表向庄長反映之後，同時與製糖會社人員進行交涉未果。

　　今年秋天的季節正值甘蔗豐收的時刻。製糖會社應該在甘蔗收購前公開價格，林本源製糖會社卻故意隱密不宣，而且事先向

交情良好的蔗農進行採收未經公布價格的甘蔗。抗議的蔗農先前已經多次協商未達共識，製糖會社在派出所警察的協助之下，意圖以未經公布與協商確定的價格，強行進入抗議農民的甘蔗園自行採收。遂引發現場三百多名的農民與聲援民眾群情憤慨，引發不可預期的暴力衝突。

另外支持蔗農抗議團體的領袖人物之中，具有支持台灣議會設置請願運動的台灣文化協會成員，總督府也將事件的主謀指向台灣文化協會的策動。

台灣三大報之一的台南新報記者「泉風浪」。在事件發生前夕曾經自發地協助蔗農，與林本源製糖會社進行交涉。泉風浪，出身於宮崎縣。他曾在內地的「東洋新聞、東京夕刊新報、國民新聞、東京日日新報」等報社工作。西元一九一九年大正八年，開始受聘於台灣新聞與台南新報等。泉風浪雖然在總督府的御用報紙服務，但是他總是秉持著媒體良知，婉拒官方要求撰寫樣板文章，受譽為「普羅階級的救世主」。

有關蔗農的抗爭行動，前因後果必須回歸審視「兒玉後藤時期」的蔗糖政策。西元一九〇一年明治三十四年，農業博士新渡戶稻造任職總督府殖產局長之時，研擬的「台灣糖業改良意見書」，其政策內容概括可分為：「生產改良與教育、獎勵投資者、甘蔗價格公議、維護蔗農權益、成立產業組合、實施產業保險」等精神。

新渡戶稻造對於糖業發展的政策設計，其原本體現保護農

民免於被剝削，與維護原有住民的利益思想。日後總督府的高級官吏卻將立意良善，有利於蔗農與原有住民的項目束之高閣，獎勵與有利資本家的方案反而分毫不差地執行。蔗農受到的不平等待遇諸如：「固定糖廠收購，不得選擇」、「糖成品銷售之後才可訂定收購價，不得異議」、「甘蔗的秤量權在製糖會社，不得參與」、「肥料需向所屬製糖會社購買，且金額於收購價之中扣除」、「採收由製糖會社僱工，工資由收購價之中扣除」等不勝枚舉的苛刻條件。

　　林本源製糖會社屬於本島人仕紳出資經營，但是剝削與壓榨農民血汗的情況，更甚於隔鄰的內地企業「明治製糖會社」。林本源製糖會社的收購價格，長期性相較於明治製糖會社偏低之外，其肥料的價格卻是長期性比明治製糖會社偏高。

　　由此可見，榨取甘蔗製糖的會社，如同榨取農民血汗的惡魔。在總督府訂立對於農民不平等的規則之下，形成蔗園經營者最終並非蔗農勞動者本身，反而是掌握資源與權力的製糖會社。蔗農的地位根本是隸屬於製糖會社的從屬關係。更有甚者是耕作的土地並非農民所有，血汗勞動與生產所得的收入，除了繳交給予地主的佃租之外，還要負擔耕作的資金與本息等。

　　多數的農民只能靠一分宅地的農作物糊口，再由耕作資金的借貸勉強度日生活。農民可謂是「製糖會社」、「金融機構」的長期禁臠與奴隸，導致蔗農入不敷出與忍無可忍地爆發暴動。這場衝突令總督府回想起西來庵事件的陰影，也讓原本欺壓成性的

製糖會社大為震撼。

　　台中州彰化郡二林庄的蔗農暴動事件，讓台灣中南部地區的農民覺醒，同時也深受日本內地社會主義的運動團體，「全日本農民組合連合會」與「日本勞動農民黨」的思潮影響。西元一九二六年大正十五年，蔗農暴動事件的隔年，台灣全島的農民組織齊聚在高雄州鳳山郡，成立了「台灣農民組合」的社會團體。會議之中，協助鳳山農民抗爭運動的「簡吉」，出任為組合長。簡吉，出身於高雄州鳳山郡，畢業於台南師範學校。他從事教職工作，也是協助農民抗爭的社會運動家。

　　台灣蔗農的暴動事件激起餘波盪漾，得到日本內地勞動農民黨的奧援，指派創立了「自由法曹團」的布施辰治與古屋貞雄律師，擔任農民被告者的辯護律師。「古屋貞雄」出身於山梨縣，畢業於明治大學專門部。曾經參與了「山梨縣農民連合會」的組成。

　　布施辰治與古屋貞雄在勞動農民黨的指派之下，成為台灣農民組合專屬的顧問與辯護律師。期間兩人在台灣中南部地區巡迴演講，帶動農民與勞工的社會運動思潮。從此日本內地與台灣島，同時掀起波濤洶湧的社會主義運動浪潮。

　　黑觀音看完報導內容與制度問題，義憤填膺的個性讓他怒不可遏，聲如洪鐘地形容農民被剝削的情景：「根本就是一隻牛扒兩層皮！」紅龜突然回想起所知的事情：「據說那個吃人不吐骨頭的黃飛龍，也是林本源製糖會社的股東之一。」林英明亦感同

身受地發表意見：「總督府的政策……似乎只有服務財團與圖利資本家。」

正當他們品嘗著東方美人茶與議論政局之時，一名獄警走到牢房門前呼喊林英明的編號：「一八九五，你有探訪者。」這位探訪者身穿警察制服，站立在牢房鐵門之外表達身分：「你就是放牛的林英明……我是『森川真之』，還記得我嗎？」

林英明被不請自來的警察，攪亂思緒地沈浸在似曾相識的記憶黑洞之內：「西元一九〇〇年明治三十三年，舊稱『台南縣嘉義廳東石港支廳』的林英明故鄉。童年時期的他總在黃昏時刻，一成不變地牽著水牛走向回家的道路……

林英明與母親林秀琴相依為命。母親患有氣喘病長期身體不佳，以裁縫或幫傭等工作維持生計。母子居住在租賃的茅草屋，日復一日平靜度過清貧困苦的環境與生活。林英明從七歲開始受雇於鄉紳地主，以放牛的微薄報酬幫助家計。他回家時總會經過村落名為「富安宮」的寺廟。

正值十歲的林英明，某一天受到宮廟之內一群兒童朗讀的聲音吸引。「a—i—u—e—o—」將牽牛繩捆綁於寺廟前方榕樹的林英明，從窗外探頭看見教室內一名穿著和服的女子，笑容可掬與輕柔端莊地引領著男女兒童，朗讀著日本語的五十音。

「小朋友，你叫什麼名字呢？」教導學童的女子發現林英明之後走出教室攀談。「你想不想上學呢？」一名蓄有大鬍子的警察也趨前說道。女子與警察表達的話語，讓不懂日本語的林英明

彷彿鴨子聽雷一般感到困惑。一位村民路過向林英明解釋說道：「他們問你想不想讀書，這裡上學是免費的。」「不好意思，我必須回家了。」害羞靦腆與不知所措的林英明，逕自牽起水牛離開現場。

　　蓄有大鬍子的警察名為「森川清治郎」，穿著和服的女子就是警察的妻子「兆木千代」。森川清治郎對於遇見的孩童感到興趣地詢問村民，得知林英明與媽媽住在村落外一公里的山坡⋯⋯

　　黃昏時刻的太陽已經沈落於海平面，天空上依然烙印殘餘的晚霞。林英明與媽媽住在一個不到十坪面積的茅草屋，點著媒油燈光線昏黃的屋內，勉強可見客廳、廚房與房間的格局。茅草屋的泥土地板坑坑疤疤與凹凸不平，客廳與廚房擺置一些破舊斑駁的木頭桌椅，眼見顯得老朽不堪的羸弱。

　　林秀琴總在黃昏時刻準備了晚餐。由於家境收入微薄與左支右絀，通常菜餚多數以自家後院種植的蔬果類為主，偶爾佐以雞鴨的蛋類，或少量的禽肉與豬肉等。林英明在餐桌上心血來潮地表示：「媽媽，我可不可以讀書呢？」其實林秀琴早有思考這個問題，這些年省吃儉用地也有一丁點積蓄，認為再過一陣子或許可以讓兒子學習。「他們說上學是免費的。」林英明向媽媽提起下午在富安宮的事情。「傻孩子！天底下哪有這麼好的事情呢？」媽媽莞爾一笑地表達意見與催促吃飯。

　　「有人在嗎？」茅草屋外面有人敲擊著木板門詢問，林秀琴開門看見一位村民與後方的森川清治郎。「這位是新派任的巡

查。」村民代替警察先行介紹之後，向林秀琴解釋可以讓林英明，前往富安宮的小學堂學習國語。「免費？」雖然林秀琴方才聽過兒子提起，她依然略帶狐疑地嘀咕。村民來來回回地翻譯，讓不懂國語的林秀琴了解情況。森川清治郎帶著親切的態度，努力地夾雜寥寥可數的河洛語，試圖讓疑惑不安的林秀琴就此安心。此刻站立在媽媽後方的林英明，窺視穿著威嚴制服的森川巡查，可以感覺一股溫暖和藹的神情，讓他眼神閃爍著無比期待的光輝……」

「你認識他嗎？」林英明受到黑觀音突如其來的呼喚，讓如同深陷午夜夢迴的思緒返回現實。眼神恍惚與沈默不語的林英明，難以置信地凝視自稱「森川真之」的警察。長久以來不願回顧的童年往事，這個禁錮閉鎖在心靈深處的記憶，彷彿遭遇竊賊晴天霹靂地敲開秘密的枷鎖。

西元一九二六年大正十五年大正天皇駕崩。同年十二月二十五日皇太子攝政宮裕仁親王，擷取於「尚書：百姓昭明，協和萬邦」之句，訂立年號「昭和」改元登基為「昭和天皇」。甫為登基的昭和天皇頒布了「大赦令」，讓原本判刑五年的林英明，服刑二年的時間即可出獄。

林英明出獄當天，已經自由之身的黑觀音與紅龜，特地前來台北刑務所迎接返回大稻埕永興茶葉商行。總督府頒布昭和天皇登基慶祝令，大稻埕地區的日之丸國旗沿街飄揚。此時相映成趣的永興茶葉商行，社長陳義雲與陳惠美等昔日同事，已經聚集等

待林英明的平安歸來。藤原櫻子偕同花子也到場共襄盛舉。

　　「雙腳跨過火盆，去除穢氣！一口豬腳麵線，去除厄運！」陳惠美依照台灣平地的習俗，在門口以木炭升起一個火盆，讓林英明腳步從上方橫越，同時端上一碗麵線讓他品嘗。茶葉商行似乎很久沒有如此熱鬧，今日特別席開幾桌宴請親朋好友，期望眾多的人氣增添喜氣，同時慶賀林英明重返自由之身。

　　「諸位的大恩大德，真是沒齒難忘……」宴席初始林英明率先舉起酒杯，向在座所有的生命貴人，致上無以倫比的敬意，更向奔波勞碌的幾位關鍵人物，逐一表達萬分的謝意。席間由於多數人尚不認識黑觀音與紅龜，在林英明的介紹之後才知曉他們之間的因緣情誼。

　　花子還以詼諧逗趣的口吻表示：「已經有蟾蜍與黑熊，又來了一隻紅龜……怎麼都是一些動物呢？」花子雖然稱不上是大美女，但是擁有白淨與秀氣的五官，率直爽朗的個性總是語出驚人。花子打趣的形容詞語畢，除了讓當事人無言以對之外，反而讓現場眾人紛紛噗哧大笑。此時不遑多讓的蟾蜍，當下也天外飛來一筆說道：「其實最辛苦應該屬於惠美，惶惶終日與提心吊膽的樣子，最令人感到心疼了。」蟾蜍的一番話語原想表達，陳惠美對於林英明訴訟的勞苦功高。反而讓席間開懷大笑的眾人，瞬間氣氛轉為尷尬與沈默，適得其反讓當事人感到不知所措。

　　「不知廉恥！招惹這麼大的麻煩，還有顏面留下來嗎？」社長夫人王麗紅在尷尬的氛圍之中，以落井下石的態度酸言酸語地

諷刺。她認為由於林英明的罪案牽連，致使陳義雲如今在政商界的關係，令人退避三舍與敬而遠之。「現在正值金融危機的時期，實在無法聘請你這種江洋大盜。」甫進門的黃飛虎附和著王麗紅的說詞，以貶抑與羞辱的語氣指著林英明。除了幫自己父親吐口怨氣之外，言下之意也想阻止林英明留在商行的機會。

　　黃飛虎油頭粉面的裝扮與形象，嘴角右側上方一顆長毛的大黑痣，伴隨著嘴巴說話的韻律跳動，如同一隻揮之不去與令人作嘔的大蒼蠅，舉手投足一副富貴子弟不可一世的模樣。黃飛虎的馬屁精跟班吳不良，下巴蓄有一小撮的山羊鬍，說話時右手指搓動著鬍子吐著舌尖，如同一隻陰險鬼祟的爬蟲類。一副賊頭賊腦的長相與沆瀣一氣的態度，總是逢迎拍馬地聲援自家的公子哥。

　　林英明對於冷潮熱諷已有自知之明，他知道若是返回永興茶葉商行工作，勢必得面對苛刻的社長夫人冷眼相待。為了不再讓陳義雲社長受人閒言閒語，同時也不再讓陳惠美承受莫名的壓力。黑觀音曾經邀請他前往觀音社任職，雖然他尚未正式允諾回覆，不過內心自忖或許這是唯一可以選擇的退路。

　　眼見王麗紅與黃飛虎你來我往地嘲諷與奚落。藤原櫻子按捺不住地發出不平之鳴：「英明，我已經安排一份適合的工作機會。」其實藤原櫻子在他即將出獄之時，早已思慮周詳地考量林英明的窘境。她曾經在昭和天皇的台灣行啟期間，採訪了烏山頭水庫建設的總工程師八田與一。日前她曾經私下向八田與一提出推薦員工的事情，聽聞與了解林英明故事的八田與一，已經答應

安排管理處總務人員的職務。藤原櫻子義正辭嚴的弦外之音，確實讓一連串落井下石的人鴉雀無聲。

　　西元一九二七年昭和時代初始，日本經濟陷入第一次世界大戰之後萎縮蕭條的情況。除了股票市場崩跌造成經濟問題之外，企業或銀行產生骨牌式經營不善與倒閉。同時關東大地震的地震票據成為龐大的呆帳，中小型銀行由於經濟的不景氣導致經營體質惡化等現象，金融危機在日本社會廣泛地發生。東京渡邊銀行倒閉與中小型銀行擠兌，日本內地大企業「鈴木商店」宣告破產，「台灣銀行」也受到波及被迫暫停營業。因此這個經濟危機稱為「昭和金融恐慌」。

　　八田與一從台南州烏山頭建設工程村返回總督府的會議結束。藤原櫻子特地安排林英明和八田與一見面，陳惠美也非常關心此事，所以刻意地要求藤原櫻子同意隨行。與其說陳惠美牽腸掛肚著林英明的工作問題，不如說讓她心神不寧是即將遠離彼此的生活。尤其是藤原櫻子突然橫梗地介入於他們之間，陳惠美帶著女人敏銳地直覺心生不祥的預兆，讓她日漸感到一股無形的威脅感。

　　八田與一引領著藤原櫻子一行人，輾轉地到達台北市的「三橋町公墓」。他們穿越一座屬於禮制建物的神明鳥居之後，正前方一座莊嚴肅穆的墳墓。墓碑上方清晰可見墓誌銘：「明石元二郎總督之墓。願余死後可成為護國之魂，亦可鎮護吾台灣人民。」

　　八田與一將手上的鮮花獻上之後，目不轉睛地注視著墓碑眼

眶噙淚，複雜的神情中隱藏著千絲萬縷的懷古幽情。他抬頭望著晴朗天空訴說一個塵封的故事，記憶依然溫故如新與歷歷在目：「西元一九一八年大正七年，大約九年前一個陽光普照與天氣清爽的早晨，八田與一帶著興高采烈的神情進入總督府。八田與一在白板上以塗鴉式的圖畫，鉅細靡遺地向總督府的官員與技術人員解說：「烏山頭水庫與官佃溪碑圳的建設，我的想法是採用『半水硬式填土堰堤壩』和『噴射水式工法』的方案。以隧道導引曾文溪和濁水溪的流水，匯集於烏山頭成為人造湖。同時興建一萬六千公里的灌溉與排水網路系統。」

「你這個構想太天馬行空了，幾乎是不可實現的夢想。」在前任總督安東貞美時期，這個工程計劃的項目曾經提出，當時已經被日本帝國議會以「不採納」駁回。明石元二郎總督走馬上任時，八田與一再度嘗試提案爭取。但是總督府與日本內地的技術官僚，幾乎多數抱持著反對與不認同的意見。「八田技師，我不懂專業術語與建設工法，告訴我為什麼無論如何一定要完成這個工程呢？」明石總督一知半解地表示，他只想知道建設的明確目標。「改變台南大平原的命運，成為一片豐饒富庶的土地。」八田與一斬釘截鐵與一本初衷地說明夢想。

「你的成功率有多少呢？」明石總督對於八田與一的回答無可辯駁地反問。「依照工程計劃執行，保證百分之百成功。」八田與一以充滿自信的語氣表示。「工程需要多少時間，最重要是需要多少錢？」明石總督對於八田與一的自信似乎感到興趣，而

且打破沙鍋問到底。「大概十年的時間，五千四百多萬日圓。」
八田與一對於明石總督的追根究柢感到有所期待。「開什麼玩
笑……你知道總督府的年度總預算是多少嗎？五千萬日圓！」一
位財政官員瞠目結舌地質詢八田技師，所有官員全部臉色凝重與
靜默無聲。「經費預算我會想辦法。」此刻一根針掉落都能聽見
的寂靜會議室，明石總督明確地拍板定案。

　　八田與一聽見這個久逢甘霖的答案感到不可置信。總督府的
官員與技術人員多數認為以一個冗長時間與天價預算，嘗試與實
驗一個未曾印證的方法，可能如同兒戲一般的政策。同時也認為
日本帝國議會，可能很難通過已經駁回的提案。「為什麼一片排
山倒海的反對聲浪，您仍然選擇相信我呢？」看見曙光的八田與
一雖然內心振奮與激動萬分，但是不免充滿好奇與疑問，追問著
即將離開的明石總督。「我真的非常喜歡那一句話……改變台南
大平原的命運！」明石總督受到八田與一的夢想與熱情感動。聽
見答案顯得呆若木雞的八田與一，此刻反而有種志同道合的共
鳴感。

　　正值第一次世界大戰尾聲，寺內正毅內閣政府時期，任命明
石元二郎成為第七任台灣總督。明石總督為了烏山頭水庫建設計
劃的預算，他首先拜會了寺內首相討論方案。「這樣史無前例的
建設預算，可是天文數字啊！恐怕是帝國議會都無法決定的。」
寺內首相聽取明石總督的解說與分析，表示這個可以改善台灣農
業生態的計劃，勢必一定要執行的情況，不禁感到財政預算分配

的窘境。「唯今之計，只有樞密院了。」寺內首相認為若想通過這麼龐大的工程預算，無非直接從天皇的諮詢機構著手。

「樞密院」位於東京都皇居的樞密院大樓，一個由樞密顧問官組成屬於天皇的最高諮詢機關，可謂掌握日本帝國大政方向的顯貴部門。樞密院的編制除了正議長與副議長之外，大約有二十幾名的顧問官，成員悉數為國家元勳或國務大臣等。

明石元二郎懷著一絲希望與忐忑不安的心情，拜會了樞密院的議長「山縣有朋」。山縣有朋，出身於幕府時期長州藩現今的山口縣。曾任陸軍司令官、參謀總長、樞密院決議長、帝國議會貴族院決議員、內閣總理大臣等職務，日本近代最具有影響力之一的政治人物。

山縣有朋聽取明石元二郎提出的預算經費與工程時間，初始同樣感到震驚訝異與難如登天的態度。但是明石總督在返回內地之前，已經立下此行誓必成功的決心，對於年長大約二十六歲的山縣有朋，不只是德高望重的長輩與長官，更是掌握關乎台灣長久大計的工程建設，具有決定性關鍵的唯一人物。

山縣有朋基於明石元二郎可說是日俄戰爭的大功臣，自己曾經也有軍旅生涯的陸軍背景等因素，讓他同意給予明石元二郎一個私下促膝長談的機會。日本內地正值發生米騷動的暴動事件，日本政局與經濟面臨動盪不安的情況。若要承諾通過這麼可觀的預算案，國家財政的大事牽一髮而動全身，雖然掌握國家大政的生殺大權，山縣有朋仍然不敢掉以輕心的答應。

　　明石元二郎其實已有備而來。他向山縣有朋說明前任總督安東貞美期間，在台南州發生的西來庵暴動事件。如今內地正面臨農民的抗爭運動，兩者之間都與農民有深刻的同質性關聯。台灣烏山頭水庫建設的計劃，最終目的就是解決農民的問題。

　　明石元二郎從見面開始即已滔滔不絕與死纏爛打，使出渾身解數的說服方式，絲毫不肯善罷干休地持續說道：「內地都沒有此等規模的工程，放眼世界亦是相當罕見，我們正在創造歷史啊！」此時夜深人靜年約八十高齡的山縣有朋，不自覺地面露疲態與打起哈欠說道：「明石，我真是佩服你了。」

　　原來山縣有朋驚覺明石總督盤坐的榻榻米地板上，已經從他的褲檔滲漏與殘留了一片水漬。由於明石總督太過於全神貫注與誓不罷休的情況，竟然不自覺地尿失禁且尚不自知。山縣有朋看見此情此景不禁動容，讓他心生感佩與協助的意向。最終帝國議會以追加預算案的方式，通過台南州的烏山頭水庫建設計劃。」

　　明石元二郎，出身於幕府時期福岡藩現今的福岡縣。西元一八九五年他與台灣即已結下緣分，當時跟隨北白川宮能久親王前來接收台灣，擔任近衛師團的參謀。爾後任職派駐在法國與俄羅斯的武官，一個活躍於歐洲的情報軍官。

　　西元一九〇四至一九〇五年，在日俄戰爭期間，據說明石元二郎策動俄羅斯國內的革命黨起事，讓俄羅斯內外交迫與疲於應付。由於他的諜報策劃與謀略之下，成功擾亂了俄羅斯的大後方，讓日本帝國在滿洲地區的二十萬大軍，得以順利擊敗俄羅斯軍

隊。傳聞德意志帝國皇帝威廉二世，曾經對於明石元二郎發表評語：「明石一人，即可超越日本在滿洲二十萬大軍。」

第一次世界大戰結束，隨即爆發了「西班牙大流感」的傳染病。這個從歐洲的西班牙首先出現，爾後散布全球的瘟疫，短暫幾個月就讓世界高達數億人口感染。日本內地與台灣無法倖免於難，也發生疫情的傳染與蔓延。世界各國為了控制疫情，全部規定民眾必須戴口罩。流感的傳染造成日本各地民眾的恐慌，依據統計台灣大約八十萬人感染，死亡人數大約兩萬五千人。

西元一九一九年大正八年，明石總督上任十個月內巡視全島各地。由於他馬不停蹄地奔波忙碌，在返回內地途中不幸受到疫情感染，最後病逝於故鄉福岡縣。他離世之前交代了身後遺言：「如果吾身有萬一之事，一定要葬於台灣……願余死後可成為護國之魂，亦可鎮護吾台灣人民！」

總督府遵照明石總督遺言將遺骨移回台灣。據說安葬時沿途目送靈柩的人潮，估計大約有十萬人。他是唯一死於任期與埋骨台灣的總督，清廉自持五十五歲化為千風身邊無產。台灣五大家族之一的辜顯榮，率先捐獻一萬元作為治喪善款。台灣人民也感念報恩發起捐獻，集資共約四萬多日圓，為其造墓厚葬與作為遺族慰問金。

明石元二郎任內創立了「台灣電力株式會社」，進行台灣最大規模的電力建設：「日月潭水力發電計劃」。在他奔走下讓「烏山頭水庫暨官佃溪碑圳工程計劃」起死回生。西元一九二〇年大

正九年，烏山頭水庫工程建設於焉動工。

　　台南州烏山頭建設工程村。關於八田與一建造水庫的事情，動工數年以來早已傳遍當地農民，偶爾有疑惑的村民駐足探詢。「聽說排水道的總長，可以環繞地球將近半圈？」總是有人說著懷疑的風涼話。據說工程就是在山上蓋一座大型的天然蓄水池，從一百多公里的山上，讓水沿路流下總共一萬六千公里的排水道網路，可以灌溉著十三萬公頃的農田。

　　「這個人在作夢嗎？」幾個農民注視著工程處桌上的地球儀疑惑表示。農民輪流轉動著地球儀問道：「請問台灣在哪裡呢？」此刻已經任職總務人員的林英明，負責協助八田與一交付的行政與庶務等工作。他聽到圍觀的農民七嘴八舌的挪揄話語，不禁趨前在地球儀上指出台灣的位置。「這麼小……台南州在哪裡呢？」疑惑的農民不約而同地靠近地球儀，睜大眼睛試圖想要看清楚地圖的神情。「把我們當作瘋子嗎？趕快利用時間去載水灌溉農田，可能比較實際一點。」有人怒不可遏地起鬨，現場頓時一窩蜂地鳥獸散。有人甚至還嘀咕地說道：「總是欺騙我們目不識丁的農民。」

　　八田與一已經習慣質疑與攻訐的聲浪，他不為所動地帶領林英明與兩名技師，前往巡視排水道的建設狀況。正值台灣五月梅雨的季節，天空綿延不絕的細雨已經連續一個禮拜。山區泥濘的黃土路讓行人的腳步深陷膠著，腳上厚重的雨靴讓人有舉步維艱的困境。

　　八田與一帶領一行人走到一處山坡，從山坡遠眺著台南州大平原。每年的五月至十月之間，正是台灣的梅雨與颱風旺季。雨量太多會形成積水現象，然而十一月後雨量又明顯不足，形成乾涸龜裂的旱地。雨水多的積水情況稻米會被淹沒，雨水不足的旱地稻米則無法生長。眺望此刻一片滾滾混濁的黃色水鄉澤國，很難想像未來如何成為蒼翠綿延的稻田。「我的父親也是一位農民，我深刻地體會水源對於農民的重要性。」八田與一以感同身受的神情說道。

　　其實林英明的內心一直有個疑問的事情。除了藤原櫻子的關係之外，八田與一為何願意聘用他呢？這個問題最終讓他豁然開朗……來自於八田與一的回答釋疑：「你具有幫助弱者與無私奉獻的精神！」八田與一認為每個人都以不同的才智與方式，服務與貢獻於社會大眾。雖然林英明的方法不容於社會規範，但是立意良善的動機情有可原。

　　一行人在巡視工程進度的期間，一名技師在勘查山路之後，示意必須趕緊返回管理處。由於幾天的下雨山上可能累積堰塞湖，倘若山洪爆發溪水暴漲可能無法離開。一行人立即沿著原本潺潺的小溪，如今已經成為湍急的河流。在涉水及膝的溪流小心翼翼地行進與穿越時，八田與一腳步一個踉蹌導致手上的工程圖，轉眼間掉落溪水漂流而去。當下林英明見狀朝向工程圖漂流的方向奔走，沿著河道一個箭步縱身下水抓住了工程圖。由於溪水瞬間漲潮使得林英明隨波逐流。同行的一名技師隨即將身上的

繩索拋向他，千鈞一髮之際緊抓繩索的林英明，被岸邊的八田與一等三人拉回救起。危急的狀況大約五十米的距離之內，即可能掉落懸崖峭壁形成的瀑布之下。

　　林英明曾經看見八田與一講解工程圖時，表示這個可是攸關農民未來幸福的藍圖。歷經險象環生與全身溼透的林英明，上岸時還掛念手中的工程圖喃喃自語：「幸福的藍圖……絕對不能讓它付諸流水！」驚魂未定的八田與一眼見認真拼命的林英明，反而頓時開懷大笑地說道：「我一定要讓上天賜予的生命之水，不再是大地的洪水猛獸，而是成為農民的幸福甘霖。」此刻八田與一朝向天空張嘴大笑，同時吞嚥從天而降的雨水。一行人彷彿童心未泯與脫韁野馬一般，瘋狂地品茗細雨綿綿的幸福甘霖，方才身陷險境的驚慌失措頓時煙消雲散。

　　八田與一為了建設烏山頭水庫，特別規劃興建可以容納兩千戶職員的「烏山頭建設工程村」。這是一個提供參與工程的職員，可以攜家帶眷居住的地方。村落內附設有醫院、學校、大澡堂與娛樂設施等，儼然形成遠離塵囂的山間村落。

　　正值初夏時期的端午節，家家戶戶屋頂上方豎立著黑色、紅色、青色、綠色、紫色等五色旗幟的鯉魚旗。使得村落上方一片花花綠綠的旗海飄揚，以美麗壯觀地形式祈求平安。八田與一和林英明返回村落之後，張羅與歡迎即將蒞臨的幾位貴客，主要是新渡戶稻造夫婦、磯永吉、濱野彌四郎等人。藤原櫻子特地跟隨採訪幾位曾任台灣技術官僚的人物，同時探望與關心林英明近期

的工作情況。

　　西元一九〇三年明治三十六年，新渡戶稻造完成台灣糖業改良與農業發展的任務，返回內地任職京都帝國大學的教授，同時兼任總督府囑託指導台灣農業的發展。他對於台灣糖業與農業的貢獻，被尊稱為「台灣糖業之父」。

　　新渡戶稻造是一位「人道主義、自由主義、國際主義」的倡導者。他長期關注和參與國際事務，曾經任職「國際聯盟副事務長」與「太平洋國際學會理事長」。由於他長年奔走在日本與美國之間的和平宣揚，所以也被國際尊稱為「太平洋的橋樑」。新渡戶稻造的妻子「瑪麗埃爾金頓」屬於美國籍，日本名字稱為「萬里子」。

　　磯永吉，出身於廣島縣，畢業於東北帝國大學農科分校。西元一九一二年明治四十五年，他前來台灣任職總督府農業試驗場的技師。西元一九二五年大正十四年，磯永吉歷經十多年的研究與試驗，終於將台灣在來米的米種，成功改良為品質較佳與多產的蓬萊米種。從此讓稻米大幅增加產量與收益，被尊稱為「台灣蓬萊米之父」。

　　濱野彌四郎，出身於千葉縣，畢業於東京帝國大學的工學部土木學科。西元一八九八年明治三十一年，他跟隨受到後藤新平邀請的英國人衛生工程顧問「威廉巴爾頓」，同時成為其助手前來台灣擔任土木部技師，從此參與台灣長達二十一年的基礎建設任務。期間從事台北州、台中州與台南州等地區都市上下水道的

計劃與建設。西元一九一九年大正八年，濱野彌四郎結束在台灣的職務返回內地。他任職期間是八田與一的長官，對於建設的貢獻被尊稱為「台灣水道之父」。

八田與一的妻子米村外代樹，準備了餐點宴請幾位貴客。席間八田與一讚譽他們是台灣建設的偉大人物：「諸公都是台灣，『幸福的藍圖』擘劃者。」當下藤原櫻子也順勢地稱讚表示：「八田先生，您是『烏山頭水庫埤圳之父』。」八田與一對於突如其來的恭維，不禁靦腆地轉移話題說道：「大家別忘了，我們南來北往的鐵道擘劃者『長谷川謹介』。」藤原櫻子知曉謙虛的八田與一不適應他人的讚美，隨即化解尷尬地說道：「等待水庫工程完成之後，屆時台南大平原應該會種滿蓬萊米的水稻吧！」眾人焦點轉向磯永吉不約而同地莞爾一笑。

長谷川謹介，出身於幕府時期長門國現今的山口縣。西元一八九九年明治三十二年，他受到後藤新平的延攬邀請前來台灣，任職「臨時台灣鐵道敷設部」的技師長，成為建設台灣鐵路的總工程師。西元一九〇八年明治四十一年，長谷川謹介總共歷經九年的時間，完成台灣南北縱貫線的通車，奠定台灣鐵道現代化的發展與制度。西元一九二一年大正十年，長谷川謹介辭世被尊稱為「台灣鐵道之父」。

公義的僕人

　　坐落於台北市新富町奉祀佛教觀世音菩薩的「龍山寺」。寺廟屬於坐北朝南的方位，格局由前殿、大殿、後殿與左右護龍圍繞中殿，形成漢字「回」字形架構的廟宇。此種坐向方位與格局架構的建築，代表顯示崇高尊貴的帝王宮殿式設計，象徵最高神格的廟宇。今日是元旦新年的初始，龍山寺的香客川流不息與香火煙霧裊繞。寺廟前方廣場街道搭建一個臨時的觀禮台，禮台正上方牌匾書寫「舞獅足球新年會」的字樣。

　　「舞獅足球」是一種表演藝術與運動競技結合的比賽項目。「舞獅」是台灣本島傳統的新年慶典或廟會祭典之中，用來歡慶祝賀與娛樂群眾的表演節目。舞獅由兩人為一個單位，一人負責在前方操作獅頭，另一人則在後方扮演獅子的身體與尾部。

　　獅頭是木製獅臉與布質縫紉製成的結構體，獅身和尾部則是以布料裁剪的設計。一前一後的兩人腿部穿著狀似獅腳的靴子，前後人員必須很有默契地合作與行動，動靜之間猶如一隻活靈活現的道具獅。

　　「足球」則是以皮革填塞毛料物縫製成為圓形，具有柔韌彈性且圓滾耐踢的球體。直徑大約二十五公分的圓球體，皮革縫線之處具有流蘇的造型設計。球體與流蘇為紅白各半的顏色，倘若腳踢紅白相間的球體與流蘇，在空中旋轉飛舞時，形成燦爛絢麗的喜氣景象。

　　舞獅足球的比賽方式與規則如下：「比賽場地大約為寬度二十五公尺與總長度五十公尺的空地面積。場地兩邊各有設置一個

射球門，球門大約為寬度五公尺與高度二點五公尺的木製框體。
比賽方式由紅色與白色組成的兩組獅隊相互競技。每組獅隊參加
者總共有十三人，分成八隻獅子。

其中共十人兩人一組的五隻「攻擊獅」，負責比賽期間場內
搶球、傳球與射門的任務。攻擊獅分成一隻「前鋒獅」、以及兩
隻「中鋒獅」與兩隻「後衛獅」，通常以正三角形攻擊的陣列。
另外每隊後方由一人擔綱的「守門獅」，負責防守球門免遭敵隊
進球的任務。每隊球門旁邊由兩人擔綱的「擊鼓獅」，在球門兩
側敲擊戰鼓壯勢助陣。

攻擊獅的人員，倘若自行或失誤之下離開舞獅道具，屬於嚴
重犯規必須判定離場，並且不得中途補足人員。比賽之中倘若有
身體不適或體能不支者，可以要求比賽暫停與更換人員。攻擊獅
的人員，只能以腳腿、頭胸、身體或舞獅道具等部位，以踢或頂
等接觸方式進行運球。倘若有人員以手部觸球，屬於犯規的情況
處以原地罰球，並且轉由敵隊運球或攻門的權利。

守門獅的人員，可以雙手或身體部位阻擋射門球，或以雙手
抱球、傳球給予隊友等防守的技巧。攻擊獅與守門獅的人員，除
了以腳腿部位進行踢球、運球與傳球等技巧方式之外，不能藉故
以此攻擊敵隊人員的身體。倘若有此嚴重犯規的情況必須判定離
場。但是比賽之中，以足腳腿膝或身體部位等接觸方式，施以技
巧運用絆倒敵隊人員，屬於基本技術與戰術的比賽遊戲規則。因
此舞獅足球的比賽人員，必須練就高超的腳技與腿功，足以應付

敵隊各式各樣與奇門怪招的比賽攻勢。」

　　台北市的元旦新年期間，本島人的住宅區或商店街，家家戶戶以張貼「春聯」與「門聯」為主。若是內地人的住宅區或商店街，家家戶戶則在玄關或門口懸掛「門松」與「注連繩」等新年吉祥物。春聯與門聯的紙張，以紅色底搭配黑色或金色字體為主，紅色象徵喜氣吉祥的意涵。門松是指松樹枝一對，與乾燥稻草編織麻花狀的注連繩，一起懸掛門口象徵迎接年神與阻擋邪靈的意涵。

　　今日龍山寺首屆舉辦的舞獅足球新年會，源於龍山寺信眾推舉台灣五大家族之首的總督府評議員辜顯榮，出任龍山寺的董事長，以及萬華地區富紳吳昌才出任副董事長。先前兩人負責共同籌募寺廟修建的款項，因此在寺廟修建完成之後，信眾提議舉行落成慶典與活動的緣故。

　　原本規劃以舞獅表演作為新年會的慶祝節目，有人突發奇想地建議加入足球的競技項目。於是龍山寺新年會的主辦單位，邀請了台北州知事佐藤孝之與警務局長藤原忠一，並且由佐藤州知事夫婦與藤原局長夫婦舉行典禮的剪綵活動。現場政商名流與仕紳商賈冠蓋雲集，黃飛龍夫婦與陳義雲夫婦同時成為受邀的貴賓。

　　除了觀禮台上方的賓客滿座之外，街道廣場四周已經簇擁水洩不通的圍觀群眾。大會司儀在佐藤州知事與藤原局長兩夫婦剪綵之後，宣布進行群眾最為期待的表演與比賽。首先是一襲雪白獅裝的白獅隊出場，由觀音社的社長黑觀音帶領，其中隊員有他

的義子紅龜、永興茶葉商行的蟾蜍與黑熊，以及專程返回台北的林英明等主要成員。另外紅色耀眼獅裝的紅獅隊出場，由大稻埕派出所的佐藤武哲領銜，隊員除了黃飛虎、吳不良、白鬼與鬼頭門人員之外，其中有派出所新到任的森川真之，他是先前去刑務所探望林英明的警察。

其實提議舉辦舞獅足球新年會就是黃飛龍。他以昭和天皇剛剛登基不久為由，以及近期社會經濟與金融危機等諸多問題，主動向佐藤台北州知事提案規劃。總督府也希望元旦新年初始，經由龍山寺舉辦的慶典活動，祈求新年度的國泰民安與風調雨順。因此率先由大稻埕地區的公家機關與民間企業組織，遴選作為首屆試辦的參與團體。並且居中協調大稻埕派出所、永興茶葉商行與觀音社的配合支持。為了讓這個新年活動可以成功營造氣氛與口碑，早在兩個月之前紅白獅隊的成員，即開始從事訓練與排演等事宜。

紅白獅隊共有十隻舞獅在觀禮台的下方，排列成為兩個正三角形的舞陣，獅隊首先向觀禮台上方的貴賓與龍山寺致敬表演。現場群眾如雷灌耳的拍掌聲，與歡聲雷動的讚賞聲此起彼落，期待觀賞一場專業精彩的獅子舞表演。舞獅的動作有很多的表現形式，舉凡：獅子張口、晃耳、搖尾、行禮、抓癢、發威、酣睡、跳躍、翻滾等。更有甚者由前方的獅頭舞者，跳躍在後方獅身舞者的肩膀上，形成獅子站立的姿態等高難度動作。經由兩位舞者的動作協調與創意表現，繼而衍生變化各式各樣的藝術動作，與

肢體語言等精彩表演的內容。

　　紅獅隊與白獅隊演出設計彩排的舞步與陣式。十隻舞獅在廣場之中任意凌波微步，儼然如同對陣咆嘯與鬥志昂揚的紅白獅子戰隊。隨著現場四名戰鼓獅擂鼓喧天的太鼓聲，唯妙唯肖地模仿著森林之王的舞姿，彷彿獅子軍團演繹一場閱兵典禮的進行曲。節目表演的最後高潮好戲，就是紅白獅隊總共十隻的舞獅，必須跳躍橫越擺放在地面上，筆直延長大約五十公尺的鞭炮陣。獅子隊從容優雅地騰空穿梭於爆炸的鞭炮之上，現場群眾情緒高漲的歡呼聲，與震天價響的鞭炮聲夾雜混合。象徵著炮竹聲響除舊歲，與歡欣喜慶迎新年的熱鬧氛圍。

　　「大家看著鏡頭笑一下吧！」雖然正值新年休假期間，藤原櫻子仍然不忘記者的身分，召集紅白獅隊的人員共同拍張合照。陳惠美與花子當然不想缺席這個難能可貴的機會，藤原櫻子索性地加入合照隊伍，請人代為按下照相機的快門。「當心輸得屁滾尿流！」白鬼以挑釁與肅殺的口吻說道。「鹿死誰手還不知道……」黑觀音冷靜以對的態度，倒是讓白鬼面露陰森詭異的笑容。

　　紅獅隊的隊員半數為鬼頭門的徒眾，在大稻埕地區鬼頭門的舞獅團，一直以來都是陣容龐大與聲勢奪人。白獅隊明知他們是小鬼難纏的狠角色，除了在比賽前積極的練習之外，也耗費心思擬定作戰的策略。「連黃飛虎與吳不良這種角色都可以參加，我們應該是贏定了。」蟾蜍以戲謔輕蔑的語氣表示。「關於這點我

們英雄所見略同！」紅龜附和蟾蜍的看法，同時兩人還順勢如唱雙簧地擊掌。

「比賽輸贏除了舞獅的基本技巧，最重要是踢球進門的能力。」林英明以分析的角度表達意見。「攻擊獅要具有敏捷的身手與健壯的體能。守門獅要具有隨機應變與嚴密防守的耐力。戰鼓獅則必須保持激勵士氣與堅忍不拔的鬥志。」黑觀音身為隊長苦口婆心地告誡隊員，示意依照研擬的戰術行動。雙方人馬可是擺出勢均力敵與劍拔弩張的對峙態度。射球門已經在比賽場地布置完成，圍觀群眾各自為心有所屬的隊伍喝采歡呼。

黃飛龍走下觀禮台負責比賽的開球任務，紅白色的彩球上拋於空中時如同流星下墜一般，雙方陣營的前鋒獅隨即展開激烈地爭奪戰。白獅隊與紅獅隊球門兩邊的戰鼓獅，鬥志昂揚與迅猛狂烈地敲擊著，有如魔音穿腦的勇士進行曲。紅白相間的彩球在地上與空中之間翻滾旋轉，在雙方獅隊的進攻與防守之中奔放飛騰，緊張地進行你來我往與互不相讓的彩球爭奪戰。

白獅隊以黑觀音為首林英明為後的前鋒獅，總在關鍵時刻對陣上佐藤武哲為首與白鬼為後的前鋒獅，紅白兩隊展開激烈廝殺地攻防與纏鬥。黑觀音雖然已屆五十幾歲的年齡，從他矮壯粗獷的身材論及體能的話，媲美精實健壯的青年完全毫不遜色，可謂身經百戰的沙場老將。歷經一個小時紅白對抗的比賽期間，雙方獅隊的人員已經全身汗流浹背。圍觀喝采的群眾情緒隨著賽事高潮迭起，雙方實力可謂旗鼓相當與伯仲之間。上下半場各得一分

比數相同的結果，不分軒輊之下必須最後一局的延長賽。

延長賽局場內外氣圍已幾近瘋狂地熱烈沸騰。紅獅隊的戰術攻勢猛烈與氣勢凌厲，白獅隊則是穩紮穩打與冷靜沈著的策略。然而在賽局最後的十分鐘情勢丕變。紅獅隊竭盡全力作最後的強勢攻堅，白獅隊眼見不妙全數集結於球門前方，意圖捍衛守住最後的灘頭堡。位於白獅隊球門大約十公尺的地方，在紅獅隊群起猛攻與兵臨城下的射門階段，正值形勢緊迫危急之下，白獅隊也群起防衛與誓不退讓的激烈戰況。

此刻白鬼趁機取出已預藏的針頭，刺向黑觀音與林英明的腿部，讓他們反射性地掉落舞獅道具，同時手部還觸球造成嚴重犯規。在最後的緊要關頭之中，裁判認定白獅隊的前鋒獅必須離場。由於距離白獅隊的球門只剩不到十公尺，依據遊戲規則必須處以罰球，並且轉由紅獅隊指定人員進行踢球攻門。負責攻門者為紅獅隊的前鋒獅佐藤武哲與白鬼。在賽局的最後十秒由於佐藤武哲的臨門一腳，順利穿越白獅隊的守門獅攻入關鍵的最後一球，終場紅獅隊以二比一險勝白獅隊。

陳惠美聲嘶力竭為白獅隊的加油聲，在結局塵埃落定之後黯然失聲。黃飛虎與吳不良一副小人得志的神態炫耀著戰果。黑觀音與林英明對於白鬼的不擇手段，雖然心有不甘卻只能啞巴吃黃連的神情。白鬼則以眼神向黃飛龍示意勝利的表情。佐藤台北州知事與藤原警務局長等官員仕紳，最後起身為精彩賽事以鼓掌表達謝意與落幕。期間藤原櫻子與花子雖然沒有明確表態的支持隊

伍，但是紅獅隊在緊要關頭臨門一腳的勝利，她們反而沒有興高采烈地歡呼，抱以黯然神傷的表情注視著垂頭喪氣的白獅隊。

龍山寺舞獅足球新年會結束一週之後。森川真之偕同藤原櫻子與陳惠美特地前往台南州探望林英明。森川真之引領一行人到達台南州東石郡的「富安宮」寺廟，這個屬於林英明童年時期的故鄉村落……

當時派任東石郡副瀨派出所的森川清治郎巡查，第一次遇見牽牛的林英明時，不自覺地懷有不解之緣的情感。於是說服林英明的母親林秀琴，從此森川清治郎的義子森川真之與林英明，一起在富安宮讀書與學習，兩人成為童年時期的同伴與好友。森川真之的親生父親與森川清治郎，屬於一同到達台灣任職的同僚。由於當時的台灣盜匪橫行與治安不良，他的雙親不幸受到匪徒襲擊之後共赴黃泉，爾後即受森川清治郎夫婦收養。

自從母親過世之後，離開故鄉前往台北州的林英明，至今從未再度回到東石郡。森川真之突然帶他故地重遊，內心不免觸動近鄉情怯的傷感，而且一切似乎景物依舊人事已非。一行人進入富安宮的道教宮廟之時，森川真之立即點燃三柱清香，對著正殿被尊稱為「義愛公」的神像敬拜。煙霧繚繞之間隱約地聽見他喃喃自語說道：「義父，我找到童年的朋友了。」森川真之的話語讓身旁的林英明頓時神情驚訝。長年以來一直恐懼回憶的塵封往事，此刻彷彿揮之不去的夢魘一般，亦如脫韁野馬地浮現眼前……

　　「十歲那一年的林英明，原本總是孤單放牛的日子。由於前往富安宮上學從此結交了友伴，生活的改變讓他看見不同的未來。「a—i—u—e—o—」富安宮學堂的幾名男女幼童，認真跟隨森川巡查的妻子兜木千代朗誦五十音。「真之、英明，身體保持平衡，持劍的雙手打直。」平時除了上課讀書之餘，森川清治郎會親自教導劍道，並且嚴格地督導他們劍道的基本功。「英明這個孩子領悟力高，以後一定是個劍道高手！」兜木千代在休息期間遞茶給丈夫表示。

　　森川真之與林英明在課業之餘或休假時間，兩人可是形影相隨與無所不談的好朋友。森川真之曾經詢問林英明：「你長大想要做什麼呢？」曾經放牛多年的他童言童語地回答：「我以後想要買很多的牛，想要賺取很多的錢，讓媽媽過著舒適的日子。」當森川真之被林英明反問志向時則表示：「我長大想要成為一個好警察。」兩個一見如故的好朋友，也曾經一同與人意見不合打架鬥毆。

　　某次村落內有幾名年紀稍長的孩童指責森川真之說道：「他的義父是壞人，我的爸爸說內地人都是壞人……壞人會強迫我們繳交很多的錢。」四名孩童包圍著森川真之責罵。林英明當場斥喝地反駁說道：「森川巡查不是壞人，他是我的恩人！」不服氣他人辱罵汙衊的林英明，以木劍與手持棍棒的四名孩童發生了衝突。在雙方爭執不下時林英明使用木劍擊退了他們。

　　林英明與村落孩童互毆的事情，讓媽媽受到一些村民的質問

數落。森川清治郎得知事情始末告誡林英明說道：「學習劍道是用來濟弱扶傾與維護公義，不是恃強凌弱或好勇鬥狠。」森川巡查總是敦促林英明培養讀書與學習的精神表示：「文化就是力量，知識改變命運。」韶光荏苒自從受到森川巡查的教導，以及與森川真之朝暮相處的日子，那是一段林英明感覺人生充滿希望與夢想的時刻。他與森川真之總是天真無邪地勾勒想像，有關未來幸福的美麗憧憬。

可是偏偏天有不測之風雲，人有旦夕之禍福……西元一九〇一年明治三十四年，台灣總督府開始課徵漁業稅。貧窮的村民心急如焚與議論紛紛地向森川巡查哭訴：「一艘竹筏課徵四元五十錢。平日我們副瀨村民只能求得三餐溫飽，根本沒有金錢可以負擔如此的稅賦。」森川巡查深知村民的經濟狀況，於是向上級報告與反映民意：「多數的村民一貧如洗，是否可向上級陳情酌減稅賦的金額呢？」森川巡查向長官呈報後反而遭致嚴厲斥責：「森川，這是總督府頒布的命令。你與這些村民有何關係，為何三番兩次地維護他們呢？我現在先對你口頭申誡處分，警告你限期收繳稅金，否則屆時唯你是問！」森川巡查委婉地向長官解釋與說明，非但未能獲得採納的意見之外，而且遭致上級強烈地譴責質問，甚至懷疑他怠忽職守與斥責命令完成任務的期限。

左右為難與騎虎難下的森川清治郎，在大庭廣眾之下無奈地向村民宣告：「實在無法為大家爭取稅賦繳納的事情。」森川巡查向村民告知結果之後，帶著歉意落寞與悲傷沮喪的神情離開。

當日下午接近傍晚的時刻，本是家家戶戶裊裊炊煙準備晚餐的期間。一個聲響劃破長空震撼了寧靜的村落：「砰一」一個聽見槍聲迴盪於鄉間稻田，前往查看的村民奔相走告：「救命啊……森川巡查，飲彈自殺了。」耳聞消息的村民無不痛哭流涕地奔走現場。森川清治郎的妻子兜木千代與義子森川真之，以淒涼哽咽與痛哭失聲的嗓音呼喊著：「不要死……」親眼看見這一幕情景的林英明，深刻雋永地烙印在幼小脆弱的心靈。

森川清治郎留下遺書以警備步槍自戕，他的喉嚨部位由於中彈鮮血如注地流淌不止。驚恐失措與難以接受事實的林英明，腦海空白地沿著筆直綿延的鄉間小徑，一直奔跑、一直奔跑、一直奔跑……曾幾何時他都忘記究竟奔跑了多久的時間。天空降下滂沱大雨淋濕身體與衣裳，淚眼朦朧與熱淚盈眶一直奔跑的林英明，自己都分不清楚眼睛的熱浪是雨還是淚。唯有記憶中一直奔跑、一直奔跑、一直奔跑……以及耳邊揮之不去與縈繞不絕的痛哭聲：「不要死……」時光飛逝歲月如梭……此刻夢醒時分已經歷時大約二十幾個年頭。」

森川清治郎，出身於神奈川縣橫濱市，原本任職於橫濱市監獄的警察。西元一八九六年明治二十九年，當時的公務人員多數基於台灣的治安與衛生情況嚴峻不願赴任。但是森川清治郎卻申請自願前往，期間還帶著妻子與兒子森川真一定居。

西元一九〇〇年明治三十三年，森川清治郎調任舊稱「嘉義廳東石港支廳副瀨派出所」的巡查。他到任初始隨即利用當地信

仰中心「富安宮」作為簡易教室。不僅自己與妻子親自教育學童，甚至自掏腰包聘請適合的教師，也購買文具作為成績優良者的獎勵。除了在宮廟內設置學堂教育村民讀書識字，而且親自拿著鋤頭下田教導農民耕作，以及教育與督導村民的衛生知識等。

總督府成立初期，治安不佳與人力缺乏之下，警察職務的工作範圍可謂涵蓋：「警務治安、衛生督導、教育學習、稅務收繳」等琳瑯滿目的管理任務。由於賦稅問題極力向上級反應實情與陳情未果，屢次受到上級誤解與不忍強制向村民施壓。森川巡查以死明志留下諫言紙條：「苛政擾民」的最後遺言。

西元一九〇二年明治三十五年，森川清治郎以死殉道享年四十二歲。當時他自戕辭世之後，此事受到官方有意低調與隱晦地處置。妻子兑木千代與兒子森川真一，轉由昔日的同僚協助照顧。多年以後兑木千代病逝於台南，森川真一才被安排返回內地讀書與生活。爾後村民為了感念森川清治郎，其無私無我的義愛精神，將其奉祀敬拜於富安宮尊稱為「義愛公」。

恍如隔世不堪回首的記憶，如今依然椎心刺骨地痛徹心扉，這是林英明刻意遺忘在心靈角落的傷痕。「我們一起參拜吧！」藤原櫻子點燃三柱清香遞給淚眼潸潸的林英明。他舉香置於頭頂上喃喃自語地說道：「森川巡查，我是放牛的林英明……還記得我嗎？」

森川真之在事故之後，則是因緣際會地再度巧遇「森川」姓氏的夫妻，再度被收養的他跟隨養父母返回內地。森川真之長大

之後曾經從事幾個行業別。由於一直無法忘懷童年時期在台灣的
生活，與感念森川清治郎的恩德，一本初衷重拾童年的志向報考
警察的職務。爾後成為警察的森川真之，輾轉多時決定請調台灣
派任於台北州大稻埕派出所。在他返回台灣的當下，耳聞轟動的
神隱貓人故事，方可重逢正值服刑的林英明。

　　不久之前，森川真之獨自返回闊別已久與魂牽夢縈的富安
宮。無意之間從當地耆老得知義愛公的因緣始末：「森川清治郎
辭世之後，事件隨著時間的流逝漸漸地隱沒於塵世⋯⋯西元一九
二三年大正十二年，東石郡地區出現腦膜炎的流行性傳染病。副
瀨村的保正夜晚夢見森川清治郎的顯靈，提醒村民必須特別注意
環境衛生等事項，果真村落無人傷亡與安然度過傳染病的危機。
村民有感於逝世二十一年之後聖靈顯蹟的森川清治郎，於是雕刻
神像供奉於宮廟之內敬拜。」

　　「我們一起以義父為榜樣⋯⋯成為『公義的僕人』！」森川
真之不但引導林英明返回童年成長的地方，同時提議與鼓勵他報
考警察的工作。陳惠美聽聞森川真之敘述這一段，林英明從未提
及的陳年故事，她感動之餘更是對於森川真之的想法表達贊同。

　　藤原櫻子方才觀察林英明凝視著義愛公的神像，他靜默沈思
的模樣讓人深刻地感受到對於往事回憶的悸動。藤原櫻子不約而
同地支持森川真之的想法，她還提及有關基層警察的報考制度，
胸有成竹地表示可以從旁協助，陳惠美同時不甘示弱地表示當仁
不讓。藤原櫻子內心期望能有幫助林英明的方式，陳惠美則是暗

自盤算他若能成為警察，派任在台北州即可再經常見面。因此兩位女子有志一同地說服心懷顧慮的林英明。

台灣警察的任務不單只是法律的執行者，與公共秩序的維護者之外，更有甚者屬於基層行政事務的管理者。因此巡查的管區工作與職務關係，直接影響各個地區的居民生活，基層警察可謂具有權力的支配者角色。

西元一九二〇年大正九年，第一任文官總督田健治郎提出「內台合一」的政策。先前由於制度限制了本島青年從事官吏的工作，導致警察制度廣為本島人批評與詬病。為了消弭本島人輿論的指責，因此進行適度的調整政策。早年制度的設計限制本島人，只能擔任警務單位最基層職務的「巡查補」。由於巡查補的待遇與薪餉一直偏低，並且都是苦無升遷的機會，從此開始擴大本島人「巡查練習生」的招考。

先前巡查補都從地方州廳轄下的「巡查補教習所」修業，結業之後在本地州廳分派任職。但是新制之後的巡查練習生招考錄取，則是集中於「警察官與司獄官練習所」。修業期滿可分發前往本島各州廳地區擔任巡查的職務。「巡查」的考試以國語聽寫、作文與算數等筆試，其他還有口試與體檢等錄取方式。

台灣警察的影響力之大，被人形容是典型的「警察政治制度」。對此作出嚴厲批評者，就是出身於愛媛縣的東京帝國大學教授「矢內原忠雄」。他是屬於無教會主義的基督徒，與同是基督徒的新渡戶稻造熟識。西元一九二七年昭和二年，他受到議會

設置請願運動的蔡培火邀請前來台灣，期間實際考察的地區遍及全島。

當時矢內原教授在考察與公開演講之中，被總督府派遣的警察監視，甚至還被提醒必須注意言論。他返回東京都之後發表文章，強烈抨擊在總督府專制集權之下，台灣沒有政治與言論自由的情況。由於矢內原教授的義正辭嚴，日本內地的輿論沸騰形成總督府莫大的壓力，讓原本只可在東京都編印的「台灣民報」，得以返回台灣成立據點。

林英明當年基於森川清治郎的啟蒙教導，爾後順利完成公學校的基礎教育，並且持續努力自學的劍道造詣出類拔萃。好學不倦的林英明平時培養大量的閱讀習慣，尤其曾拜讀熱愛新渡戶稻造的「武士道：日本之魂」，最尊崇的日本歷史人物就是「坂本龍馬」。坂本龍馬出身於幕府時期土佐國，現今四國地區高知縣。他是提出「船中八策」與「大政奉還」等治國之道的明治維新志士，也是促成薩摩藩與長州藩結盟，最後推翻幕府封建制度的關鍵人物，可稱讓日本蛻變的思想家。

顧慮林英明曾經有刑案的紀錄，唯恐影響報考巡查的資格。返回台北州的藤原櫻子向父親提議，給予林英明報考巡查與改革自新的機會。藤原警務局長初期認為於法不適，期間與佐藤台北州知事談論之後，兩人對於調查林英明的身世背景，尚無法證明他與林少貓具有任何關係。他們自從遇見與林少貓長相唯妙唯肖的林英明，至今已有數次的會面之緣。尤其以藤原警務局長當年

復仇式槍殺林少貓的往事，總是讓他莫名感到陰魂不散的恐懼。無獨有偶，陳惠美也向父親陳義雲請求出面作為保證人，以此說服警務機關特例通融。

正值昭和初始的日本帝國，社會經濟情勢不安之外，農工運動與社會主義的勢力蔓延壯大。身為總督府警務機關最高首長的藤原忠一，衡量應該加強攏絡與瓦解反對的社會團體，林英明的案例可作為警政統治的樣板人物。最終林英明在森川真之的鼓勵，以及藤原櫻子、陳惠美從旁協助之下，他認為倘若可以擔任巡查的職務，也是承襲與報答森川清治郎的提攜之恩。

林英明同時也考量烏山頭水庫建設工程處的總務工作，由於關東大地震之後，政府的財務日益困頓緊縮，八田與一面臨長期性撙節開支與忍痛裁員的窘境。因此基於一舉兩得的權衡兼顧之下，林英明決定全力以赴報考巡查的職務。永興茶葉商行的蟾蜍耳聞之後，同時信誓旦旦地想要追隨他的腳步。

武德殿，一座專司劍道、柔道或空手道等武術項目的練習場所。在寬敞素淨與禪風僻靜的明亮空間之內，從榻榻米地板散發著天然蘭草的香味。藤原櫻子為了林英明與蟾蜍報考巡查的事情，特別安排森川真之與佐藤武哲專程指導考試的要點。其中佐藤武哲表示指導巡查的考試內容，最主要必須針對劍道能力的鑑定。

其實佐藤武哲對於林英明屢次受到藤原櫻子的幫助，近期他們還頻繁的互動已經心生不滿。雖然他自信與藤原櫻子雙方家世

背景的匹配，以及家長對於兩人結為連理的默契，但是仍然不自覺地內心妒火中燒的憤怒感。佐藤武哲藉機安排劍術比試，除了試探林英明的劍道實力之外，主要內心隱含的強烈動機，就是想展現自己無比的力量與羞辱林英明。

武德殿的劍術比試觀摩會，場內有森川真之、藤原櫻子、花子、陳惠美與一同報考的蟾蜍等一行人。林英明與佐藤武哲穿戴著劍道的服裝與護具，雙手握持木劍與前弓後箭的步姿，聚精會神地對峙著預備發出致勝的一擊。

雙方高手過招尚未發出決定勝負的攻勢之前，藤原櫻子事先感到疑慮與擔憂地問道：「真之，英明的劍術還可以嗎？」她與佐藤武哲是從小熟識的鄰居，非常清楚佐藤武哲曾經受過高度培訓的劍道能力。森川真之不疑有他地回答：「小時候一起學習劍道，英明總是可以獨自應付二至三個人，還能游刃有餘地佔上風！」當時森川清治郎對於林英明的劍道天分也讚賞有加。「武哲是台灣警察劍道比賽的長勝軍，也是全日本比賽的多次冠軍。」藤原櫻子輕描淡寫地訴說佐藤武哲的戰績。「妳怎麼不早說呢？」一行人同時以驚訝的神情話鋒一轉地說道。蟾蜍甚至驚魂未定地吞了一下口水佯裝鎮靜。

一般練習或比賽皆以竹劍為主，但是佐藤武哲事先以為了力求逼真為由，特別要求以木劍作為比試的刀具，所以林英明也不甘示弱地同意。雖然身上穿著護具被擊中時，不會有身體與生命的立即性傷害。但是受到實木製成的木劍重擊，當下重力加速度

的衝擊與力道，仍然會讓身體承受痛楚的折磨。雙方比試初期各
有招式勝負與平分秋色。一陣攻防之後佐藤武哲似乎捉摸與掌握
對手的套路，形勢漸漸地不利於林英明的方向發展。

「我想今天就到此為止！」受到一記拂擊技重擊腹部的林英
明，眼見他跪姿撐地的模樣，佐藤武哲示意對手認輸的語氣說道。
林英明隨即深呼吸一下，沈默起身依然擺出應戰的姿態。「你的
實力確實比一般人都強，但是想要打敗我……還言之過早！」佐
藤武哲再度以輕蔑地語氣說道。受到一記打落技重擊手臂的林英
明，搓揉手臂拾起木劍再度起身。此刻屏氣凝神地專注觀看的眾
人，彷彿親身感受林英明肉體的無比痛楚。但是看到他死不罷休
的高度自尊心，唯有沈默不語地暗自感同身受。

林英明的攻防已經讓勝券在握的佐藤武哲識破。他三番兩次
受到重擊俯身跪地或踉蹌倒地之時，依然強忍痛楚與毫不退縮地
起身迎戰。林英明自忖可以技不如人但是絕不接受屈辱，在他全
力奮戰之下偶爾給予佐藤武哲一記沈痛地反擊。如此無畏戰鬥的
意志，反而讓佐藤武哲更加怒火難抑。林英明展現頑強不屈的鬥
志，也讓現場的眾人不免心生敬意。

森川真之眼見此刻的林英明，彷彿童年時期如出一轍的堅韌
個性，也細微地觀察到佐藤武哲與林英明之間，已經存在著難以
言喻與潛藏隱諱的敵意。另外焦急不安的陳惠美與藤原櫻子，似
乎有所體會林英明為尊嚴戰鬥的態度。尤其陳惠美特地轉頭觀察
藤原櫻子的反應，從她不慎流露與林英明痛苦相連的神情。陳惠

美深刻地感受到與藤原櫻子之間，未來可能即將面臨一場無情的戰鬥。「比試結束，勝利者。」森川真之眼見雙方持續地僵局難解，隨即趨前舉起佐藤武哲的手臂，化解了此刻場面的尷尬與沈默。

　　坐落於台北市八甲町的「警察訓練所」。這裡屬於培訓台灣基層巡查與警察幹部的地方，可分為警察官部與司獄官部，又再細分為乙科與甲科。有關台灣警察的階級大致可分為：「警視、警部、警部補、巡查部長、巡查、巡查補」六個等級。「警務局長」則是警察機關的最高首長。警察官部乙科就是基層巡查的報考科班。甲科則是從基層巡查之中，遴選工作表現優秀者，再予以集合訓練結業之後，成為警察幹部升遷的專門訓練科班。

　　武德殿比試之後，林英明與蟾蜍順利考取了巡查練習生。他們歷時大約五個月的訓練所修業，終於實現不負眾望的結業式。「今日結業之後，未來就是台灣警政治安的支柱。誓必要成為除暴安良與執行公權力的先鋒，傳承八甲寮男兒精神。」警察訓練所的結業式典禮，在警務局長藤原忠一對於所有的結業學員，最後的勉勵與訓令之下順利的完成。

　　「恭喜正式成為警務人員。」藤原櫻子與陳惠美不約而同地向林英明與蟾蜍道賀。森川真之與佐藤武哲同時不吝期許後進一番。「你穿著警察制服的樣子，感覺好像猴子穿了衣服，乍看之下突然人模人樣！」花子以戲弄的語氣恭喜蟾蜍，她的話語讓一行人忍不住地開懷大笑。蟾蜍認為花子以戲弄方式的關心屬於一

種幸福，他總是會以曖昧暗示的詞語回應。花子對於蟾蜍的厚臉皮也只能無奈地接受。

「感謝大家的支持，今後悉聽指教。」林英明由衷地感謝屬於生命貴人的藤原櫻子與陳惠美，尤其也感謝再次重逢的森川真之，讓他重燃童年時期具有希望與夢想的生活。林英明自忖雖然佐藤武哲對他懷有成見與莫名敵意，但是未來可能成為同僚與上司。他想起黑觀音曾提及的佛教智慧之語：「人生的境遇困難與人際挑戰，都要視為逆增上緣。」午時陽光照耀著結業式操場，身穿一襲英挺有型的巡查制服，林英明神情不禁散發一股無限的想像與憧憬，同時暗自期許矢志成為捍衛公義的僕人。

坐落於台北市日新町的「江山樓」。四層樓的紅磚建築典雅華麗，高官政要、商賈仕紳、文人雅士與社會名士等川流匯聚，使得名氣響亮的江山樓更形富貴闊綽。酒家之內設置女侍服務的藝旦，以及高雅豪華的飲酒環境與餐宴空間，可稱台灣上流社會交誼活動的浮華聖地。

江山樓最為鼎鼎大名的媽媽桑「春子」，以九十度鞠躬彎腰的姿態歡迎著貴客。今晚黃飛龍作東邀請藤原警務局長、佐藤台北州知事，以及永興茶葉商行陳義雲與觀音社黑觀音。「春子，務必幫我安排江山樓最知名的紅牌，不可怠慢啊！」「黃議員，您是這兒的貴客，放心交給我吧！」黃飛龍耳提面命地向媽媽桑叮嚀吩咐，春子報以恭敬諂媚地語氣回應。

身穿一襲華麗和服的春子屬於本島人。她以前曾是蓬萊閣

與東薈芳知名的藝旦，受到江山樓重金禮聘成為鎮店之寶的媽媽桑。雖然她年紀不再屬於花樣年華的妙齡女子，不過看盡繁華與歷經紅塵的洗禮，可是別具一番妖豔嫵媚的致命吸引力。她周旋於達官貴人與富紳名士之間，可稱公關手腕練達與舌燦蓮花圓滑的交際之花。據說春子與黃飛龍關係匪淺還有苟合私情。「佐藤州知事，有關土地預約賣渡許可，這回可真是托您的福。」黃飛龍首先向佐藤孝之敬酒道謝。

　　「土地預約賣渡許可」，此為總督府圖利財團與資本家的政策。日本領台初期，後藤新平的土地調查與清理政策，除了解決「一田多主」的大租戶、小租戶與耕佃戶等產權紊亂的窠臼問題。期間發現大量無所有權人的「隱田」，這些土地全被收歸國有成為「官有地」。爾後在山地區域，本屬原住民族的傳統獵場或活動領域等土地。總督府將歸順與討伐的部落，除了規劃「蕃族保留地」之外，其它經過林野調查之後，也悉數全部收歸成為官有地。

　　這些調查清理與收歸國有的土地，若已有現成的耕作戶或閒置土地，通常會以官有地放租的形式，提供給予耕佃戶進行耕種。總督府具有官有地的處分權，為了圖利內地財團或者攏絡本島仕紳的資本家，將土地以委託財團或者資本家開發經營的方式放領。限定業者只要在一定時間內開墾成功之後，再給予開發業者以低價購得土地所有權。土地預約賣渡許可的政策，讓總督府高級官吏與資本家，成為政商勾結的金權結構與共生集團。

「今天特別感謝黃議員，協助新竹州土地開發的事情。」陳義雲向黃飛龍表達謝意。他經營的茶葉商行最為暢銷的東方美人茶，產地就在新竹州的苗栗郡地區。因此倘若取得開發茶園的土地資格，以及低價成本取得土地所有權，對於茶葉商行經營的競爭力簡直如虎添翼。「陳社長，其實你要感謝的人也是佐藤州知事。」黃飛龍藉花獻佛地提醒陳義雲，讓事情得以順水推舟與水到渠成，從中協助與穿針引線的重要人物。尤其佐藤州知事與藤原警務局長，還想推薦陳義雲成為總督府的評議員。關於茶園土地的利益與評議員的誘餌，確實讓陳義雲受寵若驚與盛情難卻。

席間獲邀參與酒宴的黑觀音，對於黃飛龍提議的土地利益等話題，始終保持緘默的態度不予置評。「據說社長是高雄州鳳山郡人士，不知是否聽過林少貓？」藤原警務局長突如其來的問題，著實讓黑觀音措手不及與支支吾吾地回答：「明治時代南霸天……不對，是指大土匪林少貓嗎？」

藤原忠一眼見黑觀音慌亂不安與言不由衷的神情。他之所以提及林少貓的問題，主要是由黃飛龍口中得知黑觀音的家鄉背景。藤原警務局長也源於黑觀音與自己年齡相近，猜測應該有所耳聞林少貓的故事。同時據說黑觀音與林英明關係特別交好，因此好奇詢問其中的背景或因緣關係，旁敲側擊地試探有關林英明身分的蛛絲馬跡。

「其實藤原警務局長與佐藤州知事，早年還只是小巡查的時候，因為狙殺了林少貓立下大功，從此以後平步青雲啊……」黃

飛龍將藤原忠一與佐藤孝之的豐功偉業讚揚一番。「我身體突然感覺不適……各位敬請慢用。」聽見黃飛龍意有所指的恭維話語，讓黑觀音瞬間臉色大變冒冷汗地雙手顫抖，驚慌失措地藉故離開現場。

　　脫離宴會的黑觀音無法置信地聽見林少貓的死因，原來槍殺自己恩人的警察就近在咫尺。讓他重新喚起念茲在茲與無法抹滅的往事回憶：「當時他是跟隨林少貓的部眾之一。當天軍警襲擊貓字軍部落之前，他事先奉林少貓之命前往台南州辦事。在回程期間聽聞部落已經遭遇圍剿，倉促決定逃難北部從此隱姓埋名。也在逃難途中發現了紅龜，最後輾轉落腳在台北州的大稻埕。」

　　往事回憶讓黑觀音再度喚起靈魂深處的恐懼與憤怒。自從貓字軍部落被剿滅之後，他始終帶著自責與愧疚的心情生活……黑觀音在年少時期雙親早亡與舉目無親，曾經一度流落於街頭居無定所，期間過著乞討維生與苟且偷生的日子。他永遠記得寒風刺骨的那一天，在飢餓不堪下昏厥倒臥路邊，巧遇騎馬經過的林少貓鼓勵地說道：「年輕人，堅強地活下去吧！」貓字軍給予一個救命的飯糰，他永遠記得雪中送炭的恩情。從此以後黑觀音跟隨林少貓的期間，讓他看見前所未有的希望與夢想。

　　黑觀音回憶待己如同親兄弟的林少貓，總是抽著雪茄提醒部眾說道：「我們一起開闢荒地與創造產業，人人有居家，戶戶有生計。」長久以來隱藏在內心不堪回首的記憶，讓黑觀音偶爾在夜深人靜之際，徒增無限的惆悵與遺憾。此刻他內心的憤怒之火

油然而生，如同背後怒目金剛的刺青一般熾烈。林少貓死後再度
顛沛流離的黑觀音，請人在自己背後刺上怒目金剛的圖案，為了
時刻讓自己記得堅持公義的信仰。

「怒目金剛」緣自於佛教的教義。據說菩薩出自於慈悲之心，
為了抑制惡人難以悔改的惡行，使其勿再輪迴地製造惡業，為了
斷絕沈浸在惡果之人其所示現的相貌。雖然外表顯現令人敬畏的
怒目之相，但是內心卻是滿懷仁愛慈悲的胸懷。其最終目的就是
希望達到了斷眾生惡業，以及廣布積累善果的慈悲心，此為「大
乘佛教金剛乘」的最高等境界。運用此法本身必須具有深刻禪定
的能力，內心能夠寧靜無波如同深沈大海一般，超凡脫俗與駕馭
自如的心靈智慧。

黃飛龍安排江山樓的餐宴酒局，原本希望藉機攏絡黑觀音，
在其中途離席之後，讓藤原警務局長對於黑觀音也深感疑慮。江
山樓的春子與藝旦，依然細心服侍著幾名議論國政的貴客。杯觥
交錯與酒酣耳熱之際，高談闊論著日本內地與台灣面臨的政治局
勢。「最近兩年以來，本島陸續出現諸如：台灣農民組合、台灣
民眾黨、台灣工友總聯盟等社團組織。某些團體帶著社會主義的
階級鬥爭與無產階級專政等思想，倘若再結合民族主義的意識形
態號召民眾，勢必影響本島的社會秩序與治安穩定。當今的田中
義一內閣政府，其實對於未來的政治局勢相當不安。尤其是帝國
議會經過普選之後，出現很多傾向於社會主義的議員，共產思想
具有火焰高漲的氣勢。例如：勞動農民黨的山本宣治議員，公然

地反對田中內閣修改『治安維持法』的最高刑責，其反對將十年
監禁提高為死刑的法案。」佐藤州知事憂心忡忡地發表政局。

　　「這些支持社會主義的政治人物，或許只想利用農工的中下
階層，獲取政治的能量與籌碼，對於資本主義的發展具有不利的
影響。」身為社長與資本家的陳義雲，對於共產思想有所忌憚地
表示意見。「支持社會主義的知識分子，包裝著民主自由的社會
運動，自詡為農工階級的偉大救星。無非只是一群製造社會動亂
的暴民，主要目的是藉此奪得政治的權力。」黃飛龍對於社會運
動組織與農工階級的訴求，完全是抱持不屑一顧與嗤之以鼻的
想法。

　　西元一九二六年大正十五年，在高雄州鳳山郡舉辦了一場
「各地方農民組合幹部合同協議會」，正式成立了「台灣農民組
合」。其發起人與領導者的簡吉，曾經任教於高雄州的鳳山公學
校與高雄第三公學校，擔任訓導的職務。由於長期看見農民遭受
地主、財團與資本家的剝削掠奪等不公義現象，因此串聯組織本
島各地的農民團體。這個台灣農民運動組織，受到了社會主義思
想濃厚的「全日本農民組合」、「勞動農民黨」等團體支援。

　　簡吉在第一次全島代表大會之中，發表了「促進工農結合」
的提議主張。他經常在公開演講之中論述說道：「瀕死的日本資
本主義，為了保持苟延殘喘，勢必逐漸走向絕對專制政治的道路，
對於殖民地或者半殖民地將採取強烈壓迫。依據馬克思主義指導
與支持無產階級的方法，此為適合解決農民問題的方針，我們應

該奮發促進工農結合的實行。」從此台灣農民組合成為台灣馬克思主義的先鋒隊。

台灣農民組合成立之後，簡吉代表台灣多次出席了「全日本農民組合大會」，並且一同向日本眾議院遞交抗議書。簡吉前往東京都期間深受勞動農民黨領袖麻生久，與勞工運動領袖布施辰治等人的協助指導。麻生久與布施辰治也曾經多次前來台灣聲援農民運動。台灣農民組合鼎盛時期會員數高達兩萬多人。

西元一九二七年昭和二年，發起台灣議會設置請願運動的「台灣文化協會」，受到傾向於社會主義的連溫卿等成員把持，使得蔣渭水、蔡培火與林獻堂等創始會員被迫離開。蔡培火在邀請矢內原忠雄前來台灣巡迴訪問之後，返回東京都的矢內原教授以文章發表有關台灣統治的諸多批評。輿論讓總督府原本採取禁止蔣渭水等一行人，提出籌組集會結社的政治團體，更改為只要屏除民族主義的前提之下，總督府同意他們在台灣成立唯一合法政黨：「台灣民眾黨」。

在台中州新富町聚英樓舉行的「台灣民眾黨誓師大會」。這個由蔡培火、林獻堂與蔣渭水等人主導的社團，在總督府數次的杯葛與阻撓之下，多次修改黨名與黨綱的提案。最終以不鼓吹「民族主義」的先決條件，正式成立台灣有史以來第一個政黨。

台灣民眾黨成立綱領以「實現政治的、經濟的、社會的自由」等三大目標，主張「議員由官派改為民選」。同時設計定案一幅黨旗：「左上角四分之一為藍色，意即黑夜之隱喻，藍色之中有

三顆白色星星的圖案，象徵民眾黨主張的三大綱領。其餘四分之三的旗面則是紅色，意味著熱情的使命感。」這面旗幟成為台灣民眾黨的黨旗與象徵。

　　無獨有偶，在台北市日新町蓬萊閣舉辦了「台灣工友總聯盟成立大會」。這個有別於台灣農民組合的勞工組織，這是蔣渭水在台灣民眾黨基礎之下，另外結合二十九個勞工團體形成的社會運動組織。主要是作為解決勞資爭議的勞工團體，其宗旨在於統一全島的工人運動，以期為工人謀求福利薪資與工作條件。會員人數大約具有一萬多人。

　　有關社會主義與共產黨的崛起，事情始於俄羅斯帝國的紅色革命，爾後蔓延影響了全世界的政治與經濟局勢。西元一九一七年大正六年，正值第一次世界大戰期間。當時信仰奉行「馬克思社會主義」的列寧，發起革命推翻與終結了俄羅斯的帝制時代，建立世界第一個共產政權。

　　日本與美國曾經連袂出兵西伯利亞，試圖遏制俄羅斯紅軍的紅色革命，最後仍然鞭長莫及與無功而返。列寧在莫斯科成立「共產國際」或稱「第三國際」。爾後著手推動無產階級的世界革命運動，並且資助與指導世界各國成立共產黨，以期推翻資本主義與帝國主義，最終建立世界無產階級的社會。

　　西元一九二一年，在莫斯科共產國際的支持之下，中國共產黨成立。隔年大正十一年，相繼誕生了「日本共產黨」，其成立初始隨即受到政府取締轉為地下活動。西元一九二七年昭和二

年，五年以來隱藏在東京都的日本共產黨秘密團體。某一天的夜晚，其組織的中央委員「渡邊政之甫」與「佐野學」，兩人引領著來自於台灣的一對男女。一行人神秘機警地穿梭在人群之間，最後步入深巷暗弄的地下室之內。

　　台灣女子名為「謝雪紅」與男子名為「林木順」。兩人在中國上海市期間被「共產國際東方局」吸收，期間受到安排輾轉遠赴莫斯科深造。謝雪紅與林木順先後在「東方勞動大學」、「孫逸仙大學」的「日本人班級」進修學習，從此他們成為了革命情侶。謝雪紅為首的革命情侶修業學成之後，立即跟隨日本共產黨的幹部，返回東京都總部接受指導任務。他們順利取得日本共產黨中央的政治綱領與組織綱領，主旨成立「日本共產黨台灣民族支部」。

　　隔年，謝雪紅與林木順依據日本共產黨中央的指示，前往中國上海市的法國租界區，秘密成立了日本共產黨台灣民族支部，爾後被稱為「台灣共產黨」。他們在秘密集會之中修正通過日本共產黨制定的綱領，諸如：「打倒日本帝國主義、台灣民族獨立、建立台灣共和國、建立工農革命政府、擁護蘇維埃聯邦、擁護中國共產革命」等宣示。在集會之中同時得到蒞臨參與的「中國共產黨」與「朝鮮共產黨」的支持讚賞。

　　西元一九二八年昭和三年，田中義一內閣政府對於共產黨的組織，宣布屬於不合法與不見容於日本國內發展的主張，同時下令大規模搜捕共產黨組織與涉嫌者。逮捕行動除了遍及日本帝國

之外，位於中國的日本領事館警察，在中國國民黨政府的配合之下，逮捕在上海市發展與活動的日本共產黨成員。期間以「台灣留學生讀書會」的名義，進行掩護的謝雪紅與林木順等黨羽，除了林木順僥倖逃脫之外，其餘黨員在受到逮捕後遣返台灣。

　　事發之後，逃亡的日本共產黨領袖渡邊政之甫，從中國上海市途經福建省福州市，秘密計劃從基隆港潛入台灣。他攜帶了「共產國際東方局」的資金與指令，欲前往與「日本共產黨台灣民族支部」會合，被台灣港務局臨檢與識破身分。渡邊政之甫當場本想以手槍反擊，自知無法逃脫遂以手槍自戕身亡。其中遭受遣返台灣的謝雪紅與另外一名成員，由於罪證不足因此幸運獲釋。整起發生在中國有關日本共產黨的逮捕事件，總計被逮捕者大約一千七百人，稱為「上海讀書會事件」。

　　同年，田中義一內閣時期，日本眾議會舉行了第一屆的「普通選舉」。在三年之前，日本帝國議會同時通過了「普通選舉法」與「治安維持法」。選舉法原本規定是年滿二十五歲，年繳三圓以上稅金的男子才有投票權，普通選舉法取消了繳稅的門檻。由於普通選舉之後，意外地出現大量支持社會主義的議員。田中內閣為了遏制社會主義與共產黨的勢力茁壯，於是修改治安維持法的最高刑責。治安維持法的立法緣起，主旨為了杜絕：「變更國體、否定私有財產制度」等主張與行為，修改之後的最高刑責可處以「死刑」。

　　隔年，在日本政府大肆逮捕共產黨員之後，爆發了支持社會

主義勞動農民黨的民選議員「山本宣治」，遭遇了激進派組織「七生義團」暗殺身亡的政治事件。從此日本政府對於社會主義與共產黨思想的政治活動，形成風聲鶴唳與草木皆兵的社會氛圍。因此成立專司調查意圖顛覆政府的政治偵防警察，此單位稱為「特別高等警察：特別高等刑事課」，在內地與本島實行嚴密的社會管制與監視任務。社會主義的共產黨組織，也秘密潛伏在不見天日的地下碉堡，策劃著階級鬥爭與民族主義的革命運動。

坐落於台北市大稻埕太平町的「大稻埕派出所」。佐藤武哲正在號令警隊集合。林英明與蟾蜍從警察練習所結業之後，被分派在佐藤武哲的麾下，兩人也成為森川真之的同僚。其實林英明被指派到大稻埕派出所，背後布局的影武者就是藤原警務局長，主要目的是讓佐藤武哲可以從旁觀察與監視。但是對於林英明來說卻是最好的安排，他依然可以待在熟悉的環境生活，同時陳惠美與藤原櫻子也是樂觀其成。

今日大稻埕派出所警隊的任務，主要為了前往支援新竹州苗栗郡的「台灣拓殖製茶會社」。先前總督府將佔地七千七百甲的山林，放領給予台灣拓殖製茶會社經營。由於該會社禁止農民上山伐木、種菜與放牧等活動，嚴重影響當地居民的經濟與生活。台灣農民組合的簡吉帶領幹部與農民組織，以及來自於各地區的聲援群眾，大約三、四千人的隊伍，進行抗議財團的示威活動。

台灣民眾黨成員也到場支援農民，已經加入台灣民眾黨的黑觀音與紅龜更是首當其衝。永興茶葉商行的黑熊特地返鄉，除了

探望人稱「勇伯」的父親之外，身為農家子弟的背景也希望為農民發聲。勇伯是新竹州苗栗郡的「佃農」。他是台灣農民組合的會員，已屆花甲之年好幾的歲數。

日本帝國的佃農制度始於幕府時代結束，明治維新政府為了實行資本主義制度，進行「地稅改革」的土地政策。廢除了封建時期領主土地的佔有制，土地可以自由耕作與買賣的政策之下，形成「寄生地主制」的發展條件。

由於土地大量集中在商人為主的資本家，地主將土地租賃給佃農進行耕作，從佃農的農作物收成中拆取高額的地租。地主再將收取的地租投入工業與銀行，形成地主制與資本制的經濟關係。佃農為了繳納高額的地租，有時必須以借貸或臨時工的方式生存，地主與佃農的關係形成半封建的經濟結構。西元一八九〇年、一八九七年的明治時代；一九一八年的大正時代，日本內地先後爆發了農民的暴動事件。

日本帝國領台之後，土地政策除了無法改變內地原有的農業經濟結構之外，總督府為了拉攏地主階級尤其大地主，維持半封建式地主與佃農的統治制度。台灣平地的農作物以甘蔗與稻米為主，其中租佃費率大約百分之五十至六十計算，佃農耕作收成的五至六成比例歸屬地主所有。

大部分製糖會社本身即是大地主，以及地主身兼碾米加工業者、米商或者高利貸放款者。支配農作物的生產、加工與通路等角色，完全主導與壟斷收購的價格。佃農有時為了支應高額的佃

租，必須被迫低價出售自家保留的米穀，或者由於不良的競爭環境，為了謀求佃地耕作的機會，必須忍受地主苛刻的租佃條件等。形成剝削與壓迫農民的經濟政策，處境艱難與苦不堪言的佃農，淪為借貸度日與收成還債的農奴境遇，因此不斷出現佃租爭議與農民抗爭運動。

西元一九二一年大正十年，磯永吉以台灣在來米改良成功的蓬萊米，大量改善稻米的品質與產能。為了支持日本內地工業化的政策，以及解決內地糧食不足的問題。總督府利用台灣的地主佃農制度，壟斷與收購稻米回銷日本內地。因此政府與大地主、資本家階級，形成政商勾結的利益集團。

總督府以權力圖利財團與資本家的農業經濟政策，擁有特權者仰仗著政府不公平的法律庇蔭，同時低價取得政府放領的土地，或者威逼利誘壓迫農民賤賣土地等方式。在社會不公義的制度之下，農民辛苦耕種的血汗無法自由買賣，只能售予政府特權許可的會社，且不能耕種會社收購之外的農作物，價格亦由會社主導等制約。因此台灣鄉間普遍流傳一句家喻戶曉，有關蔗糖的諺語：「天下第一笨，就是種甘蔗給予會社磅秤。」擁有土地的自耕農，都必須低價賤售農作物的情況之外，遑論從政府或會社提供土地耕作的佃農，形成名副其實的「農奴制度」。

警務局得知農民即將進行抗議活動，從全島調派大約五百名的支援警力。現場群眾拉開白色布條的抗議標語，額頭綁著抗議訴求的白色頭巾，警隊與抗爭群眾形成壁壘分明的陣仗。身處於

警隊的林英明與蟾蜍，先前參與台灣議會設置請願運動，如今任職警察已經退出組織。林英明看見昔日的故友舊識，與社會運動的摯友同志等人，因為工作職務與角色立場的異動之下，著實令人感到尷尬與唏噓的情況。

　　不公義的現象在台灣文化協會、台灣民眾黨等社團組織，屢次下鄉的巡迴演講，以及台灣農民組合的串聯之下，潛移默化的影響逐漸民智大開，前仆後繼地爭取自身的權益。在此之前，已經陸續爆發了多次的抗爭行動，諸如：高雄州鳳山郡的新興製糖會社、台南州虎尾郡與曾文郡的明治製糖會社、台中州南投郡的山本農場、彰化郡的新高製糖會社等。農民向政府與財團不勝枚舉的抗議事件，在台灣全島形成風起雲湧的社會運動。「台灣總督府的官僚，強行將農民耕作與賴以維生的土地，巧取豪奪地放領給予吃人不吐骨頭的財閥。我們一定要團結起來對抗不公義的政府。」簡吉站在抗議隊伍的最前方大聲疾呼，群眾隨即振臂高呼地鼓譟。

　　情勢緊繃對峙的現場，一名警部官員提出警示的話語：「這裡屬於私人企業的土地，你們在這裡包圍阻擋，已經嚴重侵犯所有權人的利益。如果不自行解散離開的話，我們將進行驅離與逮捕行動。」「只要我們保持堅定的信念，勇敢地向這些掠奪者展開鬥爭，總有一天……我們一定會獲得最後的勝利。」簡吉不斷地向群眾精神喊話，示意群眾手勾手地依偎在一起。「依法強制驅離，不從者視為現行犯逮捕。」警部官員發出最後通牒下達行

動指令。

　　雙方早已劍拔弩張的氛圍，瞬間如同星火燎原一般蔓延。兩造人員相互推擠與碰撞，由於農民與群眾抵死不從，執法的警隊紛紛取出腰際的警棍，無情的棍棒對著手無寸鐵的農民與群眾追擊。現場頓時暴動衝突與哀號四起。警隊優勢的武力強行突破抗議隊伍，群眾不敵強勢的驅離鳥獸散地四處奔逃。簡吉與若干不願離開者癱躺在地上僵持，許多閃避不及的群眾遭受盲目的警棍毆打襲擊。

　　佐藤武哲帶領南下支援的大稻埕派出所警隊，無奈地服從指令與執行任務。抗爭現場人群混亂與一片狼藉。「勇伯，趕快離開吧！」林英明眼見黑熊的父親以告誡的方式提醒。他與黑熊早已是多年的同事，對於勇伯也早已熟識許久。「身為警務人員值勤時，怎麼猶豫不決呢！」佐藤武哲一記悶棍落在勇伯的身上，同時斥責林英明說道。

　　台灣農民組合與台灣民眾黨的成員採取頑強的對壘，仍然無法抵擋警隊強勢的執法，多數無以抵抗的群眾在混亂之中被驅離。台灣農民組合的簡吉與幹部，以及台灣民眾黨的黑觀音、紅龜、黑熊等一行人，最後都遭到警隊的拘押。現場採訪的台灣日日新報記者藤原櫻子，冷靜沈著地以照相機記錄著歷史的片段。

　　事件的隔日，總督府在御用報紙：台灣日日新報、台灣新聞與台南新報等，以頭條新聞強烈地抨擊農工組織與台灣民眾黨的抗議活動。尤其影射這些社團組織就是造成社會亂源的元凶，指

責違反社會治安的暴力行為。同時本島的御用仕紳、財團與資本家等政商名流，也都相繼撰文與登報聲援總督府的說辭。批評台灣民眾黨、台灣農民組合等團體違法亂紀，要求政府強力整頓等鋪天蓋地的論述。

　　藤原櫻子身為記者將事件真實的情況，克盡職責完整的記錄與闡述。但是台灣日日新報社屬於半官方的報紙，她的真實報導與照片資料，在受到壓力的報社主編，以上級交辦與不宜報導影響社會和諧的負面內容等理由撤換。為此藤原櫻子私底下詢問父親事情的原委，她表達對於報社掩蓋事實的不滿，同時向父親據理力爭事件的真相。最後藤原警務局長以堅決地態度表示：「國家正值多事之秋，如今社會穩定才是首要的當務之急。」佐藤武哲與佐藤孝之夫婦等周遭的人，全部都是沆瀣一氣的看法。除了基督教信仰的母親藤原美紀子，與花子可以理解同情之外，藤原櫻子對於趨炎附勢與隨波逐流的媒體態度，唯有獨善其身與堅持清流的無可奈何。

希望之村

　　坐落在次高山以南、新高山以北與中央山脈縱軸以西，一個長方形寬廣遼闊的高山區域，這裡正是台灣島的脊椎與心臟地帶。台灣島的中心地帶行政區隸屬於台中州的能高郡與新高郡，阡陌交錯於新竹州、台南州、高雄州、台東廳與花蓮港廳的環抱位置。形勢複雜險惡與氣候變幻無常的崇山峻嶺高地，這個區域屬於太魯閣族、賽德克族與布農族的傳統領域範圍，他們可稱為台灣最勇猛驃悍的高山部族。

　　台中州能高郡境內面積大約一千多平方公里的高山區域，位於能高山、奇萊山的中央山脈群西側與花蓮港廳交界之處。地處能高山北方大約十三公里的奇萊山，就是當年佐久間左馬太總督太魯閣族討伐戰役的主戰場之一。能高山具有形狀狹長縱看尖銳，與橫視巨大雄偉的多樣面貌。從能高山往南方縱走安東軍山的沿路，可見到牛魔角、水蛙石與鳥嘴尖等奇形怪狀與栩栩如生的景象，堪稱造物主匠心獨具的傑作。

　　佐藤武哲、森川真之、林英明與蟾蜍，他們從平地警察轉調派駐成為山地警察，從台北大稻埕被調派於台中州能高郡的「希望之村駐在所」。一般在平地區域的警察單位統稱為「派出所」，位於山地區域則是稱為「駐在所」。

　　他們之所以被調派山地的原因，出自於藤原警務局長用心良苦的安排。他希望未來的準女婿佐藤武哲，擁有表現亮眼的機會與豐富紮實的歷練，可以累積爾後考核與晉升的優異成績。佐藤武哲調派山地單位正式升任「警部補」，森川真之則是升任「巡

查部長」。林英明與蟾蜍仍是初出茅廬的巡查職務。藤原警務局長刻意調派他們前往台中州能高郡，其實還有一個總督府懸而未決的任務。目的是討伐號稱布農三雄的「拉馬達星星、拉荷阿雷、阿里曼西肯」等部落，就是所謂的「新高山部落」。

　　西元一九一四年大正三年，距今大約十四年前，正值佐久間總督發動太魯閣討伐戰役之後。台東廳布農族部落的首領拉馬達星星，率眾出草襲擊高雄州屏東郡六龜駐在所。隔年，台中州布農族部落的首領拉荷阿雷與阿里曼西肯，率眾出草襲擊花蓮港廳大分駐在所。當時被布農族部落兩起襲擊的駐在所警察悉數遭遇馘首，因此震驚總督府立即增設隘勇線與警察人員。從此之後，布農三雄帶領部族流竄與隱藏在新高山的南方地帶，爾後襲警事件層出不窮與防不勝防，警務局因而展開長期的緝捕與圍剿任務。

　　佐藤武哲等四人風塵僕僕地到達希望之村駐在所。駐在所位於村落入口之處，入口前方豎立一座高大的石柱，石柱上方具有雕刻的紅色文字：「希望之村—以愛勝恨」。正當一行人看見石柱刻字納悶之時，能高郡的山口警部下達任務指令。一行人匆匆忙忙地將行李就定位之後，立即整理個人的戰鬥裝備，諸如：登山行軍背包、警備步槍、武士刀，以及行軍背包也裝滿足夠的乾糧、彈藥與禦寒衣物等物資。他們整裝完畢之後跟隨著山口警部，前往能高郡的霧社地區與其他隊員會合。「我們要加入新高山討伐隊。」佐藤武哲先向狐疑的一行人解釋。

　　「新高山討伐隊」的成員，除了剛報到希望之村駐在所的四

人之外，還有霧社駐在所的九名警察，以及賽德克族勇士組成大約二十人的「賽德克搜索隊」。總計三十多人的新高山討伐隊，浩浩蕩蕩地從能高山朝向南方行軍，前往搜尋布農族的新高山部落。

　　新高山討伐隊分成前後兩個梯隊，前方的賽德克搜索隊與後方的警察隊，兩個梯隊以相距幾百公尺的方式行進。賽德克搜索隊由賽德克族馬赫坡社首領莫那魯道率領。他大概五十歲的年紀，大約一米八五的身高體型魁梧。臉部上方擁有賽德克族勇士代表榮譽的紋面印記，眼神銳利如鷹彷彿可以穿透人心。他身披賽德克族的服飾披風，身經百戰的勇士特質令人望之生畏，帶領著隊伍負責前方偵查的尖兵任務。

　　賽德克族馬赫坡社屬於「味方蕃」，指歸順之後協助討伐其他部族的部落。佐久間左馬太時期，莫那魯道領導的部落即是「以蕃制蕃」的策略之下，總督府極力攏絡的部族。莫那魯道與其他部族首領，早年在乃木希典的時期，曾經前往日本內地參觀現代化城市、兵工廠、軍校與軍隊等場所，因此深知日本軍隊的壯盛與強大。爾後總督府還以政治聯姻的方式，說服山地警察近藤儀三郎，迎娶莫那魯道的胞妹狄娃斯魯道。總督府恩威並濟之下，讓這位人稱賽德克族的英雄，願意歸順與協助討伐其他部族。

　　新高山討伐隊的警察隊成員，以能高郡的山口警部為首，希望之村駐在所的四人與霧社駐在所的九人，總計十四名的警察人員。其中霧社駐在所含有兩名賽德克族的警察，他們分別名為「花

岡一郎」與「花岡二郎」。花岡兩人屬於能高郡荷戈社的賽德克族青年,花岡一郎畢業於台中州師範學校,花岡二郎則是台中州南投郡埔里小學校高等科畢業。花岡兩人雖然屬於相同部落,但是沒有血緣親屬的關係。他們是總督府擬訂的理蕃政策之下,特別地培育高學歷的同化政策樣板。花岡兩人除了任職霧社駐在所的警察之外,同時身兼蕃童教育所的教師,他們也是專精於劍道與柔道的高材生。

新高山討伐隊在深山野嶺之中前進,沿途佐藤武哲向森川真之、林英明與蟾蜍解釋說道:「我們要前往討伐的新高山部落首領拉馬達星星,此人號稱蕃族的『北條早雲』。」聽聞這個名字倒是讓他們覺得新奇,森川真之記得這個知名的歷史人物表示:「據說北條早雲屬於戰國時代的忍者與武士。」拉馬達星星與北條早雲相提並論的原因,在於此人膽識過人與驍勇善戰之外,尤其頭腦冷靜清晰富有機智謀略,可稱高砂族之中可怕難纏與令人敬畏的將才。如此恭維的評語,源自於曾與拉馬達星星有過會面之緣,台東廳警務部長淺野義雄的親身描述。

「為何不一次動員大量的軍警討伐呢?」森川真之心存疑惑地問道。「新高山的南方地帶,目前尚屬於杳無人跡與一無所知的秘境。孤絕廣闊的高山地域,不得而知新高山部落的藏身位置。」佐藤武哲以情報有限地回答。「所以……這次任務就是深入搜索與偵查。」林英明似乎已經意會任務的目的。蟾蜍反而雲淡風輕地態度說道:「不過就是對付持有獵刀與弓箭的蕃人,很

簡單的任務！」「據說他行蹤飄忽與神出鬼沒，凡是遇見拉馬達星星的警察，多數遭到馘首後身首異處。」佐藤武哲非常認真地提醒同僚。他的話語除了讓蟾蜍一時目瞪口呆之外，林英明與森川真之同時抱以洗耳恭聽的謹慎神情。

　　此刻賽德克搜索隊開始以奔跑的方式前進，彷彿狼群一般敏捷迅速地穿越於密林野叢，以及山澗溪壑等羊腸小徑或崎嶇隱道。所到之處亦如同具有敏銳嗅覺的獵犬一般，能夠察覺敵人曾經跋涉的軌跡，同時判斷追蹤敵人的策略。一路上疲於奔命尾隨的警察隊，個個彷彿師老兵疲的狼狽。將近四個小時馬不停蹄地奔馳，午後的山地雲霧籠罩著森林，使人有一股莫名喘不過氣的壓力。原本艷麗高照的陽光此時突然羞澀隱藏，古木參天的森林樹幹長滿了藤蔓，陰風凜凜充滿著詭譎之氣，清涼撲鼻的芬多精如同振奮神經的毒品。

　　新高山討伐隊穿越了陰暗晦澀的森林。由於天色已晚山地路況不明，因此尋找一處具有山地屏障與視野平坦的岩地，紮營升火準備飽餐一頓與過夜一宿。正當警察隊煮開熱水沖泡飲品，取出乾糧或罐頭食品準備享用之時，隔鄰的賽德克搜索隊營區，已經升起熾烈明亮的熊熊營火。眼見兩名賽德克勇士扛著一頭肥碩的大野鹿，野鹿的身形足以讓三十幾人大快朵頤。歷經六、七個小時行軍折騰與兵疲馬困的警察隊，飢腸轆轆之下倘若有山珍野味，真是求之不得的珍饈饗宴，當然難以抗拒莫那努道首領的邀請。

　　「大家品嚐看看……這是鹿肝刺身。」莫那努道從盛裝野鹿肝臟的大樹葉上方，抓起一片肝臟塞進嘴裡咀嚼說道。「首領邀請分享鹿肝，已經將你們視同朋友一般。」花岡一郎解釋賽德克族的友誼文化。「一定要吃，這是成為朋友的禮貌。」山口警部熟練地抓起血淋淋的鹿肝，入境隨俗地塞入嘴裡品味一番。

　　眼見如此豪邁的景況，成為希望之村駐在所四人，進入山地任職的震撼初體驗。方才瞥見賽德克族勇士將野鹿剖腹，然後取出鮮血淋漓的肝臟，已經讓他們飢餓不堪的腸胃突然感覺噁心作嘔。但是首領的盛情難卻與長官的耳提面命，讓他們身不由己先後將血腥的鹿肝狼吞虎嚥。「我生平第一次聽說『鹿肝刺身』。」森川真之首先發出嘀咕，其他三人也以感同身受的神情回應。霧社駐在所的警察人員見狀忍不住地莞爾一笑表示：「菜鳥，很快就會習慣了。」

　　賽德克族勇士將野鹿以粗鐵條從嘴巴刺穿到臀部，再將結實肥美的野鹿以木頭架子支撐，下方燃起熊熊炭火的燒烤鹿肉。不多時已經聞到令人垂涎三尺的香味，在荒郊野外只能以樹葉為餐盤，以刀子切割鹿肉豪邁地大快朵頤。已經秋天時節的深山高地溫度驟降與低溫刺骨，幸好有個熊熊營火的溫暖熱情，以及肉汁滿溢與肥美鮮香的鹿排，提供疲憊飢寒的身體無限能量。

　　「乾杯……」山口警部與莫那道以手臂勾著手臂，將竹筒杯內的小米酒一道飲盡。「這樣的喝酒方式代表彼此之間，已經是肝膽相照的盟友。」花岡一郎向四名菜鳥解釋說道。隨即警察

隊的人員也依樣畫葫蘆，與賽德克族勇士舉杯暢飲。風餐露宿與
酒足飯飽的野宴之後，由於在凌晨五時之前必須起身繼續行軍，
一行人各自包裹睡袋與圍繞營火旁就寢。山口警部交代警察隊值
班守夜的方式：「兩人一組，兩小時一班。」「菜鳥，千萬要保
持清醒與機警，我不想明天找不到頭啊！」一名霧社駐在所的前
輩叮嚀著第一班警衛的林英明與蟾蜍。

　　夜黑寂靜與氣溫冷冽的森林山地，熊熊營火在無垠無際的天
地之間，彷彿寒風冷空之中一盞微弱燭光。夜色茫茫與裊裊炊煙
的營地，精疲力盡的一行人紛紛酣睡入夢。守夜者聚精會神地眼
觀四面與耳聽八方，深怕被勾人魂魄與晝伏夜出的鬼魅魍魎吞噬
了生命。

　　次日凌晨，新高山討伐隊迅速整裝出發。一行人從能高山一
路南下新高山地區搜查，在第三天傍晚時刻，輾轉到達台中州新
高郡。居住在新高郡的高山部族分布，主要以布農族的卡社群、
丹社群、巒社群、郡社群，以及鄒族的鹿株群等部落。由於位處
在新高山山脈的周邊地區，所以被命名為「新高郡」。目前所知
新高山部落的活動範圍廣闊，以台中州、花蓮港廳、台東廳、高
雄州與台南州等新高山周圍的地帶。因此從台中州能高郡往南到
達新高郡的搜查路線，就是希望之村與霧社駐在所的任務。

　　參與新高山討伐隊的搜索任務，除了來自於台中州能高郡的
警察隊與賽德克族搜索隊之外，同時來自於台南州的警察隊與鄒
族搜索隊，從阿里山山脈由西向東偵查；以及來自於台東廳的警

察隊與卑南族搜索隊，從三叉山地區由南往北偵查；另外來自於花蓮港廳的警察隊與阿美族搜索隊，從八通關越嶺警備道由東向西，橫越中央山脈到達新高山地區。從東西南北方向包圍搜索的討伐隊，期間四路人馬陸續到達新高郡的集合地點，地毯式的偵查任務目前一無所獲。

「依據研判新高山部落的位置，可能藏匿於新高山南方地帶的玉穗山與馬西巴秀山之間。這個地帶仍然屬於日本帝國的神祕地區。」藤原警務局長向集合的警察隊表示。他特地南下台中州，為了掌握這次新高山部落大搜索的結果。

在兩年之前。西元一九二六年大正十五年，總督府為了圍剿新高山部落。依據情報研判新高山部落的藏匿地點，已經開始修築一條通行的道路稱為「關山越嶺警備道」。這條道路從高雄州的屏東郡六龜地區，由西向東橫越中央山脈到達台東廳的關山地區。期間凡是修築完成的道路，沿線五公里的距離設置一個警察駐在所。但是在道路修築尚未完全通線之際，新高山部落偶爾出現進行襲擊，這個問題也令警務局苦惱不已。

佐久間左馬太總督時期伊始，為了討伐不願歸順的高山部族，先後修築拓建的道路諸如：「合歡越嶺警備道、能高越嶺警備道、八通關越嶺警備道」等。此三條警備道都是橫跨台中州與花蓮港廳之間，穿越台灣島南北脊梁的中央山脈之東西道路。

合歡越嶺警備道，從合歡山跨越太魯閣峽谷抵達花蓮地區；能高越嶺警備道，則是從能高山橫越中央山脈到達花蓮地區。以

上兩條古道原是太魯閣族與賽德克族，傳統獵場以及東部貿易的途徑，當時修築拓建就是為了太魯閣族討伐戰爭。

八通關越嶺警備道的名稱，源自於鄒族語的「八通關」，主要是對於「新高山」的稱呼。從花蓮港廳跨越中央山脈到達新高山地區的道路，八通關警備道的修築就是為了統治台中州新高郡的布農族部落。

台中州能高郡的新高山討伐隊，在新高郡休息過夜與補給物資之後，隔天清晨隨即行軍返回駐地。原先歷經了三天繃緊神經的奔波跋涉，相較於現在返回的心情讓人內心如釋重負。先前途中未曾仔細欣賞的風景，對於林英明來說真是千載難逢的山地之旅。已經秋季的高山白天陽光普照之時，可謂神清氣爽與舒適自然的感覺。羊腸小徑與蜿蜒步道的楓樹森林之間，滿山滿谷的楓葉被秋意的色澤染紅，綿延不絕地伴隨山勢層層堆疊。

林英明深呼吸一口芬多精，腦海之中不禁浮現，藤原櫻子穿著浴衣笑容迷人與舉止優雅的身影。尤其那一年在天燈祭的櫻花林，偶然之下兩人倒臥依偎在草地的情景。無意間吸吮她清香芬芳的鼻息，輕觸她柔軟濕潤的粉唇，擁抱她浴衣內曲線窈窕的軀體。如此美妙的記憶深植心靈揮之不去，一直以來總在夜深人靜或形單影隻之時，盤旋縈繞於靈魂深處春心蕩漾。此刻林英明在漫長無語與枯燥乏味的行軍之中，唯有藤原櫻子的身影與記憶，屬於自己內心獨享的空間與秘密。彷彿眼前無盡的楓紅令人羞赧臉紅與怦然心動。

　　不知何時，莫那努道率領的賽德克搜索隊，已經在前方騷動呼喊與快速奔跑。引起騷動的原因似乎發現了新高山部落人員的行蹤，後方反應遲鈍的警察隊立即尾隨馳援。美夢乍醒的林英明瞬間緊握步槍奔跑前進，警察隊一路緊追跟隨的賽德克搜索隊，突然間消失融化在眼前的視野之內。十四名警察人員倏然驚覺已經身處視線昏暗，以及高聳雲天的巨樹森林之間。僅有天際上方稀疏穿透與微弱灑落的陽光，僅可足以辨識彼此視野迷離的存在。

　　「千萬不要走散與離開隊伍。」山口警部提醒下屬小心警覺。視線不明的森林內讓人聽力格外敏銳，彷彿可以聽見彼此緊張驚恐的心跳聲。警察隊的人員之間保持大約五至十步的距離前行，彼此在不自覺的眼神交會下，讓人感受森林內充滿詭譎危險的氛圍。「小心危險！」花岡一郎與花岡二郎同時發現森林上方，有幾名新高山部落的布農族勇士，從樹木上方縱身一躍而下的身影。

　　其實新高山部落的勇士，早已蟄伏在高聳林木之內。他們屏氣凝神與不動聲色的姿態，以手勢溝通與發號施令的方式，默契十足與前仆後繼從數公尺高處的地方，身手矯健地彷彿忍者的突襲戰術。他們突如其來地現身在警隊周圍發起閃電攻擊，不只是從上而下的奇襲，隱藏埋伏在巨樹後方的布農族勇士，也如同鬼魅一般竄出令人膽戰心驚。

　　由於花岡一郎與花岡二郎眼明手快地及早示警，讓警察隊得以立即反應與開槍嚇阻。不過森林之內林木縱橫交錯與視線昏暗混亂，成為布農族勇士快速遁藏的最佳環境。其中林英明卻面臨

千鈞一髮的境遇，方才從樹上縱身而下的忍者，有一個身軀壯碩與高大魁梧的黑影，瞬間擊落他手持的步槍。林英明立即想要拔出武士刀還擊，當下發現自己已被壓制在樹幹動彈不得。如同死神籠罩一般的龐然黑影，手持獵刀向他的首級揮舞而來。幸好林英明身旁大約十步距離的森川真之，見狀馬上以步槍瞄準射擊。但是敵人雖然近在咫尺，如同警隊的其他人員一樣，面臨生死關頭的時刻，任誰都會倉皇失措地反應不及。「你沒事吧！」在黑影被槍聲嚇阻離去時，森川真之呼喚著癱坐地上的林英明。

聽見槍聲返回馳援的賽德克搜索隊，頓時醒悟竟然被新高山部落聲東擊西的戰術誘騙。方才襲擊的新高山部落勇士，彷彿忍者一般全數消聲匿跡於驚恐混亂的森林。魂飛魄散之後甫為鎮靜的林英明與森川真之，回神想起了親眼所見的魔幻鬼影……依稀記得方才勇猛威武的面容與黝黑剛強的身軀，他們直覺地相信那個陌生的背影，就是令人聞風喪膽的兇蕃之王拉馬達星星。為了盡快脫離混沌不明的險境，於是能高郡的新高山討伐隊，以披星戴月與馬不停蹄地方式返回駐地。

希望之村駐在所大約一公里之處，有一間「希望之村醫療所」。醫療所之內一位基督徒醫師名為「井上伊之助」與妻子「小野千代子」，他們是專門在山地部落看診行醫的內地人。井上醫師夫婦從事山地醫療的足跡，遍布了新竹州、台中州與花蓮港廳，主要以泰雅族、太魯閣族、賽德克族與布農族部落分布的區域。

井上伊之助，出身於四國地方的高知縣。在台灣山地從事醫

療工作歷時大約十八年。因此在山地部落備受尊敬與愛戴，素有「高砂族醫療服務之父」的稱號。妻子小野千代子為了服務山地部族的病患，更是通曉幾個高砂族的語言。

一位名為「稻垣藤兵衛」的男子，為了探訪他的老朋友井上伊之助，今日與藤原櫻子、陳惠美、花子，一道前來台中州能高郡的希望之村。返回希望之村駐在所的佐藤武哲等人，已經得知藤原櫻子等人前來的消息。

在午後晴空萬里的時刻，稻垣藤兵衛引領著藤原櫻子等人，駕輕就熟地來到了希望之村的入口。佐藤武哲等人也已經在入口之處迎接，一行人正當對於映入眼簾的紅色石柱標語：「希望之村─以愛勝恨」，感到納悶之際。稻垣藤兵衛佇立於石柱前說道：「大家知道這個標語的意涵嗎？」除了到任希望之村駐在所的四人，尚未實際了解來歷之外，連同藤原櫻子等人初見時也帶著謎樣的神情。

稻垣藤兵衛在引領著一行人，前往希望之村醫療所的途中，開啟一個塵封已久的故事：「西元一九〇六年明治三十九年的夏天，一家山口縣的內地企業「賀田組」，在花蓮港廳從事樟腦開採的業務。由於企業對於山地樟腦的開採日益擴大，嚴重地侵犯了太魯閣族的生活領域。除了長期形成的緊張與矛盾之外，賀田組聘請當地的太魯閣族人，進行樟腦開採時發生勞資糾紛，遂成為「威里事件」的導火線。太魯閣族威里社的勇士出草，將二十五名的內地人馘首後取走頭顱。受害者除了花蓮港支廳長大山十

郎之外，其中一名賀田組樟腦廠的技術員「井上彌之助」，此人就是井上伊之助的父親。

井上伊之助當時就讀於東京聖經學院，聽聞如此驚世駭俗的事件與噩耗之後悲痛欲絕。身為基督徒的他痛哭流涕地為父親禱告與立誓：「我一定要到台灣為父親報仇！」井上伊之助無法接受如此的喪父之痛，內心的仇恨之火熾烈燃燒。不過他也想起了聖經的話語：「兩隻麻雀固然用一個銅錢就買得到，但是你們的天父若不許可，一隻也不會掉在地上。只是我告訴你們，要愛你們的仇敵，為那逼迫你們的禱告。」期間井上伊之助歷經不斷地祈求禱告與內心掙扎，終於有一天他的內心平靜地出現一個聲音：「從今天開始……我每天要為台灣的山地部落禱告，祈求有人早日傳播福音給他們，可以成為善良的人民。」當下他的內心同時暗自立下了決心：「最好的報復方式，即是『以愛勝恨、以愛報仇』。」

西元一九〇八年明治四十一年，事件的兩年之後。井上伊之助申請自願前往台灣山地傳教的工作，但是日本政府沒有開放基督教的傳教職務。他得知能以醫療服務計劃的名義申請時，於是在友人的介紹之下，事先前往靜岡縣伊豆市的寶血堂學習與鑽研醫術，終於在三年後順利取得醫師許可證。

西元一九一一年明治四十四年，井上伊之助搭上一艘前往台灣的輪船，孤身前往讓父親身首異處的島嶼。他到達台灣拜會總督府行政長官，成功獲派了第一張警察課的服務令：「囑託高砂

族醫療所勤務」，讓他得以在山地部落進行看診與醫療工作。當時山地的官署與駐在所警察，看到井上伊之助都紛紛搖頭評論：「這個人真是一個大笨蛋！」看到他的人總會在背後質疑與訕笑。當時台灣平地有時仍然瘟疫橫流，遑論位於山地部落區域的缺乏水電，以及衛生條件與生活狀況的蠻荒匱乏。當時山地尚無醫療院所的惡劣環境，傳染病滋生橫行的衛生隱憂；另外山地部族出草的習俗，更有身陷危險的安全威脅等。除了派駐維持治安的警察人員之外，根本不會有人自願前往賣命行醫。

　　當時井上伊之助已有家室，妻子小野千代子在內地獨自照顧孩子。他考慮台灣山地的危險性獨留妻小在內地生活，自己孑然一身在台灣為信仰奮鬥。有一天他向妻子小野千代子表示：「如果妳有一起殉教的覺悟，才能考慮前來台灣。」不論台灣山地具有如此危險的龍潭虎穴，小野千代子依然帶著孩子，不顧丈夫叮嚀的警語渡海團聚。井上伊之助在台灣本島各個地區，奔走於危險的山地為高砂族部落義診行醫。期間他與妻子千代子不幸遭遇傳染病的侵襲，除了自己重病住院之外，妻子更是差一點陰陽兩隔。尤其令人遺憾之事，他們在內地與台灣相繼出生的四名子女，其中三名不幸地先後染病夭折早逝。

　　期間歷經了喪父、喪女與喪子之痛的井上伊之助，從最初喪父時報復的仇恨之火，已經轉化成為愛的信仰之火。在井上伊之助夫妻的大愛義行感召之下，將其行醫的山地部落稱為「希望之村」，同時豎立精神標語：『希望之村—以愛勝恨』。」稻垣藤

兵衛引領著一行人走進希望之村醫療所，向著正值看診的井上醫師說道：「仇恨之火讓生命萎靡枯槁，唯有愛如甘霖，讓生命重新得到希望的泉源。」

稻垣藤兵衛前來台灣初始，在新竹州角板山任職山地警察時結識了井上伊之助，兩人可謂一見如故的同志好友。井上醫師對於稻垣藤兵衛突然地探訪已經習以為常之外，小野千代子也樂得招呼老朋友與來訪的新朋友。一行人耳聞稻垣藤兵衛訴說的故事，無不感動與佩服於井上醫師賢伉儷的偉大德行。小野千代子謙虛地回應說道：「稻垣先生的人類之家，為台灣弱勢者的無私奉獻，才是無以倫比的大愛。」

夫唱婦隨的小野千代子深受丈夫的影響。井上伊之助總是孜孜不倦地表示：「神將我們當作肥料，為了讓福音的種子，在台灣的山地部落內結實長大。」因此就算是千山萬水與重重險阻的地方，總是看見小野千代子跟隨丈夫形影不離的身影，席間更是經常看見她以高砂族語關心山地部落的族人。

井上醫師在空檔時間步履輕盈地走來，他總是不吝分享信仰之語：「希望有朝一日……上帝編織的愛可以遍布台灣島。」眼見稻垣藤兵衛與井上伊之助相會，言談之間都是幫助貧苦或弱勢者的話題，著實令現場的一行人感到汗顏。花子一句突如其來的話語：「井上醫師與稻垣先生，您們真是臭味相投的好朋友啊！」語畢讓眾人原先肅然起敬的態度，瞬間轉為詼諧一笑的情況。

稻垣藤兵衛，出身於關西地區的京都。西元一九一四年大正

三年，畢業於同志社大學政治經濟部經濟科。同年學校畢業後不顧親友的勸告與反對，自願申請前來台灣從事山地警察的職務，初期派駐在新竹州的角板山。西元一九一六年大正五年，稻垣藤兵衛基於同志社大學：「良心教育、自由主義、國際主義、基督教主義」等思想薰陶與影響之下，在本島人群居的大稻埕地區，獨資創辦「人類之家」與「稻江義塾」的慈善機構，以此幫助流離失所的窮人與貧苦失學的兒童教育。

　　稻垣藤兵衛堪稱一位人道主義的慈善家。他經常宣揚與標榜的信仰：「人類之愛。」他秉持人類主義的思想，超越族群與無私奉獻的精神，不但幫助貧病孤苦的窮人與兒童之外，同時關懷娼妓長期遭遇的不平等待遇，以及對於農民抗議政府與財閥的社會運動，也都發出仗義直言的聲援。他除了關心與幫助社會弱勢族群的行動，同時對於台灣議會設置請願運動，也積極參加演講會支持台灣爭取民主人權的訴求，並且參與創立「無政府主義團體：孤魂連盟」。

　　台中州能高郡的霧社地區，位於海拔一千一百多公尺的山地平台。由於地處高地下午經常出現滿山遍野的雲霧山嵐，顧名思義被稱為「霧社」。同時終年氣候涼爽與空氣冷冽，當地一帶布滿屬於台灣原生種的山櫻花，也被列為特有保育級稱之「緋寒櫻」，因此雲霧裊裊的霧社還贏得「櫻都」的美稱。在每年二月底或三月份的春天時節，滿山遍野的緋寒櫻，除了花色純白的稀有種之外，一般屬於嬌豔酡紅的色澤品種。在林間小路沿途盡是

櫻花隨處綻放的視覺饗宴之下，形成視野綿延與俯拾皆是的絕美
景色。

在能高郡的「霧社公學校」，今日正要舉辦一個籌備多時的
比賽活動。一個曾經是台灣家喻戶曉的高校野球隊「能高團」，
與能高郡山地警察遴選組成的「警察野球隊」，預定進行一場破
天荒的野球友誼賽。上午時刻霧社地區天空清朗與陽光普照。去
年秋天林英明到達希望之村駐在所就職後，轉眼間已經歷時大約
半年的光景。陳惠美在蟾蜍刻意安排的情況之下，單獨與林英明
漫步於公學校的人行道，道路兩旁的山櫻花吐露著春天的芬芳。

自從林英明離開永興茶葉商行後，陳惠美已經明顯感覺他
們之間，工作環境與生活話題的漸行漸遠，同時也細微地感受到
林英明與藤原櫻子互動頻繁的危機感。對於林英明的立場觀點而
言，他與陳惠美之間的情感，明確地定位在朋友或兄妹關係。同
時黃飛龍議員與陳義雲社長，雙方曾經談論結為親家是眾所皆知
的事情，因此林英明對於兩人的關係，自然地不會有所聯想。

同為多年工作夥伴與生活友人的蟾蜍，對於他們兩人之間的
想法與態度旁觀者清，但是蟾蜍仍然創造他們私下互動的機會。
「你有沒有想過未來的日子呢？有關婚姻計劃之類的事情。」陳
惠美雖然感到害臊，還是清楚地向林英明試探。「孤家寡人……
目前專心在警察的工作，成家的事情還不敢奢望。」林英明似乎
沒有察覺弦外之音與不解風情地回答。「如果有一個喜歡的人，
為了未來願意一起努力奮鬥，這樣不就行了嗎？」陳惠美意圖正

中下懷地引導話題。

　　「目前好像還沒有……」林英明對於陳惠美尖銳的問題，一時半晌地詞窮無法回答的當下。陳惠美隨即語帶羞澀靦腆地表示：「其實……我……」正值雙方語意不清之際，在公學校操場集合的球隊方向傳來示警的聲音：「小心！」林英明眼尖地看見一顆從幾十公尺之外，朝他們飛奔而來的白色野球，他立即精準地以手掌抓住。森川真之戴著野球手套追逐而來說道：「比賽準備開始了。」他氣喘吁吁地提醒兩人必須歸隊。操場遠方的藤原櫻子與花子，同時熱情地揮舞著手臂召喚他們。

　　距今大約六年前。西元一九二三年大正十二年，當時成軍的「能高團」野球隊，具有一個無心插柳柳成蔭的故事。故事必須從花蓮港廳的廳長「江口良三郎」說起……他上任初始發現花蓮港建設不足，船隻無法直接停泊港口，沒有良港可以通行貨運。為了推動花蓮港建設向總督府尋求經費，由於總督府預算拮据遂呈報大藏省。但是日本內閣政府正值財政困窘與經濟不振等問題，同時對於名不見經傳的台灣小漁港，一無所知與不符效益的評估之下，以「花蓮荒僻瘴癘，產業無所出」的理由駁回提案。

　　能高團成軍兩年之前。花蓮港廳內地企業「賀田組」，一位本島人社員名為「林桂興」。他是賀田組的野球隊成員，由於看見當地阿美族的青少年，以木棒與石塊作為野球的遊戲。他發現阿美族人具有野球運動的天分與潛力，因此利用閒暇之餘教導阿美族青少年打球，將這支球隊命名為「高砂野球隊」。

　　高砂野球隊成立兩年之後。江口良三郎先前一直苦於日本
內閣政府的財政因素，同時發生了關東大地震之後面臨的經濟問
題，帝國議會不願審議與核可花蓮港的建設計畫。江口廳長正值
一籌莫展之下，此時獨具慧眼的他，發現高砂野球隊的莫大潛力。
啟發他利用野球行銷的方式，作為宣傳花蓮港的想法。他突發奇
想試圖利用風靡日本的野球運動，策劃以野球比賽的能見度，讓
日本內閣與內地人認識花蓮港。

　　爾後在東台灣實業家梅野清太郎的資金奧援之下，江口良三
郎兼任團長，聘請了門馬經祐作為教練。他將隊員全數集中就讀
於「花蓮港農業補習學校」，以花蓮港廳第一高山的「能高山」
作為靈感之源，將高砂野球隊正式更名成為「能高團」。從此開
啟能高團橫空出世的傳奇故事。

　　能高團成軍兩年之後。西元一九二五年大正十四年夏季時
節，能高團在台灣擊敗多數強勁的隊伍。同年，江口良三郎以「高
砂族前往日本內地觀摩建設」的名義，向總督府申請前往比賽的
經費，代表台灣與內地的野球名校進行友誼賽。讓能高團有此機
會前往兵庫縣西宮市的「阪神野球場」，這是日本高校野球比賽
夢寐以求的地方，堪稱最高殿堂的「甲子園」。

　　能高團是台灣第一支純粹由高砂族組成，短暫成立大約四年
的年輕球隊。竟然從沒沒無聞到擊敗台灣本島的強隊，讓所有野
球迷感到驚訝與神奇。在日本內地的友誼賽期間，尤其是能高團
以「速度飛快、勁道強悍、豪邁威猛」的球風，震撼與驚艷日本

內地的觀眾。當時內地與台灣在比賽期間無不陷入瘋狂的氛圍，同時沈浸在能高團的旋風之中，據說能高團初試啼聲即創下三勝三敗一和的傲人戰績。從此內地對於花蓮港的聲名遠播與耳熟能詳。成為人人口中津津樂道的故事，以及無人不知無人不曉的地方。

隔年，江口良三郎在內地宣傳花蓮港的期間，癌症病發後死於名古屋的旅途之中。死後骨灰運回台灣，長眠於能高團野球場的一隅，從此與花蓮港的山海永久相伴。為了紀念江口廳長的特殊貢獻，於是將花蓮境內的一座山命名為「江口山」。

江口良三郎，出身於九州地方的佐賀縣。原本任職花蓮港廳警視的高階警察，曾經參加太魯閣族討伐戰役。田健治郎總督時期，為了防範與討伐以拉馬達星星、拉荷阿雷與阿里曼西肯等人為首，隱藏在新高山南方的新高山部落，將他升任為花蓮港廳長，作為應付布農族部落的治安問題。

江口廳長辭世之後，花蓮港廳秉持其遺願成立「花蓮港築港期成同盟會」，繼續為建設的計劃請願。令人遺憾之處，能高團前往內地比賽之後，團隊個中翹楚的未來之星，被內地優秀的學校球隊逐一挖角，能高團的傳奇從此曇花一現與日漸式微。西元一九三一年昭和六年，由於江口良三郎成功打響花蓮港的名氣，在他辭世五年後，花蓮港的建設計劃正式開啟動工。

能高團與警察野球隊在公學校操場上，短暫的熱身活動後正式進行友誼賽。高校生的能高團專業球技相較成年人的業餘能

力，可謂有過之而無不及的情況。警察野球隊的成員，除了能高郡各地駐在所人員之外，其中佐藤武哲、森川真之與蟾蜍也獲選加入比賽行列。藤原櫻子、陳惠美與花子等人正熱烈地為處於下風的警察隊打氣，以及現場來自於能高郡的群眾，也正興高采烈地觀看這場野球賽事。

　　林英明由於腿部的狀況不適，只能遺憾地成為觀眾。他記憶深刻地回想起多年以前，也是他正值在台北刑務所入監的期間，當時有機會以收音機聽見能高團的賽事過程。日本內地與台灣的報紙皆進行大肆報導，上至政商名流下至販夫走卒，無不爭相關注著能高團代表台灣出征內地的消息。

　　當時可謂內地與台灣同步轟動的重大時事新聞：「大約在四年前……一個晴空萬里與陽光亮麗的天氣。大稻埕地區的大街小巷，舉凡：商家、醫院、學校、官署或公共場所等地方。台灣社會大眾全程熱烈地參與，這個空前絕後與絕無僅有的野球賽事。住家門庭的收音機與街頭巷弄的廣播器，無不爭相走告大聲地放送著令人振奮的過程。

　　「全國的聽眾朋友們，今天應該是日本野球史上最特別的日子。來自於國境之南，台灣花蓮港農業補習學校的能高團。這個從台灣島內脫穎而出的強勁隊伍，在內地期間將迎戰東京都、橫濱、名古屋、京都、大阪、神戶、廣島等地方的代表隊。尤其要向全國觀眾特別說明，這是一支純粹由台灣的「蕃人」，不好意思……應該稱為「高砂族的阿美族」組成的隊伍。

　　日前全國的報紙也都已經相繼的報導，這支來自於台灣偏遠蠻荒與未開化的山地，一支名不見經傳的高砂族野球隊。打野球不是砍人頭啊！這是一種必須運用智慧與團隊合作的運動，他們是否懂得野球這種文明的運動呢？甚至還想要勝過內地歷史悠久與訓練有素的球隊，全國的聽眾們讓我們拭目以待吧！」廣播電台的播報員一氣呵成的開場白，為一系列的比賽揭開了序幕。

　　「真是令人刮目相看啊！第一場與『東京都早稻田中學』的比賽，第九局雙方六比六平手。延長的第十局由最後一位早稻田選手，背號十一號的井上打擊。比數已經來到兩人出局一、三壘有人，兩好三壞球的滿球數。最後一球早稻田只要擊出一壘以上的安打，就可以順利擊敗能高團了。此刻擊出一支中外野的高飛球，能高團的右外野手以驚人的腳程，竟然在全壘打牆內接殺成功。終場以六比六雙方平手和局。」播報員對第一場賽局的結果激情地宣布。「太好了……能高團，讓他們好好見識一下我們的實力吧！」大稻埕廣場聚集的群眾歡聲雷動地呼喊。

　　「真是太不可思議了，自從與早稻田中學第一場比賽平手之後。橫濱的『神奈川一中』與名古屋的『愛知一中』，都已經先後被能高團打敗了。今天是對戰『京都府立師範』，現在比賽已經來到第九局下半場，能高團在這一局逆轉得分領先。觀看他們這幾場比賽以來，頑強無懼與不卑不亢的奮戰精神，真是令人動容啊！先前現場的觀眾都對他們報以噓聲地說道：「野蠻的蕃人……滾回台灣的山地上吧！」現在觀眾竟然開始集體地大喊：

「能高團，全壘打⋯⋯」連我都感動地⋯⋯想要留下眼淚了⋯⋯」
播報員急促緊張地描述戰況，同時忍不住以哽咽地語氣表達。「能
高團，全壘打⋯⋯」聽見播報員的廣播，此刻大稻埕廣場的群眾
也隔海聲援呼應。

　　「九局下半場比賽接近尾聲，比數已經是九比三滿壘兩人出
局，目前是能高團遙遙領先。站在場上的最後一名能高團打者，
背號五號的打者強力揮棒，球速非常快速地飛出全壘打牆，四分
再見全壘打！終場能高團以十三比三大敗京都府立師範，真是奇
蹟啊！目前為止能高團創下三連勝的累計佳績。」播報員將幾天
賽事的成績報告。「萬歲⋯⋯」大稻埕地區的大街小巷，不斷地
傳出歡呼的口號。連續數日的賽事廣播報導，野球賽讓內地與台
灣成為全民關注的運動，期間更是人人茶餘飯後必談的話題。

　　「球場觀眾的態度完全不一樣了，能高團在內地捲起風潮。
先後兩場對戰大阪『八尾中學』與神戶『神港商業』，連續兩場
吞敗的成績之後。今天是能高團與廣島『廣陵中學』的戰鬥，也
是在內地的最後一場比賽。九局下半場雙方二比二平手，二壘有
人兩人出局，目前由廣陵中學背號八號的村上打擊。廣陵中學可
以成功突圍，抑或留下平手的和局呢？打擊出去了⋯⋯一支強勁
的滾地安打，能高團外野手撲身攔球，迅速傳給二壘封殺打擊的
跑者。在二壘的跑者已經一路順利地奔回本壘得分。終場三比二
讓能高團以一分飲恨敗北。

　　內地友誼賽最後的戰績累計，能高團以三勝三敗一和的優異

成績，獲得全場觀眾起身鼓掌的認同。一支初生之犢與橫空出世的球隊，在七場比賽之中從媒體和觀眾，都不看好的情況之下，勇往直前與奮戰到底贏得所有人的尊敬掌聲。這個就是從今以後……永遠烙印在我們記憶深處的……能高團！」播報員依依不捨與激動感性地結束了最後的廣播。」

專注看著能高團與警察隊的賽事，彷彿可以嗅到當年能高團在內地奮戰的汗水與淚水。原本淹沒在舉國歡騰回憶的林英明，被一對姊弟的聲音拉回現實：「可以借我看看，你手上的野球和手套嗎？」這一對姊弟是能高郡賽德克族部落的「鐵美塔道」與「努威塔道」。林英明看著大約十七歲的少年努威塔道，無法拒絕他非常認真渴望的神情，因此取下手套與野球讓他自由把玩。

努威塔道是一名性情憂鬱與個性孤僻的少年。他的姊姊鐵美塔道年約三十歲，屬於能高郡知名的賽德克族美女。據說他們的父母，在十幾年前相繼因病逝世。當時鐵美塔道為了照顧年幼的弟弟，一直以來身兼母職與弟弟相依為命，也都未曾考慮嫁作人婦，在山地部落如此歲數尚未出嫁者實屬奇葩。據說鐵美塔道是一個擅於弓箭的神射手，她拉弓射箭的能力勝過部落很多的勇士，可說是賽德克族部落眾所周知的奇女子。

「弟弟一直很想擁有一個野球和手套。」鐵美塔道注視著開心不已的弟弟向林英明表示。「巡查，我能不能以其他物品，跟你交換野球和手套呢？」努威塔道以非常渴望與認真地神情問道。同時鐵美塔道水汪汪的大眼眸，更是充滿懇求與期待的表情。

「要以什麼物品交換呢？」林英明感到納悶與好奇地反問。「神眼！」鐵美塔道與努威塔道興高采烈地向著似乎中計的林英明，異口同聲地回答之外，同時以食指指向遙遠的天空。

林英明抬頭望著萬里無雲的晴空，陽光普照的蒼穹上方，有一隻自由自在翱翔天際的「黑鳶」，這種飛禽也被俗稱「老鷹」。老鷹可是具有黑褐色羽毛的猛禽，體長大約六十公分與雙翼總長大約一百六十公分的天空霸主。牠最明顯的特徵具有一個狀似魚尾的尾羽。

正當順著鐵美塔道姊弟手指的方向，仔細望著天空的林英明感到狐疑之際。盤旋在天空名為「神眼」的老鷹，早已感應主人的呼喚，心有靈犀一點通地滑翔而下。轉眼間停留在努威塔道穿戴皮套的左手臂，牠以尖銳利爪強勁有力地箍住皮套，炯炯有神的眼睛著實令人敬畏。

神眼是一隻已經馴服的猛禽，鐵美塔道姊弟想以牠作為交換條件，當下林英明感覺似乎唯有啞口無言地接受。他凝視著神眼羽翼豐盈與體態昂揚，帶著孤傲氣息與豪放不羈的老鷹。尤其看著牠彷彿具有靈性可以透視人心的眼睛，此刻猶如命中注定一般的魔力，深刻感應與神眼具有強烈奇妙的緣分。

光陰似箭歲月如梭，已屆歲末年終跨年期間。佐藤武哲、森川真之、林英明與蟾蜍，在去年的秋季時節，前來希望之村駐在所之後，已經悄悄地邁入第二個寒冬的日子。在平地生活的藤原櫻子、陳惠美與花子等人，總是利用閒暇與機會前來探望山地上

的朋友。他們在兩個月之前，商議後決定在今年的元旦，結伴前往阿里山賞日出，作為迎接新年度的開端。

阿里山山脈位於台南州嘉義郡與台中州新高郡交界之處，縱向平行坐落於新高山山脈的西側。從阿里山地區可眺望新高山與次高山。阿里山最高峰為海拔兩千六百多公尺，面積大約四萬一千五百多公頃。山區最大的特色是「高山鐵道、森林、雲海、日出、晚霞」等五大奇景。山地沿途從低處朝向高處攀登的林區，從亞熱帶的闊葉林到寒帶的針葉林都有分布。

為了計劃阿里山賞日出之旅，藤原櫻子特地邀請賽德克族的美女鐵美塔道。由於鐵美塔道常年與阿里山鄒族部落有所接觸，同時熟諳阿里山地區的情況，因此找個識途老馬作為嚮導，此事讓森川真之喜出望外。阿里山賞日出的旅行團，除了藤原櫻子等四名女子之外，希望之村駐在所的佐藤武哲等四名男子，也是重要的團員之一。在除夕當天的中午時刻，八人的旅行團從台南州嘉義郡車站，搭乘前往阿里山的森林鐵道火車。

西元一九一五年大正四年，建築完成的阿里山森林鐵道，原本用途只是作為林場的木材運輸。爾後為了沿線居民的交通之便，從此成為平地與山地之間，重要的交通工具與運輸要道。阿里山火車鐵道從嘉義站到達最高的塔山站，總長度大約七十二公里，海拔最高大約是兩千三百公尺，號稱為東亞第一的登山鐵道，也是日本帝國境內鐵道的最高點。

火車伴隨飄揚的白煙努力地攀登高峰，穿梭橫越於巨木闊林

與蜿蜒攀爬於崇山峻嶺，路途之中也經過許多的橋樑與隧道。為了登頂高山鐵道的設計，以阿拉伯數字「8」的方式迴旋而上，轉頭回望時山勢的陡峭危崖一目了然。沿途盡是如詩如畫的夢幻美景，令人一路歎為觀止地直達終點站。旅行團一行人到達海拔兩千三百公尺的山地，正值下午時段陽光普照，悠閒地步行在具有千年的檜木森林之間，步道沿途盡是筆直參天的巨木。

　　據說阿里山的檜木還是作為興建神社的最佳建材。諸如：伏見桃山御陵、橿原神宮、箱崎八幡宮、明治神宮等，部分建物均有使用阿里山的檜木興建而成。森林步道的芬多精引領著一行人，輾轉到達最終目的地「阿里山寺」。

　　西元一九一九年大正八年，日本佛教曹洞宗的管長「日置默仙禪師」，相傳有感於阿里山彷彿印度靈鷲山的聖地，所以發願建造了阿里山寺。大正天皇有鑑於阿里山面向日本國境第一高山的新高山，因其特殊地理位置之由。將受贈於暹羅皇室的「釋迦牟尼佛」之千年古佛像，欽定供奉在屬於台灣島最高佛寺的阿里山寺。布教師「坪井朴龍」成為首任的住持。

　　阿里山寺坐落於終年雲霧山嵐繚繞、古木蔥鬱參天、朝日晚霞環抱之處，彷彿一個塵世淨土與人間仙境。從佛寺大門走進首先映入眼簾可見庭院的鐘樓。寺內正殿供奉的千年古佛，呈現立姿的佛像高度不超過盈尺。古佛像以雙手掌心朝外宛如施無畏印，全身金黃色澤猶如純金打造，雙目微閉的自然神態靜謐莊嚴。

　　倘若佇立在寺廟的庭院前，眺望黃昏時刻的天地景色，形如

蛋黃的夕陽鑲嵌在雲海幻化的山巒。天空景象彷彿一幅鬼斧神工的潑墨彩畫，雲海隨風蕩漾與波濤洶湧地翻雲覆雨，彩霞隨雲翻騰與瞬息萬變如同彩色琉璃。如此波瀾壯闊與氣勢恢弘的奇觀，讓一行人的靈魂已經融化飄散在此情此景。「禪師，非常感謝安排的廂房與餐點。」藤原櫻子事先向住持坪井朴龍，預約一行人除夕夜的落腳之處。

　　一行人在安置行李與簡單用膳之後，各自端著一杯熱騰騰的抹茶湯，零零散散地坐在寺院的台階上方。阿里山上方廣闊無垠的夜空裡，滿天的星光點點分外清晰。花子突然童心未泯地指向遠方說道：「好美的星星啊！」「不好意思，我摘不到啊！」蟾蜍總是不吝表達對於花子的好感。雖然花子總是故意表現不領情的態度，對於蟾蜍情意綿綿的恭維，仍然難掩心花怒放的喜悅之情。團體之中他們的互動關係，總會迸發歡樂詼諧的火花。

　　「據說我們現在看到的星光，可能是幾億年前星體爆炸的火花。」藤原櫻子以知性的語氣表達想法。若是依據佛教的生命教義與理論，一個人的靈魂會持續地輪迴轉世在人間。那麼以現在眼見的星光往回推算，從這座星體爆炸初始累計至今，靈魂已經無法考據究竟輪迴了幾回的塵世，才能正巧遇見此刻閃爍的光輝。

　　「幾億年前？好深奧的問題……」陳惠美感到困惑與疑問地喃喃自語。「那個時候的地球，可能還沒有猿猴呢？」森川真之依據達爾文的人類進化論，對於這個議題也感到迷惘。「這個問題如同有沒有『天國』一樣，永遠沒有答案吧！」佐藤武哲似乎

認為不必爭執沒有答案的哲學問題。「你們若不回轉，變成小孩子的樣式，斷不得進入天國。」藤原櫻子引用聖經的經文思考著天國的話題。

此刻阿里山寺的住持坪井朴龍禪師，悠閒地行走於庭院喃喃自語，試圖以禪學的哲理讓人觸類旁通地說道：「見山是山，見水是水；見山不是山，見水不是水；見山還是山，見水還是水。當下即是永恆……」坪井朴龍眺望星光微笑地漫步經過，他狀似繞口令的深奧禪語，讓一行人各有不同的思考領悟。

蟾蜍與花子還是一頭霧水的表情。陳惠美顯得更加地迷惘與困惑。佐藤武哲以一副事不關己地搖頭。此刻的藤原櫻子與林英明若有所思的神情，心有靈犀地同時回應坪井朴龍的禪語意境：「一期一會！」兩人不約而同的言語默契，讓彼此感到靦腆羞澀的神情。當下陳惠美與佐藤武哲同時面露不悅的表情。此情此景讓陳惠美不自覺地翻騰內心戲……當初如果自己沒有安排「媽祖祭」與「天燈祭」的機緣。林英明與藤原櫻子是否就不會出現交集呢？她懊悔著似乎都是自己製造如今的局面。

總是默默無語從旁觀察的鐵美塔道，此刻以輕鬆地態度道出評語：「聖經都說要回轉像個小孩子一樣，為何還要如此執著呢？」她觀察到藤原櫻子與林英明微妙細膩的心靈互動。蟾蜍與花子之間已是臨門一腳的情投意合。同時看見陳惠美與佐藤武哲醋勁大發的表情反應。

鐵美塔道具有古銅色的健美膚色，輪廓清晰與五官立體的臉

孔。一雙明亮空靈的深邃大眼睛，上下眨動時活潑俏麗的長睫毛
嫵媚動人。尤其她烏黑亮麗與柔細飄逸的披肩秀髮，垂掛在如同
運動員一般窈窕健美的身軀，真是眾所稱讚與當之無愧的高砂族
美女。

　　「看來只有鐵美，可以進入天國。」森川真之意有所指地附
和。他擁有一頭略微捲曲的髮型與中等勻稱的身材，斯文清秀的
相貌帶著鬍渣的野性，總是帶著親切溫和的笑容。鐵美塔道對於
森川真之注視的眼神感到不知所措，古銅色的臉龐仍可看出羞澀
朱紅的色澤。她與森川真之的互動總有忸怩不安的神態。

　　「螢火蟲！」花子突然發現在夜色深沈的寺廟庭園，成群結
隊閃閃移動黃綠色的螢火蟲之光。當下轉移一行人的目光與注意
力。黑色蒼穹熠熠生輝的滿天星光，與地上團聚閃亮的螢火蟲之
光，在遠離塵囂的天地之間相互輝映成趣。

　　次日凌晨，一行人在睡眼惺忪狀態下集合，已經忘卻昨夜滿
天星光的疑惑與螢火蟲之光的感動。凌晨一場短暫急驟的初雪，
早已覆蓋寺廟庭院與阿里山頂峰。一行人走到阿里山寺附近的小
笠原山觀景平台，黎明之前的黑暗與冷冽寒顫的雪地，並未折損
眾人期待日出的熱情。此刻站在觀景台望向東方，與阿里山縱向
並排的新高山，黎明破曉的第一道曙光劃破了黑夜。旭日東昇的
太陽從新高山竄起，眼前的雪白大地一片閃耀的亮光崛起。「新
年快樂……」一行人對著東方的旭日呼喊著。晴朗天空與雪白大
地轉瞬之間，已被金黃色的耀眼光線輕輕地撫慰覆蓋。

從新高山位置視線往左側向北的方向探尋，可以看見橫向綿
亙的中央山脈群，依稀可以尋覓位於新高山與次高山之間的能高
郡。藤原櫻子指向左側位於新高山北方的能高郡說道：「希望之
村，希望之光！」此刻阿里山寺高雅響亮、從容純淨與震動心靈
的鐘聲，不斷地迴盪響徹於雲霄與天地之間。林英明將隨手攜帶
的鳥籠打開，將老鷹神眼放置在穿戴皮革的手臂上方。他隨即將
手臂用力騰空一甩呼喊：「神眼，振翅高飛吧！」訓練有素的猛
禽遵循指令快速直衝天際。

　　自從林英明帶回神眼之後，期間歷經不少磨難才得以駕馭高
傲威猛的老鷹。新年伊始他要展示與牠成為親密夥伴的成果，也
讓傲氣雄鷹展示翱翔天空的霸氣。神眼展翅滑翔與盤旋環繞的天
際，零零散散飄落著點點雪花，牠豐滿柔軟的羽翼頂著刺骨寒風。
從神眼銳利澄澈的眼睛俯瞰皚皚白雪的山峰大地，天地蒼茫無垠
與山脈峰峰相連簡直無遠弗屆。金黃旭日的光輝與湛藍深邃的晴
空融合一體，廣袤無盡與綿延變幻的雲海覆蓋山地。俯瞰孤懸矗
立於無盡海洋的壯麗山島，天地景色與世間紅塵一切包羅萬象，
大如浩瀚蒼穹亦或小如滄海一粟，猶如一幅微圖縮影的上帝畫作
映入眼簾。

　　西元一九三〇年昭和五年初夏，一個耗費鉅資歷時十年號稱
亞洲第一大的水庫工程，最終依照計劃地如期舉行「烏山頭水庫
竣工啟成典禮」。第十三任台灣總督的石塚英藏，率領總督府文
武百官與本島仕紳等政商名流，參與這個舉世矚目與盛況空前的

典禮。現場可是吸引日本國內外的媒體賓客簇擁雲集。日本內地三大報：讀賣新聞、朝日新聞、每日新聞，台灣本島三大報：台灣日日新報、台灣新聞、台南新報。同時來自於歐美各國的知名報系等記者群，無不爭先恐後在典禮現場採訪八田與一，鎂光燈閃爍不止的景況熱鬧非凡。

烏山頭水庫屬於東亞唯一的濕式土堰堤，其規模可謂當今世界絕無僅有，所以美國的土木工程學會特別命名為「八田水庫」。水庫猶如不可能的任務一般奇蹟地完成，讓世界土木工程界發出驚嘆與讚賞的聲音，也向世界證明了日本土木工程建設的優異性。

八田與一不只技術能力超群，同時也是讓人敬仰的高尚人格者。為了烏山頭水庫的建造計劃，他奔波跋涉於廣闊的台南大平原來回地勘查，甚至翻山越嶺前往罕無人跡的地方探尋水源。在十幾年前，他費時三年踏遍台南地區的調查工作，台灣山區的瘴疾瘴氣與傳染病猖獗，自己與部屬曾經數次身受傳染病之苦。工程計劃經過數次提案，才被日本帝國議會採納決議。

八田與一為了國家的百年大計甘於清貧，尤其犧牲奉獻的高貴情操與無私精神。他為了艱鉅費時的水庫興建工程，以人道精神的思維，爭取巨資興建兩千戶的員工宿舍。期間讓員工可以攜家帶眷穩定工作，社區以人性化的方式管理，規劃醫院、學校、大澡堂和娛樂設施等生活環境。同時舉辦運動會與電影欣賞活動等，展現體恤勞工的人文思想。

關東大地震之後，政府財務緊縮工程預算面臨大幅削減的情

況之下，期間必須忍痛進行裁員的方案。他率先勸退優秀與薪資高的員工，留下亟需工作的基層人員。烏山頭水庫與官佃溪埤圳歷時十年的施工期間，遭遇隧道工程坍塌的事故，總計一百三十四人犧牲生命。他不但要求總督府從優撫恤，以及不分階級與族群的平等精神，興建殉工碑全數列名紀念，因此深得部屬員工的敬佩愛戴。

在烏山頭水庫竣工典禮結束之後，將水庫放開閘門傾瀉而下與滔滔奔騰的水源，開始流入總長大約一萬六千公里的水圳網路。長度可環繞地球將近半圈的水圳，灌溉面積估計可達十三萬多公頃，總計嘉惠大約幾十萬的農民。原先嗤之以鼻與質疑觀望的農民，緊隨著水流與沿著水圳奔走之下，不可置信地含淚呼喊說道：「神的水……這是神明賜予的恩惠之水！」由於打開水門之後必須耗時三日，水源才可以經由水圳流遍所有灌溉的區域。因此總計大約兩千六百人參與工程者，在烏山頭水庫上方連續三天不間斷地舉行慶祝會。

預計在水源灌溉三年之後，若以種植蓬萊米、甘蔗與蔬菜的三年輪作給水法。屆時可讓原本龜裂乾涸的不毛之地，化為一片翠綠田野與風吹稻浪的景象，從此將成為台灣島的豐饒與糧倉之地。今後農民不再面臨望天興嘆與辛勞運水的苦楚，也可改善台南地區農民的經濟收入。

藤原櫻子以記者的身分到場採訪，希望之村駐在所的佐藤武哲、森川真之、林英明等人，受派支援現場治安維護的任務。

眾人紛紛對於八田與一的豐功偉業給予恭賀與敬意。在典禮完成之後一行人跟隨八田與一，登上海拔大約四百六十八公尺的烏山嶺。注視著烏山頭水庫的閘門傾瀉，聆聽豐沛不絕與轟隆巨響的滔滔大水。靜靜流淌在原本不毛之地的甘泉，如今滋潤成為一片碧綠色澤，如同珊瑚形狀的水鄉澤國。

此刻佇立在高坡懸崖邊緣，眺望遼闊寬廣曾經死寂荒涼的台南大平原。蜘蛛網狀的水道如同微血管一般，源源不絕地輸送大地所需的血液。一行人闔眼與靜默地想像著多年後的夏天，微風輕拂著蒼翠稻浪的清新與芬芳。八田與一以如釋重負的心情表示：「凡是神明之水流過的村落，即將成為希望之村。」烏山頭建設工程村人山人海的群眾，三天三夜歡欣慶祝的景況，為正值世界經濟大蕭條的時代注入希望的活水。

西元一九二九年昭和四年十月，美國金融中心的華爾街股市大崩盤。股災釀成的經濟崩盤與影響席捲了全世界，隔年正式蔓延成為所謂的「世界經濟大蕭條」。第一次世界大戰結束的一九二〇年代，日本先後出現的經濟泡沫萎縮、大地震天災與金融危機等事件。如今再面臨世界經濟大蕭條的因素，社會經濟堪稱屋漏偏逢連夜雨。

在世界經濟大蕭條的驚濤駭浪之下，對於世界各國的經濟情況形成毀滅性的打擊。諸如：商品價格、企業盈利、人均所得與國家稅收等資產泡沫化之外，國際貿易銳減百分之五十左右，平均失業率高達百分之二十至三十的慘況。領取救濟物資與一貧

如洗的失業民眾大量攀升，社會治安敗壞與自殺率驟增的政治情勢。世界先進國家的資本主義制度屢受質疑與挑戰，形成社會主義與共產黨勢力崛起的溫床。亞洲地區日益醞釀與爆發政治革命的動盪。

　　一九三〇年代初始，除了世界經濟大蕭條之外，同時屬於東亞政治局勢的分水嶺，亦是邁入日本與中國地緣政治衝突的激烈期。期間日本帝國可謂內外交迫，內部面臨經濟蕭條與貧富差距的社會矛盾問題，外部面臨共產國際與地緣政治的國家安全隱憂。爾後爆發了日中戰爭，以及隨之而來一九四〇年代，日本與美國的太平洋戰爭。

　　西元一九四二年太平洋戰爭期間，為台灣農民創造希望之村的八田與一，奉令前往菲律賓進行灌溉設施調查。其搭乘的郵輪「大洋丸」，不幸遭遇美軍潛艇伏擊罹難。三年之後，太平洋戰爭結束。八田之妻米村外代樹，不捨離開與丈夫生活多年的台灣，在烏山頭水庫投水自盡。其留下遺書：「愛慕夫君，我願追隨而去。」夫妻兩人被合葬在深愛的水庫附近長眠於此。

　　西元一九四七年，台灣爆發了「二二八事件」。由同盟國委派佔領台灣的中華民國國民黨，以軍事武力鎮壓台灣人民。二二八事件之後，國民黨政權加速強制遣返日本內地人的政策。為台灣山地部落創造希望之村的井上伊之助夫婦，因此被迫離開台灣。他們離開貢獻三十六年的島嶼返回故鄉時，一貧如洗僅有隨身攜帶三個孩子的骨灰。西元一九六六年，井上伊之助因病辭

世，安葬於埼玉縣入間市的墓園。在他的墓碑上方刻鑄一個漢字：「愛」。墓碑下方十字架圖案右側，以片假名書寫一句台灣泰雅族語，其文字的意涵：「上帝在編織」。墓誌銘代表他「以愛勝恨、以愛報仇」的人生註解。

據說稻垣藤兵衛與井上伊之助夫婦一同離開台灣。兩位摯友搭乘同一艘的船艦，最後在長崎縣的佐世保港泊岸。稻垣藤兵衛離開之時，還收容一個出身於千葉縣的娼妓。他們乘船在海上的十天，一同緬懷與回憶著依依不捨的台灣。先行辭世的稻垣藤兵衛，其摯友井上伊之助得知消息時，留下一段令人感慨萬千的話語：「他比我年幼三歲，一輩子未曾結婚。此刻大概是一個像樣的葬禮也沒有吧！為了憐憫台灣的弱勢者，三十幾年歲月過著犧牲的生活。我們彼此可稱為同志，我很理解他的心情。他的一生比起小說曲折壯闊。在他人生的最後一頁，我僅以身為他的朋友寫下這些話語，希望可以遺留後世。」

自由的靈魂

　　坐落於台中州台中市的醉月樓。台灣民眾黨的林獻堂與蔡培火等人，聚集此地成立了「台灣地方自治聯盟」。大會典禮出席者大約有二百多名的台灣民眾黨成員與支持者，組織推派林獻堂與土屋達太郎作為顧問。社團成立的宗旨：「確立民主主義」與「施行地方自治」的政治訴求，爭取「政治自由」與「地方自治」的民主制度。

　　由於台灣民眾黨日益傾向支持社會主義的運動路線，以及結合民族主義的訴求信仰，朝向工農階級鬥爭與無產階級專政的方向。對於社會主義與共產思想的激進方式，讓不認同的台灣民眾黨成員有所疑慮，認為蔣渭水政治理念的路線質變，已經悖離原本台灣議會設置請願運動的初衷。在政治理念分歧與矛盾之下，讓林獻堂與蔡培火等人，醞釀成立台灣地方自治聯盟。同時以巡迴演講的方式，除了宣傳地方自治的改革理念，也向日本帝國議會提出：「實施台灣地方自治請願書」。

　　甫成立的台灣地方自治聯盟，隨即受到台灣文化協會、台灣民眾黨、台灣農民組合、台灣工友總聯盟等社團組織的批評。這些團體認為台灣地方自治聯盟，如同辜顯榮、林熊徵等本島特權仕紳成立的公益會一般，屬於附和總督府的應聲蟲。最後林獻堂與蔡培火等台灣民眾黨成員，紛紛遭到開除黨籍處分或被迫自行離開的分裂情況。

　　先前台灣文化協會被社會主義思想的連溫卿把持之後，期間成功策動多次勞工的罷工運動。由於內部共產黨勢力抬頭掌權的

因素，連溫卿最後也遭到罷黜開除的下場。台灣社會運動沾染共產黨階級鬥爭與政治革命的煙硝味，唯有台灣地方自治聯盟的民主主義與溫和主義之改革立場，總督府報以不強制阻擋與禁止的態度。

　　由於近期台灣社會運動與共產黨勢力的風起雲湧，讓警務機關對於治安工作繃緊神經。台灣地方自治聯盟在台中市舉辦的集會結社活動，佐藤武哲為首的希望之村駐在所警隊，也受到上級指派支援現場治安監督的任務。總督府對於社會主義運動的強制遏止，從去年「二一二事件」的逮捕行動，風聲鶴唳的情況可見一斑。

　　西元一九二九年昭和四年，二月十二日凌晨時分。當時佐藤武哲、森川真之、林英明與蟾蜍等人，接獲「特別高等刑事課」的支援任務。總督府以台灣農民組合公然宣傳共產主義違反法令的理由，下令全島搜捕以簡吉為首的幹部成員。希望之村駐在所的警隊，負責逮捕台中州的台灣農民組合成員。

　　早年林英明曾經參與台灣同化會，與台灣文化協會發起的台灣議會設置請願運動。他在先前數次的農工運動與警務人員的衝突之中，自己身為警察的立場，必須依據法律與職責執行任務。林英明對於以武力逮捕農民的方式深感無可奈何，曾經一起參加社會運動的朋友與同志，諸如：黑觀音、紅龜與舊同事黑熊等人，如今已經是立場分歧與形同陌路。對於林獻堂與蔡培火的台灣地方自治聯盟，他們主張以民主主義的改革路線，林英明認為與自

己的立場觀點與警務職責，相對沒有嚴重扞格與衝突之處。他對於地方自治聯盟的理念比較抱持認同的態度。

　　林英明佇立在演講台下方的大堂走道，注意著台灣地方自治聯盟會場的秩序，講台上地方自治成員宣揚著政治改革的理念。此時行經走道的記者藤原櫻子，不經意地報以溫柔的微笑，她的笑容總是讓林英明情不自禁地內心洶湧澎湃。其實他寧願靜靜凝視藤原櫻子的背影，不必思考身世背景或戀情結果的現實問題。佐藤武哲隨後走近林英明的身旁說道：「想要提醒你一件事……最好與藤原小姐保持距離。」佐藤武哲意有所指的語氣，讓林英明可以感受到警告的意味。

　　佐藤武哲話中有話地提醒他不要有任何非分之想。除了藤原家與佐藤家的門當戶對之外，雙方的父母早已不謀而合的心態。對於始終不敢越雷池一步的林英明，只能望而卻步地回答：「了解。」「下個月總督府的珠寶展示會，你必須跟我一起前往支援的工作。」佐藤武哲也預告即將執行的勤務。

　　林英明在神隱貓人案件被佐藤武哲逮捕之後，他們之間總有一道互動的鴻溝。林英明與直屬上司的佐藤武哲相處，為了共事關係的和諧總是圓融以對。對於佐藤武哲懷有成見的敵意，他始終秉持善意的回應。林英明相信誤解的冰山終究會被熱忱的火焰融解。

　　坐落於台北市圓山町的圓山運動場，這裡是台北武德會馬術部的練馬場。藤原櫻子也是馬術運動的愛好者。今日的傍晚時刻，

總督府即將舉辦一場珠寶展示會，受派跟隨佐藤武哲前來出勤的林英明，已經事先返回大稻埕地區待命。因此在下午空檔時段，藤原櫻子獨自安排的馬術訓練，她靈機一動藉此邀請林英明前來陪伴練習的活動。圓山運動場許多馬術俱樂部的成員，聚集成為三三兩兩的小團體。馬匹的毛色多數為黑色、棗色、棕色、粟色與白色等種類，現場高大壯碩的馬匹精神抖擻。

藤原櫻子擁有一匹英國「純血馬」的品種，身軀雪白亮麗的肌膚尤為耀眼，體型優雅與昂首闊步的貴族氣息可謂鶴立雞群。純血馬又稱為熱血馬。個性活潑、反應靈敏、動作迅速與爆發力強。不過性情暴烈難以駕馭的特性，屬於賽馬場上的天之驕子。牠們體高大約一七〇至一八〇公分，尤其獨特的頭部細小與輪廓分明，軀體乾燥結實與四肢修長。身體各個部位的形態稜角分明，以及線條清晰與輪廓流暢。成年的馬匹奔跑時速可達六十至七十公里。

藤原櫻子身著馬術的騎士套裝，全身雪白的合身圓領上衣與長褲，搭配一襲黑色系列的長筒皮靴、長袖外套與安全頭盔。一身專業的騎士戎裝繫著長馬尾秀髮，灑脫俐落與優雅俏麗的氣質令人目不轉睛。她騎乘雪白色的純血駿馬，技術純熟地奔馳與環繞運動場。午後的陽光潑灑在白馬的肌膚與鬃毛，照耀著駿馬強壯健美的體態與英姿煥發的身影。

藤原櫻子策馬熱身後從馬背上方下來。林英明讚賞地打開話匣子：「好漂亮的馬兒，牠幾歲呢？」藤原櫻子優雅地微笑說道：

「已經七歲。」林英明對於馬的知識以好奇心問道：「這個年齡屬於年輕或年老呢？」「牠可不是小孩了。依據人類的年齡計算的話，大概已是二十歲出頭的青年男子。」藤原櫻子撫慰著白色公馬的臉龐解釋。「猜一下牠叫什麼名字呢？」藤原櫻子隨後俏皮地提問。「好像太空泛了，可以提示一下嗎？」林英明躊躇一會兒以為難的表情討教。「你有沒有特別喜歡，或者崇拜的歷史人物呢？」藤原櫻子繼續賣個關子。「原來是以歷史人物作為命名，還真是特別……」林英明思忖半晌地喃喃自語。

　　「這樣好了，你說出自己喜歡的歷史人物，我同時說出牠的名字。看看答案如何呢？」藤原櫻子眼見充滿困惑與認真神情的林英明，索性提議玩起猜謎的遊戲。「坂本……龍馬！」正當林英明直覺地說出姓氏的同時，藤原櫻子即刻道出名字，兩人對於不約而同地巧合答案不禁莞爾一笑。「龍馬，初次見面，敬請多多指教！」林英明以恭敬地態度向白馬致意。「龍馬，他是神隱貓人。」藤原櫻子反而以幽默詼諧的方式回應。林英明與藤原櫻子首次單獨的會面，原本雙方還擔心可能有沈默尷尬的氣氛。如今兩人對著一匹白馬互動之時，突然發現彼此具有的默契與趣味的情境。

　　藤原櫻子內心描繪與想像之中最為完美的男性典範，以幕府時代末期的維新志士坂本龍馬作為標準。她認為懷抱夢想與超凡志向，堪稱智勇雙全的人，才是符合自己心目中最具有男子氣概，以及獨特魅力的白馬王子。相傳坂本龍馬還是日本歷史上首開先

河，第一位帶著妻子「楢崎龍」歡度新婚蜜月的人。因此兼具高
瞻遠矚與浪漫情懷的氣度，這類特質尤其令藤原櫻子醉心與欣
賞。得知林英明與自己有共同喜愛的歷史人物時，不禁懷有氣味
相投與心心相印的感覺。

　　兩人在和風煦日下談笑風生的時刻，佐藤武哲騎乘黑色的駿
馬突如其來說道：「什麼事情這麼開心呢？」他的出現令藤原櫻
子與林英明著實驚訝一下。原來他們的一舉一動，早被身處運動
場的黃飛龍父子發現，黃飛龍如獲至寶地立馬差人通知佐藤武哲。

　　黃飛龍屬於表裡不一與陰險狡詐的傢伙，對於神隱貓人的事
情一直懷恨在心。當時他做個表面工夫的台階給予陳義雲，目的
為了幫助兒子討好陳惠美的歡心。黃飛龍曾經私下以恨鐵不成鋼
的心情，教訓自己的兒子說道：「憑你這副德行，真是爛泥扶不
上牆。」黃飛龍夫婦深知獨生子的資質愚鈍與不思上進。假使有
幸迎娶如同陳惠美一般，秀外慧中與聰明賢淑的媳婦，方能扶助
自己平庸無能的兒子。對於陳義雲經營有道的茶葉生意，還可坐
享其成與如虎添翼。

　　黃飛龍密報林英明與藤原櫻子私會的情況，除了是拉攏佐藤
武哲千載難逢的機會之外，同時也想藉機報復先前讓他顏面掃地
的恥辱。「有人天生沒有自知之明，總想私下與藤原小姐攀附關
係。」黃飛龍騎乘馬匹跟隨佐藤武哲以落井下石的語氣說道。「光
天化日與大庭廣眾之下，男女之間難道不能交談嗎？」藤原櫻子
被黃飛龍冷嘲熱諷的語氣激怒與反擊回答。佐藤武哲隨即顧左右

而言他以打圓場的態度表示：「不要忘記傍晚總督府的勤務。」他藉故和顏悅色地提醒林英明，其實想極力掩蓋內心深處無比憤怒的情緒。他曾經向林英明暗示與藤原櫻子保持距離的叮嚀，此情此景對他簡直是視若無睹與公然挑戰。佐藤武哲強忍憤怒地策馬離開，他冰冷僵硬的表情令黃飛龍面露小人得志的快感。

夕陽染紅的台北市文武町街道，紅白相間與華燈初上的台灣總督府，門口陸續抵達的政商仕紳川流不息。豪華氣派的府內宴會廳張燈結綵與花團錦簇，滿溢著喜氣洋洋與富貴雲集的氛圍，宴會廳的侍應生招待穿梭的達官顯要與名門貴族等人物。席間西式洋服或日式和服裝扮隆重的貴賓，出雙入對與三五成群地交頭接耳，彼此噓寒問暖地揭開國際珠寶展示宴會的序幕。

現場賓客有美國、英國與歐洲等國家的駐台領事人員，以及「中華民國駐台總領事林紹楠夫婦」等外國領事館重要人員。一般世界各地的國家都在日本內地設立「公使館」，某些國家基於在台灣的商務與僑民需求，同時設立「領事館」以處理出入境與商業事務等問題。

尤其位處於台灣海峽隔鄰的中華民國，由於中國在台北和台南等地區，分別大約有五萬與三萬居留的僑民。為了服務在台灣經商或者就業留學的中國僑民，也在台北市宮前町設立了「中華民國台北總領事館」。

參與珠寶展示宴會者，除了各國派駐的領事人員蒞臨之外，內地與本島的知名商社，也是冠蓋雲集與共襄盛舉。諸如：大日

本製糖、明治製糖、台灣製糖、帝國製糖、新高製糖等糖業會社。南日本鹽業、大日本鹽業、三井物產、三菱商事等產業會社的重要人物。尤其是三井物產與三菱商事，可謂台灣蓬萊米輸入內地最主要的企業。

藤原警務局長夫婦、佐藤台北州知事夫婦等總督府高級官吏。黃飛龍議員夫婦、陳義雲社長夫婦等本島知名仕紳，都盛裝出席穿梭在眾多賓客之中。尤其以人稱黃議員夫人的黃飛龍妻子，凡是她出現的場合之中，總是一身珠光寶氣與金光閃閃。

這個屬於國際性的珠寶展示宴會，由日本與歐美的珠寶名設計師等多人共同計劃提案，首次在總督府內舉辦的活動。尤其負責珠寶展示的模特兒人員，還是敦請台灣政商仕紳的名媛千金或貴婦仕女，作為這次珠寶展示宴會的宣傳主角。現場大約齊聚兩百多名的宴會賓客。佐藤武哲為首率領十幾名的警務人員，負責在宴會廳之內巡視與維安的勤務。

宴會廳鋪著雍容華貴的紅色地毯，室內懸掛典雅華麗與燈火通明的水晶燈飾。宴席置滿西式或日式的餐點與酒類。服務生在水晶酒杯內，除了注入紅酒或白酒的瓊漿玉液，也有紅橙黃綠藍等五顏六色的亮眼飲品。三五好友之間小酌互動，或者相談甚歡的場景熱絡。

席間華冠麗服與錦衣玉帶的貴客穿梭往來，水晶酒杯搖晃著燈紅酒綠的繁華，賓客言談盡是紙醉金迷的話題。道貌岸然與衣冠楚楚的男男女女，人與人之間的交談話語和互動關係，時而笑

裡藏刀或口蜜腹劍、時而爾虞我詐或虛情假意、時而趨炎附勢或巧言令色。彷彿觀看一場權勢富貴的飢餓叢林與野蠻遊戲。

「各位貴賓，籌備多時的珠寶展示秀正式登場。」席間司儀陸續介紹身穿禮服的模特兒與珠寶名品出場。諸如：紅寶石、藍寶石、鑽石、珍珠、祖母綠、翡翠、水晶等。琳琅滿目與光鮮亮麗的天然礦石，搭配著金銀貴金屬雕琢製作而成，燦爛奪目令人眼花撩亂。

「最後一個眾所矚目的展示品，來自於大英帝國的……純金鑲鑽十字架項鍊。」司儀的話語讓現場賓客引頸期盼。在先後十多位名媛貴婦展示之後，佐藤武哲提醒林英明最後展示者是藤原櫻子，也是本場珠寶展示會最為貴重的壓軸好戲。他們的任務就是站立在模特兒展示道的入口處保持警戒。

林英明眼見穿著一襲雪白西式洋裝的連身長裙，展露香肩的藤原櫻子緩緩地步入展示道。她緊貼身形剪裁製作的雪白連身長裙，襯托著穠纖合度與婀娜曼妙的身材曲線。她的頸部之處懸掛著一條「十字架項鍊」。十字架項鍊由純黃金手工打造，作工精緻細膩搭配周邊鑲嵌最高等級的鑽石。耀眼華麗與高貴優雅的十字架項鍊，讓全場賓客驚豔吸睛與掌聲如潮。正當藤原櫻子行走在展示道中央時，現場瞬間所有燈光熄滅與頓時陷入一片黑暗。在伸手不見五指的片刻，賓客出現慌亂推擠的情況。隨即聽見藤原櫻子的呼叫聲：「有小偷！」現場賓客在黑暗之中不安地躁動，同時林英明受到毫無預警地推撞身體後踉蹌一下。

　　約莫不到一分鐘完全漆黑的短暫時刻後，水晶燈剎那間再度恢復光明閃亮。當下的景況，藤原櫻子頸項的十字架項鍊已經不翼而飛。現場賓客隨即驚訝鼓譟與竊竊私語。黃飛龍走近藤原櫻子的身旁煽動表示：「想必有人利用短暫的停電狀態，趁機偷走藤原小姐身上的十字架項鍊。」全場賓客鴉雀無聲地聆聽。黃飛龍以質疑的語氣繼續說道：「我知道小偷是誰……就是他！」他態度明確與篤定地以食指對著林英明的鼻子。林英明瞬間感到困惑與啞口無言之時，佐藤武哲已經悄悄地走到他的身旁，並且從他的警服外套搜出了十字架項鍊。

　　林英明神色驚慌與百口莫辯的情況之下，黃飛龍見獵心喜地大聲宣布：「他就是明治時代南台灣大土匪……林少貓的兒子。土匪的兒子，成為小偷實屬正常。」突如其來的嚴厲指控與驚人之語，形成現場一陣指指點點與鄙視議論的聲音。一臉茫然與不知所措的林英明，此刻彷彿是任人宰割的羔羊。「不是他……是我為了節目效果靈機一動，停電當下將十字架項鍊塞進他的口袋。」藤原櫻子在緊急時刻斬釘截鐵地說道，彷彿救援投手一般化解危機與僵局。她以機智詼諧的神情解釋後，令現場的賓客轉為莞爾一笑與掌聲稱讚。

　　其實藤原櫻子回想方才在黑暗之中，受到不明人士推撞時已驚覺項鍊失竊。隨即恢復光明後黃飛龍卻一口咬定林英明，讓她直覺事有蹊蹺之下將計就計。原本態度咄咄逼人的黃飛龍、佐藤武哲，以及躲藏在人群中得意洋洋的黃飛虎與吳不良，一干人只

能面色鐵青與無以辯駁。

　　總督府珠寶展示宴會預謀的失竊嫁禍案，源自於佐藤武哲始終暗中調查林英明的身世背景……先前佐藤武哲遍訪台南州東石郡東石庄的耆老，深入調查林英明的母親林秀琴的生平資訊。依據調查林秀琴屬於東石郡平埔部族的洪雅族。據說她在日本領台之前，曾與一名任職於台南府的清國軍隊，名為「林少苗」的男子相戀，不久後懷孕生下了林英明。當時舉目無親的林秀琴帶著幼兒返回原籍地。爾後面臨大時代變局，台灣情勢紛亂動盪。同鄉耆老僅從林秀琴口中宣稱，兒子的父親早於台南府城因病亡故。佐藤武哲在東石郡東石庄的訪查無功而返。

　　期間鍥而不捨的佐藤武哲，遂轉向林少貓出身與活動的地緣背景，在高雄州鳳山郡、東港郡與屏東郡等地區展開調查。由於貓字軍部落在明治時代被總督府圍剿殲滅後，如今此地已經成為「後壁林製糖所」。林少貓家族幾乎斷絕與親朋好友鮮少，況且歷時將近三十年人事已非難以考究。

　　佐藤武哲多次前往後壁林製糖所周邊地區訪查。不久之前，偶遇一位兒時即已雙眼失明的「林姓耆老」。耆老自稱是林少貓兒時的鄰居，從而開啟蛛絲馬跡的線索資料。相傳林少貓在日本領台之前，曾經受到清帝國台南知府的賞識延攬，短暫在台南府任職清國軍隊的營官。爾後解職罷官的原因眾說紛紜無以考據。享譽盛名的林少貓返鄉之後，受到地方浪人與遊民的擁護愛戴。因此自行聚眾結黨與駐紮屯墾於山林，日益成為橫行無阻與雄霸

一方的草莽英雄。日本領台之後，林少貓選擇散盡家財與籌組私家部隊，決定擁兵自重與自立為主。當時可謂政局動盪與兵荒馬亂的年代。

根據與林少貓年齡相仿，自稱兒時鄰居的林姓耆老敘述：「自幼雙方家族即已認識，由於他眼睛失聰尚得林少貓的信任。在一次難能可貴的機會兩人單獨飲酒，在酒過三巡之時，林少貓無意間曾令其保密與喃喃自語說道：「我在台南有一個親生的兒子。」林姓耆老印象深刻地回憶當時的情況，他還暱稱林少貓的小名表示；「小貓說……為他生下一子的女人名為『林秀琴』。」最後林姓耆老解釋，之所以已有三十年的時間，仍然可以明確地記住女子的姓名，主因『林秀琴』與自己的胞妹同名同姓之故。從那天之後他沒有再與林少貓會面，當年對話的秘密從此埋藏於記憶之中。」

佐藤武哲得知林英明身世背景的秘密時，適逢總督府即將舉行珠寶展示宴會。詭計多端的黃飛龍於是主導策劃這起失竊嫁禍案。事先安排讓總督府在短暫停電的狀態下，由兒子黃飛虎與部下吳不良，藉機將藤原櫻子懸掛頸部的十字架項鍊，在黑暗與混亂之中偷取後嫁禍於林英明。黃飛龍想以此奉承藤原警務局長與佐藤台北州知事之外，主要目的還是為了藉機公報私仇。

今晚當眾遭到揭發身世與極度羞辱的林英明，他依稀記得兒時曾經詢問父親的事情。母親總以父親早年病故為由輕描淡寫地解釋，久而久之他也不願再追根究柢。直到林英明十七歲的那一

年，長期患有哮喘病的母親日益嚴重，在嚴寒的冬季發作之下不
敵病魔驟然離世。林秀琴在撒手人寰前告誡林英明：「其實你的
父親是死於反抗政府的原因。你必須努力地改變自己的命運，創
造自己幸福的生活。千萬不要接觸政治……」母親的最後話語對
於林英明來說，已經是遙不可及的記憶。他可以理解母親掩飾父
親真實姓名的用意。

　　林少貓的本名其實稱為「苗生」，人人所稱的「少貓」是屬
於小名。林秀琴將「少貓」與「苗生」，合拼成為「少苗」的名字。
其處心積慮都是為了保護林英明，不必遭受父親亦盜亦匪、亦正
亦邪的名號與事蹟讓人非議。原本掩人耳目的蛛絲馬跡線索，最
後被佐藤武哲以抽絲剝繭的方式水落石出。

　　此刻林英明恍然大悟為何黑觀音曾經提起，自己與林少貓長
相神似的事情。陌生久遠的滄桑往事彷彿夢魘一般甦醒，在如此
難堪與屈辱的場景之下，無意之間得知親生父親的草莽背景。回
憶母親臨終交代的最後遺言，如今林英明內心感到無限的矛盾與
痛苦。

　　台中州能高郡霧社地區馬赫坡社賽德克族的部落區。群聚的
部落建築分為家屋、穀倉與望樓，部落入口之處是以原木建造的
門牆等建築群。賽德克族的家屋屬於「半穴式」的木造建築。在
興建半穴式的家屋之前，首先必須在選定的建地上方，挖掘一米
五至二米深度的地基。開挖形成的凹型地基通常以方形或長方形
為主。在凹型基地四周的地面上方立柱與鋪蓋屋頂，屋頂材料以

頁岩石板或白茅草為主。家屋完成之後形成一個地上與地下各半的建築空間結構，房屋大門由外而內的入口處為下坡石階。

家屋內通常會設置兩個三角架式的爐灶。最內側倚牆的爐灶作為燒飯烹飪之處，位於房屋中央的爐灶作為升火取暖的功能。馬赫坡社首領莫那努道坐在爐灶旁取暖，同時取火點燃菸斗後吐出一口煙霧，他面色凝重與眼神肅殺的氣息。在屋內還有他的長子達多莫那，以及荷戈社的賽德克族人比荷沙波與比荷瓦力斯兄弟，他們神情不安地共同商議事情。

達多莫那依然憤恨不平於二、三週之前，與霧社駐在所巡查吉村克己發生的矛盾衝突。事件起因於一名部落青年正值婚禮前夕，部落族人盛大歡喜地殺豬宰羊準備婚禮的事宜。達多莫那眼見行經部落的吉村克己巡查，熱情地招呼吉村巡查一同飲酒。由於達多莫那雙手沾滿了殺豬後殘留的豬血，被吉村巡查認為不潔婉拒後打翻酒杯。當時不慎地將豬血沾染上吉村巡查的制服，雙方頓時產生齟齬與摩擦。

吉村巡查誤解達多莫那出於故意的動機，因此出手毆打達多莫那遂演變雙方互毆。積怨已久的幾名部落青年見狀群起圍毆吉村巡查。在敬酒風波的衝突之後，身為部落大家長的莫那努道帶著肇事的長子，以及參與的部落青年前往霧社駐在所，同時攜帶酒品表達道歉賠罪之意。但是遭到毆打的吉村巡查完全不予領情，揚言已經呈報上級單位。對於毆打警察的嚴重罪行，將採取最嚴厲的報復制裁，威脅將讓他們部落付出巨大的代價。

　　在此之前，莫那努道已曾有兩次意圖謀反的紀錄，山地警察亦視為特別關注的危險人物。馬赫坡社的賽德克部落與警察駐在所長期形成的緊張關係，在敬酒風波後陷入矛盾氛圍與無解僵局。年約五十歲的莫那努道對於事情感到棘手與束手無策。長子達多莫那與部落青年，紛紛發表滿腹牢騷的情緒，以及對於山地警察的怨懟與憤恨等。

　　來自於排山倒海的兩面壓力，如今三十載的陳年往事與恩怨情仇，猶如洪水猛獸一般湧現眼前。讓莫那努道無可奈何地陷入長考的情境：「乃木希典總督時期……他還是一個初生之犢不畏虎的年輕勇士。總督府為了安撫與拉攏山地部落的歸順，安排各個部族搭乘橫濱丸號輪船，前往內地參觀的事情。當時他觀察內地的警察溫和親切與謙恭有禮，相較於派駐在台灣山地的警察，粗暴蠻橫與貶低鄙視部落族人。

　　爾後軍警為了拉攏莫那努道成為味方蕃，促成其妹狄娃斯努道下嫁山地警察近藤儀三郎的政治聯姻，最後胞妹卻受到近藤儀三郎惡意遺棄與一走了之。依據賽德克族的律法，在女子出嫁之後，便不得再返回原生的部落，這件事情讓莫那努道心有不甘與難以忘懷。

　　長久以來，賽德克部落傳統的生活領域，象徵祖先發源地與神聖獵場的樹木遭到砍伐，早年族人槍械被收繳後現在也難以打獵維生，部落的紋面傳統完全消失等問題。尤其掌握權力的山地警察，為了進行山地建設的事務，以低廉的工資欺瞞與苛刻族

人從事勞役。在沈痾已久的新仇舊恨累積之下,莫那魯道自忖繼續隱忍的話,不但失去賽德克的文化信仰,同時也失去自由與尊嚴。」

莫那魯道深知日本軍隊強大的能力,一直以來他總是為了部落與族人的生存想方設法。事到如今,對於族人長期遭受不公平對待的情況,讓他再也無法說服與平息部落青年的主戰情緒。此刻十月下旬的能高郡已經秋意盎然,高地上染紅的楓葉散發著秋風的涼意。莫那魯道注視著熾熱旺盛的爐火,再次深吸一口菸斗吞吐長年累月的怨氣,並且一口飲盡竹筒杯惆悵失落的小米酒。兩鬢斑白的歲月痕跡與滄桑容顏,依然難掩他威猛剛強的黝面。臉上象徵勇敢驕傲的印記與圖騰,讓他再度喚起流淌在血液的基因,一個具有生命尊嚴與戰鬥意志的賽德克勇士。

莫那魯道緩緩地挺立高大壯碩的體格,同時抽出配戴腰際的獵刀宣示:「即使是銅牆鐵壁,也無法禁錮我自由的靈魂;即使是千軍萬馬,也無法阻擋我反抗的意志!」莫那魯道幾經內心掙扎與深刻思索,他認為既然事情已經毫無轉圜的餘地,唯有勇敢面對未來的命運。同時部落的青年勇士不斷力諫反抗的壓力,最終讓他首肯立下奮戰到底的命令。

馬赫坡社下定決心反抗之時,起事前由荷戈社的比荷沙波與比荷瓦力斯兄弟,他們屬於堂兄弟的關係。兩人家族皆有反抗軍警遭受殺害的悲劇,早已抱持懷恨在心與反抗意識。他們秘密居間聯繫賽德克族霧社群十一社的部落首領,遊說串聯共同參與出

草的行動。最後以馬赫坡社、荷戈社、塔洛灣社、波阿崙社、斯庫社、羅多夫社等，總計人口大約一千兩百多人的六個部落，參加戰鬥的青壯年勇士總共大約三百多人。

西元一九三〇年昭和五年十月二十七日。每年的今日都是霧社小學校、霧社公學校、馬赫坡與波阿崙蕃童教育所，共同舉行聯合運動會的日子。當天清晨八點的聯合運動會開幕前，能高郡守小笠原敬太郎、菊川視學、菅野囑託等一行人，依照往常到場舉行典禮。在典禮開始唱著國歌「君之代」之時，馬赫坡社的賽德克勇士從四面八方突然蜂擁而至，砍殺現場的官吏與警察人員。其中菅野囑託當場被馘首。同時現場廝殺聲與哀號聲迴盪遍野，暴動混亂的現場造成小笠原郡守、佐塚霧社分室主任、近藤警部、柴田警部補、小林郵便局長等一百多人慘遭斃命。從危機四伏與驚險萬分的霧社公學校，幸運逃離殺戮戰場的菊川視學，輾轉向鄰近的行政官署與警察駐在所通報。揭開了血腥風暴與震驚國際的「霧社事件」。

希望之村位於能高郡的埔里街與霧社的中間地帶，距離霧社尚有五、六公里之遠。事發不久，菊川視學輾轉到達希望之村駐在所前氣喘吁吁地大聲呼喊：「霧社賽德克族大出草！」脫離險境的菊川視學描述的可怕情境，令駐在所的警隊為之震驚。由於霧社地區電話線全部被賽德克族人破壞。他們即刻向能高郡役所通報後，駐在所的警隊決定全副武裝，前往秘密偵查與掌握情況。

佐藤武哲、森川真之、林英明與蟾蜍攜帶三八式警備步槍與

彈藥。他們以兩人一組兵分二路，沿著山地小徑潛入霧社地區。午前時刻的霧社雲霧繚繞與寒冷凜冽，林英明與佐藤武哲奔馳穿梭於林木道路之間，此時此刻的霧社地區充滿詭譎陰森的氣氛。平時的山間步道，零星可見路過的賽德克族人，或者霧社公署、駐在所與學校單位等人員。可是兩人一路不斷奔跑只見空蕩無人的山區。彷彿置身於罕無人跡的荒山野嶺，疲累的步履與急促的呼吸，伴隨著兩人血脈賁張的情緒。

正當林英明與佐藤武哲途經山地懸崖之時，迎面看見賽德克族的鐵美塔道與努威塔道。他們姊弟屬於霧社地區的巴蘭社部落，兩人正值追逐獵物奔跑至此。在霧社情勢混亂資訊不明之下，防衛心重的佐藤武哲立即舉起步槍斥喝：「你們不要跑，放下武器！」林英明仔細端詳鐵美塔道姊弟並未懷有敵意，隨即轉身向後方的佐藤武哲表示：「警部補，他們不會攻擊我們。」但是佐藤武哲依然慌張不安地大聲咆嘯：「我命令你們放下武器！」

鐵美塔道對於佐藤武哲的威脅感到驚恐，頓時雙手緊握箭在弦上箭頭朝下的弓箭。腰際配戴獵刀的努威塔道則站立在姊姊身旁。林英明內心篤定賽德克姊弟絕對不會攻擊，眼見雙方誤解與敵意的螺旋不斷上升。他試圖安撫雙方由於相互的猜忌與疑慮，產生的對立情緒與氛圍。他以輕柔的語氣緩緩地解釋：「賽德克族人大出草，你們先慢慢地卸下武器。」率真單純的努威塔道魯莽地向前意圖解釋。引起情緒高度緊繃的佐藤武哲過度反應，崎嶇不平的路面讓他手中上膛的步槍不慎走火擊發。正好擊中位於

前方的林英明左側胸部。

　　此刻鐵美塔道以防衛性的反射動作，立即揚起弓箭射向佐藤武哲的手臂。弓箭擦過佐藤武哲的右手臂時，當下步槍再次朝著空中擊發。林英明中槍後身體不支雙腳跪地。情況慌亂之際努威塔道鋌而走險地意圖奪下佐藤武哲的步槍。他的冒然之舉令手臂受傷的佐藤武哲，極度驚恐的情緒更加激烈地反應。努威塔道與佐藤武哲交纏著爭搶步槍，同時驚慌地向姊姊呼喊：「鐵美，快逃！」雙方在爭奪之中步槍無預警地再度走火，只見努威塔道摀住胸口隨即倒地。期間鐵美塔道攙扶受傷掙扎的林英明，注視著大約二十米高度的懸崖瀑布。在情急之下朝向瀑布下方的河流縱身跳躍。

　　霧社事件爆發的當日下午。總督府立即指示駐守高雄州屏東郡的陸軍飛行隊，抵達霧社上空進行數次的巡迴偵查。飛機在空中投下通信筒以傳達訊息，其中賽德克族的巴蘭社與屯巴拉社部落，皆自行保護轄區之內的官吏與警察人員。事發之前巴蘭社首領「瓦力斯布尼」，與屯巴拉社首領「鐵木瓦力斯」，都已拒絕加入馬赫坡社與荷戈社策劃的出草行動。屯巴拉社首領鐵木瓦力斯帶領自己部落的勇士，決定加入軍警的討伐行列。巴蘭社首領瓦力斯布尼則是堅守中立的態度。

　　瓦力斯布尼是賽德克族敬仰的英雄。西元一九〇二年明治三十五年，他領導賽德克族部落擊退了日本軍隊的「人止關之役」。人止關，位於能高郡埔里街前往霧社地區的隘口，從古至今向來

為賽德克族的傳統領域界線。當時駐守埔里的守備隊試圖進入霧社地區，由於人止關兩側峽谷高聳危峭，可鳥瞰下方峽谷的天險地形，埔里守備隊一百多名的軍隊，在此遭受埋伏之後撤退。總督府意識到若以強行攻佔的方式，必定遭致嚴重的軍警死傷，從此以經濟封鎖的策略。禁止城鎮與山地之間重要的物資交易，諸如：食鹽、鐵器、槍械彈藥與日用品等，徹底斷絕霧社地區賽德克族的貿易。

人止關之役的隔年，總督府為了迫使勇猛強悍的賽德克族歸順，軍警利用與賽德克族本有矛盾的布農族。策動位於能高郡與新高郡交界地帶的干卓萬山布農族部落，以佯裝交易食鹽與火藥的物資為由，誘騙賽德克族在兩族交界的姊妹原進行交易。為了重要的交易賽德克族派出了一百多名勇士，尤其以瓦力斯布尼為首的巴蘭社部落為主。在兩族交易完成後，布農族勇士熱切地以酒食招待宴請，並且善意請求賽德克族勇士卸下武裝。在酒酣耳熱之際布農族領袖突然下令，群起撲殺毫無防備的賽德克族勇士，讓霧社地區的賽德克族人死傷慘重。這起北方賽德克族與南方布農族之間的衝突，被稱為「姊妹原事件」。

元氣大傷的霧社地區賽德克族，在總督府的安撫招降或政治聯姻之下，爾後也成為歸順的味方蕃。瓦力斯布尼深知總督府軍隊的武力，因此斷然拒絕參與莫那努道的出草行動。霧社事件爆發之後，他從中積極地處理與善後，不但派遣勇士搜尋營救內地人與倖存者，同時協助保護內地人與本島平地人下山。最後事件

平定落幕時，瓦力斯布尼也居間與總督府協商斡旋，處理六個反抗部落的安置事宜。

　　賽德克族出草的消息傳開，能高郡的埔里街陷入一片驚恐與慌亂。內地人與本島平地人家家戶戶皆配置槍枝或武士刀，深怕賽德克族會下山襲擊。總督府根據偵查的情況報告，認定這是經過縝密計劃的攻擊事件。以馬赫坡社莫那魯道與荷戈社塔道諾幹為首的部落，出草行動開始已經分頭襲擊霧社十三處的駐在所。從駐在所擄獲一百八十支的三八式步槍，以及總共兩萬三千多發的子彈，從資訊研判暴動的情勢非同小可。總督府下令台北州、台南州、花蓮港廳增援台中州的警察隊。台灣軍司令部調動了台中州步兵大隊一中隊、花蓮港分屯隊一中隊、台北州山砲部隊一小隊等。由台北州守備隊鎌田彌彥少將作為總指揮，總計調動大約兩千五百名的軍警部隊展開圍剿。

　　事發隔日，首先集結的一千多名警察隊，與賽德克族大約三百多名的勇士，雙方即展開零星的戰鬥，警察隊還以機關槍與賽德克族發生激烈的駁火。十月三十一日，事件爆發的第五日，鎌田彌彥少將整合部隊發動總攻擊。以軍警部隊的優勢人力與強大火力，同時在多線突圍與強勢攻堅之下，費時三日終於攻入起事的六個部落群社。

　　賽德克族反抗部落分成兩條戰線，由塔道諾幹率領的塔洛灣戰線，與莫那魯道率領的馬赫坡戰線。反抗的部落群社被軍警部隊攻陷時，頑強抵抗與視死如歸的賽德克勇士，退守於塔洛灣溪

與馬赫坡溪谷等地帶，並且利用山澗峽谷的天險地形，進行散兵游勇的山地叢林戰。由於反抗的賽德克族人退守隱密山地，使得軍警人員必須深入險境與進攻不易。軍警策動向來與莫那努道等反抗部落，早有嫌隙的賽德克族道澤群部落組成味方蕃襲擊隊。

賽德克族道澤群是由基茲卡社、布凱本社、魯茲紹社、屯巴拉社等四社部落組成。總首領屯巴拉社的鐵木瓦力斯親自率領襲擊隊，深入敵境進行奇襲與圍剿的任務。為了逼出躲藏於叢山密林的反抗部落，軍警部隊除了以山砲進行飽和攻擊之外，另外以飛機從空中投擲路易斯毒氣彈。此種毒氣彈屬於一種具有強烈皮膚糜爛毒性的有機砷化合物。期間道澤群部落的味方蕃襲擊隊，在深入山林之中進行圍剿時，不幸遭遇埋伏與死傷。總首領鐵木瓦力斯率領十幾名的勇士，在哈奔溪谷中受到狙擊最後戰死。

賽德克族參與出草行動的六個部落群，在秋季農作物尚未進行收穫之下，經過數日的戰鬥後糧食出現無以為繼。反抗部落的婦孺為了不願拖累勇士的作戰，成群結隊地遵循賽德克族的傳統信仰，集體選擇在巨樹之下悲壯地自縊身亡。在賽德克族的文化信仰之中，相傳數千年前，他們的祖先乃是岩石與巨木融合生成。據說若是可以死於巨木之下，最後走上彩虹橋的時候，方能受到祖靈的迎接進入天國。

賽德克族勇士在彈盡糧絕的情況之下，逐漸失去反抗的能力成為困獸之鬥。總督府也以飛機空投勸降的宣傳單，同時軍警人員策動莫那努道的女兒馬紅莫那，偕同熟識的警部樺澤重次郎

出面向兄長達多莫那勸降。但是死意堅決的達多莫那，最後與幾名勇士一同自縊身亡在巨樹之下。塔洛灣戰線的首領塔道諾幹最終壯烈戰死。馬赫坡戰線的首領莫那努道在窮途末路之際，留下自縊身亡的妻子巴崗瓦力斯與兩名孫子。獨自消失於深山密林之中，事隔三年之後才被發現遺體，判定以三八式步槍自戕身亡。

霧社事件的平定總共歷時大約一個月。六個反抗部落共計一千兩百多人，大約六百多人死亡，其中大約六百人投降獲救。老弱婦孺自縊者大約三百人，參加戰鬥的三百多名賽德克族勇士，多數以選擇戰死或自縊結束生命。霧社公學校被殺害者共有一百三十四人，除了三名本島人之外其餘皆為內地人。

賽德克族道澤群與霧社群部落之間，由於素有恩怨與矛盾衝突。道澤群總首領鐵木瓦力斯戰死之後，引發道澤群向霧社群的生還者，爾後在收容所進行報復攻擊的行動，再度造成兩百人被殺害的第二次霧社事件。霧社事件平息之後，總督府將六個部落的殘存者移居於川中島社。在山地部落行醫的井上伊之助，曾經受總督府委派前往川中島社，為賽德克族人進行外傷與瘧疾等治療。

霧社事件如火如荼的期間。任職於霧社駐在所的花岡一郎與花岡二郎，兩人屬於參與策劃起事的荷戈社賽德克族人。西元一九二八年昭和三年，兩年前花岡一郎與花岡二郎學校畢業，分別擔任了巡查與警手的職務，同時兼任蕃童教育所的教師。花岡一郎迎娶荷戈社的「川野花子」，花岡二郎迎娶荷戈社的「高山初

子」。川野花子與高山初子屬於表姊妹關係，都是就讀於埔里小學校高等科。兩對新人在總督府的安排之下成親，從此花岡一郎與花岡二郎成為所謂的「義兄弟」。

由於花岡兩人處於反抗的賽德克族人，與日本警察職責的身分關係。兩家族在賽德克部落出草行動開始，他們選擇不協助族人出草的行動。但是身為警務人員必須負擔責任，最後協議相約以自我了斷的方式成就大義。兩家族總共二十多人到達山林之中，花岡一郎抱起出生剛滿月的兒子幸男淚流滿面說道：「孩子啊！請原諒父親……我們是不適合在這個世界存活的命運。爸爸的手必須親自將你一道成仁。我們將向神祈求安息世上的痛苦，前往天國而去。」身旁的花岡二郎靜默無聲與啞口無言。花岡一郎向花岡二郎懷孕的妻子高山初子表示：「妳不可以輕易向死神低頭，要克服一切的難關與艱苦，為了肚子內的小生命勇敢地活下去。」最後受到勸離的高山初子與丈夫訣別後獨自下山。

十一月九日，事件爆發的第十四天，軍警人員與賽德克勇士仍然處於激烈交戰的期間。高山初子接獲警察人員的通知，前往花岡一郎與花岡二郎等總共二十幾人，集體壯烈殉難的地點指認屍體。高山初子到達慘不忍睹的現場，眼見大樹上方二十幾具排列吊掛的屍體。花岡一郎與川野花子身穿結婚的和服，與新生兒幸男等一行人，面部朝上全都覆蓋新的毛巾，唯有花岡二郎身穿和服臉部毫無他物。警隊人員取下吊掛的屍體從而發現，川野花子與新生兒幸男頸部動脈都被切斷。將花岡一郎的和服打開後發

現腹部腸子流出，因此研判他以刀刃結束妻兒生命，最後自己以武士道的方式切腹自殺。花岡二郎將他們的屍首吊掛樹上，臉部覆蓋毛巾之後，自己在巨樹下自縊結束生命。

在此之前，軍警人員攻入反抗部落時，已經發現花岡一郎與花岡二郎在宿舍牆壁上留下的遺言：「花岡兩……我等不得不離開這個世界。此為蕃人因苦於勞役過多，終於爆發長久公憤之事件。我等也被蕃人俘虜，終至無可奈何。昭和五年十月二十七日午前九時。蕃人於各方面皆有守備，郡守以下職員全部死於公學校矣。」警隊將花岡一郎與花岡二郎等二十幾人的屍體，從巨樹上方解開放下之後，當場收集了枯木以汽油焚燒處置。爾後總督府認為花岡兩人選擇以日本警察之姿死去，在兩人壯烈成仁與捨身取義的山嶺，以兩人的姓氏命名為「花岡山」。

霧社事件奔相走告的第四天。台灣民眾黨與台灣地方自治聯盟的蔣渭水、蔡培火與林獻堂等地方意見領袖。在台灣民報增資改組後易名的「台灣新民報」，大肆地報導抨擊總督府與台灣軍司令部，以毒瓦斯的武器鎮壓屠殺山地部族。台灣社運組織發出電報向日本內閣的拓務省強烈抗議之外，同時知會內地的大眾黨與勞農黨，敦請派員前來台灣調查事實的真相。另外向總部位於瑞士日內瓦的世界聯合國組織「國際聯盟」，發出電報揭發事件情況：「日本政府以毒氣鎮壓國內少數民族」。

台灣新民報的報導令台灣島內有識之士，無不批評總督府的錯誤政策。人類之家的稻垣藤兵衛發表感想如下：「此次蕃族

的暴動必須令人省思，可能是神明給予的警誡。蕃人不是永遠可以欺騙的……隨著歲月的流逝與知識的進步，讓他們看清楚很多的事實與真相。」歐美地區知名報刊都以「福爾摩沙暴動」為題報導，新聞延燒演變為世界譁然與國際指責的重大事件。日本內閣政府承受來自於國際排山倒海的非議，原本以地方問題定調處理，竟然延燒成為中央政治事件。日本帝國議會亦備感驚訝震撼，大眾黨派遣河野密與川上丈太郎議員抵達台灣調查之外，同時帝國議會的議員在國會殿堂輪番大肆地質詢抨擊，批評時任首相的濱口雄幸內閣，導致內閣政府數名閣員引咎辭職。西元一九三一年昭和六年一月，事件之後三個月，時任台灣總督石塚英藏與總務長官人見次郎等高級官吏紛紛被撤換下台。

霧社事件爆發的當天中午時刻。林英明受到佐藤武哲不慎誤傷時，巴蘭社部落的鐵美塔道情急之下，帶著受傷的他縱身跳入瀑布下方的河流。期間與佐藤武哲爭奪步槍的努威塔道，不幸槍枝走火胸部遭受槍擊後，當場呈現回天乏術的狀態。驚慌失措的佐藤武哲返回希望之村駐在所，即刻向上級回報林英明墜河與霧社地區的情況，隨即也投入圍剿賽德克族反抗部落的任務。

藤原櫻子在事件消息傳開，即刻南下台中州能高郡。她以記者身分詢問森川真之與蟾蜍，有關林英明墜河事情的始末。但是兩人對於事情的過程似乎一知半解，佐藤武哲總是含糊不清地解釋。從總督府南下指揮警察部隊的藤原警務局長，已經獲得佐藤武哲親自報告的情資。藤原櫻子既然無從得知內情，索性直接向

　　父親採訪探查：「請教警務局長，有關林英明巡查墜河失蹤的原因為何呢？」「我們初步研判……他可能與賽德克族的出草行動有所關連。」藤原警務局長斬釘截鐵的答案，讓藤原櫻子瞬間感到震驚。她隨即狐疑地注視旁邊的佐藤武哲試圖確認，當事者的反應卻是支支吾吾地說道：「似乎有這個可能性……」正當藤原櫻子想要繼續深入追問時，藤原警務局長以拖延的態度表示，軍警人員已經密切地進行搜查。等待有林英明與賽德克女子鐵美塔道的下落之後，才有來龍去脈的明確答案。

　　當時鐵美塔道帶著林英明躍入已經下過幾天大雨的河流，滿水位的河流讓兩人載浮載沈漂流大約一公里之遠。在河流彎道處鐵美塔道趁機攙扶林英明上岸。她審視與詢問林英明受傷的狀況，胸部的槍傷顯然沒有擊中致命要害，雖然受傷但是意識清楚尚能步行。為了讓林英明的傷口先行止血，鐵美塔道想起生長在山地的「鹽膚木」。此種植物的根部或葉子搗爛後敷蓋於患處，可以治療跌打損傷、毒蛇咬傷與解毒止血等功效。山地部族對於鹽膚木的嫩心嫩葉可供食用之外，其果核有覆蓋一層薄薄酸鹹味的鹽巴，也是山地部落食用鹽的來源之一。

　　十月下旬霧社地區的天氣已經寒涼。鐵美塔道帶著林英明剛從冰冷的水中起身之時，首先將身上攜帶的打火石擦乾，再以刀子將枯樹枝削成小細木升起營火，讓兩人濕透的身體取暖與烘乾衣服。她處理林英明的槍傷止血與身體保溫之後，聽聞賽德克族人大出草的事情，此刻部落勇士應該與軍警處於戰鬥之中。情勢

不明的當下唯有暫時躲藏，同時必須找到處所治療林英明的傷口。

鐵美塔道在霧社公學校接受教育，爾後經常出入於埔里街與平地人做生意。除了精通平地人常用的河洛語之外，對於布農族語也有溝通的能力。她想起先前曾經在阿里山與新高山的周邊地區，與自稱「新高山部落」的布農族勇士，私底下秘密交易食鹽與毛皮等物資。鐵美塔道曾聽聞新高山部落大概藏匿的區域位置，她決定冒險帶著林英明行走隱蔽的道路，前往台中州新高郡的南方地帶。

他們披星戴月與餐風露宿地行進於山林小徑，期間必須躲避常人出入的區域，而且以山林的植物野菜或根莖果實裹腹。幾天的行程之中所幸天氣晴朗，不過夜間的山地總是異常地寒冷。鐵美塔道總會找尋安全的洞穴或岩壁升火取暖，除了必須警覺注意野獸或毒蛇的攻擊，負傷的林英明由於行程的勞累，夜間總是完全陷入昏睡的狀態。孤獨恐懼的她想起相依為命與犧牲生命的弟弟，悲痛之情油然而生地獨自啜泣。山地長大的鐵美塔道懷抱堅定的信念與唯一的希望，在林英明陷入昏睡狀態中依然向他鼓勵說道：「堅強地活下去……有人等著你。」

在幾天幾夜的跋山涉水與披荊斬棘，終於顛沛流離地輾轉到達新高山的南方地帶。幸好林英明體質健壯與意志堅強，但是他的傷口發炎流膿且已有發燒的狀況，體力越來越難以負荷與疲憊不堪。他們從能高郡一路南下穿越了新高郡，最後奔波大約一百多公里的路途，到達新高山南方地帶的馬西巴秀山區域。

　　幾日奔波勞碌的雙腿已經舉步維艱，此刻適逢兩名打獵的新高山部落勇士，發現沮喪無助的鐵美塔道與奄奄一息的林英明。彷彿枯木逢春的鐵美塔道，看見新高山部落的勇士即刻表示：「賽德克族與軍警發生戰鬥，我們是逃難的人。」「他是警察！」名為「雲豹」的勇士看見林英明的警察制服，以攻擊性的姿態抽出獵刀。「他不是壞警察！」鐵美塔道立馬向憤怒的雲豹解釋。「沒事的……他已經受傷昏迷了。」旁邊名為「長老」的勇士，當下看見林英明的面容，反而顯得驚訝與疑惑地表情說道。此刻鐵美塔道面露如釋重負的神情，慶幸得以化險為夷與絕處逢生。

　　新高山部落隱藏於新高山南方的玉穗山與馬西巴秀山地帶。這個區域屬於總督府劃定的「新高阿里山國立公園」南方山地。新高阿里山國立公園是一個橫跨新高山脈、阿里山脈與中央山脈，佔地大約十九萬公頃廣闊的高山地域。神秘隱世的玉穗山與馬西巴秀山，隸屬於高雄州屏東郡地區。玉穗山與北方的新高山直線距離大約十三公里，玉穗山與南方的馬西巴秀山直線距離大約二十七公里。整個區域地處於高雄州、台中州、花蓮港廳、台東廳與台南州等交界之處，周邊三千公尺以上群山環抱與峰峰相連的綿延高地。

　　新高山部落盤據在大約海拔一千五百米至兩千米的台地，屬於政府權力與人間俗世鞭長莫及之處，堪稱遠離塵囂與孤獨遺世的「天國之地」。布農族三雄分別領導的新高山部落群，可分為拉馬達星星的「馬西巴秀山部落」，以及拉荷阿雷與阿里曼西肯

兩兄弟的「玉穗山部落」。馬西巴秀山部落的長老與雲豹,發現鐵美塔道與林英明之後將他們帶回,布農族三雄隨即聚集商討對策。雖然布農族長久以來與賽德克族互有矛盾與征戰,但是他們在聽聞霧社事件的消息後顯得面色凝重。拉馬達星星沈默半晌帶著寓意深長的語氣表示:「自由的靈魂,最終還是發出悲壯的怒吼……」年輕時期的拉馬達星星,曾經在國語傳習所受過日本語的教育。布農族三雄也曾經前往內地參觀,他們對於莫那努道的反抗似乎是預料之中的事情。

大約十六年前。西元一九一四年大正三年,佐久間總督時期,為了卸除山地部族擁有的武裝力量,強制實行槍械收繳的政策。槍械對於山地部族的意義,不只是狩獵工具的功能之外,也是他們身為勇士保護部落與族人的象徵。在太魯閣族討伐戰與槍械收繳政策進行期間,讓布農三雄決定走向反抗總督府的道路。拉馬達星星原是台東廳葉巴哥社的布農族部落,當年襲擊高雄州屏東郡的六龜駐在所,爾後率領族人隱藏在馬西巴秀山地區。隔年,台中州新高郡的郡社群布農族部落,首領拉荷阿雷與阿里曼西肯兩兄弟,率眾襲擊花蓮港廳大分駐在所,駐在所警察十二人全數被馘首。據說拉荷阿雷親自手刃七名警察,事後選擇盤據在玉穗山地區。從此布農三雄建立了新高山部落。

自從新高山部落建立基地與社群之後,警務局曾數次展開圍剿的行動,以邀約談判企圖襲擊與誘捕等方式。但是布農三雄謹慎機警與善於謀略,曾經數次在身陷險境與危機四伏之中成功脫

逃，可見令軍警人員束手無策的情況。例如某一次，拉馬達星星收到消息與警務人員在屏東郡六龜山區見面談判。兩日後他竟然出現於台東廳襲擊警察駐在所，從此軍警謂之：「神出鬼沒、神鬼莫測。」

總督府除了誘捕的策略之外，曾經數次策動其他部族進行偵查與搜索的行動。斷絕其他部族與新高山部落進行交易，試圖讓他們失去食鹽、火藥、鐵器或日用品等物資，但是仍然無法完全圍堵成功。他們通常會以鹿角、鹿皮與獸皮等狩獵物，或者山地上珍貴的藥草等，與平地人或其他山地部族以物易物的方式換取物資。新高山部落通常秘密派遣人員深入街庄市集，與平地人或其他山地部族交易，尤其以馬西巴秀山部落的長老與雲豹可謂識途老馬。

長老，出身於高雄州屏東郡的排灣族人，年紀大約五十多歲的基督教徒。他中等身材帶著古銅色的肌膚，頸部戴著排灣族特殊耀眼的琉璃珠項鍊「勇士之珠」。尤其腰際配戴一把「百步蛇」圖騰的獵刀，總是喜歡咀嚼著檳榔。他精通於平地人常用的河洛語與客家語。早年尚未投靠新高山部落之前，曾經在國語傳習所學習日本語，因此他總是肩負下山秘密交易的任務。

雲豹，出身於花蓮港廳的太魯閣族人。他身形結實健壯黝黑的肌膚之中青筋顯露，尤其是奔跑腳程快速如飛。已屆不惑之年的雲豹，年輕時期曾參加太魯閣戰役。他與兄長在交戰之中負傷，兩人多日一路朝向南方逃難，在台中州新高郡與花蓮港廳秀姑巒

山的八通關地區，被拉馬達星星發現後帶回台東廳部落。當時雲豹的兄長由於傷勢過重身亡，據說他的父親與所有兄弟全部在太魯閣戰役陣亡。爾後母親也身心抑鬱離世，從此跟隨拉馬達星星移居新高山部落。

除了長老與雲豹在早年投靠之外，兩年前台中州新高郡的郡大社部落，大約五十多名的布農族人襲擊了駐在所，事發之後輾轉投靠新高山部落。因此總督府對於法外之地的新高山部落，芒刺在背已視同落草為寇的叛亂團體。目前已經修築建造四年多的關山越嶺警備道，從高雄州屏東郡的六龜地區貫穿到達台東廳的大關山地區，總長大約一百七十一公里的距離。道路橫越崇山峻嶺與危崖險谷，屬於台灣島內最長的警備道路。雖然建築工程耗時艱難與險阻重重，如今已經即將大功告成的階段。

新高山部落初步研判林英明的傷勢，由於槍傷發炎潰爛導致出現發燒的情況。除了偶爾清醒總是處於昏睡狀態，暫時只能以草藥塗抹緩解消炎的症狀。博學多聞的長老評估必須盡快進行手術，將他左胸內的彈頭取出之後，方可脫離險境與完全治癒。但是在荒山野嶺中沒有專業醫師與手術工具，倘若傷勢惡化成為敗血症，屆時恐怕面臨回天乏術的結果。

鐵美塔道胸有成竹地自忖為今之計，或許只有藤原櫻子可以營救林英明，同時她的記者身分也可以為他們還原真相。於是鐵美塔道說服拉馬達星星，允許她帶著醫師前來部落治療林英明。除了承諾人員的身分絕對安全之外，也可藉此攜帶與補充生活的

物資。隔日的清晨，鐵美塔道即刻下山與喬裝，前往台北州大稻埕的人類之家，尋找稻垣藤兵衛代為聯絡藤原櫻子與井上伊之助求援。她深知他們都是人道主義的信仰者，進入部落絕對不會有安全威脅的問題。

　　霧社事件爆發大約一週的時間之後，正值軍警如火如荼地鎮壓賽德克反抗部落。在能高郡等待消息的藤原櫻子，對於搜尋林英明與鐵美塔道的行蹤成謎，內心自忖只要沒有發現兩人的屍體或聽見死亡的噩耗，代表他們依然存活的樂觀狀態。她相信以鐵美塔道山地成長的背景，縱使他們流落於山林地帶，一定可以安然無恙與度過難關。藤原櫻子每日焦急地探詢最新情況，某日稻垣藤兵衛突如其來地現身，並且靠近她竊竊私語地表示：「一個朋友……委託我帶一封重要的信件給妳。」來自於鐵美塔道秘密傳達的情報，簡短說明事情原委與急需救援的窘境。

　　當下藤原櫻子對於生命垂危的林英明感到心急如焚，有關兩人的一切記憶彷彿電影一般浮現。原來他在自己內心深處已經擁有無法抹滅的存在感，讓她第一次意識到可能失去重要的人，內心湧現排山倒海的無限恐懼。藤原櫻子與稻垣藤兵衛即刻秘密求助於井上伊之助，身為基督徒的井上醫師對於人命關天，自然而然地義無反顧答應。藤原櫻子懷著心亂如麻的思緒暗自祈禱：「他是一個重要的人，唯一能讓他活下去的人，只有自己！」

　　藤原櫻子自忖如今父親等一行人，正值分身乏術地處理霧社事件，無暇顧及她的秘密行程與任務，正好可以神不知鬼不覺地

出入新高山部落。她假借名義帶走了林英明馴養的老鷹神眼，再返回台北州備妥自己的愛駒龍馬，同時請稻垣藤兵衛將龍馬託運到達高雄州。藤原櫻子心思縝密地為了取信於母親，佯稱前往台南州與英國籍的湯瑪斯巴克禮牧師會合，參與布道義工及採訪工作。巴克禮牧師曾經獲得明治天皇五等旭日勳章的殊榮，德高望重的聲譽屆時也可以掩人耳目。因此藤原櫻子引領著巴克禮牧師與井上醫師，一行人到達高雄州屏東郡的六龜山區與鐵美塔道會合。

清晨時刻，鐵美塔道與藤原櫻子等人會合。他們牽引著載運行李的龍馬，馬背上方馱運著鳥籠的神眼、醫療用品與食品等物資。一行人前往距離大約五十公里的馬西巴秀山地區，以步行的方式大約兩天一夜的路程。年輕時期前來台灣已數十載的巴克禮牧師，與至今歷時大約二十年的井上醫師，兩人在人生最精華的歲月走遍了荒山野地。無私的愛奉獻給予這座蠻荒的島嶼，山地的羊腸小徑與崎嶇小路，對於他們來說完全不為所動。

但是尚未經歷翻山越嶺與跋山涉水的藤原櫻子，可謂千山萬水的人生初體驗。一行人伴隨著初升的朝陽，一路沿著起伏蜿蜒的河谷惡道，抑或攀扶陡峭深淵的危崖險徑。風塵僕僕地眼見夕陽隱落之際，在月光與星光之下就地紮營休息一宿。隔日的凌晨，天未破曉之時，一行人隨即馬不停蹄地在傍晚到達新高山部落。

藤原櫻子從山徑高處眺望前方台地的新高山部落，部落前方一座高聳的瞭望台小屋，小屋上方還有輪值的勇士監視山地周邊

的情況。正值入夜時刻部落廣場之處升起耀眼的營火，熊熊的營火光芒照亮著隱隱約約的部落。據說新高山部落社群的兩個部落之中，馬西巴秀山部落大約將近兩百人，玉穗山部落則有三百多人的規模。藤原櫻子等人與一匹白馬的隊伍，在遠方已被部落瞭望台的勇士發現，好奇的部落民眾聞訊後紛紛簇擁廣場迎接。

　　藤原櫻子仔細端詳部落內大概有五十戶的規模，家屋與家屋之間的距離，大約保持著數十米甚或百米的間距。營火燁燁的廣場上方蓋有一棟類似會所的大型建物，會所就是舉行部落會議或者商討大事的公共場所。部落的最外圍地方蓋有簡易的豬圈、牛舍或羊欄等豢養牲畜的區域。亦有圈養雞、鴨、鵝等禽類的房舍。視線朝向部落的大後方遠處觀看，位於山坡邊緣隱約可見開闊的梯田。布農族的耕作以山田燒墾式的農業為主，一般農作物以小米、玉米或甘薯等主食。

　　新高山部落的家屋建築結構，以石板岩與檜木或扁柏等主要建材。主屋前方是以石頭堆疊建造的圍牆庭院，房屋四面的牆壁以石板岩堆砌而成。房屋支架則以檜木或扁柏等優質木材為主要梁柱架構。屋頂屬於前後斜坡式鋪蓋石板的建物型態，屋內的地板也是以石板鋪設而成的空間。一般的家屋旁附設有倉庫之外，佔地較大者還附有小屋或工作屋等格局。

　　藤原櫻子一行人最後到達長老的家屋。在新高山部落已屆十五年歲月的長老，擁有一名布農族妻子但是膝下無子。他是首領拉馬達星星重要的智囊，在部落內具有舉足輕重的角色。年輕時

期的長老曾經聽聞巴克禮牧師講道，對於牧師已經是耳熟能詳。另外在泰雅族、太魯閣族、賽德克族與布農族等山地部落行醫的井上伊之助，如雷貫耳的聲譽早已讓拉馬達星星尊敬有加。因此他們前來部落讓人自然感到毫無疑慮。藤原櫻子同時攜帶一些藥品與食品物資以聊表心意，諸如：碘酒、創傷藥、征露丸，與食鹽、砂糖、白米等。

　　眼見大約七坪的獨立小屋內，中央具有一個讓室內暖和的爐火。幾步之遠可見仰躺於木床昏睡的林英明。井上醫師立馬測得他是屬於「O型」血液，部落內數名同血型的人義無反顧地捐血。手術非常順利地從左胸之處取出彈頭。井上伊之助注視一下彈頭後放入器皿表示：「幸好這個佩戴的十字架……讓子彈卡在肋骨方可保住一命。」藤原櫻子撫摸著十字架項鍊，因為這個呈現「彈痕的十字架」緩衝子彈的威力，堪稱上帝的奇異恩典得以逢凶化吉。

　　鐵美塔道引領完成手術的井上醫師與巴克禮牧師等人離開。藤原櫻子使勁地握住十字架感謝地喃喃自語：「原來他一直佩戴著十字架。」這個十字架項鍊是林英明在判刑入獄前，藤原櫻子贈送給他的祝福之物。「櫻子……」脫離險境與昏睡狀態的林英明，此刻喃喃自語地呼喚著。鐵美塔道在路途中已經告訴藤原櫻子，帶著受傷的林英明逃難流亡期間，夜晚陷入昏睡的林英明總是呼喚著她的名字。歷經天人永隔一線之間的藤原櫻子，此刻唯有緊握林英明的手，心情難以言喻地獨自潸然淚下。

　　隔日清晨，井上醫師診斷林英明已經退燒，研判休養一段
時間即可痊癒。所以他跟隨鐵美塔道騎乘龍馬，返回屏東郡六龜
地區自行離去。藤原櫻子敦請巴克禮牧師續留幾日再一同返回平
地，牧師還樂得有此難能可貴的機會，向遺世神隱的新高山部落
傳教布道。牧師還教導部落吟唱基督教詩歌：「奇異恩典」。

　　手術完成的兩天之後，林英明甦醒時倏然看見床榻邊趴睡的
藤原櫻子。他疑惑地想要分辨夢境或真實的情況，或許他移動身
軀擾動的緣故……驚醒的藤原櫻子隨即盛好熬煮的粥湯說道：「你
不認得我了嗎？」「不要動，先喝一下粥吧！」她舀起一口粥湯
想要餵食驚訝不已的林英明，同時以關心的語氣向試圖起身的他
叮嚀表示。「這是什麼地方呢？」林英明毫無頭緒地想分辨狀況。
「新高山部落。」藤原櫻子的話語喚醒了胸口疼痛的林英明想起，
鐵美塔道帶著他沿途跋涉的記憶。喝了幾口熱粥的林英明緩和思
緒，原本以為今生已無緣再見到藤原櫻子，此刻的境遇反而讓他
有種因禍得福的感覺。

　　「你受傷的時候……有沒有想到我呢？」藤原櫻子出其不意
的問題，讓林英明頓時被熱粥嗆到。但是他的內心實在無可辯駁，
鐵美塔道帶著他跳入懸崖河流之時，當下腦海中唯一盤旋著就是
藤原櫻子。如今死裡逃生與恍如隔世的感覺，讓林英明無法再隱
藏內心真實的情感。他赤裸裸地直言不諱：「在監獄之中……在
山地任務之中……在生死關頭之中……唯有妳伴隨在我的心靈之
中……」他低頭輕緩地表白內心長久壓抑的感覺。此刻藤原櫻子

　　緊握林英明的手專注地說道：「當我知道你在生死關頭之中……我的心已經屬於你的。」小屋內溫暖昏黃與熱情四散的爐火，讓兩顆撼動的心不自覺地吸引兩雙貼合的熱唇。

　　隔日清晨，甦醒的林英明已可起身活動。他從鬼門關返回看見新高山部落，殺豬宰羊籌備夜晚即將舉辦的祭典。每年十一月至十二月之間屬於布農族的「小米播種祭」，同時也歡迎蒞臨部落的貴客。藤原櫻子陪同林英明坐在廣場前的石椅上，眺望著晴空萬里與自由翱翔的神眼。十一月秋季的高山天氣已經寒涼冷冽，部落台地的廣闊山林之處，盡是黃紅相間櫛比鱗次的楓葉森林。山嶺壑谷的溪流潺潺與蒼穹天際的視野深遠。新高山部落的布農族人穿梭在山田之中進行播種。許多婦女將秋收的小米等農作物儲存米倉，同時不停地忙碌著釀酒的事情，一個展現生氣蓬勃與平安喜樂的山地村落。

　　夜晚的部落廣場營火熊熊燃燒，在籠罩黑幕的高地夜空星光分外明亮。布農族勇士共二十四個人在廣場圍成圓圈，每人以雙手各自間隔一人的方式，手拉手置於中間者的後方腰際。同時神情恭敬虔誠地此起彼落，一同吟唱著布農族天籟歌曲：「八部合音」。八部合音的原名為「祈禱小米豐收歌」，這是布農族每年的小米播種祭，為了祈禱小米豐收以美妙和聲作為愉悅天神的祭典。相傳吟唱的歌聲愈是虔誠和諧，天神愈是歡樂的話，小米自然愈是豐盛的收成。這是布農族以歌聲與天神的溝通對話，也以歌聲傳達對於大自然的感謝與敬畏。

　　八部合音是以單口腔喉音加上多聲部和音的唱法。歌詞的內容全部以無意義之母音進行演唱。四聲部構成的母音分別為「o—e—a—i—」等主音律，從低域漸次上升到達最高音域的和諧音。尤其在廣闊無垠與綿延無際的高地之上，山峰壑谷的空間使得聲音形成共鳴，聽聞即可深刻感受餘音繞梁三日不絕於耳的境界。從深沈低鳴漸次昇華廣闊高音的神秘天籟，純淨無瑕與穿越永恆的心靈美聲，可謂是神賦予的創作奇蹟。

　　布農族八部合音吟唱結束後，部落的女子開始成群結隊地手拉手，圍繞著營火轉圈跳舞與唱歌。鐵美塔道引導著藤原櫻子盡情地揮灑舞步。祭典宴會的主食除了小米飯、玉米餅、甘薯或芋頭之外，也有營火燒烤的全豬與全羊等肉類，同時祭典的靈魂飲品當屬小米酒。藤原櫻子入境隨俗地融入部落的祭典儀式，跟隨著鐵美塔道歡樂地跳舞與飲酒。她有生以來首次體會到無拘無束的心靈感動：「我終於知曉何謂……自由的靈魂！」藤原櫻子從未如此感受生命原始的自然與單純，有別於現代化文明的虛假與偽裝。

　　雖然林英明無法加入歡慶的行列，但是專注地欣賞穿著布農族服飾的藤原櫻子，此刻彷彿孩子一般純真與快樂的自由。他凝視著她的翩翩身影內心私語：「為了這個自由美麗的靈魂，犧牲生命都在所不惜。」轉眼間藤原櫻子靜默地拉起林英明的手，緩緩地行走到營火邊面向前方的巴克禮牧師。眼尖的長老意會即將有一場神聖的誓約，他取出隨身攜帶的「陶笛」，演奏著基督教

詩歌「奇異恩典」的樂曲。陶笛聲音散發清脆悠揚的樂曲，不斷地迴盪在蒼穹與山地之間，也讓祭典的群眾頓時鴉雀無聲……

　　穿著牧師服胸前配戴十字架的湯瑪斯巴克禮莊嚴地朗誦：「無論貧窮、疾病、困難與痛苦；或者富有、健康、快樂與幸福。你都願意對藤原櫻子小姐不離不棄，一生一世愛護她嗎？」呆若木雞的林英明在群眾提醒之下恍然大悟地回答：「我願意。」「我也願意。」藤原櫻子在牧師以相同的誓詞覆誦詢問後表示。「現在我以神的名義，宣布你們成為夫妻。」牧師語畢吟唱八部合音的布農族勇士，圍住兩位新人歡唱奇異恩典的歌曲。樂曲貫穿迴盪於天地之間彷彿天國的呢喃。

夢想的重生

　　夜深凜冽寂靜無聲的新高山部落，祭典宴會喧囂落幕的孤男寡女，雙宿雙飛棲息於爐火昏黃與含情脈脈的小屋。燃燒的愛慾繾綣交纏在毛毯被褥的床鋪，滾燙的身軀乾柴烈火地擁抱纏綿的熱情。濕潤的溫唇吸吮游移於粉頸酥胸，溫柔的指弦愛撫輕彈於細腰柔肩。天地消融於熾烈的靈魂與喘息的肉體，時間靜止於嬌嗲的呢喃與舞動的臀語。動靜之間彷彿聽見天使歌唱與生命歡愉的奇異恩典，天雷地火猶如編織水乳交融與揮汗淋漓的交響樂曲。十指緊扣的翻雲覆雨與環抱貼合的魚水之歡，最後電光火石之間彼此相融成為一體。

　　「小姐，有什麼幸福的事嗎？」藤原櫻子沈浸在與林英明肌膚之親的回憶中，被花子的呼喚聲無情地搖醒。藤原櫻子在新高山部落居留一週的時間，返回台北已經事隔多日。她等待著父親從台中州能高郡返家，想要親自說明與解釋林英明失蹤的始末。目前藤原警務局長與佐藤武哲的說法，都是指向鐵美塔道姊弟涉嫌參與霧社事件，而且林英明還是涉嫌袒護的幫兇。因此藤原櫻子必須先讓父親完全了解真相之後，才能安排林英明與鐵美塔道現身澄清誤會。同時必須守口如瓶保護新高山部落的隱密。

　　由於賽德克族的反抗事件悉數平定，藤原警務局長與佐藤武哲返回台北州，今日黃飛龍議員還專程前來與兩人會面。一行人在進入藤原家的客廳時，黃飛龍對於霧社的事情迫不及待地發表意見：「山地叛亂的蕃族已經鎮壓結束，但是林英明身為警務人員，恐怕是知情不報與畏罪潛逃。」黃飛龍意有所指地影射表示，

他推論林英明與花岡一郎、花岡二郎的情況類似。花岡兩人得知族人即將出草選擇知情不報，事件爆發後必須承擔警察的責任，最後只能選擇自殺的道路。

「他不是畏罪潛逃！」聽見荒謬指控的藤原櫻子走入客廳直接反駁。她的話語讓藤原警務局長等人感到詫異。佐藤武哲感到狐疑地問道：「妳有什麼情報嗎？」「父親，我可以私下跟您會談嗎？」藤原櫻子內心質疑佐藤武哲扭曲事實，她以眼睛餘光示意旁人離開的表情。

藤原櫻子將事情的青紅皂白毫無掩飾地詳細告知，期望父親身為警務機關首長可以明察秋毫，同時讓林英明與鐵美塔道的處境獲得平反。藤原警務局長沈默半晌回覆說道：「林英明的事情，妳不要再介入與干預，目前證據顯示他確實是畏罪潛逃。」父親斬釘截鐵與片面之詞的說法，讓藤原櫻子感到百思不解。她試圖據理力爭仍然無法讓父親態度鬆動，同時意識到欲加之罪何患無辭的窘境。

藤原警務局長對於真相非但無動於衷，反而好奇地問道：「妳去過新高山部落，應該知道他們藏身的明確位置吧？」這個問題讓藤原櫻子啼笑皆非感到憤怒地不想延續話題。她受到新高山部落真誠地對待與信任，不可能據實以告有關部落的事情，當下只想結束對話與逕自離開。藤原警務局長向轉身離去的女兒提醒著：「最近我們已經討論妳和武哲的婚事。」藤原櫻子對於與父親溝通的挫敗，感到無可奈何與意興闌珊地回答：「難道關於我自己

的事情，也都無權發表意見嗎？」已經無計可施的藤原櫻子，只能報以質疑的態度發出不平之鳴。

有關新高山部落與總督府的衝突，曾經有一名人類學家從中調解斡旋。他是被譽為「台灣蕃通」與「台灣蕃社總頭目」的「森丑之助」。他歷時多年居間勸降新高山部落歸順，同時向總督府提議以尊重合作的想法，代替以討伐圍剿的方式，成立部落自治區概念的「蕃人樂園」。

森丑之助，出身於京都府京都市。近衛師團接收台灣之時，他以陸軍通譯的身分隨軍前來。當時日本以為台灣通行清帝國官方的北京語，未料隨軍前來的通譯人員產生無法溝通的問題，發現台灣語言和族群眾多的情況，也促使爾後委派多位人類學家進行田野調查的工作。隔年，森丑之助在花蓮港廳遇見東京帝國大學派遣來台，從事人類學研究的「鳥居龍藏」。其毛遂自薦成為嚮導與助手，從此啟蒙人類學的知識與攝影調查的技巧。

西元一九〇五年明治三十八年，森丑之助受雇於總督府「有用植物調查科」的職員。讓他得以在台灣山地四處流浪研究，穿梭深入於各個山地部落之間。爾後轉任於「臨時舊慣調查蕃族科囑託」的職務，專門從事山地部族的調查任務。森丑之助以理解與尊重的態度，前往山地部落進行研究。他從來不攜帶任何防衛武器出入山地的行為，讓一般人感到神奇之外遑論是軍警人員。

森丑之助認為山地部族的敵意，來自於外力的入侵與掠奪，以及外來者自以為是的優越感。主張採取理解山地部族的文化信

仰，保持尊重心態與平等對待。他以赤子之心博得山地部族的真
誠歡迎，同時與各地部落首領建立推心置腹的友誼。由於長年與
山地部落的互動交往，讓他精通於各個部族的語言。豐富的研究
成果連人類學家的翹楚，身為導師的鳥居龍藏都不禁讚譽說道：
「台灣蕃界調查第一人。」

　　當年關東大地震之時，森丑之助的東京住家遭遇祝融之災，
累積多年的山地部族研究資料幾乎毀盡。隔年，在友人的穿針引
線之下，森丑之助得到內地佐久間財團與大阪每日新聞的慷慨承
諾，願意資助三年的研究經費。讓他全力進行「台灣蕃族志」與
「台灣蕃族圖譜」的出版計劃。自從布農族反抗盤據在新高山部
落時期，他關心部落的命運尤甚於著書。

　　森丑之助認為雖然山地部落與總督府之間的武力懸殊，但是
他依據多年以來深入研究山地部族的情況。高砂族的勇士精神近
乎於日本古代的武士道文化，絕對不可輕忽以壓迫方式形成的反
抗力量。森丑之助曾經語重心長地發表說道：「蕃人勇士的精神
與信仰，即使無法抵抗征伐者的攻勢，預知己方即將覆滅之時，
仍然會奮戰到底終至死亡！」由於他與布農族部落具有深刻的情
誼，期間曾經數次勸降新高山部落歸順未果。

　　森丑之助在獲得企業可觀的資金贊助時，讓他重新燃起「蕃
人樂園」的想法與計劃。雖然他先前的資料全部燒成灰燼，但是
多年的研究心得還是足以快速完成。森丑之助評估可將多餘的資
金挪移，藉此建設一個山地模範村，試圖說服總督府改變以討伐

圍剿的方式處理問題。

　　森丑之助的蕃人樂園構想，主旨是建議政府提供布農族部落資金，讓他們從事林業生產的工作。建立山地部族自治區的概念，以此換取歸順的雙贏局面。他的調解與斡旋在布農族部落得到認同，但是如此的想法與理念，終究還是無法獲得總督府當權者的青睞。甚至原本同意贊助的企業卻揚言取消提供資金的承諾。森丑之助試圖向贊助的企業遊說與努力奔走之下，親友與學界紛紛勸誡以出版著書的工作為要，不要試圖干預和遠離政治的問題。

　　西元一九二六年大正十五年，大約五年前某日。森丑之助搭乘從基隆前往神戶港的內台航線，一艘名為「笠戶丸」的輪船。隔天，發現他在船上失蹤徒留行李，官方研判可能在凌晨時刻跳海自殺。葬身於三十一年前因緣際會引領他前來台灣的海洋，與世長辭享年四十九歲。森丑之助在無能為力與希望破滅之下，選擇投海自盡以此表達對於山地部族的永恆情誼，以及對於自我靈魂的最後救贖。

　　正月初，在新高山部落北方的新高山頂峰，嚴寒的冬季已經堆積靄靄白雪。雪白潔亮的新高山出現一道「雲隙光」，一般雲隙光出現於清晨或傍晚的時刻。此種大自然現象就是遮蔽天空的雲層之間出現一道縫隙，陽光從縫隙之中投射下來，形成一道明亮的光柱。在雪白的山峰上方，光柱呈現耀眼的隧道，彷彿連接天國的道路，如同希望降臨一般的景象。

　　藤原櫻子離開新高山部落已屆二個月時間。林英明的傷勢

很快地順利復原，他熱切期盼著藤原櫻子澄清事實之後，可以名正言順地返回警察的職務。今後他可以與心愛的人展開美好的生活，彷彿此刻新高山的雲隙光一般，綻放一道希望、夢想與幸福之光。林英明等待著藤原櫻子的消息，內心不斷地思考與計劃著美麗的憧憬。

期間林英明受到長老與鐵美塔道傳授打獵的技巧。今早他騎乘龍馬讓神眼盤旋在晴空萬里的蒼穹。神眼在高空俯瞰的視線之下，總是可以發現穿梭於山林的野兔或鼬鼠等動物。神眼鎖定獵物時會從高空俯衝而下，當看見神眼猶如閃電一般從天而降，林英明總是很有默契地快馬加鞭馳援。從清晨到中午在神眼的空中奧援之下，已經捕獵了五隻的野兔與鼬鼠。他會以動物的毛皮與部落的居民交換農作物。此刻在遠處看見數名的賽德克族勇士，前往部落的方向健步如飛而去，林英明即刻收拾戰果策馬奔騰返回部落。

賽德克族巴蘭社首領瓦力斯布尼，率領一行人到達馬西巴秀山部落，果然他是受到總督府的託付前來。除了首領拉馬達星星之外，玉穗山部落首領拉荷阿雷與阿里曼西肯特地集合。其實林英明、鐵美塔道與長老等人，也都想知道瓦力斯布尼無事不登三寶殿的目的。

「關山越嶺警備道即將全線完成，屆時軍警即可深入新高山部落盤據的地帶。」瓦力斯布尼率先說明情勢。總督府在關山越嶺警備道的沿線，大約五公里的距離設立一個警察駐在所。道路

正好穿越玉穗山與馬西巴秀山之間，北上玉穗山僅有八公里，南下馬西巴秀山大約二十公里左右。縮短軍警人員與武器物資的調度，對於新高山部落形成極度威脅的態勢。

「看看以前的哈鹿克那威，以及現在的莫那努道，他們負隅頑抗的最後結果。」瓦力斯布尼言下之意提醒布農三雄。當年太魯閣族總首領哈鹿克那威率領全族，與佐久間總督的大軍背水一戰。非但毫無勝算且險遭滅族的厄運，戰後不久哈鹿克那威也身心抑鬱而終。瓦力斯布尼同時提到莫那努道的悲慘命運，也表達自己不想帶領部落與政府為敵的立場。但是他拒絕為總督府出征討伐，屯巴拉社的鐵木瓦力斯支持圍剿反抗部落，最後卻是淪為戰死的下場。

「我們曾經一起前往內地參觀，你們知道日本軍警的能力。」瓦力斯布尼身為斡旋者的居間立場，讓布農三雄願意傾聽之外，也試圖喚醒他們的回憶，以卵擊石不是明智之舉，雖然他曾經是領導人止關戰役的英雄人物。「總督府會提供居住的房屋與耕作的土地。」瓦力斯布尼最後轉達總督府招降歸順的條件。

「如何相信總督府的軍警呢？我們曾經受到誘騙使得不少的部落勇士慘死。」拉馬達星星心存疑慮地反問瓦力斯布尼。布農三雄之中以他擁有最堅定不移的反抗決心。「你們最好暫時隱藏在新高山部落，觀察日後的情況再決定。」瓦力斯布尼與布農三雄結束談話之後，也向林英明與鐵美塔道表示建議。他已有耳聞警察單位對於他們潛逃的說法。

　　當年總督府討伐北蕃的太魯閣族戰役結束之後，即將目標
轉向稱為南蕃的布農族、排灣族與魯凱族。位於台東廳與高雄州
的布農族、排灣族與魯凱族等部落，被無預警強行收繳槍械時爆
發衝突事件。期間台東廳布農族的霧鹿部落襲擊警察駐在所，遭
遇軍警部隊以山砲猛烈轟擊。從此霧鹿部落被強行全數遷居於平
地，當時霧鹿台地設置的砲台，如今依然威脅著新高山部落。

　　十年之前。西元一九二一年大正十年，在八通關越嶺警備道
完成之時，軍警曾經設局誘騙不肯歸順的布農族人，企圖執行一
網打盡的撲殺任務。當時拉馬達星星機智地逃出生天，但是他的
弟弟卻不幸遇難喪命，這個事件讓他對於軍警人員產生極度的不
信任感。多年以來，軍警已經數次派人勸降布農三雄。據說阿里
曼西肯對於總督府提出的條件有心生動搖的念頭，拉荷阿雷則是
處於搖擺不定的狀態。

　　日本領台以來對於山地部族的招降，其中最為棘手者當屬盤
據高山的布農族。他們雄峙於中南部的新高山山脈與中央山脈的
區間地帶。居住在一千公尺至二千公尺的高山台地，台地周邊皆
為三千公尺以上的山岳，屬於居住在最高山地的部族。

　　太魯閣族討伐戰役之後，基本上山地部族已經悉數歸順。唯
有布農族散居於高山地帶，不易控管與尚未完全歸順之外，並且
時有爆發反抗的情況。總督府除了勸降討伐之外，也將招降的部
落以集團移居的方式，遷居於平地希望瓦解反抗的意志。

　　新高山部落蟄伏盤據的地帶，目前是日本帝國行政與法律未

及之地，甚至在地圖上還是空白之處，屬於尚未測量與標示的地區。雄峙高山地帶的布農族與周邊部族，自古以來曾有不少的矛盾與衝突。緊鄰北邊的賽德克族、西側阿里山地區的鄒族、東部的阿美族與卑南族等。尤其與卑南族長達一、二百年的恩怨世仇，為了爭奪台東鹿野高台的獵場，兩族勇士相互出草馘首的事件層出不窮。

卑南族居住於中央山脈與東部的台東山脈之間，屬於花東縱谷平原的南方地帶之處，與北方花蓮港廳的阿美族為鄰。早年近衛師團接收台灣的期間，卑南族與阿美族曾經協助日本軍隊，阻止退守台灣東部的清帝國殘餘部隊。同時說服恆春半島以排灣族為主的「斯卡羅酋邦」，一同向日本帝國宣示歸順。他們可謂與總督府關係最為密切的部族。

卑南族與布農族自古爭奪的鹿野高台，正好位於花東縱谷平原的台東與花蓮交界之處。負責守護卑南族鹿野高台的部落，乃是卑南族八社之中最為強悍的初鹿社。初鹿社為了防範世仇的布農族侵犯，除了被布農族視為最剽悍的卑南族社之外，爾後成為總督府牽制布農族最得力的夥伴。

西元一九二二年大正十一年之前，總督府曾經兩次為了勸降布農族集團式移居平地，試圖協商卑南族與布農族化解世紀仇恨。對此不遺餘力的卑南族初鹿社首領「馬智禮」，為了讓總督府作為移居布農族的地方，還起心動念舉社遷居於恆春半島。但是馬智禮的提議受到卑南族群社首領，與部落長老的反對意見。

他們認為此舉無異將卑南族群居的台東平原，門戶洞開曝露於布
農族的威脅之下，等同向布農族示弱且有失族格的作法，和解共
存的談判與協商從此石沈大海。

　　馬智禮具有一個曲折特殊的身世背景。他的父親「朱來盛」
原籍出身於清帝國福建省。西元一八九一年日本領台之前，朱來
盛帶著四歲的馬智禮逃難台灣。輾轉到達台東地區的卑南族部
落，爾後朱來盛入贅於部落女子歸化成為卑南族人。馬智禮十歲
時父親將他託付給予初鹿社部落長老收養，始改為現今的卑南族
名字。

　　日本領台後馬智禮進入國語傳習所學習，精通於日本語、河
洛語、卑南語與阿美語。他日後成為警察派任於布農族為主的台
東廳里壠支廳。爾後馬智禮與初鹿社部落首領的女兒結婚，在接
任初鹿社首領之後辭退了警察的工作。他擔任警察的期間深得台
東廳政府的倚重，成為應付布農族部落的重要人物。

　　林英明對於巴蘭社的瓦力斯布尼，銜命前來新高山部落勸
降，事後心生一計。他自忖若能說服拉馬達星星同意移居歸順，
即可向警務局澄清事情的真相，立功後返回昔日職務與生活。鐵
美塔道聽聞林英明的計劃，也認為是洗脫罪名的一個好方法。因
此她秘密潛回巴蘭社請託瓦力斯布尼，代為聯繫卑南族初鹿社的
首領馬智禮。他們請託瓦力斯布尼，居間促成布農族與卑南族的
會談，讓新高山部落具有移居的地點方案。同時希望化解兩族的
歷史矛盾，促使拉馬達星星態度軟化後考慮歸順。假使雙方的歷

史會談可以成功，也是給予瓦力斯布尼與馬智禮為總督府立功的禮物，此計可謂各方皆大歡喜與圓滿之局。

　　林英明與鐵美塔道穿針引線的計劃，立即得到瓦力斯布尼與馬智禮善意的贊同。由於沒有總督府軍警人員的介入之下，瓦力斯布尼的中立角色與信守承諾的名譽，自然而然地讓拉馬達星星姑且願意赴會。雙方約定會談地點在台東廳的鹿野高台，以拉馬達星星為首的馬西巴秀山部落，隨行人員除了林英明、鐵美塔道、長老、雲豹等人之外，其中還有部落人稱「祭司」的領袖人物。

　　布農族部落可分為內外部的領導職務。拉馬達星星屬於部落最高領袖與對外關係的事務，負責領導勇士與對外戰爭的職務。祭司屬於宗教事務的執行者，負責部落祭典儀式與農業耕種生產等內部行政事務的領袖。他是屬於部落行政規範與律法的管理者。

　　從馬西巴秀山到達鹿野高台大約三十幾公里。若以行程計算需要一天半的時間，新高山部落一行人以快行軍的模式橫越中央山脈。他們以小跑步的方式行進，林英明已經習慣讓神眼展翅飛翔於高空陪伴。從神眼盤旋高空的視野向下俯瞰，一行人排成一列彷彿螻蟻的隊伍，在皺褶蜿蜒的高地之上緩慢前行。

　　雲豹堪稱為新高山部落勇士之中，腳程最為敏捷迅速且無人能出其右，因此被冠上台灣高山豹科動物的綽號。他猶如勇士隊伍最前方的偵查兵，負責偵察部隊前方道路的狀況。若有任何危機或特殊情況，他總是以最敏銳與最快速的反應向後方隊友通報。鐵美塔道是隊伍之中唯一的女子，巾幗不讓鬚眉的她可謂女

中豪傑，除了腳程絲毫不遜色於男性同伴之外，同時打獵能力也
讓部落勇士刮目相看。

　　拉馬達星星與長老都已年屆五十多歲之齡，長年累月山嶺高
地的生活環境，讓他們鍛鍊了超齡的體能與耐力。拉馬達星星更
是出類拔萃素有「高砂族忍者」的名諱。祭司已屆花甲之齡，雖
然體型瘦小卻有令人佩服的體能。他擁有一頭灰白色的長髮與眉
毛，容顏上方刻劃許多智慧的紋路，在皺紋滄桑之中帶著睿智的
眼神。

　　自幼成長於平地的林英明。自從調派山地警察的任務訓練與
調適，以及輾轉到達馬西巴秀山的幾個月期間。他跟隨部落勇士
學習打獵與艱苦磨練的山地生活，如今足以堪稱新高山部落的勇
士成員。一行人攀越峽谷危崖與澗谷溪流、橫越森林野叢與崇山
峻嶺、穿越草原岩地與雲海霧嵐、跨越泥濘小徑與崎嶇石道。山
林的環境對於高山部族猶如自家的庭園，井然有序與節奏分明地
朝向目的地前進，默契十足地彷彿訓練有素的特戰部隊。

　　期間一行人大概以四個小時一次的休息週期與簡單進食。他
們身上攜帶配刀與武器之外，背包也有簡易的野外求生裝備。他
們在太陽西下之前尋找岩壁或洞穴升起營火，或者利用枯木樹枝
搭建遮風避雨的營地，夜間山林如同以天為幕以地為席的大自然
旅館。隔天凌晨，大地初醒曙光乍現，新高山部落一行人即刻起
身行動，中午前已到達台東廳的鹿野高台。

　　原為台東廳布農族部落的拉馬達星星，與卑南族初鹿社已是

長年累月的宿敵，彼此之間具有難以化解的恩怨情仇。幸好有中間人瓦力斯布尼籲請雙方暫且放下敵意。「我們是縱橫於高山的部族，只想保有自由的生活方式。」拉馬達星星無法理解與接受總督府強制他們歸順的想法。「如今時代不同了。尤其是莫那努道的大出草，讓總督府對於盤據高山的布農族，更加感到芒刺在背。」馬智禮分析山地治理的局勢。霧社事件的震撼讓總督府重新審視思考山地的政策。尤其對於尚未完全歸順的布農族部落，將以軟硬兼施的方式實行集團移居，以此達成教化與解決反抗的辦法。

　　「卑南族與布農族長久以來的矛盾與衝突，我想應該是化解的時候。如果你們願意歸順下山，我一定居間與總督府協商移居的地方。」馬智禮表明善意與想法。曾任警察的他認為現代化文明的法律制度，就是取代馘首解決問題的方式，山地部族的出草文化必須走入歷史。「我會認真考慮你的一番建議。」矜持的拉馬達星星尚未有立即改變與作出決定的心理準備。

　　新高山部落堅持的文化信仰與生活方式，除了玉穗山與馬西巴秀山步調有異之外，馬西巴秀山部落之中也有抱持其他看法，傾向搖擺路線或者抵死不從者都有。長老還無法完全相信總督府的片面之詞，主張採取一面反抗一面談判的策略。父兄皆被軍警所殺個性剛烈的雲豹，完全主張以報復的方式戰鬥到底。對於拉馬達星星與祭司來說，除了堅持布農族部落的自主性之外，也有考量部落未來的存續等問題，部落族人多數以拉馬達星星的抉擇

馬首是瞻。因緣際會到達新高山部落的林英明與鐵美塔道，則是懷抱著回歸昔日的身分與生活。

新高山部落與馬智禮談判未果。一行人低調前往台東山脈的「都蘭山」。台東山脈位於東部的花蓮縱貫向南延伸到台東地區，平均海拔一千公尺至一千二百公尺的山地，都蘭山正好位於台東山脈的最南端。一行人佇立在都蘭山，向東眺望著視野遼闊廣袤無垠的太平洋，凝視著晴空萬里湛藍無雲的蒼穹，海天一色一望無際的藍色空間讓人感到心靈寧靜。

拉馬達星星帶著深邃的眼神若有所思地問道：「為什麼日本帝國會來到這座島嶼呢？」這位強悍的首領對於在平地成長的林英明，經過一段時間的相處認為他頗有見識，因此試圖詢問內心的疑惑。天外飛來一筆的問題讓林英明思考片刻說道：「或許是神的旨意吧！神可能有更偉大的計劃⋯⋯」「神？」拉馬達星星對於日本語詞彙「神」的定義似乎有所疑問。林英明立即以布農族語的詞彙解釋：「神就是『天』的意思。」在布農族語的「天」亦稱「天神」之意。「天」或「天神」的信仰是指「所有一切的源頭」，更是泛指人類心靈的天神。

林英明的回答讓拉馬達星星遙望天空陷入沈思的狀態。林英明仰望著天空以觸類旁通的方式說道：「世界上不論哪一個民族，都在同一片『天』之下⋯⋯我們不必排斥異族的文化與信仰，而是讓異族平等看待我們的文化與信仰。未來布農族的孩子，以及這座島嶼千千萬萬的孩子。都將走出這座島嶼到達海洋的彼岸，

看見更加寬廣的世界。」

　　「海洋的彼岸是一個什麼樣的世界呢？」看著林英明指向遙遠無盡的海洋，引起拉馬達星星好奇地問道。「海洋的彼岸有一個超大型的部落，稱為『美利堅合眾國』。」林英明提起目前世界上最富強的國家與政體。一個實行民主自由與資本主義的美國，一個多元種族共和與經濟繁榮富庶的國家。西元一九三一年美國人詹姆斯亞當斯提出了「美國夢」的論述。這是根植於美國的獨立宣言：「人人生而平等。造物主賦予他們不可剝奪的權利，包括生命權、自由權與追求幸福的權利。」

　　林英明同時敘述日本與美國的關係緣起：「西元一八五三年七月，正值日本的幕府封建時代。美國一位東印度艦隊司令馬修培里將軍，帶著美國總統的國書率領四艘軍艦駛入江戶城的港灣。由於這些軍艦船體塗上防止生鏽的黑色柏油，所以被當時的日本人稱為「黑船」。

　　來自於遙遠海洋晴天霹靂現身的黑船，令原本封閉鎖國的日本人民感到震驚，深切體會到日本與海洋彼端懸殊的發展差距。此事件迫使日本決定向美歐國家學習新知識，敞開心胸對外吸收與融合異族文化。這個改變日本歷史的事件被稱為「黑船來航」，爾後更間接開啟日本蛻變的「明治維新」。黑船來航事件的十幾年後，一群明治維新志士號召推翻了幕府封建時代的歷史，也令日本蛻變成為世界舉足輕重的國家之一。」

　　當年逼迫日本開國的馬修培里將軍，他的出現導致日本先後

與美歐國家簽署了不平等條約；他的出現也導致幕府封建政權瓦解與社會制度改革混亂；他的出現無可否認地，最後也是讓日本蛻變的主要原因。因此有人感謝黑船來航的馬修培里，在他登陸的地點久里濱設立「培里公園」以茲紀念。

「原來日本也曾經遭受異族的欺負。」拉馬達星星聽完林英明敘述的故事，以高砂族特有的幽默感表示。他簡單的歸納與總結的話語讓人莞爾一笑。林英明為了部落的未來積極地想方設法的事情，讓拉馬達星星內心暗自低語：「難道這是新高山部落……夢想的重生？」他不禁回想起多年以前，曾經提議建立蕃人樂園的老朋友森丑之助。新高山部落一行人望著波光粼粼與耀眼湛藍的海洋，思索著面對未來的挑戰與計劃。

西元一九三一年昭和六年四月二十九日。新高山部落群的玉穗山部落首領阿里曼西肯，接受台東廳長兒玉魯一的邀請，參加慶賀昭和天皇誕生日的「天長節」。台東廳街市的機關與商家懸掛日之丸的旗幟飄揚，阿里曼西肯被安排前往台東廳長的官舍作客。因霧社事件下台的石塚英藏總督之後，接任第十四任總督的太田政弘，還專程前往台東廳接見，成為隔日台灣三大報紙的重要新聞。

此舉可說是去年底發生了霧社事件，總督府為了擦脂抹粉的樣板戲。當場還贈送了大鍋子與布匹等禮品，展現政府招降布農族歸順的誠意。依據阿里曼西肯的敘述，當天台東廳官員熱情的招待，特地端出烤魷魚和清酒讓他品嘗。兒玉廳長同時也為他介

紹一些高官認識：「這位是台東街的頭目、這位是軍隊的頭目、這位是警察的頭目……」當時阿里曼西肯還與眾多的高官一起拍照留念。兒玉廳長當下還坦率地直言表示：「如果新高山部落的兄弟，全部願意歸順下山的話。住房與耕作的田園，我們都會安排準備。」

　　據說阿里曼西肯決定帶領自己的部落下山歸順，台東廳長已經為他們安排位於里壠支廳，一個具有住房與田園的村落。聽聞消息前往玉穗山送別的馬西巴秀山部落一行人，眼見拉荷阿雷已經無法改變胞弟阿里曼西肯的決定，可以看出他面露無奈沮喪的神情。對於人各有志的阿里曼西肯部落族人，馬西巴秀山部落唯有懷抱離別不捨的心情，祝福昔日並肩作戰如今分道揚鑣的同志。「我們無法抵抗未來必須改變的事實，我厭倦征戰舔血的日子。我已經老了……如今只想圖個安享晚年。」阿里曼西肯語重心長地表示。他的話語令稍為年長已有六十多歲的拉荷阿雷靜默不語。

　　拉荷阿雷與阿里曼西肯的反抗源自於槍械收繳政策。當時他們的兄長因為抗議遭到警察收押拘禁，疑似遭到毆打虐待後返回部落身亡，兩人遂決定出草執行報復行動。自從布農三雄發動反抗總督府的事件伊始，至今已歷時十六年以上的歲月，期間度過許多危機四伏與命在旦夕的狀況。

　　拉馬達星星與拉荷阿雷心知肚明總督府不會善罷甘休。關山越嶺警備道與沿線的警察駐在所，對於新高山部落已經形成壓

力，隨著時間流逝日益侵蝕他們盤據的優勢。總有一天總督府準備就緒時，也會發動如同太魯閣族的討伐戰爭，此刻新高山部落面臨勢力瓦解的愁雲慘霧。

台北市大稻埕太平町二丁目的「國際書局」。日本共產黨台灣民族支部的謝雪紅，與台灣農民組合的成員楊克培，兩人意氣相投共同開設的國際書局，成為台灣共產黨秘密發展的根據地。共產黨以「無產階級革命與建立農工政府」、「反對財產私有制，主張國有制或公有制」等思想言論，因此被日本政府列為違法的社團組織。謝雪紅秘密領導的台灣共產黨，滲透了台灣文化協會、台灣農民組合與台灣民眾黨等社會運動組織。經由社會運動的人脈宣傳社會主義與共產黨思想，以及藉機吸收黨員壯大組織。

西元一九二八年昭和三年，距今三年前的「三一五事件」。日本政府將東京的日本共產黨總部再度清剿之後，受到蘇聯共產國際指示的台灣共產黨組織，已經轉由中國共產黨代為指導支援。三一五事件一個月之後，發生於中國的上海讀書會事件，謝雪紅被逮捕遣返台灣，由於證據不足因此無罪獲釋。隔年，受到台灣民眾黨蔣渭水贊助出資的國際書局，開業一週隨即遭到政治偵防的特別高等警察，發動突擊搜索有關涉嫌共產黨集會結社的行為。再度又因為罪證不足被釋放，從此國際書局成為特高警察嚴密監視的地方。

距今大約二年前，美國華爾街的股票大崩盤，開啟世界經濟大蕭條的序幕。世界先進國家的經濟體，與發展中國家的經濟

全面遭受重擊，從金融、工業、貿易與農業等骨牌式出現危機的
情況。首先從商品與股票價格的暴跌開始，其中衝擊最為嚴重者
當屬農業領域。日本共產黨的領導人野呂榮太郎曾經分析經濟狀
況表示：「工業資本主義急速地發展與農業資本主義緩慢地低度
發展，成為日本資本主義根本性與致命性的矛盾。」資本家利用
價格壟斷與生產限制的不平等制度，壓迫農民形成大量的破產現
象。同時資本家與勞工階層形成的矛盾鴻溝，以及社會貧富差距
加劇等問題。

　　在貧富差距懸殊與社會階級對立的情況嚴峻之下，成為社會
主義蔓延與共產黨崛起的最佳環境。此刻日本內地與台灣的農民
勞工，層出不窮的抗爭與罷工等社會運動，以及共產黨組織滲透
廣大農工階層，政治面出現社會秩序動盪與人心不安。如今被台
灣共產黨滲透的台灣文化協會、台灣農民組合、台灣民眾黨等組
織，社會運動路線走向左傾思想，儼然成為台灣共產黨的寄生團
體。去年的霧社事件爆發後，謝雪紅為首的共產黨員眼見形勢大
好，在農工團體發起罷工運動的同時，共產黨成員公開參與罷工
的行動，以及散發共產黨思想刊物與標語。

　　「在日本帝國資本主義的統治之下，政府與財閥之間利益掛
勾的結構，形成權貴與奴隸階級。我們必須支持共產國際的無產
階級革命，建立無產階級專政的理念。打倒帝國主義！打倒資本
主義！台灣民族萬歲！台灣獨立萬歲！」謝雪紅與共產黨員在國
際書局的地下室，秘密進行集會教育與精神宣示。先前台東廳阿

里曼西肯歸順的新聞報導，讓謝雪紅對於盤據山地的新高山部落感到興趣。她回想多年前加入台灣文化協會的議會請願運動，當時曾與林英明有過一面之緣。謝雪紅私下請託黑觀音差人傳話，她計劃秘密前往山地與新高山部落舉行會談。

林英明收到謝雪紅傳達的訊息，偕同拉馬達星星、長老、雲豹與鐵美塔道等人。在距離馬西巴秀山大約五十公里的高雄州屏東郡六龜山區，與謝雪紅等多名共產黨員會面。當年台灣文化協會發動議會設置請願運動之時，可是台北州大稻埕地區的重要大事，也是轟動全島的民主運動。來自於知識分子的菁英或各行各業的販夫走卒等，舉凡關心台灣追求自由平等的有志之士，可謂人人熱衷參與的組織活動。如今事過境遷的政治與社會發展，曾經懷抱共同理念與夢想的同志，在景物依舊人事已非的際遇之下，形成人各有志與分道揚鑣的情勢。

「革命必定要流血，革命想要成功必須有人犧牲。」謝雪紅向著新高山部落的一行人，闡述社會主義與共產黨的思想。本名「謝氏阿女」的謝雪紅，出身於台中州彰化郡。由於出生在貧寒的工人家庭，家境無法讓她順利就學之下，七歲開始必須負擔家計成為女工。謝雪紅的二姊在十七歲時，被父母賣給富人作為妾室償還債務。這個事件讓謝雪紅總結一個社會寫照的啟示：「處於這個人吃人的萬惡社會，壓迫的環境使得窮人任憑做牛做馬，都擺脫不了命運的枷鎖。」十二歲時她的父母相繼離世，兄姊無力撫養將她賣給別人成為童養媳，以籌措母親喪葬費與家庭債

務。期間她飽受養母的壓迫凌虐，由於困頓不安的成長歲月，讓
謝雪紅在十七歲時自殺未遂被救生還。

　　正值青春年華的謝雪紅，因緣際會由他人介紹認識了台中州
富商張樹敏。富商幫助她付清賣身的贖款後納為小妾，爾後跟隨
張姓丈夫前往日本內地與中國經商。西元一九一八年大正七年，
謝雪紅與丈夫前往兵庫縣神戶市時，正值日本內地發生了米騷動
的事件，讓她首次看見農民反抗的社會運動。隔年，在前往中國
山東省青島市之時，正值中國青年發起了「五四運動」反對日本
帝國的示威遊行。青島之行更讓她心中萌生了民族主義與社會主
義的憧憬。期間謝雪紅在中國上海市，看見一張俄羅斯社會主義
十月革命的照片。當時她想像著革命烈士的鮮血，噴濺在白雪上
壯烈的紅色景象，這個就是她將名字改為「雪紅」的靈感。

　　中國之行讓謝雪紅學習了中文，同時也被蘇聯共產國際吸收
的契機。她前往專門培養東亞各國共產黨幹部的東方大學，編制
在日本人班級啟蒙學習。從此與日本共產黨核心幹部結識，爾後
再轉校於莫斯科的孫逸仙大學。西元一九二三年期間，中華民國
國民黨領導人孫文，發表了「聯俄容共」的政治路線之後，蘇聯
共產國際以其名義創立了「孫逸仙大學」。從此讓謝雪紅開啟台
灣共產黨的歷史。

　　謝雪紅滔滔不絕地宣揚共產國際偉大的思想與信仰，同時
敘述前往中國的所見所聞：「中華民國創始人的孫文與國民黨，
以及中國共產黨的領導人毛澤東等。都主張台灣應該脫離日本帝

國，實現台灣民族獨立。如今我們得到共產國際與中國共產黨的支持，準備發動台灣民族獨立的革命鬥爭。」「所以……妳是想要說服我們加入共產黨的組織嗎？」林英明單刀直入地詢問會談目的。「是的，如果你們願意加入組織，我們平地與山地可以共同合作行動。」謝雪紅說明此行的想法與條件。「你們這些『白浪』……都還沒有對於這座島嶼先前做出的傷害懺悔，如今反而還自認為是救世主！」林英明直接作出明確的謝絕態度。謝雪紅為首的共產黨成員，受到婉拒之後意興闌珊地離去。

「白浪」源自於台灣河洛語的「歹人」諧音，這個詞語的意思是指：「壞人」。爾後成為山地部族，泛指「漢人」或「漢化的平埔部族」之稱呼。據說在明帝國末期與清帝國時期，從福建地區渡海移民的河洛人，由於語言不通的情況之下，河洛人與台灣原住民族以物易物之時，以河洛語戲稱原住民族：「歹人！」當下進行交易的原住民族不懂其意，模仿此句河洛語反向地稱呼外來者：「白浪！」爾後清帝國時期廣東地區渡海移民的客家人，以及長期受到漢化之後失去母語的平埔部族等。山地部族都以此作為統稱「平地人」的名詞。

新高山部落除了鐵美塔道、長老與平地人曾經有過頻繁接觸之外，拉馬達星星等布農族人多數少有交集。由於林英明在平地成長的背景，讓眾人對於他的意見自然也是言聽計從。但是拉馬達星星覺得疑惑地問道：「為何不想與他們合作呢？」其他人似乎認為或許結盟可以如虎添翼。林英明反而寓意深長地解釋：「選

擇與魔鬼交易，只會成為邪惡的幫兇，最後還會墮落成為魔鬼。
我們反抗的目的，只是為了保護屬於自己的幸福，不是為了摧毀
他人的幸福……以摧毀他人幸福的方式想要得到幸福，根本就是
緣木求魚，最後只會得到自毀的結局。」

　　有關社會主義與共產黨思想，總結就是五大核心理論：「階
級鬥爭革命、無產階級專政、共產經濟制度、共產國際化、無神
論。」因此林英明也洋洋灑灑地闡述自己的看法：「一、社會主
義的本質就是反對財產私有化，如此必須將富人的財產強行充公
或者暴力分配。追求人生幸福的富有與富人不是原罪，只有不義
之財與巧取豪奪才是令人髮指。以『階級鬥爭』的方式是非黑白
不分，如此的思想成為人性黑暗的淵藪，形成一個『違反人性』
與『剝奪人權』的社會。二、社會主義實施財產『國有化』或者『公
有化』，如此必須以集中權力的方式進行資源分配。集權的政治
制度形成專制的統治政權，最後在掌權者高壓統治之下，形成『沒
有自由』的社會。三、社會主義的經濟制度，以『齊頭式平等』
試圖建立一個公義的社會，如此反而形成一個『不平等、不公義』
的均貧奴隸社會。四、社會主義結合了『民族主義』的思想，形
成『非我族類、排斥異己』思想的封閉社會。五、一個違反人性
與剝奪人權，不自由、不平等、不公義的均貧奴隸制度，以及非
我族類與排斥異己的社會，根本就是一個『人間地獄』的國度。
六、一個人間地獄的社會與國度，最終只會形成對內自相殘殺，
以及對外虛偽暴力的國族。」

　　此時基督教徒的長老驚訝地提出疑問：「他們不相信『神』嗎？」「社會主義與民族主義的結合是包裹糖衣的毒藥，魔鬼都是以美麗的謊言欺瞞善良的信徒。一個『沒有人道』與『無神論』思想的國族或文明，無法發展具有『真理的、善良的、美好的』社會。因為沒有人道與目中無神的政權，眼睛自然也不會重視人民。」林英明言簡意賅與一針見血地解說共產黨的本質。信仰社會主義與共產黨思想屬於「唯物論者」，神鬼論都是斥為異端邪說，唯有將民族主義奉為唯一的神話。因為以「無神論」思想根除人民對於「希望、夢想、幸福的想像力」，方可杜絕戳破虛假的政治謊言。

　　「為何平地人想要與中國勢力結合呢？」鐵美塔道深入詢問心中的疑惑。「民族主義不是保證幸福的萬靈丹，有時還是『摧毀真理』的毒藥。」林英明表示台灣某些河洛族與客家族人，囿限於從中國渡海移民的祖先觀念，受困於民族主義的盲從與迷思。他對於河洛族與客家族的身分混亂，闡述自己不同的觀點：「只有人歸屬在『土地的落地生根』，沒有土地歸屬於『祖先的國族認同』。」他也闡述對於「民主人權」的看法：「因為不滿於現況的狀態，盲目無知地選擇錯誤的對象或方向，可能淪落更加悲慘的命運。人民與掌權者之間必須具有平等的關係，方可建立一個自由與公義的政府，如此才可體現民主人權的真諦。」

　　西元一九三一年昭和六年，太田政弘總督勒令解散「台灣文化協會、台灣民眾黨、台灣工友總聯盟、台灣農民組合」等，訴

求社會主義與民族主義路線的運動團體。同年六月，警務機關進行台灣本島共產黨員大搜捕。日本共產黨台灣民族支部領導人謝雪紅及其他黨員，在總督府的鐵腕清剿之下紛紛起訴與入獄。同年八月，台灣民眾黨領導人蔣渭水身患傷寒與世長辭。從此社會運動唯獨以「民主主義」路線，訴求「政治自由、地方自治」的台灣地方自治聯盟得以維持運作。

　　台北市御成町梅屋敷的高級和室廂房之內，黃飛龍與江山樓的媽媽桑春子，一如往常密會私情與共度春宵。春子在政商名流之間可是穿梭自如游刃有餘。她風韻猶存與風情萬種的妖媚模樣，甜言蜜語和鶯聲燕語的致命吸引力，可是讓不少富紳名士心甘情願地拜倒石榴裙下。

　　此刻一大清早的春子赤裸身軀朝著盥洗室翩翩而去。黃飛龍穿著浴衣躺臥在和室廂房，手上拿著吸食阿片的煙槍管。將阿片膏放入煙槍管的鍋槽之內，翻轉煙槍鍋槽以煙燈的火苗燃燒阿片。吸食阿片時吞吐的團團灰煙，飄飄欲仙地沈醉在渾然忘我的銷魂世界。正當阿片的迷霧乘載著黃飛龍到達九霄雲外時，他的助手吳不良已經引領蟾蜍走入廂房。

　　「黃議員，請教您找我不知有何貴事呢？」蟾蜍以懵懵懂懂的疑惑語氣問道。「你應該知道林英明現在的處境吧？」黃飛龍意有所指地表示。「我們都認為他不可能事先知情與畏罪潛逃。」蟾蜍與多數認識林英明的人都是如此論調。「總之，藤原警務局長已經定調。我請你來目的就是想要幫助他。」黃飛龍打開話匣

子向蟾蜍透露，藤原櫻子曾經去過新高山部落的事情。但是黃飛龍主動想要幫助林英明，讓蟾蜍認為事有蹊蹺地感到納悶。「只要你能讓他現身的話，我才有辦法幫助他。」黃飛龍眼見疑惑的蟾蜍解釋說明。「我如何能讓他現身呢？」蟾蜍更加疑惑不解地詢問。黃飛龍明言暗示蟾蜍，只要託人傳話給予林英明，轉達藤原櫻子想與其會面的事情，約定在蔣渭水大眾葬儀式的當天即可。

　　黃飛龍緊接著向蟾蜍分析目前的狀況：「若林英明持續躲藏在新高山部落，時間愈久愈不利於澄清事實與真相。只有他願意現身的話，屆時我才能向警務局美言幾句。」蟾蜍心生不安試圖置身事外地表示：「我可能無法達成您交付的任務。」緩兵之計的他語畢之後，藉故還有要事想要離開。黃飛龍立即語帶威脅地說道：「聽說你與藤原家的花子正在交往，應該有考慮到你們的未來吧？如果巡查的工作沒有了，你們的未來怎麼辦呢？」耳聰目明的蟾蜍了解黃飛龍話中有話的含意，不禁心生恐懼地懇求說道：「黃議員，您大人有大量。我只是一個微不足道的小人物，請不要為難我好嗎？」

　　「只不過要你傳個話，又不是要你去殺人放火……自己好好考慮一下吧！」黃飛龍以手掌輕輕拍打蟾蜍的臉頰語帶警告的意味，同時以跋扈炫耀地語氣說道：「有錢能使鬼推磨，不要懷疑我的影響力。先前的『改正阿片令』，總督府還不是通過了。識時務者為俊傑，只有跟對人雞犬才能升天啊！」態度不可一世的黃飛龍，將口中的阿片煙霧輕緩地吐向蟾蜍的臉部，面露陰森的

表情與威逼利誘地語氣說著。

　　距今兩年之前。西元一九二九年昭和四年，第十二任總督川村竹治頒布「改正阿片令」的政策。由於學校長期的阿片危害教育已讓民智大開，吸食者呈現日漸式微與市場萎縮的情況。此項圖利財團與攏絡仕紳的阿片專賣事業，重新特許增加「兩萬五千人」的名額，再行放寬的政策無異於倒行逆施。

　　阿片吸食源於清帝國時期的平地人，原為上流社會高級社交行為的陋習。日本領台初期顧及吸食成癮者，當時尚無直接有效的戒斷方法。強行禁止唯恐造成社會治安的考量之下，因此採取權宜之計的漸禁政策。自從兒玉後藤時期以降的總督府都奉為圭臬，這次為了圖利阿片專賣特權的財團與仕紳，重新放寬吸食牌照的名額。無非是政府變相鼓勵吸食阿片，政策頒布在島內引起強大的反彈聲浪。

　　其實早在六年前。西元一九二五年大正十四年，當時日本政府已經簽署了「國際阿片公約」，白紙黑字聲明禁售的政策。倒行逆施的阿片特許政策頒布之後，隔年被台灣民眾黨的蔣渭水，電報狀告瑞士日內瓦的國際聯盟，敦促國際聯盟組成阿片調查團前來台灣訪查。此舉讓總督府受到日本內閣責問，同時派員前來了解情況。總督府眼見茲事體大與星火燎原，為了息事寧人同時採行矯正的戒斷政策。在全島各地成立「更生院」作為勒戒毒癮之處，並且派任本島人京都帝國大學醫學博士的杜聰明，負責台北更生院的管理職責。

　　當時總督府為了護航改正阿片令的政策，頒布的隔年受到抨擊之時，反而聘請出身於台南州的本島人連橫，在台灣日日新報發表一篇粉飾太平的文章。「台灣阿片特許問題」的文章大致內容如下：「台灣人之吸食阿片，為勤勞也，非懶惰也；為進取也，非退步也。今可享受這片土地與物產的利益，乃是先民歷經開墾的功勞；然而先民得以能夠全力專注地開墾，正是拜阿片所賜也。阿片不僅絲毫無害，甚至還被稱為長壽膏，可是有益於身心健康的。總督府再增加特許者兩萬五千人，亦佔台灣總人口不足百分之一爾爾，實無大關係亦不成大問題。故因何事如此大費周章地沸騰議論呢？」文章內容被台灣島內的知識分子，比喻為「阿片有益論」飽受輿論的攻訐。

　　總督府收買著作「台灣通史」的文人連橫。以強詞奪理與似是而非的論述，試圖列舉歷史說明阿片亦有益處。不應該採取嚴禁的態度與政策，此文讓連橫遭到本島人排山倒海的指責與議論。原本居住台北州的連橫因此搬遷返回台南州，但是昧於良知之言始終無法平息。由於阿片有益論餘波盪漾的影響之下，連橫選擇舉家渡海遷居中國，放棄日本國籍成為中華民國國籍。

　　大稻埕太平町，今日陳惠美專程邀約蟾蜍會面。兩人走在依舊繁華熱鬧與熙熙攘攘的街市，她回憶著早年林英明與蟾蜍在永興茶葉商行的生活。年少時期的他們總在茶行休息之餘，一行人在大稻埕地區走馬看花與談天說地，那時候的日子可真是無憂無慮。彷彿一切都是理所當然，彼此如同兄弟姊妹一般地工作與生

活。當年青澀燦爛的年少情懷，似水年華伴隨歲月成長一逝不返。那份純真無瑕與自然簡單的情感，終究無法抵擋現實環境與生活利益的摧殘。

兩人走在景物依舊人事已非的時空走廊，曾幾何時⋯⋯喜怒哀樂的街道，回憶歷歷在目恍如昨日一般清晰動人。陳惠美觸景傷情地說道：「我記得蟾蜍以前，還是一個渾渾噩噩與胸無大志的人。沒想到如今竟然穿著警察的制服。」「我只能說人生的際遇難料吧！」蟾蜍似乎心有戚戚焉地微笑回應。「爸爸與繼母一直想方設法，促成我與黃飛虎的婚事。」陳惠美面帶愁容語帶感傷地訴說近況。不久之前，黃飛龍夫婦三番兩次帶著兒子到訪，她似乎面臨無所迴避的窘境。

陳惠美對於林英明目前的處境，感到無能為力與擔憂不已。父親非但命令她與社會運動人士斷絕關係之外，有關林英明的事情也嚴正表態不要牽涉的警告意味。正所謂旁觀者清當局者迷，長久以來蟾蜍一直明白陳惠美對於林英明的感情。他曾經旁敲側擊地暗示林英明之外，同時了解不受祝福的顧慮，或許林英明內心不願違背有恩於他們的社長。陳惠美的父親雖然屬於白手起家，但是對於唯一的寶貝千金，天下父母心總是期望一個門當戶對的人家。

蟾蜍對於陳惠美專程邀約進行一番深談，可以感覺陳惠美或許已經深陷無可選擇的境遇。讓他內心難以釋懷與不由自主地提起，黃飛龍指示他引誘林英明現身的事情。當下陳惠美面露疑

惑不安地神色表示：「我感覺事情非比尋常……」蟾蜍也忐忑不
安地坦承說道：「我已經私下託付巴蘭社首領瓦力斯布尼代為傳
話。」明天的日子，就是台灣民眾黨蔣渭水逝世之後，民眾為了
送別這位社會運動領袖，即將在大稻埕地區舉辦一場大眾葬儀式。

　　蔣渭水因病辭世之時享年四十歲。他二十歲考上台灣總督府
醫學校，就讀期間加入板垣退助號召成立的台灣同化會。總督府
以治安為由宣布解散台灣同化會，爾後成為蔣渭水從事台灣社會
運動的啟蒙與濫觴。他從事社會運動期間曾經留下名言：「同胞
須團結，團結真有力。」他在臨終之前也留下最後遺言：「台灣
社會運動已進入第三期，無產階級之勝利已迫在眉睫。凡我青年
同志務必努力奮鬥，冀望舊同志倍加團結，積極的援助青年同志，
為解放同胞而努力。」

　　蔣渭水深受中華民國國民黨領導人孫文的學說影響，聯俄容
共的主張直接影響台灣民眾黨的政治路線。他後期從事社會運動
的路線，還被冠以「民族主義者」與「社會主義者」。

　　西元一九三一年昭和六年，八月二十三日。台北市永樂町永
樂座舉行「故蔣渭水氏之台灣大眾葬葬儀」。在葬儀會場中央有
一幅蔣渭水的遺照，兩旁放置的標語：「精神不死」、「遺訓猶
在」、「大眾干城」、「解放鬥將」等。輓聯題文：「大義受大名，
生據大安作營陣；死埋大直，大夢誰先覺。眾民歸眾望，功憑眾
志以成城；力排眾難，眾醉君獨醒。」

　　蔣渭水的大眾葬送別儀式，估計大約湧入五千名群眾自發性

參加。清晨來自於四面八方的人潮，在大稻埕地區的街道川流不息，某些商家以休市哀悼與緬懷這位社會運動家。葬儀會場掛滿各地友誼團體的悼文與輓聯，來自於日本內地的東京、京都，以及中國的上海、金陵、廣州與廈門等地，總計兩百多封的弔唁電文。期間幾千人綿延數公里的喪葬隊伍，遊街路線從永樂町啟程沿路穿越大稻埕地區，行經大宮町台灣神社前方的明治橋。最後終點到達大直山公墓進行下葬。

　　蔣渭水大眾葬的幾日之前，巴蘭社首領瓦力斯布尼指派勇士，前往新高山部落轉達林英明，有關藤原櫻子邀約會面的消息。當下鐵美塔道提醒事情可能另有隱情，她想起藤原櫻子離開前的叮嚀：「你們要等待我向警務局解釋與釐清真相，再安排你們出面說明。」鐵美塔道心思細膩地質疑問道：「為何託付瓦力斯布尼傳話者是蟾蜍，卻不是藤原小姐呢？」

　　林英明等待藤原櫻子的消息，已將近九個月的時間，喜出望外的訊息令他內心雀躍不已。去年的十一月，藤原櫻子離開新高山部落，他內心夜以繼日魂牽夢縈的伊人，終於傳來撥雲見日的佳音。對於鐵美塔道內心的疑慮自覺不應杞人憂天，同時他認為自己的好友蟾蜍，還不至於有設計陷害他的動機。最後長老與鐵美塔道為了謹慎起見，認為還是結伴同行一探究竟。屆時若有突發狀況相互有個照應，因此三人在葬禮的前一天夜晚到達大稻埕地區。

　　為了輕易隱藏在人群中不被發現，林英明穿著平地人的大襟

衫，喬裝成為一位年邁的老爺爺。鐵美塔道則是一身黑色帥氣的
西服，並且將長髮藏於紳士帽之內，打扮成為戴著黑框眼鏡的男
紳士。長老靈光一閃刻意假扮老婆婆的樣子，為了掩飾臉上的膚
色與容貌，還塗抹厚重的白色粉底，以及一個鮮豔搶眼的大紅唇，
依偎在林英明的身旁佯裝成為一對老夫妻。三人的易容術堪稱有
模有樣與瞞天過海，穿梭於永樂町的街道彷彿平凡的旅人。但是
長老妖豔的老婆婆裝扮，讓林英明與鐵美塔道驚訝地直言：「魔
神仔！」魔神仔可說是台灣廣泛流傳於民間的傳說，一種會誘導
人類迷失在山林野地的鬼怪或精靈。

　　蔣渭水大眾葬的前一天，陳惠美在蟾蜍透露訊息之後，即刻
求助於大稻埕觀音社的黑觀音。先前任職警察的林英明與黑觀音
已經漸行漸遠。他們在農民抗爭的活動之中不期而遇，由於雙方
立場的丕變與矛盾，讓曾經是社會運動的同志與患難與共的獄友
從此各奔前程。

　　黑觀音雖然支持農工團體的社會運動，但是對於共產黨組織
則是保持距離的態度。在得知林英明與林少貓的關係之後，讓他
內心的疑問恍然大悟，如今也關心著林英明藏匿於新高山部落的
事情。黑觀音在陳惠美登門求助時，義無反顧地表示提供協助的
意願。除了往日與林英明彼此肝膽相照的友誼之外，令他兩肋插
刀與在所不辭的原因，還是自己年輕時期的恩人林少貓，基於愛
屋及烏與感恩圖報的情感。

　　蔣渭水大眾葬的當天清晨，毫不知情與置身事外的藤原櫻

子，獨自前往葬禮儀式的現場進行採訪。當她走到永樂座大眾葬儀式會場的前方街道，隱藏於人山人海之中守株待兔的林英明等三人，眼尖地趨前圍住她表明身分。毫無頭緒的藤原櫻子感到驚訝地說道：「你們怎麼會來呢？」正當藤原櫻子感到納悶之際。「英明，你們趕快離開，可能有陷阱！」陳惠美突如其來地出現提醒，黑觀音、紅龜與黑熊等人也尾隨而來。

　　眾人晴天霹靂地現身也令林英明三人同時感到錯愕。當下再度聽見陳惠美發出示警：「小心！」似乎早已預知林英明的行蹤，以及埋伏現場的白鬼率領黨徒虎視眈眈前來。鬼頭門的惡徒早有預謀地亮出尖刀，即刻示警與推開林英明的陳惠美，被冰冷無情的刀刃瞬間穿刺腹部。

　　黑觀音與眾人見狀隨即大喊：「殺人啊……」白鬼與幾名黨徒驚覺形跡敗露慌張地揚長而去。林英明俯身端詳倒臥在地的陳惠美問道：「惠美，妳沒事吧？」「我要嫁給黃飛虎了……我沒事的……你快走吧！」陳惠美以雙手摀住血跡斑斑的腹部，彷彿以最後道別的語氣表示。當下黑觀音抓住林英明臂膀慎重地說道：「你趕快走，惠美交給我吧！」騷動混亂的現場引起附近警察的注意。警覺機伶的鐵美塔道與長老立即連拖帶拉的方式，兩人合力架走林英明倉皇地遠離現場。黑觀音一行人趕緊合力移送陳惠美前往醫院。

　　黃飛龍指使白鬼意圖刺殺林英明的原因，源自於黃飛龍夫婦三番兩次帶著兒子，前往永興茶葉商行提親未果。某日，頻獻殷

勤的黃飛虎在街道偶遇，始終不願脫口答應的陳惠美，當場再度受到無情地回絕之後，受不了遭遇冷落對待悻悻然返家。他對著父母大發雷霆地哭訴：「原來惠美喜歡的人，就是那個窮小子林英明。我不管，我就是想要他消失在人間！」養尊處優的黃飛虎無法忍受殘酷的打擊。

　　愛好面子與財大氣粗的黃飛龍夫婦，除了無法眼見獨生子任性刁難與意志消沈之外，想起早年被林英明搶劫的宿怨，新仇舊恨讓他們心生置之死地而後快的念頭。黃飛龍衡量林英明已面臨窮途末路之際，藉機痛下毒手非但解決兒子婚事的絆腳石，同時也為藤原警務局長處理棘手的問題，可謂一箭雙鵰的最佳局面。

　　永興茶葉商行大門口的牆壁上方，貼了一張白紙書寫黑色漢字：「喪中」。表示此戶人家：「長輩健在有晚輩去世」的意思，期間前來向喪家致哀的民眾陸續出入。「陳惠美告別式」的當天，黃飛龍夫婦偕同黃飛虎出席。他們對於事情的演變感到大出意料之外，雖然表現極度地悲慟哀戚，不過依然難掩他們欲蓋彌彰的態度。其實眾人都不言而喻知曉白鬼與黃家的關係匪淺，事後狡詐的白鬼即刻差人自首之外，同時極力地否認黃家人牽涉其中。告別式的過程瀰漫著虛偽做作的氛圍，簡直爾虞我詐與咬牙切齒的情境。

　　告別式結束之後，白髮人送黑髮人的陳義雲社長，不禁想起與女兒最後的對話：「黃家在社會的地位與名望，可說是政商通達，況且黃飛龍夫婦也對妳疼愛有加。他們的獨生子雖然平庸無

能，結婚之後只要有妳從旁輔佐，我相信一定可以漸入佳境。」
當時繼母王麗紅也是軟硬兼施地遊說。始終反對婚事的陳惠美表
示：「爸爸，我的歸宿請讓我自己決定。為何一定要找個富貴人
家，你自己不也是白手起家嗎？」雖然女兒的話語讓陳義雲無可
辯駁，但是他衷心期望女兒可以擁有更加優渥的生活，不必忍受
奮鬥過程的委屈與苦楚。

　　事到如今，陳義雲只有難忍悲痛地表示：「我是一個自私
與失敗的父親。總是給她我想要給的，從來沒有了解她真正想要
的……」陳義雲注視著陳惠美的黑白遺照，陷入無限的懊悔與追
思之情。藤原櫻子與花子已經忘記哭過幾回，浮腫乾澀的眼睛與
憔悴蒼白的面容，似乎無力再繼續表達悲傷。

　　黑觀音、紅龜與黑熊一直自責到達醫院的時間太晚。事發當
天……他們緊急製作簡易的擔架，在舉行蔣渭水大眾葬人潮擁擠
的永樂町街道緩不濟急地前進。焦急如焚的一行人沿街哽咽地呼
喊：「救命啊……求求大家讓開吧！」黑熊甚至以自己高大魁梧
的身軀，硬是從人群之中衝撞一條行進的走道。他們一路哀號哭
喊著到達太平町的仁安醫院。但是進入急診室不久之後，醫師宣
告陳惠美由於脾臟穿刺傷嚴重與失血過多，現場的醫護人員實在
無能為力。面對陳惠美回天乏術的一行人當場痛哭流涕。

　　告別式結束之後，眾人離開了永興茶葉商行。始終沈默不語
的蟾蜍，此刻懊悔自責地說道：「都是我的錯！」藤原櫻子若有
所思地表示：「我們必須向英明解釋事情的始末。」如今唯有黑

觀音託人前往新高山部落，才能讓滿腹疑團的林英明現身。

　　黑觀音在年輕時期曾是貓字軍成員，當時大約兩千人的貓字軍聯盟部隊旗下，半數屬於排灣族的勇士隊。因此他在高雄州屏東郡的排灣族部落具有信任的朋友，只要請託排灣族的友人作為信差，即可聯繫上新高山部落的排灣族人長老。先前共產黨的謝雪紅請託黑觀音，就是經由排灣族的管道傳話成功。

　　藤原櫻子、花子、蟾蜍、黑觀音與森川真之等人，一同秘密前往與新高山部落會面的地點。森川真之自告奮勇要求加入行列，他對於藤原警務局長指控林英明的事情，其實內心一直心存質疑的想法，但是對於長官的說辭也無可反駁，只能保持緘默與不予置評的態度。森川真之對於林英明的處境深感同情之外，其中鐵美塔道的安危與現況，也是他關心的目的之一。他們得自於排灣族回饋的訊息，一行人輾轉到達已經約定的「紅葉山」。

　　紅葉山位於新高山大約二十三公里的南方地帶，與關山越嶺警備道僅有二、三公里的距離。新高山部落成員選定此地的原因，主要是紅葉山的地形尖聳與雄偉廣大，而且西側有直落一千公尺的大崩壁，山區地貌以針葉林與草原為主的視野遼闊。

　　紅葉山向東部延伸連接的三叉山，其山體平緩與巨大之外，山區平坦寬廣與布滿箭竹的草原。因此周邊地形環境易於監視與掌握，可以避免埋伏的陷阱與安排撤退的路線。為了安全起見新高山部落成員，在紅葉山地區各處的隘口，事先隱藏與布署了偵查人員。

　　「妳最近好嗎？」森川真之首先向許久未見的鐵美塔道問候，對方只有眨動水汪汪大眼睛報以羞澀與保持沈默的神情。林英明看見藤原櫻子則是悲喜交集的矛盾心情。「惠美……去世了！」藤原櫻子躊躇一下開門見山地說道。她突兀的開場白讓林英明與鐵美塔道頓時面露不可置信的表情。「對不起，我真的不是故意的。」蟾蜍以深感懊悔自責的態度道歉。神情呆滯的林英明在驚慌失措之際，黑觀音說明事情的來龍去脈。

　　「我只是想保住警察的工作。從小在孤兒院長大，從小到大就一直被人瞧不起……我只是想保住得到幸福的機會。我真的不想再被人瞧不起了！只是沒想到事情會變成這樣……」蟾蜍終於按捺不住內心的壓力與愧疚感，雙腳跪地之後情緒潰堤與聲淚俱下……藤原櫻子與花子也忍不住地悲從中來。一行人帶來悲悽的消息與情緒，也讓林英明堅韌的內心崩潰，神色百感交集地潸然淚下。

　　蟾蜍由於受到黃飛龍的威脅內心恐懼不安，經歷多日的天人交戰之下屈服於高壓與威逼。林英明何嘗不是如此與蟾蜍有著雷同的際遇和心境，同理心讓他實在無從苛責蟾蜍的膽怯與懦弱。同時內心難以承受對於陳惠美的不捨與虧欠之情，噩耗實在令人痛徹心扉與難以言喻。尤其他難以平靜地接受陳惠美為自己犧牲的事實。

　　此刻雲豹帶領著數名勇士，從不遠處的監哨站奔馳而來。他意有所指地表示：「大約有數十人的警隊，朝我們的方向前進，

我們被出賣了！」「大概還有多久的距離呢？」拉馬達星星臉色一沈冷靜地詢問。「大概二十分鐘，殺了他們！」雲豹不懷好意地指著藤原櫻子一行人說道。雲豹影射與慫恿的話語，讓拉馬達星星頓時心生懷疑地抽出獵刀，現場數名勇士見狀紛紛以行動響應領袖。當下神色從哀戚轉為驚恐的藤原櫻子等人簡直百口莫辯。

「遠離仇恨之心才是最有智慧的選擇，它不但會灼傷別人，也會讓你玩火自焚。」林英明抽出腰際配戴的武士刀，以身體擋住藤原櫻子面向雲豹嚴肅地說道。其實雲豹對於林英明勸說拉馬達星星歸順的意圖，一直以來心懷不滿與已有嫌隙。但是林英明相信藤原櫻子一行人不會出賣他們，他對於雲豹無差別式的復仇之心感到無法認同。

無獨有偶，鐵美塔道拉起弓箭瞄準新高山部落的勇士說道：「大家最好都不要輕舉妄動。」鐵美塔道內心認同林英明的做法。她知曉藤原櫻子與森川真之的為人，同時也無法掩飾想要保護森川真之的內在情感。「首領，不好意思……我相信他們。」長老以獵刀挾持旁邊的拉馬達星星表達立場。

此刻新高山部落爆發內鬨與意見不一的僵持之下，拉馬達星星感到驚訝與憤怒地詢問長老：「你知道自己在做什麼嗎？」「警隊可能快到了，我們先脫離後再向大家解釋。」長老對於劍拔弩張的情況，以冷靜與建議的語氣提醒新高山部落成員。

由於藤原櫻子的行蹤近期已經受到跟監，佐藤武哲根據探員回報的情資，帶領著警隊朝向紅葉山的地區搜索。此刻新高山部

落的成員，唯有聽從長老的意見，彼此先放下僵持不下的立場，默契十足地往東邊三叉山的方向奔馳而去。徒留虛驚一場的藤原櫻子一行人。

　　新高山部落成員馬不停蹄地奔跑了大約五、六公里，到達三叉山東南坡山坳之處的湖泊。這是位於海拔三千三百米的高山湖泊，一座顏色湛藍彷彿山地上藍寶石的「三叉湖」。三叉湖具有形狀完美恰似橢圓的蛋型，湖面大約長度一百二十米與寬度八十米的面積。沒有山澗或溪流卻能終年湖水不枯，由於地處高山的草原之上，被人美譽稱為「天神的眼淚」。

　　脫離險境與汗流浹背的新高山部落成員，暫時忘卻方才劍拔弩張的態勢。長老為了緩解氣氛率先開啟話題，一個深埋心中不願提及的塵封記憶。他回想起大約三十年前，當時還是貓字軍成員的時空背景：「他永遠無法忘記林少貓的口頭禪：『人人有居家，戶戶有生計，建立一個安居樂業的人間天國。』貓字軍部落被軍警突襲的那一天，他正值返回排灣族部落。從此展開他隱藏往事與迴避追查的日子，最後輾轉投靠新高山部落。

　　原本陳年記憶已經伴隨時間流逝……去年底，鐵美塔道帶著林英明到達新高山部落之時，初見林英明的長相著實讓長老感到驚訝與困惑。對於彷彿從天而降的林英明，一直懷抱著返回平地的想法，也讓他始終沒有詢問內心的疑惑。不久前黑觀音請託排灣族人作為信差，從而得知林英明與林少貓的謎題關係。先前暫且抱持觀察林英明的想法，不想揭露貓字軍的陳年往事。方才基

於當年的遺憾之情，為了支持林英明情急之下要脅首領。」

　　長老的故事讓眾人豁然開朗。拉馬達星星對於威震平地的林少貓軼事，年輕時期有所耳聞與欽佩不已，如今對於林英明更有一份惺惺相惜的情誼。「夢想是具有翅膀的，它能帶人翱翔到達天涯海角。你讓我看見……夢想的重生！」長老注視著林英明以感慨萬千的語氣訴說，彷彿回到昔日跟隨林少貓的情景。心神不寧的林英明凝視著草原上方天神的眼淚，平靜無波與湛藍憂鬱的湖色，內心不由自主地心亂如麻與百感交集。面對陳惠美離世的沈重傷痛之外，此刻內心最為深沈的寄望與吶喊：「如今唯有櫻子可以喚起我……夢想的重生。」

神侍團

　　台灣新民報頭條新聞：「新高山部落與神侍團……坐落於日本帝國新高山南方地帶的高山秘境，一個大約南北長度四十公里、東西寬度二十公里面積的世外桃源。新高山部落佇立在日之丸與日本帝國法律的化外之地，屬於一個希望的、夢想的、幸福的角落。

　　新高山部落沒有欺騙與謊言、沒有巧取與豪奪、沒有挨餓與受凍、沒有流離與失所、沒有剝削與壓迫、沒有孤獨與恐懼。新高山部落有湛藍的蒼穹與彩色的雲海、有絢麗的陽光與璀璨的星夜、有潔淨的泉水與清新的空氣、有茂密的森林與蒼翠的草原、有迤邐的楓紅與藹藹的白雪。春天時節，還有滿山遍野的櫻花雨隨風飄落。

　　新高山部落有一個自由的、平等的、公義的社會，人人有居家、戶戶有生計、孤寡有所養、老弱有所依。新高山部落有一個真理的、善良的、美好的家園，孩子可以單純天真的奔跑、老人可以無憂無慮的歡笑、人民擁有分享互助的生活、社會擁有相親相愛的關係。

　　新高山部落是一個愛的天地與神的國度，獨立遺世與孤絕塵世的『天國』。守護著這個神隱天國的武士，總計大約三百人的團體，可以稱呼他們：『神侍團』。。」

　　兩週之前，三月初春天的季節。藤原櫻子再度秘密前往正值櫻花季的新高山部落。神侍團的報導是她返回平地後的心靈感想與啟發。這篇報導引起平地一聲雷，讓總督府感到措手不及與芒

　　刺在背的輿論壓力。對照現今世界經濟大蕭條的危機，貧富差距擴大與社會失業率高的普遍景象，等同宣告日本帝國資本主義制度的死刑。藤原櫻子離開台灣日日新報社的工作，她追隨效法媒體界的良知者「泉風浪」。「媒體人的角色在於讓事件真實的呈現，以及尋找真相的拼圖與提供真理的省思。」藤原櫻子源於內心深沈吶喊的聲音。促使她在台灣新民報發表新高山部落與神侍團的報導。

　　藤原櫻子關於「神侍團」的靈感想法，緣於那一年她與林英明，在八田與一的烏山頭建設工程村，期間與新渡戶稻造曾有一面之緣。他們都曾拜讀「武士道：日本之魂」，因此私下向身為作者的新渡戶稻造，討教有關武士道精神的思想內涵。

　　藤原櫻子記憶猶新當時新渡戶稻造的字字珠璣：「武士道是日本的靈魂，如今淪為功利主義與弱肉強食的劊子手。武士道最高的精神信仰與奧義，存在於『神之道』。」她也想起植村正久的「基督教之武士道」，以及內村鑑三的「武士道與基督教」等論文。她與林英明曾經討論三位基督徒的學者、牧師與作家，有關於武士道精神的著作與論述。

　　藤原櫻子依據新渡戶稻造、植村正久與內村鑑三，對於基督教與武士道兩者關係的論述。讓她融會貫通將基督教信仰的精神內涵：「神之道」，以及「武士道」象徵的代名詞：「侍」。兩者揉合衍生「神之侍」的概念，同時創造「神侍」的詞彙。因此以「神侍團」的名號，稱呼新高山部落的勇士團體。

　　兩週之前，三月初的櫻花季。藤原櫻子再度前往新高山部落，距離她與林英明在紅葉山的見面，已經事隔大約六個月的時間。自從蔣渭水的大眾葬之後，藤原櫻子已經被父親指派的人員監視行動。當時為了再度秘密潛入新高山部落，她與花子靈機一動擬定一個障眼法的方案。

　　首先兩人佯裝前往台南州參加湯瑪斯巴克禮牧師的布道會。當天藤原櫻子與花子在布道會的現場，利用人群眾多的遮掩環境，兩人同時進入洗手間交換彼此的服裝。隱藏在布道會的跟監人員尚未察覺異狀之時，換穿了花子服裝的藤原櫻子早已脫逃現場，輾轉前往高雄州屏東郡。事後佐藤武哲為此還向花子大發雷霆。

　　藤原櫻子在脫逃計劃進行之前，事先經由黑觀音請託屏東郡排灣族人的居間聯絡，同時護送她前往與林英明約定會合的地點。三月初，新高山的南方地帶綠意盎然與大地回春。林英明在高雄州屏東郡的六龜山區，迎接藤原櫻子騎乘著龍馬一路奔馳。神眼在陽光明媚萬里無雲的天空上方盤旋，以俯瞰護衛之姿歡迎藤原櫻子的蒞臨。

　　他們一路穿越溪流、森林、沼澤與草原地帶。天空上方的神眼偶爾發出鷹嘯，聲音清亮修長與響徹雲霄地貫穿在天地之間，彷彿提醒眼前的愛侶享受風和日麗的美好時光。他們到達馬西巴秀山部落途中，路過了距離大約五公里的小關山，這座大約三千二百公尺的高山，從此地遠眺新高山頂峰的藹藹白雪已經褪色。

　　小關山地區海拔大約兩千公尺的山地，布滿台灣原生種的山

櫻花也稱緋寒櫻，屬於櫻花種類中最豔麗的品種。滿山滿谷粉色艷紅的櫻花櫛比鱗次地綻放，隨風搖曳飄落的櫻花雨形成一條粉紅色步道。彷彿一道刻意鋪設的婚禮紅毯，同時呈現歡天喜地的灑花景象，迎接白色龍馬上方比翼雙飛的神仙眷屬。

藤原櫻子對於澄清林英明的不白之冤，面臨舉步維艱的困境內心感到挫折與沮喪。同時她私下聽聞黑觀音提起父親與林少貓的陳年往事，這一切非己所願與無可奈何的恩怨情仇，她與黑觀音已有暫且保留秘密的共識。

藤原櫻子心知肚明如今唯有自己，才有可能幫助林英明脫離冤屈的泥沼，也唯有如此才有可能化解仇恨的因果輪迴。此刻她內心暗自承受無以倫比的壓力，但是依然抱持堅韌不拔的心志，與林英明立下一個約定：「我們絕對不能放棄希望與夢想……我們一同奮戰到底！」藤原櫻子給予的信心與鼓勵，也讓林英明暗自期許：「為了櫻子……即使上刀山下油鍋都無所畏懼。」

藤原櫻子在新高山部落的櫻花季，大約居住了一個禮拜多的時間。她參與新高山部落的森林打獵活動，通常獵物以野鹿、山豬、山羌、山羊等動物之外，也有飛鼠、松鼠、兔子或果子狸等小型動物。期間體驗了部落山田的開墾工作。山田開墾首先必須尋找與選擇合適的土地，砍伐樹木與除草之後，在耕地四周開闢大約兩公尺寬度的防火帶。最後從逆風之處焚燒耕地進行整地，再將耕地的樹木掘根、挖出石頭與整平地面等工作。

新高山部落除了打獵與農耕之外，也有豢養豬、牛、羊等牲

畜，以及圈養雞、鴨、鵝等禽類。閒暇之餘，山林豐富的野菜與
草藥採集活動，以及河流溪水的漁獵任務等。雖然沒有現代化生
活的電燈與自來水，但是擁有大自然豐富的物產與環境。我們得
益於現代化物質文明的繁華生活，然而卻失去了人性最原始的心
靈自由。我們得益於資本主義與工業化的物質創造與財富，然而
卻失去了個人與家庭的心靈善良與美好。

　　花子聚精會神地傾聽藤原櫻子，描述新高山部落自由、簡單
與純真的生活方式。除了想像與憧憬之外，不免有所質疑地問道：
「沒有繁華與財富的生活，真的可以感受幸福嗎？」藤原櫻子思
忖片刻回覆：「物質文明，不是幸福唯一的藥方，也不是愛唯一
的真理。」花子點頭似乎感到認同後疑惑地再度問道：「這麼善
良與美好的地方，為何政府還要圍剿他們呢？」藤原櫻子無奈地
表達感想：「這個就是政治醜陋與邪惡的地方。」

　　花子認真思索著藤原櫻子對於幸福的看法，話鋒一轉模仿蟾
蜍對她告白的話語：「雖然我的個子不高，但是我的志氣很高；
雖然我的學歷不優，但是我的見識廣博；雖然我並不富有，但是
絕對不會讓妳流落街頭。」花子被蟾蜍幽默詼諧的告白詞感動之
外，也感受到蟾蜍為了兩人未來規劃的努力。「共同努力創造的
幸福，不是更有家的意義嗎？」藤原櫻子對於花子的喜悅表達贊
同之外，也對於她可以自由選擇的境遇感到羨慕。

　　台北州七星郡的「草山行館」。距今大約九年前，總督府委
任台灣糖業株式會社規劃與興建，地處台北市近郊草山上的豪華

建築。當時田健治郎總督，邀請正值太子殿下時期的昭和天皇，台灣行啟期間下榻的御所。草山行館的外牆取自草山的石材堆砌而成，內部則是以台灣高山特有的檜木與杉木合建，一座古樸典雅兼具日洋混搭風格的宅邸。當時昭和天皇在此地短暫停留與種植櫻花樹，爾後成為政商名流賞櫻與避暑的聖地。草山儼然成為台北市的後花園。

草山大約海拔一千一百米的高度，屬於台灣島內最主要的火山分布區。地質構造多數屬於安山岩為主，最大特色是外型錐狀與鐘形的火山體，加上火山口與火山湖構成獨特的地形景觀，山區遍布了天然溫泉的地帶。草山上方除了溫泉旅館林立之外，山區林道種植與布滿櫻花的景象，每年三月份正值春天盛開的季節。

黃飛龍與江山樓的春子在草山行館幽會。鬼頭門的白鬼專程上山一同商議事情，他們提及關於令人遺憾惋惜的陳惠美。自從白鬼的部屬陰錯陽差地誤殺陳惠美，此後黃飛虎總是失魂落魄的模樣。雖然黃飛龍屢次責罵朽木不可雕的兒子，不過畢竟還是自己的獨生子，尤其先前黃家已視同陳惠美為尚未過門的媳婦。如今一切的結果反而事與願違。

黃飛龍對於陳惠美的驟然離世，除了不認為屬於自己間接造成的錯誤之外，更指稱都是黑觀音的從中作梗，以及林英明的關係導致發生悲劇與不幸。「我想處理黑觀音。」黃飛龍端起眼前的紅酒杯啜飲一口以冰冷的語氣說道。「老闆，只要您下達的指令，我都會使命必達。」白鬼面部抽搐冷笑一下毫不遲疑地回答。

　　白鬼對於將阿片生意交給其打理的黃飛龍，抱持著肝腦塗地與鞠躬盡瘁的態度。他與黑觀音其實早有過節，另外黑觀音總是強力批評阿片政策，根本是存心與其為敵。由於兩人的積怨沈痾許久，他也認為黑觀音是罪不可赦的絆腳石。「如何找到下手的機會呢？」白鬼仔細考量一下提出疑問。黑觀音可是大稻埕地區船運會社的社長，觀音社的知名度也不可小覷，一切動見觀瞻行事必須周密。

　　「你們覺得我如何呢？」江山樓的春子突然間搔首弄姿地說道。她也認識偶爾前往江山樓談生意的黑觀音。阿諛奉承與趨炎附勢的春子，立即獻計表態對於黃飛龍的赤膽忠誠。憑她一雙玉臂千人枕半點朱唇萬人嚐的魅力，絕對有自信可以讓黑觀音自投羅網。春子自動請纓的妙計讓黃飛龍與白鬼興奮不已。

　　白鬼總是不忘向黃飛龍逢迎諂媚：「您已貴為台灣總督府的評議員，有朝一日即將成為大日本帝國議會的議員。」白鬼的一番恭維與馬屁之語，使得春子如同食用權力春藥一般嫵媚。黃飛龍更是一副理所當然與小人得志的模樣。

　　三月下旬的草山，櫻花盛開沿道綻放的景況，彷彿迎接著蒞臨山區的旅客。幾日之前，黑觀音遇到春子邀約草山溫泉旅館會面，對於她與黃飛龍過從甚密感到有所忌諱。原本敬謝不敏的黑觀音被春子的話語引誘：「有關警務局對於林英明案件的秘密內幕。」他知曉藤原櫻子正憂慮林英明洗脫罪嫌的問題，因此抱持姑且赴會了解內情的想法。

　　黑觀音有時外出遠行義子紅龜總是隨侍在側，為了避免春子心生疑慮與節外生枝，他差遣紅龜前往山下辦理事情。春天飄雨的草山天氣依然寒涼，可謂是泡湯的大好時機。提前到達約定地點的黑觀音，換穿了白色短袖汗衫與灰色寬鬆長褲，踩著木屐手舉油傘行走在綿綿春雨的步道。

　　黑觀音踩著閒情逸致的步履，前往附近的溫泉湯屋，眼前步道杳無人跡與寂靜出奇。正當警覺事有蹊蹺之時，在他行進的步道前後方向，突如其來地出現手持油傘與神色詭異的四名男子。他們前後包抄形成圍攻黑觀音的態勢，同時從油傘的木質傘柄下方，抽出大約二十公分長度的尖刀。黑觀音見狀出言斥喝：「你們是誰……做什麼？」「鬼頭門，索命！」四名青年男子語畢，紛紛丟棄油傘手持尖刀，朝向黑觀音猛烈地襲擊。

　　四面楚歌的黑觀音試圖以油傘遮擋尖刀的攻擊。但是紙質與木質製作的油傘，受到尖刀摧枯拉朽地破壞，剎那間黑觀音身體前後已經布滿刀痕。他身上的白色汗衫硬生生地被尖刀劃破，年近六旬的黑觀音以硬朗的身軀奮力反抗，終究血肉之軀還是難以抵擋尖刀的鋒利。四名男子眼見黑觀音倒臥於血泊之中，從容不迫地拾起油傘將尖刀重新藏入傘柄，步履迅速輕快地揚長而去。

　　期間下山辦事的紅龜，總是感到一陣心神不寧與不祥之兆。在下山途中紅龜不安地折返探視，看見仰躺於地奄奄一息的黑觀音。他攙扶著黑觀音沾滿血水的身軀，破爛不堪濕透染紅的白衫之中，依稀可見背後的「怒目金剛」刺青，似乎正為這場悲劇流

下血紅色的眼淚。黑觀音彷彿以最後道別的語氣表示：「我的時間到了……你帶著保險櫃的錢去投靠林英明。」「義父，你一定要撐著……我們去醫院！」驚慌失措的紅龜痛哭流涕地說道。「我第一次看見你的時候，就是如此嚎啕大哭。答應我堅強起來……奮戰到底！」黑觀音以最後的氣息吶喊，依依不捨地緊抓著紅龜的衣領撒手人寰。

　　方才刺殺黑觀音的四名男子，遍尋不著紅龜之後想要再度折返現場勘查。機警的紅龜隨即擦乾眼淚，將死不瞑目的黑觀音闔上眼睛，跪在地上磕頭答謝養育之恩後，縱身狂奔隱沒在樹林之間。綿綿細雨不停地濡濕櫻花的花瓣，不堪負荷的櫻花瓣落地後，伴隨著緩緩流淌的血水，彷彿正為黑觀音的人生默默進行一場哀悼。

　　紅龜低調與慌張地潛回觀音社，收拾簡單的行李與黑觀音存放的紙鈔。他心知肚明鬼頭門絕對不會善罷干休，此地無法久留趁著月黑風高離開，暫時尋找棲身之所與研擬逃亡之計。事隔幾日之後，紅龜與永興茶葉商行的黑熊秘密取得聯繫。黑熊建議先前往自己新竹州苗栗郡的老家暫避風頭。他的母親是平埔部族的道卡斯族，父親勇伯則是屬於客家族。母親過世之後，父親獨自在苗栗郡的老家務農。勇伯是向地主承租土地耕作的佃農。

　　台北州大稻埕仕紳黃飛龍政商關係良好，除了總督府評議員的職位，也是一個資本家與大地主，政商兩棲的身分可謂呼風喚雨。他的事業範圍涵蓋阿片經銷與煙館之外，製糖會社、碾米廠

與米商等企業多元化經營。尤其他與三井物業、三菱商事的合作無間，這兩家企業是掌控台灣稻米運銷內地的財閥。黃飛龍在新竹州苗栗郡利用權勢收購不少的農地，儼然就是苗栗郡地區的大地主。

佃農勇伯在家鄉種植稻米維生，其承租耕作的農地最近已經被黃飛龍收購。新地主已數次催促租佃合約即將到期，必須更換租佃條件或者收回土地。勇伯為了不讓在台北謀生的兒子操心，對於耕作大半輩子的農地，即將面臨強制性收回的窘境三緘其口。「我求求你們，土地請再讓我繼續耕作。」勇伯對於地主最後的期限下跪懇求與磕頭。他實在無力接受更加嚴苛的租佃條件，生活已經入不敷出與左支右絀。

地主黃飛龍為了收回土地派遣助手吳不良，偕同白鬼等鬼頭門黨徒，向勇伯威嚇時間屆期將會動用警察強制執行。倘若土地強制收回，勇伯非但沒有耕地之外，同時必須搬離現今居住的房子。他唯有以走投無路的態度向一行人跪地哀求。「你是老糊塗嗎？聽不懂人話。」白鬼以腳踹了一下卑躬屈膝的勇伯。鬼頭門的黨徒看著狼狽不堪的老農夫還忍不住地訕笑。

此刻黑熊帶著紅龜返回老家時，遠遠地看見六十幾歲的老父親，受到吳不良與白鬼等人的譏諷凌虐。黑熊示意紅龜暫時隱藏在樹林間等候。憤怒不已的黑熊推開包圍勇伯的一行人。踉蹌跌倒的白鬼不滿地怒斥說道：「你膽敢用髒手碰我。」身形魁梧壯碩的黑熊與白鬼等人大打出手。勇伯擔心事情演變成沒有轉圜的

餘地，因此使勁地抱住兒子請求一同道歉賠罪。忠厚老實的黑熊不敵老父親的淚眼哀求，低頭妥協地跪下說道：「對不起，請各位高抬貴手，求求放過我們。」

白鬼對於跪地示弱的黑熊毫不領情，一行人針對黑熊飽以老拳地毒打一頓。「不要求他們……勇敢站起來吧！」紅龜最終忍不住憤怒地從樹林間緩緩走來。白鬼眼見紅龜現身還驚喜地調侃說道：「我正想著找不到你，竟然就自投羅網。」白鬼隨手拿起一把農用的鋒利鐮刀，三名黨徒也拿起農家的鋤頭，準備向緩步前來的紅龜發動攻擊。

黑熊已按捺不住怒火起身抓住鬼頭門黨徒奪下鋤頭。手持匕首的紅龜與白鬼短兵相接。身手矯捷的紅龜從小跟隨黑觀音習武，頃刻之間白鬼技不如人居於下風。紅龜腦海不斷地盤旋著黑觀音臨終之前的話語：「奮戰到底！」他以匕首俐落地挑斷了白鬼的兩隻手筋，使得白鬼完全失去反擊的能力。試圖逃跑的白鬼再度被挑斷了兩隻腳筋。

最後被紅龜壓制的白鬼，以背部靠在樹幹上動彈不得。他驚覺情況不妙尷尬笑著緩頰說道：「不要衝動……我們有話可以好好說！」「你有機會讓黑觀音，好好說話嗎？」紅龜鐵了心以匕首一刀切斷白鬼的喉嚨。驚恐的白鬼瞬間神情呆滯與血流如注地癱坐地上。方才雙方激烈搏鬥的時刻，膽小怯懦的吳不良見狀早已趁機逃跑。鬼頭門黨徒也不敵力大無窮的黑熊倉皇地奔逃。

勇伯眼見情勢一發不可收拾地表示：「趁著警察還沒到來，

你們快走吧！」他以心灰意冷與異常冷靜的態度，要求紅龜帶著兒子即刻離開現場。思緒茫然的紅龜與黑熊，漫無目的地朝向山區奔跑。在心神不寧的黑熊要求之下，他們短暫折返三合院式的客家老屋。眼前勇伯瘦弱滄桑的身軀，吊掛在客廳大堂的橫梁之上。「我無法割捨與妻子共同生活的家園。」勇伯以懸梁自盡的方式表達生前的心情。黑熊撕心裂肺與痛哭流涕向老父親，跪地磕了幾個響頭作為生命最後的道別禮。

紅龜與黑熊一路向南逃亡到達高雄州屏東郡。他們與黑觀音的排灣族友人取得聯繫之後，即刻被帶領前往投靠新高山部落。林英明得知黑觀音與勇伯的噩耗之時，同時感嘆生命無常與生離死別的痛苦。長老不勝唏噓地感嘆表示：「黑觀音是我年輕時期，貓字軍的同志。」

紅龜與黑熊也向林英明提及，藤原櫻子在台灣新民報的神侍團報導，在平地引起不小的輿論波瀾。林英明與藤原櫻子似乎總是心有靈犀一點通。他知道藤原櫻子用心良苦地為了引起社會的關注，避免事實的真相從此石沈大海，不白之冤方有沈冤昭雪的機會。

當下林英明想起與藤原櫻子，一同聽聞巴克禮牧師傳教的話語：「有時人間環境的詛咒，可能是上帝的祝福。人間的苦難與試煉，可能是神給予選民的課題，為了指引人通往天國的道路。」記憶猶新的話語彷彿震耳欲聾的聲音在腦海盤旋。林英明思緒紊亂與內心無助地吶喊：「神啊！天國的道路在哪裡呢？」這個問

題長久以來如同漣漪一般，不斷地迴盪在內心深處。

　　此刻林英明內心憤怒地向神吶喊之時，一個彷彿來自於神的聲音回應自己：「如今的世道……儼然就是一個現代化的野蠻叢林，選擇成為共犯結構可以享受嗜血的成功。但是選擇成為忍受與沈默的大眾，如此可以改變殘酷的現實與無知的人民嗎？」他想起義愛公的森川清治郎、賽德克族警察的花岡一郎與花岡二郎、人類學家的森丑之助等人。他們都是秉持良知不願成為嗜血的共犯，最後選擇犧牲生命為了得到靈魂的救贖。

　　林英明想起「新渡戶稻造、植村正久、內村鑑三」，對於武士道精神的論述。其三人提出關於基督教的「神之道」、「神之國」，以及社會運動家基督教牧師「賀川豐彥」提倡的「天國運動」等思想。關於藤原櫻子的神侍團報導，其傳達的精神信仰，讓林英明猶如醍醐灌頂一般，內心出現頓悟的聲音：「武士道的最高精神信仰，就是以『神之道』成為『神之侍』，可謂『神侍魂』也。此乃『聖人心、菩薩願、基督行』的精神象徵。」

　　「神之道」就是人類依循著「真理的、善良的、美好的生命道路」。「聖人心、菩薩願、基督行」即是「神之道」的精神象徵，這是人類成為「神之侍」的道路，也是「神侍魂」的信仰思想。

　　「聖人心」是指「仁愛之心」，就是「無緣大慈」與「同體大悲」的「慈悲心」與「博愛心」。「菩薩願」是指「慈悲願」與「博愛願」，如同佛教地藏王菩薩「我不入地獄誰入地獄」的願力。地藏王的誓願有曰：「地獄不空，誓不成佛；眾生度盡，方證菩

提。」「基督行」是指「背負十字架」的「慈悲行」與「博愛行」。
耶穌基督的聖言有曰:「若有人要跟從我,就當捨己。背起他們
的十字架來跟從我。」

　　「神侍魂」就是「神侍精神」。「神侍」源自於「神之侍」
的簡稱,除了意為「神的武士」之外,亦可引申為「神的侍者」,
意指「神的服侍人員」。「侍」原指「服侍於貴族或尊者的人」。
由於日本武士時代的歷史演化之下,爾後「侍」成為「武士」的
代名詞,在此同時引申為「侍者」之意。「侍者」一詞源自於「佛
教」記載之中:「服侍於佛的僧職人員」,亦稱「侍僧」,此處
引申泛指「服侍於神、大我、真理的人」。

　　「神侍魂」即是:「服侍與捍衛『神之道』的心靈價值與精
神信仰」。「神侍團」即是:「服侍與捍衛『神之道』的團體」。
「神侍魂」的信仰思想亦同「儒家」所謂:「大忠、大孝、大仁、
大愛、大信、大義、大智、大勇」的倫理思想。

　　儒家的「忠」是指「效忠於國家與政府」:國家之主就是人民,
政府則是人民的公僕。舉凡「效忠於人民與大我者」,謂之「大
忠」。

　　儒家的「孝」是指「孝敬於父母師長」:從孝敬自己的父母
師長之外,若以同理與同情之心「孝敬於天下的父母師長者」,
謂之「大孝」。

　　儒家的「仁」是指「同理與同情之心」:以同理與同情之心
感受親人與他人的痛苦,以至於「感受人民與國家的苦難」,甚

至於「感受人類與世界的處境者」，謂之「大仁」。

　　儒家的「愛」是指「愛己愛親人」：從愛己愛親人之外，若以同理與同情之心去愛他人，以至於「愛人民與國家」，甚至於「愛人類與世界者」，謂之「大愛」。

　　儒家的「信」是指「誠信之心」：以誠信之心對待親友與他人，以至於「對待人民與國家」，甚至於「對待人類與世界者」，謂之「大信」。

　　儒家的「義」是指「公義之心」：以公義之心對待親友與他人，以至於「對待人民與國家」，甚至於「對待人類與世界者」，謂之「大義」。

　　儒家的「智」是指「真理的知識」：以真理的知識實行善良與美好之道，以至於「啟發人民與國家」，甚至於「教育人類與世界者」，謂之「大智」。

　　儒家的「勇」是指「真理的勇氣」：以真理的勇氣實行善良與美好之道，以至於「捍衛真理的大無畏精神」，甚至於「為了捍衛真理犧牲奉獻者」，謂之「大勇」。

　　林英明頓悟「神侍團」的意義與使命：「神侍魂」就是神侍團的中心思想，一個屬於「愛、智慧、勇氣」的心靈價值與精神信仰，一個追求「真理的、善良的、美好的生命道路」。他領悟唯有展現神侍團的心靈價值與精神信仰，方可擁有與總督府談判的力量，也可為了自己與新高山部落爭取「自由、平等、公義的權利」。因此神侍團展開神出鬼沒的反抗任務。

　　神侍團的組織結構分為：「團長、侍者、勇士」。「團長」
為最高領袖，「侍者」為領導人員，「勇士」為組織基層人員。
素有「高砂忍者」稱號的拉馬達星星成為首任團長，除了最高領
袖之外，另有七名領導人物稱為「七侍者」。

　　神侍團七侍者的成員如下：「林英明，擁有神隱貓人的稱號。
其擅長的兵器就是武士刀，專精於二刀流的劍術。尤其善於謀略
與策劃的能力，新高山部落重要的智囊人物。

　　祭司，新高山部落布農族的內政領袖。其精通於占卜、祭典
與農耕事務，具有廣博的藥草知識。他是部落與神侍團的醫師，
總是喜歡抽著菸斗沈思，擅長的兵器是迴力鏢。

　　長老，排灣族的基督教徒，其博學多聞屬於神侍團的軍師。
善於吹奏陶笛也是一名烹飪高手。總是喜歡咀嚼著檳榔，擅長的
兵器是火繩槍。新高山部落任務出勤前總會引領隊友進行禱告。

　　鐵美塔道，賽德克族的美女，神侍團內唯一的女勇士。擅長
的兵器就是弓箭，具有百步穿楊的能力。其美麗帶刺的模樣也被
人稱呼：「野玫瑰」。

　　雲豹，太魯閣族勇士，其腳程迅速如豹善於潛伏與偵查。擅
長的兵器是雙頭刺槍，一種可拆解成為兩支單頭刺槍的組合式
武器。

　　紅龜，擁有荷蘭血緣的西拉雅族人。擅長的兵器是飛刀，可
謂百發百中的奇技。他總是穿著配戴飛刀的皮革背心，精通以飛
刀近身搏鬥的戰技。

黑熊，體型魁梧與高大壯碩，個性忠厚老實與說話略帶口吃。據說其手執巨斧大約十公斤重量，力大無窮具有快速砍斷巨樹的力量。」

西元一九三一年昭和六年，去年度總督府歷時五年，終於完成關山越嶺警備道全線開通。從此中南部平原地區的物資，即可由關山越嶺道橫越中央山脈到達東部地區。運送的物資除了糖、鹽、稻米等食品或生活用品之外，有時阿片也會循此路徑配送。

神侍團七侍者，策動了數次針對警務單位的騷擾任務。例如：關山越嶺警備道、斗六郡古坑庄、阿朗壹古道等地區的搶劫案。他們在關山越嶺警備道途中，攔截運送物資的車隊。搶劫所得的糖、鹽與稻米等物資，囤積作為長期反抗需要的食糧。阿片則是當場放火燃燒殆盡，此舉讓一些擁有專賣特權的本島仕紳損失慘重。

斗六郡古坑庄，位於台南州阿里山山脈的西側。「古坑」是海拔大約三百公尺的丘陵地帶。早年總督府從南美洲的巴西引進阿拉比卡豆的咖啡樹，在古坑地區試驗與種植成功，此地遂成為台灣咖啡的產地與原鄉。古坑咖啡豆的品質優良，成為總督府每年進貢天皇與皇族的御用咖啡。神侍團搶劫這些珍貴的咖啡生豆，還摸索學會將咖啡生豆烘焙之後，以石磨研磨成為咖啡粉，作為神侍團出勤攜帶的提神飲品。

阿朗壹古道，位於高雄州恆春郡與台東廳大武支廳之間，屬於恆春半島通往東部地區唯一的道路，一條大約兩百公里長度的

海岸森林步道。神侍團在阿朗壹古道之間埋伏，搶劫運往東部地區的繩索與麻袋等物資。他們利用繩索作為攀登山崖或者屋舍建築等功能。麻袋除了儲存糧食的用途之外，填裝砂土可作為部落的防禦工事。

「恆春半島」原名稱為「瑯嶠」。其名源於當地排灣族語：「蘭花」的意思，由於古代的恆春西側海岸，遍布了蘭科植物因此得名。恆春半島原是「斯卡羅酋邦」，或稱「瑯嶠十八社」的傳統領域，一個跨部族的部落聯邦政體。其部落聯邦涵蓋：卑南族、排灣族、阿美族、馬卡道族等，以排灣族所佔比例為主。早年近衛師團接收台灣期間，斯卡羅酋邦總首領潘文杰率領族人歸順，同時協助日本軍勸降其他部族與部落。

恆春半島地處台灣脊梁中央山脈的最末端。每年九月到次年三月的秋冬季節，來自於西伯利亞的季風，沿著中央山脈向南吹，到達恆春半島由於山脈陡降，形成強烈乾熱的「落山風」氣候。由於恆春先天具有陽光充足的環境條件，因此適合栽種熱帶性的經濟作物。

西元一九〇一年明治三十四年，美國駐台領事達文生將原產於中美洲的瓊麻，引進台灣種植成功。「瓊麻」屬於一種具有堅韌、耐腐與耐鹼特性的纖維經濟作物。總督府將其移植於最適合栽種的恆春半島，並且成立官方經營的「台灣纖維株式會社」，從此成為製造繩索與麻袋的主要重鎮。瓊麻製成的繩索可作為船艦與戰艦的纜繩，除了供給日本國內需求之外，同時外銷國際也

被譽為「東洋之光」。

神侍團活動的範圍，以新高山為主軸的周邊地帶。從西側的阿里山山脈到達東邊的中央山脈，以及向南延伸到達恆春半島等區域。他們穿著深藍色為底的長袖上衣，搭配黑色皮製短裙的服飾，腳穿長筒皮靴與包覆紅色頭巾。攜帶佩刀、弓箭、火繩槍與背包等行動裝備，神出鬼沒地穿梭悠遊在山地野嶺之間，讓軍警人員防不勝防與疲於奔命。

期間軍警人員曾經數次派遣誘餌刻意引出神侍團。某次警隊以事先埋伏的警網企圖圍剿，神侍團負責偵查的雲豹化解了危機。當時雲豹在隊伍的前方區域，發現了早有警隊埋伏，以竹炮發出示警讓神侍團的成員撤退脫逃。

「竹炮」屬於長度大約一八〇公分的竹筒，將中間的竹節打通成為中空容器。再將俗稱電土的碳化鈣與水加入竹筒內，化學作用會產生易燃的乙炔氣體。將充滿乙炔氣體的竹筒點火引燃，快速燃燒時發出巨大的爆炸聲，作為傳訊示警或嚇阻敵人的工具。

神侍團七侍者各懷絕技與各有所長，同時具有高度的團隊默契。曾經有數次團隊身陷險境時，正巧在隊友的專長發揮之下逢凶化吉。某次幾名團員在山林間被警察圍堵，總是身處後方支援的野玫瑰鐵美塔道，即刻身處於絕佳位置以快速精準的箭法，同時在專精於火繩槍的長老掩護之下，適時嚇阻警察讓受困的隊員突圍成功。

某次在林英明的正後方，突然出現一名手持步槍與瞄準目標

的警察，千鈞一髮之際處於林英明正前方的祭司，適時以迴力鏢的曲線迴旋絕技，成功擊昏在林英明後方的警察化解危機。還有紅龜全身配戴飛刀的絕技，在森林光線昏暗與複雜交錯的環境之下，屢次近身掩護團隊成功脫險。

尤其某次最令人感到驚險危急的情況，神侍團的七侍者身陷於大約一百名警察的三面包圍網。隊員已經逐漸被逼退到達一處懸崖峽谷，眼見前無退路而且後有追兵的絕境。他們被圍困在海拔兩千多米的鐵杉林。

情勢緊迫之下……黑熊手持著巨斧，以雷霆萬鈞之勢呼喊隊員：「大家堅持下去，看我表演！」平時略帶口吃的黑熊，總在危急時刻說話十分順暢。他將一株直徑約五十公分與高度約三十米的鐵杉，以十分鐘的時間砍斷後橫跨於峽谷之間。讓團隊得以驚險快速穿越，大約二十米寬度與一百多米深度的峽谷。

當時脫離險境已近夕陽西下的時刻。神侍團七侍者一路迅速敏捷地奔馳到達安全地點，最後停留在河谷的懸崖洞穴之處紮營過夜。一行人在夜幕低垂的天地升起營火，餘悸猶存與飢寒交迫地煮沸溪水，沖泡隨身攜帶的咖啡佐以口糧果腹。長老率先啜飲一口熱咖啡表示：「感謝上帝，賜予我們化險為夷！」眾人同時舉起盛裝咖啡的竹筒杯回應，對於方才四面楚歌的情境心有同感。為了化解緊繃的情緒，林英明幽默地說道：「感謝天皇，賜予我們咖啡！」其意有所指的話語讓眾人莞爾一笑，大家心知肚明這個咖啡可是專屬天皇的珍貴貢品。雖然有人品嘗後認為苦味

不堪，但是苦盡甘來的味道亦如此刻的心境。

　　長老凝視著酷似林少貓的林英明，彷彿時空倒流回歸當年貓字軍的記憶。讓他娓娓道來年輕時期的故事：「西元一八九八年明治三十一年，正值兒玉後藤時期。當時恆春半島已經歸順的斯卡羅酋邦，由於總督府取消先前核發給予部落首領的餉銀，引起眾多部落的積怨與不滿。於此同時，貓字軍提議想與斯卡羅酋邦結盟，在雙方重要人物穿針引線之下一拍即合。斯卡羅酋邦的瑯嶠十八社，總計有七個社的部落願意響應。

　　雙方歃血為盟以林少貓為總首領，結盟壯大的貓字軍聯盟，總計大約兩千人的戰鬥部隊。聯盟部隊之中約半數屬於斯卡羅酋邦的排灣族勇士，其擁有強大的槍械火力。當時貓字軍聯盟圍攻恆春城兩日的時間，總督府派遣台南的軍隊從恆春半島的車城登陸救援。由於大量的軍警馳援，寡不敵眾的林少貓率領貓字軍撤離隱藏於山地。

　　總督府有鑑於貓字軍勢力壯大不容小覷，其經常襲擊官署軍警，以及行蹤飄忽不定難以捉摸。隔年，總督府改變原本採取圍剿的政策，以談判妥協與招撫歸順的方式處理。據說如同自治區的貓字軍部落，其開荒闢土與農業畜牧期間，經營有成的林少貓，甚至成為年收入萬元以上的大富翁。爾後彷彿獨立國度與法外之地的貓字軍部落，遭到軍警部隊無預警襲擊之後，長老從此藏身於山地的排灣族部落。

　　貓字軍部落被剿滅的十二年後……佐久間總督發動太魯閣族

討伐戰役結束時，除了對於布農族部落槍械收繳之外，同時高雄州屏東郡與恆春半島的排灣族部落也強力執行。由於斯卡羅酋邦等部落抗拒繳械，當年十月至隔年三月期間，爆發了歷時五個月排灣族武力反抗的「南蕃事件」。

總督府總計出動兩千人的警隊，攜帶山砲與野砲等重型武器。同時派遣海軍驅逐艦從沿海地方，以火砲強力支援警隊進行壓制。排灣族部落與警隊展開五個月的戰鬥，最後依然難敵現代化武器的火力優勢，斯卡羅酋邦高傲的眉宇終究低頭歸順。期間總督府收繳總計大約四千九百支的槍械。長老家族的父兄等人，在此次戰役全數陣亡。再度逃難流亡的長老，輾轉投靠於新高山部落，至今已屆十七年的歲月。」

「敬斯卡羅酋邦！」林英明舉起咖啡杯向長老示意。同時眾人也舉起咖啡杯致意：「敬貓字軍！」「敬神侍團！」長老最後提議為新高山部落乾杯，所有團員即刻熱烈地齊聲響應。自從玉穗山部落的阿里曼西肯歸順之後，眼見拉荷阿雷開始心志動搖。長老已經有所察覺拉馬達星星內心的憂慮，因此正思考著向昔日斯卡羅酋邦的排灣族人，說服其加入神侍團的計劃。

關於斯卡羅酋邦的瑯嶠十八社部落聯邦。西元一六二四年歐洲的荷蘭人，在福爾摩沙的台南建城時即有所記載。荷蘭人稱此酋邦的首領為「瑯嶠君主」，堪稱當時最強大的部落聯邦之一。這個部落聯邦在歷史的偶然之下，讓台灣與日本帝國觸動邂逅的緣分：「西元一八六七年三月，正值日本結束幕府封建時期，開

啟明治維新波濤洶湧的年代。一艘名為「羅妹號」的美國商船，行經古稱「瑯𤩝」的恆春半島。遭遇颱風襲擊與觸礁的羅妹號，幾十名船員僥倖上岸後被視為侵略者，瑯𤩝十八社的龜仔用社排灣族人，將上岸的船員出草殺害。

羅妹號的船難事件爆發之後，美國駐清帝國廈門領事「李仙得」，向自稱擁有台灣主權的清帝國抗議，要求必須逮捕與嚴懲犯案兇手。但是清帝國派駐台灣的官員卻回覆表示：「發生地點屬於蕃族的化外之地，無從執行法律之。」李仙得在調查真相與求助無門的壓力之下，美國政府遂決議採取自行處置的方案。同年六月，美國派遣海軍戰艦駛向福爾摩沙的遠征行動，由於美軍不諳地理環境，反而遭遇瑯𤩝十八社的部落勇士伏擊。率領部隊的美軍指揮官少校亞歷山大麥肯齊不幸戰死，無計可施的美軍唯有倉皇撤退。

李仙得只能再度向清帝國施壓，迫於外交壓力清帝國責令台灣鎮總兵劉明燈，率領清兵五百人進軍瑯𤩝，意圖嚴懲斯卡羅酋邦以協助美國執行法律。瑯𤩝十八社總首領卓杞篤集結勇士準備迎戰。沿海地區的河洛族與客家族等漢人移民村落，深怕清軍討伐不利爾後遭遇瑯𤩝十八社部落報復。因此為免遭受池魚之殃的漢人村落，推舉英國商人必麒麟作為中間人勸導停戰休兵。李仙得最終同意必麒麟的外交斡旋方案。

美國代表李仙得與瑯𤩝十八社總首領卓杞篤進行會談。雙方最後達成協商共識，同年十月十日以盟約方式口頭協議。西元

一八六九年二月二八日，事發大約兩年。以書面正式簽訂諒解備
忘錄，這是歷史俗稱的「南岬之盟」。屬於台灣原住民族歷史上
首次簽署的國際合約。南岬之盟的內容為：「斯卡羅酋邦承諾，
今後漂流到達瑯嶠的歐美人士，凡舉起紅旗便不再出草獵首的約
定。」

　　西元一八七一年十月，羅妹號事件落幕兩年之後。原為薩摩
藩屬的琉球王國，日本明治政府成立後改隸於鹿兒島縣。當時五
十四名琉球島民，因船難漂流到達瑯嶠的八瑤灣。由於語言不通
導致的誤解，遭遇牡丹社的排灣族人出草馘首，其中僅有十二人
生還返國，爾後被稱為「八瑤灣事件」。

　　隔年十月，李仙得返美期間過境日本橫濱港，在美國駐日本
公使的介紹下認識外務卿副島種臣。李仙得深受副島種臣的賞識
力邀，決定辭退美國駐清帝國廈門領事之職，出任日本外務省的
外交與軍事顧問。

　　由於李仙得在羅妹號事件之後，熟知台灣瑯嶠半島的情況。
正值八瑤灣事件爆發一年，他提供相關的地圖與照片資料表示：
「台灣屬於蕃族盤據之島，尚無主權與法外之地，可以出兵進行
討伐。」期間李仙得偕同副島種臣，前往清帝國北京協商八瑤灣
事件未果。

　　西元一八七四年，事件爆發第三年。日本政府成立「台灣蕃
地事務局」，「西鄉從道」受命任職事務局都督，率領三千六百
人的部隊，討伐瑯嶠半島的牡丹社部落，史稱為「征台之役的牡

丹社事件」。

　　西鄉從道率領的日本軍登陸瑯嶠，攻打牡丹社的排灣族部落。此刻簽訂南岬之盟的斯卡羅酋邦總首領卓杞篤，已經在兩年前去世。繼任的總首領朱雷無力約束各社部落，瑯嶠十八社都保持中立觀望的態度。戰事發展伴隨著牡丹社首領阿祿古死於石門戰役，斯卡羅酋邦總首領朱雷之弟潘文杰，出面調停與示意歸順。

　　戰事結束日本軍佔領瑯嶠大約七個月期間，清帝國多次派遣官員前來台灣與日本交涉。由於日本軍隊水土不服受到熱病侵襲之下，導致大約六百多名官兵病歿，同時也耗費鉅額的駐軍費用，以及國際社會強力施壓等情況。日本以清帝國賠款補償換取撤軍的條件。」牡丹社事件平息之後，清帝國以瑯嶠半島的氣候四季如春之意，將其更名為「恆春」。

　　日本帝國與恆春半島的斯卡羅酋邦形成的命運鎖鏈，爾後更是牽動超過一甲子以上歲月的命運連漪……編織成為日本帝國與「清帝國、朝鮮王國（大韓帝國）、俄羅斯帝國、中華民國、滿洲國、美國」等國家，國際關係的恩怨情仇史……

　　日本征台之役十四年後。西元一八八八年明治二十一年，日本軍事制度現代化的創立者「山縣有朋」，前往德國拜會法學家「斯丁」。基於日本屬於四面環海的海洋國家，本身不具備擁有工業生產與製造的關鍵資源，一切的發展條件仰賴於通商和貿易活動。因此建構一個周邊穩定的國際經濟環境，成為日本生存命脈與長遠發展的重要議題。

　　山縣有朋專程請教斯丁有關於日本國家安全的意見。根據斯丁對於國防的觀點大致如下：「除了傳統防衛國家主權的『主權疆域』之外，亦有影響國家主權獨立性的『利益疆域』。利益疆域是源自於『地緣政治與地緣經濟』的概念。」

　　西元一八九〇年明治二十三年，時任首相的山縣有朋，在日本帝國議會施政演說時表示：「朝鮮、滿洲與台灣，屬於日本帝國生存與安全的利益線。保護日本的利益線，乃是國家獨立自衛之道。」

　　尤其以台灣地理位置與日本列島之關係，可謂「命運共同體」的戰略價值。上述觀點可回溯於明治維新政府成立之前，美國海軍艦隊馬修培里將軍的黑船來航事件。當時馬修培里途經台灣前往日本之時，看見如同「日本列島門戶」與「東亞鎖鑰」的台灣島。其高瞻遠矚曾經建議美國聯邦政府將台灣納入版圖，由於美國即將面臨南北戰爭的問題因此作罷。

　　日本帝國明治維新初期，國防策略主要以防衛「主權疆域」的被動戰略。自從山縣有朋首相以降，逐步邁向以保護「利益疆域」的主動戰略。西元一八九四年一月，朝鮮王國爆發了「東學黨」的農民革命事件。日本帝國與清帝國為了擴大對於朝鮮半島的影響力，雙方都主張派兵前往協助平亂。亂事平定之後，由於日本帝國與清帝國交涉撤兵的事宜未果，雙方都不願意自行放棄在朝鮮半島的利益，最終爆發了日清戰爭或稱甲午戰爭。

　　日清戰爭之中，日本帝國大獲全勝。清帝國以割讓台灣與澎

湖列島，以及滿洲地區的遼東半島主權作為議和條件。日清戰爭讓朝鮮王國脫離清帝國幾百年的藩屬國地位，承認朝鮮屬於一個實質獨立的國家。清帝國自詡擁有主權，卻未有實質統一治理的台灣島，被強行割讓給予日本帝國。隔年，台灣與澎湖列島正式成為日本帝國版圖。

清帝國原本同意割讓的遼東半島，以俄羅斯帝國為首，以及德國與法國聯合的制約之下，形成「三國干涉還遼」的事件。因此迫使日本帝國放棄擁有遼東半島的主權，同時種下日本與俄羅斯關係走向交惡的嫌隙。

日清戰爭結束之時，出身於清帝國廣東省的孫文創立了「興中會」，展開其矢志推翻滿清帝國的革命事業。西元一八九五年二月，孫文前往英屬香港地區，在日本商人梅屋莊吉的牽線之下，與日本帝國駐香港領事中川恆次郎會面，當面請求提供武器與資金。同年，興中會成員發動對於清帝國的第一次廣州起義。從此以後，開啟日本政府與民間人士資助孫文的革命事業。

日清戰爭結束之後，日本在朝鮮王國建立了親日派的內閣政府。由於朝鮮國王高宗之妻閔王后的勢力掣肘之下，因此轉向與俄羅斯帝國合作對抗日本。早年閔王后入選成為高宗王妃時，主張採取開化政策並且藉此引進日本的力量，讓她在朝鮮王國建立自己的權勢。保守派鎖國政策的高宗之父興宣大院君，對於外戚干政感到極為不滿。閔王后更是利用壯大的勢力，逼退興宣大院君將大權賦予高宗。從此朝鮮王國展開閔王后與興宣大院君，兩

派政治勢力長期鬥爭的宮廷劇碼。

閔王后得勢期間，興宣大院君策動兵變，迫使其出逃宮外之後勢力與黨羽遭遇剷除。但是絕不善罷干休的閔王后，此刻轉向引入清帝國力量推翻了掌權的興宣大院君，從此閔王后與開化政策的親日派也漸行漸遠。期間有親日派人士發動政變意圖推翻，反而受到支持閔王后的清帝國軍隊鎮壓，因此其權勢得到空前的穩固。

日清戰爭之後親日派再次崛起。閔王后在三國干涉還遼事件影響之下，決定再度琵琶別抱轉向與俄羅斯帝國交好。她曾經表達立場說道：「日本人與閔氏勢不兩立，即使犧牲一些國土的利益，也要向日本報仇。俄羅斯可是世界之強國，日本實屬無法攀比，可以依賴與保護君權。」閔王后解散親日內閣組建親俄羅斯的政府。

日本駐朝鮮王國的公使三浦梧樓，自知無法以外交手段改變閔王后的親俄立場，認為只有剷除朝鮮王室與俄羅斯勾結的核心人物，才能完全解決問題的根本。三浦梧樓派遣人員闖入朝鮮王宮殺害了閔王后，並且與興宣大院君攜手合作，一同施壓高宗改組成為親日內閣政府，此起事件史稱「乙未事變」。在親日派內閣政府成立之後，卻爆發了大規模的反日本義兵運動。農民義兵部隊以「尊王攘夷」與「恢復國權」的名義攻城掠地。

西元一八九六年十月，俄羅斯派兵秘密進入朝鮮王宮，護送高宗前往俄羅斯駐朝鮮的公使館，同時下令解散親日內閣與逮捕

親日派人士，因此親俄羅斯政府再度得勢掌權。隔年，朝鮮王國更改國號：「大韓帝國」。從此日本與俄羅斯埋下爾後日俄戰爭的禍根。

　　西元一九〇〇年春季，清帝國的北方農村爆發排斥基督徒的暴動事件，這個武裝排外的農民組織團體稱為「義和團」。義和團動用私刑處死大量的基督徒與西方人士，並且縱火燒毀眾多教堂與基督徒的房屋。

　　清帝國慈禧太后決定利用義和團以對抗外國勢力，於是同意義和團進駐北京。義和團以吞符唸咒的方式宣稱：「神靈護體，刀槍不入！」他們以「扶清滅洋」的神聖口號，除了攻擊基督教徒與西方人士之外，舉凡鐵路、電線或西方的現代化物質文明等，皆不分青紅皂白予以破壞。

　　義和團的暴動行為讓清帝國某些大臣感到憂慮，上書諫言必須取締犯罪行為反而遭到處死。義和團變本加厲攻擊外國的天津租界，德國籍外交官克林德不幸被當街打死。事件延燒釀成「八國聯軍」：「俄羅斯、德國、美國、英國、法國、義大利、奧匈帝國、日本帝國」等，出兵攻打排外暴動的義和團。八國聯軍攻進了清帝國首都北京，迫使慈禧太后與光緒皇帝逃亡於西安避難。八國聯軍埋下爾後清帝國動亂與滅亡之路。

　　八國聯軍期間，孫文與日本籍革命友人內田良平、山田良政等人，前來台灣會見民政長官後藤新平。在日本政府默許之下，其成立革命指揮中心計劃在清帝國廣東省惠州起義。起義軍集結

行動之時，日本政府在俄羅斯與英國的阻止之下，未能依照計劃從台灣出兵奧援，惠州起義的革命行動終告失敗。出身於日本青森縣的山田良政，不幸在惠州被清軍逮捕之後壯烈犧牲。

　　八國聯軍期間，俄羅斯除了派兵鎮壓義和團之外，同時圖謀於清帝國東北方的滿洲地區。俄羅斯以保護本國在當地的資產作為理由，派遣大約二十萬軍隊進駐佔領。俄羅斯的企圖讓日本、英國與德國，認為在清帝國的利益受到嚴重威脅，以及美國與法國均表達反對的意見之下，各國出面干涉要求俄羅斯軍隊撤出滿洲地區。

　　西元一九○二年，日本與英國為了制約俄羅斯的勢力，簽訂長達二十年的「日英同盟」。同年，俄羅斯在國際強力干涉與施壓之下，與清帝國簽訂「俄國撤兵條約」。但是依然保持大約十萬兵力的實質佔領。隔年，俄羅斯帝國沙皇設置「亞東大都督」，任命阿列克塞耶夫為遠東都督統治滿洲地區，期間日本與俄羅斯的談判協商亦瀕臨破裂。西元一九○四年二月六日，日本向俄羅斯發出最後通牒未果之後，自行宣布斷絕兩國的外交關係。二月八日，兩國嫌隙已久之下爆發激烈的「日俄戰爭」。

　　日俄戰爭期間，日本陸海軍動員大約四十萬兵力，俄羅斯陸海軍總計大約五十萬兵力。兩國在朝鮮半島與清帝國滿洲地區，爆發了陸地與海域的大會戰。從朝鮮半島登陸的日本軍，首先在鴨綠江會戰擊破俄羅斯軍隊，並且相繼於滿洲地區的旅順、遼陽與奉天等會戰順勢獲勝。最後在黃海與對馬海峽的海戰，擊潰強

大的俄羅斯波羅的海艦隊。西元一九〇五年，美國總統狄奧多羅斯福出面作為調停人，在其居間斡旋之下，兩國簽訂了停戰協定「樸茨茅斯合約」。

　　日俄戰爭結束之後，俄羅斯的勢力從此退出朝鮮半島與清帝國滿洲地區。其承認日本帝國成為大韓帝國的保護國之外，滿洲的旅順與大連等地租借權，長春與旅順之間的南滿鐵路，以及煤礦等財產權益，悉數轉讓給予戰勝國。日本帝國在大韓帝國再度扶植親日政權，期間陸續三次簽署日韓協約。日後更成立了統監府，曾任日本首相的伊藤博文成為首任統監。

　　西元一九〇九年，被解散的大韓帝國部隊舊勢力，與反抗日本的農民義兵團體合流，義兵運動爆發與蔓延著朝鮮半島。同年，伊藤博文被朝鮮獨立運動人士，在滿洲地區的哈爾濱車站刺殺身亡。隔年，日本帝國宣示朝鮮半島併入版圖。

　　日俄戰爭結束之時，讓亟欲推翻滿清帝國的孫文曾經發表見解：「我們認為俄羅斯敗於日本，可以被視為東方擊敗西方。我們視這次勝利亦是我們的勝利。」西元一九〇五年，孫文領導的興中會與黃興領導的華興會，在東京黑龍會的內田良平與頭山滿牽線之下，共同組成「中國同盟會」的革命團體。其以「驅逐韃虜，恢復中華」與「滿蒙非中國」等主張訴求，同時在黑龍會的資金與人員協助之下進行革命事業。孫文曾經私下向內田良平表示：「吾人之目的在於滅滿興漢。等待革命成功之曉，即令滿洲、蒙古與西伯利亞給予日本亦可也。」

　　西元一九一一年十月，清帝國爆發辛亥革命，中國同盟會推翻滿清帝國建立了「中華民國」。同年，日本帝國最終徹底廢除了「不平等條約」。自從幕府時期的黑船來航，日本與美國簽訂神奈川條約伊始，爾後相繼與西方各國也簽訂不平等條約。直到四十年以後一八九四年開始，最終在一九一一年收回關稅自主權，從此日本成為了獨立自主的東方強國。

　　日清戰爭與日俄戰爭的勝利讓日本帝國正式崛起，伴隨著國力強盛對外的國際關係，從主權疆域逐漸奠定成為利益疆域的戰略目標。尤其是日俄戰爭的命運漣漪，埋下了爾後俄羅斯帝國的政權瓦解，成為蘇維埃共產國際與共產主義的世界問題。

　　日俄戰爭的結果，亦讓西方強權對於日本刮目相看。特別是美國在日本完全擺脫不平等條約之際，美國海軍雷蒙德羅傑斯少將制定了「橘色戰爭計劃」。這個屬於美軍參謀長聯席會議制定的計劃，最終在一九二四年，美國陸海軍的聯合委員會正式通過。將日本帝國視為假想敵的戰爭構想，從此國際局勢逐步邁向一九四〇年代，日本與美國太平洋戰爭的宿命。

　　在中華民國成立之前，清帝國爆發辛亥革命的期間。日本首相西園寺公望的內閣政府，派員與清帝國官方代表的袁世凱會面徵詢意見：「依據貴官高見清帝國改革之後，適合君主立憲抑或共和聯邦的政體呢？」當下袁世凱向日本代表答覆表示：「本人奉朝廷詔令作為總理大臣，可以不擁護清帝國嗎？」

　　日本政府研判清帝國傾向以君主立憲的政體，維持滿洲皇族

統治名義的虛位元首，由漢民族組成實權統治的內閣政府。如此
可作為政體轉換最好的折衷辦法之外，亦可借鑒日本明治維新的
成功轉型經歷，對於日本維持滿洲地區的經濟利益，亦是最佳的
方式。但是侷限於清帝國之內，西方各國的勢力與利益盤根錯節，
日本亦考量與英國具有日英同盟的協約。因此西園寺內閣向英國
政府提議，敦請英國向西方各國協商此事。

　　在清帝國內部與國際之間各方的角力之下，英國與法國等國
表達保持中立的態度後，西園寺內閣決議與西方各國同步，採取
不干涉清帝國政體的發展方向。辛亥革命推翻了滿清皇朝，成立
共和政體的中華民國。孫文短暫接任臨時大總統後被迫辭職，轉
由袁世凱籌組北京政府成為首任大總統。

　　西元一九一三年期間，孫文領導的國民黨以「二次革命」的
口號，試圖以軍事力量推翻袁世凱政權失敗。孫文再度逃亡避難
於日本尋求昔日友人的支持，並且再度前來台灣本島。爾後在一
九一六年期間，袁世凱政權企圖復辟帝制成立中華帝國，遭遇強
烈的反對與杯葛下台。因此中華民國處於政局分裂的情勢，形成
群雄崛起與擁兵自重的軍閥割據時期，導致中國連年戰事與民不
聊生的狀況。

　　西元一九二三年期間，孫文發表了「聯俄容共」的政治主張。
中國同盟會易名之後的中國國民黨，從此與日本黑龍會的關係逐
步走向決裂的情況。原名稱為「玄洋社」的黑龍會，其名稱正是
源自於滿洲地區的「黑龍江」。在一九〇一年明治三十四年，當

時正值清帝國義和團之亂期間，俄羅斯帝國派兵佔領滿洲地區。黑龍會的創立者內田良平與頭山滿，其成立宗旨即是主張將俄羅斯的勢力逐出滿洲地區。

黑龍會的信仰宗旨，奠基於「亞細亞主義」的論述：「亞洲民族遭受西方帝國主義的殖民壓迫，唯有日本成功實現了現代化的任務。然而東亞大陸國家仍然處於落後的地區，倘若無法有效改善東亞大陸的進步，恐怕將連帶影響日本的發展。因此主張日本必須不惜以強制性的方式，幫助東亞大陸的中國與朝鮮建設，提倡日本成為亞洲發展的領導者。『亞細亞主義』的思想理念，爾後形成日本帝國『大東亞共榮圈』的概念。」

黑龍會的論述認為俄羅斯屬於歐洲帝國勢力，日本必須介入主導東亞大陸的事務。正值孫文提倡推翻滿清帝國的革命理念，因此黑龍會資助與協助中國同盟會，其目的為了換取滿洲與蒙古的獨立自主。但是中華民國成立之後，孫文除了未實現其革命的主張與承諾之外，其聯俄容共的政治路線，成為日本帝國與中華民國關係的分水嶺。對於極力防堵「蘇聯共產國際」與「共產主義」的日本政府及黑龍會，無異於遭遇一記無情的當頭棒喝。讓幫助中國革命出錢出力與犧牲奉獻的日本友人，昔日的恩人演變成為往後不共戴天的仇敵。

西元一九二五年三月，孫文因病辭世。一九二七年八月，中國共產黨成立「中國人民解放軍」，與中國國民黨政權爆發內戰。聯俄容共期間，受到共產黨影響的國民黨政權分裂，主張容共的

「汪精衛武漢政府」，以及主張反共的「蔣介石南京政府」形成壁壘分明的狀態。與此同時，日本支持的滿洲地區軍閥張作霖，率軍進入北京成立安國軍政府，也稱為「張作霖北京政府」。此刻中國形成三足鼎立，政治局勢四分五裂與動盪不安。

西元一九二八年期間，中國國民黨的武漢政府決議併入南京政府。盤據北方的張作霖北京政府，被國民黨的南京政府軍隊擊敗返回滿洲地區。張作霖乘坐火車的途中，遭遇炸彈襲擊身亡。張作霖之子張學良，返回滿洲地區繼承軍權之後，走向迥異其父的親日立場。其廢除了北京政府易幟於國民黨的南京政府，從此國民黨蔣介石政權，與毛澤東為首的共產黨軍展開大約十年內戰。

孫文尚未逝世之前，提出聯俄容共的主張期間。中國國民黨與共產黨，即展開所謂的「第一次國共合作」。由於國民黨與共產黨內部理念的歧異與矛盾，因此演變成為戰爭的導火線，同時埋下共產黨滲透國民黨內部核心的肇因。

西元一九三一年十一月，蘇聯共產國際支持中國共產黨，成立了「中華蘇維埃共和國」。隔年三月，日本關東軍成立「滿洲國」。滿清帝國瓦解二十年之際，版圖形成三國鼎立的狀態：中華民國、中華蘇維埃共和國、滿洲國。一九三六年十二月，中國國民黨與共產黨內戰如火如荼期間。國民黨西北剿共總司令部副總司令張學良，發動西安事變挾持最高領導人蔣介石。隔年，事件促成共同對抗日本的「第二次國共合作」。從此日本帝國與中華民國全面決裂走向戰爭的局面。

　　日中戰爭爆發之前。西元一九三一年九月，滿洲地區發生「九一八事變」。日本軍部提倡「滿蒙生命線」的主張，強調滿洲與蒙古地區對於日本生存的重要性，並且擬訂了「滿蒙問題解決方案大綱」。期間駐守南滿鐵路的日本關東軍，與中華民國東北軍爆發軍事衝突。日本內閣政府與帝國議會，無法制止日本軍部的獨立行動。無獨有偶，日俄戰爭時即與日本軍部密切合作的黑龍會，聯合其他理念相近的團體成立「大日本生產黨」。其提倡支持日本軍部的行動與反對共產主義的路線。

　　西元一九三二年一月，日本軍派遣登陸部隊進攻上海市，與中國軍隊爆發激烈的戰鬥。事件源自於滿蒙獨立運動者川島芳子與五名日本僧人，在上海公共租界區發起的宗教巡遊儀式。他們在巡遊儀式途中抗議中國對於反日運動的口號，期間與不滿的中國工人爆發摩擦，演變日本僧人被毆致死的事件。因此引發「日本青年同志會」的聚眾報復，最後爆發兩國軍事衝突的「一二八事變」。事件最終在英國、美國、法國的斡旋調停之下，雙方簽訂「淞滬停戰協定」。中國承認上海市為非武裝區不駐軍隊，雙方各自撤軍平息戰事。

　　上海一二八事變的關係人「川島芳子」。其原名「顯玗」，屬於滿清帝國皇族愛新覺羅氏後代。西元一九一四年期間，清帝國政權瓦解第三年。當時七歲的顯玗，被父親託付給予日本籍的養父「川島浪速」，並且叮嚀爾後務必復興滿清國家的使命。其養父川島浪速即是「滿蒙獨立運動」的發起人。十八年之後，川

島芳子成為建立滿洲國的核心人物。

　　西元一九三二年三月，日本關東軍為了維護在滿洲地區的經濟利益，以及支持滿洲民族的獨立主張，宣布成立了「滿洲國」。擁立清帝國時期的宣統皇帝「溥儀」作為國家元首，以長春市作為首都稱為「新京」，年號稱為「大同」。關東軍同時確立發表：「中國問題處理方針綱要」與「滿蒙問題處理方針綱要」。

　　滿洲國成立的思想主張：「王道樂土」與「五族協和」。其五族代表：「和族、滿族、漢族、蒙古族、朝鮮族」等五個民族。並且以代表五族：「紅色、黃色、藍色、白色、黑色」的五色旗，作為滿洲國的國旗。

　　日本帝國除了外部地緣政治的緊張動盪之外，內部亦面臨政治路線的分歧衝突。今年初，滿洲國成立的三月至五月之間，日本內閣先後爆發了「血盟團事件」與「五一五事件」。兩起事件都源自於日本軍部的策劃起事，其主要目的是刺殺內閣大臣與財團高層的行動。時任首相的犬養毅，在五一五事件之中，被十一名海軍的年輕軍官槍擊殞命。

　　犬養毅是孫文從事革命時期，非常支持的日本友人。他與孫文生前私交甚篤之外，亦關切中國的民主革命。滿洲國成立之時，犬養毅拒絕軍部要求承認滿洲國的提議。他主張自行與中國國民黨進行交涉，傾向承認中國對於滿洲地區的形式領有權，但是保留日本對於經濟的實質支配權。其主張讓日本軍部強烈地不滿，認為對於過河拆橋與恩將仇報的中國國民黨態度軟弱，因此種下

軍部謀劃刺殺的原因。犬養毅首相遭遇軍部公然槍殺的事件，正式宣告日本軍部鷹派勢力的抬頭，走向以武力方式處理中國的問題。

東亞大陸的政治局勢對於身處隔鄰的日本，具有地緣政治與地緣經濟的安全問題。中國國民黨政權與共產國際曖昧不清的關係，以及滿洲與蒙古地區的主權爭議，讓日本帝國與中華民國長期形成矛盾的關係。

日本對於滿洲問題態度的強硬，除了保護承襲於清帝國時期的經濟利益之外，據說亦有為了尋找石油來源的計劃。由於中東的石油資源，被美國為主的西方國家掌控與壟斷。為了國防與經濟安全，派遣了東北帝國大學地質學家高橋純一為首的油田探勘隊，在滿洲地區進行深入的勘查行動。

無獨有偶，西方資本主義的強權國家，同時面臨共產主義蔓延的影響。正值歐亞大陸處於政治動盪與經濟蕭條的困境之下，由日本軍部強勢主導的內閣政府，逐步邁向以武力解決東亞政治問題，以及重塑東亞國際秩序的政策趨勢。日本帝國正式邁向壓抑民主制度與宣揚軍國主義的發展道路。

從櫻花季的新高山部落返回平地的藤原櫻子，距今大約歷時兩個月的光景……今晚她與花子一同研究把玩著台灣布袋戲的戲偶。兩人回想起在布袋戲的舞台現場，專心注視著操偶師熟練生動與栩栩如生地表演神侍團的故事。

「布袋戲」又稱掌中戲，一種藉由操作手中的布偶作為表演

的戲劇形式。其表演形式一般在廟宇或廣場前方，事先搭建一座大約三公尺高與六公尺寬的木座戲台。呈現六角形棚架結構的戲台中央，具有一個戲偶的舞台表演空間。操偶師隱身於戲台後方的棚架位置，在中央舞台的空間上方，以雙手操作戲偶與配音方式進行表演工作。表演內容以歷史故事或者民間傳說為主。

　　布袋戲偶大約三十公分左右的高度，基本結構為身架、服飾、盔帽與頭飾等。戲偶的頭部、手部與鞋子為木製材質，軀幹和四肢都是以布料縫製的服裝造型，其中間屬於簍空的構造形式。操偶師可將手掌伸入戲偶內部操作，以此左右開弓雙手同時表演。

　　以右手操偶為例，只要將食指插入中空的偶頭，拇指放入布袋戲偶的左臂之處，最後三根手指放入布袋戲偶的右臂之處。即可利用手指、手掌、手腕與手臂等動作與技巧，對於戲偶的頭部、手臂、身軀或腿部進行複雜與細緻的操作。期間可作戲偶的點頭、搖頭、擺手與行走等動作。木製戲偶表情無法變化，必須經由操偶師的說唱或配音，表達戲偶人物的角色與情感。因此操偶師必須如同真人演員一般的表演能力。

　　幾天前藤原櫻子與花子，前往大稻埕下奎府町，稻垣藤兵衛創辦的稻江義塾。「稻江義塾」是提供貧窮家庭兒童學習的地方，藤原櫻子感佩其對於社會弱勢者的義行，自願成為不定期的義工。但是稻江義塾的開銷可是所費不貲，經常面臨入不敷出的情況。為了支撐機構的運作費用必須對外募款，許多人批評稻垣藤兵衛是一個不切實際與不自量力的怪人。他面對嘲笑奚落總是不

為所動地表示：「一切都是出自於人類之愛。」身為基督徒的藤原櫻子稱讚他說道：「你真是基督的使徒！」

當天藤原櫻子與花子離開稻江義塾時，途經大稻埕的太平町與永樂町。她們看見一處廣場之前搭建了布袋戲的舞台，現場聚集許多圍觀的民眾，同時駐足觀看正在上演的「神侍團」節目。可能受到台灣新民報的報導與民間傳聞的影響，讓布袋戲團將這個故事改編演出。可能劇情有關於濟弱扶傾讓普羅大眾心有同感，現場民眾看得津津有味與渾然忘我的樣子。

操偶師操作著神隱貓人的戲偶說道：「你們這些欺壓百姓和魚肉鄉民的人，把你們的不義之財捐獻出來，當作是行善積德吧！」「神侍團，你們已經被警察包圍了，投降歸順吧！」由於表演內容涉及了批評總督府的言論，現場即刻有警察提出糾正的意見。當時藤原櫻子對於神隱貓人的戲偶，一個白色貓臉與忍者服裝的人偶感到很有興趣。她向布袋戲團表達想要購買的意向，得知神侍團故事出自其撰寫的新聞報導，戲團人員毫不猶豫地將戲偶贈送給她。

藤原櫻子與花子專心地模仿學習著操偶師的技巧與配音。在輪流練習與切磋之下似乎有所領悟，不過此刻藤原櫻子內心卻充滿著五味雜陳。她擺動著神隱貓人的戲偶，終於無法強忍內心的隱情喃喃自語：「神隱貓人，你可知道嗎？我已經懷孕了……」花子驚訝地轉頭凝視著正值恍神的藤原櫻子，內心不安地希望是自己耳朵的錯覺。花子慎重地再度追問與確認之後，原來懷孕的

時機正是三月初，其脫身前往新高山部落的櫻花季。

　　花子感同身受地明白藤原櫻子面臨的壓力。關於林英明平反的事情似乎遙遙無期，卻出現如此晴天霹靂的消息。藤原櫻子若有所思地問道：「花子，我應該怎麼做呢？」「我們一定會有辦法的……」花子緊緊擁抱著情同姊妹的藤原櫻子安慰說道。她們計算懷孕的時間大約已經兩個月出頭，花子同時深刻感覺藤原櫻子內心的徬徨與掙扎。

愛的戰爭

　　大稻埕日新町的江山樓。多年以來，黃飛龍認為林英明如同
陰魂不散的鬼魅，總是存心與其作對感到芒刺在背。早年的神隱
貓人搶劫案，以及有關陳惠美的事情。尤其手刃白鬼的紅龜與黑
熊，已經窩藏於新高山部落與林英明為伍。神侍團還焚毀大批運
往東部地區的阿片貨物，讓黃飛龍的投資蒙受巨大虧損與顏面盡
失。今晚其偕同助理吳不良隆重宴請佐藤武哲，除了拉攏佐藤家
族的關係之外，也深知佐藤武哲對於林英明的矛盾情結。他私下
已經擬訂對付神侍團的計劃，並且借題發揮做個順水人情。

　　「現在一些本島人居住的區域，已經出現神侍團的布袋戲表
演節目，實在必須處理這個暴力集團。」黃飛龍在酒酣耳熱之際
含沙射影地表示，同時向佐藤武哲有意無意地透露自己的計劃。
推心置腹的熱情讓佐藤武哲感到疑惑地說道：「你也是本島人，
怎麼感覺你特別地痛恨本島人呢？」「怎麼還分本島或內地呢？
內台合一！」黃飛龍喝了一口酒笑瞇瞇地回覆。

　　「我看是為了利益吧！」佐藤武哲直言不諱地表達內心的
感想。他雖然不算心胸寬大但是屬於表裡如一的人，不經修飾且
赤裸裸的話語，瞬間讓黃飛龍臉色一沈面露尷尬的笑容。善於察
言觀色的媽媽桑春子隨即緩和氣氛表示：「佐藤警官，我敬你一
杯。」「聽說藤原小姐先後兩次前往新高山部落，這個事情非比
尋常……」吳不良刻意顧左右而言他卻欲言又止地說道。

　　吳不良話中有話的言語，似乎直接戳痛佐藤武哲的敏感神
經，讓他連喝了幾杯鬱悶的溫清酒。「不會的……佐藤警官的相

貌一表人才，並且家世背景尊貴。藤原小姐怎麼可能喜歡……土匪的兒子呢？」黃飛龍故意以明喻暗諷與火上加油的語氣。其一番話語如同刺刀插入佐藤武哲內心深處的疑慮與憤怒。他曾經直接質問藤原櫻子的動機與原因：「妳為何一定要進入新高山部落呢？」「你為何一定要陷害林英明呢？我是記者必須尋找真相。」當時藤原櫻子反而質問他且給予似是而非的答案。

佐藤武哲無法揭露林英明畏罪潛逃的說法，完全是藤原警務局長定調的意見。近期佐藤家與藤原家已經正式談論兩人的婚事，但是藤原櫻子的態度總是刻意迴避，讓兩家族與藤原櫻子的關係日益緊繃。受到黃飛龍刻意挑撥的話語影響之下，佐藤武哲思緒混亂地表示：「感謝招待，我還有要事。」

眼見佐藤武哲喝了一杯意興闌珊的酒離開之後，春子感到忐忑不安地說道：「剛剛那一席話……會不會得罪佐藤警官呢？」黃飛龍輕鬆地面露詭異的微笑：「如果不是他的父親在內地政商的深厚人脈，我根本不想理會他。」「老闆，剛剛那句話，真是漂亮！」吳不良對於黃飛龍的落井下石與挑撥離間，豎起拇指地深感佩服之意。「我的神只有金錢，我的國就是金錢帝國。誰能給我金錢，就是我的主，我的神啊！」黃飛龍豪邁地喝下一杯溫清酒意氣風發地說道。其狂妄自大的嘴臉印證權力就是最好的春藥，讓春子以崇拜英雄的眼神依偎在肩膀撒嬌。

藤原櫻子身懷六甲的事情，花子除了守口如瓶也絞盡腦汁地出謀劃策。經過幾天的討論認為事不宜遲，花子強烈建議已別無

他法地表示：「為今之計，只有墮胎！」原本舉棋不定的藤原櫻子自忖，如今父親派人強力監視行蹤之外，亦無法與林英明取得聯繫。倘若拖延下去恐怕錯失墮胎的時機，幾乎沒有更好的選擇唯有出此下策。為了低調隱密地完成任務，花子秘密尋找合適的婦女科醫師，最終探詢號稱台灣第一位女醫師的「蔡阿信」。

蔡阿信，出身於台北州台北市萬華地區，畢業於東京女子醫學專門學校。由於年幼時期父親早逝，家境貧窮與母親改嫁的成長背景。成為醫師之後為了體恤貧苦人家，她的診療費用收取原則號稱：「富者多收，貧者少收，赤貧免費。」

西元一九二四年大正十三年，蔡阿信在台北市大稻埕的日新町開始執業。她與台灣文化協會、台灣民眾黨的社會運動人士彭華英結婚之後，定居於台中州台中市的橘町，同時創立清信醫院。從事台灣社會運動的丈夫彭華英，由於與蔣渭水理念不合退出台灣民眾黨。滿洲國成立之時，其丈夫前往滿洲的電信電話公司任職社長秘書，從此夫妻關係疏遠且丈夫另娶當地女子，最終感情破裂與離婚收場。

花子事先與蔡阿信醫師取得聯繫，佯裝雙方為朋友會面之由以此掩人耳目。懷著無可奈何與忐忑不安的心情，藤原櫻子與花子搭乘縱貫鐵路南下的列車，她們輾轉到達台中市橘町的清信醫院。等候手術的藤原櫻子，此刻看見一篇台灣日日新報的報導：「神侍團，共產黨革命暴力團。」黃飛龍在台灣三大報紙以頭條新聞的方式，大肆宣傳與汙衊抹黑新高山部落的神侍團，就是一

個受到共產國際資助的暴力團體。指責神侍團已經受到共產主義與共產組織的滲透指揮,意圖顛覆摧毀日本國家體制,與破壞資本主義經濟的社會。仔細看完此篇報導的藤原櫻子怒不可遏,如此無異於以國家機器的力量,意圖將林英明與神侍團置之於死地。

當下藤原櫻子決定取消墮胎的事情,隨即匆匆忙忙地離開。她與花子搭乘返回台北的列車之上,沿途目不轉睛地注視著火車窗外的風景,往事歷歷在目彷彿眼前的景色一閃而過。她想起與林英明從相遇、相識、相知到相愛的一切過程,情不自禁地感到悲從中來眼眶濡濕。自從林英明流落到達新高山部落,以至於發現自己懷孕的事情,期間默默承受的個人擔憂與家族壓力,一直讓她感受身心俱疲的無比重擔。尤其如今林英明雪上加霜一般難以清洗的冤屈,未來道路將是充滿險阻與荊棘,此刻眼淚猶如脫韁野馬地奪眶而出。

火車勇往直前行進之中,從窗外拂面而來的清風,讓熱淚盈眶的藤原櫻子暗自立下誓言:「為了保護子宮內愛的結晶,這將是一場……愛的戰爭!」她撫摸著自己的腹部自忖,這是唯一可以守護曾經與林英明的約定,也是她靈魂救贖的最後一道防線。

花子在童年時期即進入藤原家生活,她深知仁慈善良與富有愛心的藤原櫻子,其實有一個擇善固執與堅持信仰的倔強脾氣。相較花子樂天知命與隨遇而安的個性,藤原櫻子具有仗義直言與濟弱扶傾的基因。其對於立定決心的事情可謂生死不渝,此刻情況不言而喻可能演變成為一場家庭革命。

　　大正町的藤原宅邸。藤原忠一與藤原美紀子夫婦，宴請台北
州知事佐藤孝之家族。「櫻子，一大清早與花子前往台中市，探
訪一位醫師朋友。」藤原美紀子勉為其難地回答佐藤夫婦的詢問。
下午時刻，藤原與佐藤兩家族一行人閒話家常之際，風塵僕僕的
藤原櫻子返家走入客廳將報紙放置於桌上。她面向父親神情嚴肅
地表示：「您明知他不是畏罪潛逃，更不可能是共產黨。」有關
於報導今早其實眾人已經知曉，雖然不是藤原警務局長指示發表
的新聞，但是在其內心倒是樂觀其成有人願意充當劊子手。

　　藤原警務局長面對女兒的質問，掩藏內心的欣喜故作懵懂地
問道：「妳說的『他』⋯⋯是指那個土匪的兒子嗎？」藤原櫻子
對於父親的敷衍，隨即單刀直入地表明：「您為什麼一定要置他
於死地呢？」「妳為什麼總是幫土匪的兒子說話呢？」藤原警務
局長被女兒的話語激怒地質疑。

　　「您口中的土匪，不是已經讓您平步青雲與榮華富貴嗎？土
匪的兒子並沒有虧欠您，為什麼就是不願意給他任何機會呢？您
是心虛吧⋯⋯不然為何一定要置他於死地呢？」藤原櫻子對於父
親的蠻橫無理，感到憤憤不平與激動地質疑說道。她已經聽聞黑
觀音提起父親與林少貓的陳年往事，內心對於林英明的虧欠與愧
疚感油然而生。正當林英明流亡於新高山部落時，亦驅使她義無
反顧地點燃愛的火苗。

　　藤原警務局長面對女兒赤裸裸地揭開內心的隱諱，其惱羞
成怒地表示：「妳這個自以為是的傢伙，妳現在享受的錦衣玉食

都是拜我所賜。」「種植在他人痛苦之上的幸福，只是罪惡的種子。」藤原櫻子無法繼續佯裝堅強與眼淚潰堤地說道。她知道事情已經毫無轉圜的餘地，無可奈何地只想先逃離現場。「妳與武哲的婚事，我們已經談定了。」藤原警務局長向女兒告知最後的通牒。

正想離開客廳的藤原櫻子，鐵了心正面對決地脫口而出：「我可以嫁給武哲……但是他必須接受我肚子內的小生命。」在她斬釘截鐵地語畢之後，令現場一行人一陣錯愕茫然。母親藤原美紀子追問女兒話語的內情，氣氛凝重與尷尬對立的情況之下，花子忐忑不安與吞吞吐吐地說出實情：「櫻子小姐肚子的小孩，父親是……林英明。」花子晴天霹靂的驚人之語，讓藤原警務局長與佐藤台北州知事頓時面色鐵青無言以對。藤原美紀子與佐藤幸子無法置信地幾乎昏厥。

藤原美紀子焦急啜泣地詢問女兒：「妳為何這麼做呢？」藤原櫻子此刻反而如釋重負地說道：「我們已經在神的面前立下誓約。」「神的面前？沒有父母的同意，根本就是一場兒戲。」藤原警務局長以歇斯底里無法置信地語氣怒斥。

現場聽聞赤裸裸與血淋淋事實的佐藤武哲，終於按捺不住情緒憤怒地抓住藤原櫻子的臂膀問道：「告訴我……妳為什麼喜歡他呢？」「他比你更加真誠與善良；他比你更加努力與上進；他比你更有智慧與勇氣。他只是沒有家族背景與機會資源，還有這個遊戲規則不利於他的社會制度！」藤原櫻子以堅定的眼神回覆

佐藤武哲憤恨的神情。她將立場與想法表達清楚之後，收拾簡單
的行李暫時離開成長的家庭。

　　藤原櫻子負氣離家展開抗爭的行動。藤原美紀子考量女兒
獨自在外的人身安全，指派花子一道同行與照料起居。花子佩服
藤原櫻子忠於自我的勇氣表示：「等到孩子出生，我可以幫忙扶
養。」藤原櫻子特別感謝一番安慰的話語，如今花子是唯一支持
她的家人。當天她攜帶行李離開之時，藤原警務局長還當場撂下
狠話：「只要今天走出這裡，永遠都別想要回來！」藤原美紀子
立即向丈夫緩頰說道：「你不要再逼她了，讓她冷靜一下吧！」

　　藤原櫻子倔強的個性可說是遺傳於父親，但是從小在基督
徒母親以愛的教育之下，思想觀念則是深受了母親潛移默化的影
響。眼見無動於衷的女兒逕自離去，藤原警務局長向著妻子嘮叨
指責：「就是妳的教育失敗，把這個孩子寵壞了。」藤原美紀子
當下一反常態地告誡丈夫：「你總是以威權高壓的教育方式，才
會形成她反抗的意識。」

　　佐藤州知事夫婦看著藤原櫻子長大成人，視她猶如親生女兒
對待之外，同時在情感上已視同尚未過門的媳婦，此事的驚愕與
衝擊實在不亞於藤原夫婦。尤其是兒子佐藤武哲的感受與情緒，
更是佐藤夫婦最為擔心的事情。佐藤武哲歲數年長於藤原櫻子五
歲如同青梅竹馬，他在這次風暴之中屬於承受最大的壓力者。雖
然藤原櫻子曾經提及兩人的關係表示：「你就像是我的兄長，我
們就像是家人的感情。」他始終認為時間會讓一切水到渠成，最

終藤原櫻子還是屬於自己的妻子。

　　如今事情出現意外的插曲，讓佐藤武哲內心充滿著無限的煎熬與痛苦。適逢黃飛虎主動邀約飲酒，其實他看待與自己個性格格不入的紈褲子弟，雖然只是酒肉朋友與勢利之交，但是此刻的心情似乎唯有藉酒消愁。黃飛虎在酒過三巡時有感而發地表示：「如果可以讓惠美起死回生的話，我願意付出巨大的條件交換。」佐藤武哲對於黃飛虎的一席話深深地撼動心靈。他突然以刮目相看的態度，深切地感受到眼前膚淺的紈褲子弟，面對愛情似乎也有偉大的情操。

　　佐藤武哲依稀記得某次藤原櫻子提出一個話題：「你認為愛情與麵包，哪一個優先重要呢？」當時他面對提問思考之後回覆說道：「當然一定是『麵包』，沒有麵包如何擁有愛情呢？」「我認為是『愛情』，因為愛會讓人努力地創造麵包。愛是發自於心靈深處的情感，若只有衡量物質條件的計算，只能稱為『利益之心』。」藤原櫻子的答案與佐藤武哲對於愛的觀念想法迥異。

　　此刻眼神微醺內心卻異常清晰的佐藤武哲，其實非常明瞭藤原櫻子的個性。同時他也捫心自問對於藤原櫻子的感情如何定義時，內心深處一個吶喊的聲音：「我絕對不想失去櫻子！」雖然林英明讓他感覺無比的憤恨，可是相較對於藤原櫻子的愛，這一切彷彿顯得微不足道。

　　藤原與佐藤兩對夫婦的心情可說是焦急如焚。在藤原櫻子離家的兩週期間，他們曾經向她協議墮胎的事宜，顯然藤原櫻子已

經是吃了秤砣鐵了心地無可撼動。在男尊女卑的日本社會，無法認同女性未婚生子的情況。藤原與佐藤兩個家族都深知社會的潛規則，藤原夫婦還擔憂家族顏面的問題。佐藤武哲眼見束手無策與待己如子的藤原夫婦百般煎熬之下，最終下定決心表示：「我願意與櫻子結婚！」

　　佐藤武哲衡量為今之計為了保護藤原櫻子與顧全大局，只有這個解決方法才可兩全其美。「你可不要逞強啊……」佐藤幸子心疼兒子的決定，提醒必須三思而後行，其父親也心有同感地叮嚀。他抱著篤定的神情再度說道：「你們讓我自己決定這件事情好嗎？有生以來最重大的事情。」其決定讓藤原與佐藤兩對夫婦面面相覷，默認或許這是最好的選擇與結局。

　　台北市幸町的「台北基督教會」。這座教堂的設計規劃者名為「井手薰」，他是輔助森山松之助建造總督府的建築師。教堂的土地來自於大稻埕茶葉富商亦是基督徒的李春生捐獻，並且由信徒共同集資與募款建造而成。

　　教堂屬於坐東朝西英國哥德式風格的尖塔建築，採用台灣淡水唭哩岸石與紅磚相間的混合設計。建築結構內部運用鋼骨支撐屋架，內部空間挑高寬廣具有寧靜莊嚴的氛圍。門窗屬於大型玻璃拼貼的單尖拱窗、雙尖拱窗與三尖拱窗設計。都是運用石塊作出邊框的雅緻裝飾，窗框以隅石、扶壁與四葉式展現特殊造型。

　　教堂外觀設計採用大量的尖形與拱狀的建築概念，具有高聳單塔式的鐘樓。大門入口之處以都鐸式複式拱圈，形塑與展現立

體的視覺效果,彩色幾何紋飾玻璃窗顯得雍容華貴。以石材堆砌成為百葉窗形式的羽板窗,除了通風遮陽的效果之外,同時流露一股樸實典雅的視覺感。

　　藤原家與佐藤家考量懷孕三個月出頭的藤原櫻子,正值腹部尚未明顯隆起即刻完婚。雙方同意藤原櫻子的想法在幸町的台北教堂舉行婚禮,當天邀請眾多的政商名流蒞臨出席。藤原櫻子與佐藤武哲的婚禮在傍晚舉行,教堂內燈光明亮閃耀與賓客冠蓋雲集,充滿溫馨隆重的幸福景象。

　　此刻林英明、長老與鐵美塔道三人,躲藏在教堂的頂樓之處窺視。幾天之前,他們得知這個令人驚訝的消息。先前鐵美塔道潛回賽德克族的巴蘭社部落,聽聞部落族人提及井上伊之助夫婦,即將參與藤原櫻子婚禮的事情。鐵美塔道即刻將小道消息帶回新高山部落。執意前來台北州實際探查真相的林英明,在長老與鐵美塔道極力勸阻無效之下,兩人決定唯有陪同林英明,進行一場龍潭虎穴的冒險之旅。

　　三人易容變裝之後提前潛入教堂,並且伺機潛藏於頂樓的天台,夜晚的時刻成為隱藏的絕佳地點。他們從頂樓天台的採光玻璃窗,可以窺視光明閃亮的教堂之內一覽無遺的情況。藤原櫻子身穿一襲高貴的白紗禮服,在現場音樂的伴奏之下,藤原警務局長牽引著女兒緩緩地走在會場中的紅色地毯。教堂內走道兩旁的賓客響起宏亮的掌聲,藤原櫻子的手經由父親交給了佐藤武哲。一對新人在牧師的禱告、讀經、宣示婚約與交換戒指的儀式之中,

同時在眾多貴客嘉賓的祝福與見證之下，婚禮的儀式轉眼之間完成與落幕了。

夜幕低垂的天空布滿不斷閃爍的星星，似乎嘲笑著林英明此刻愁雲慘霧的心情。方才儀式的過程之中彷彿一把利刃刀鋒，緩慢使勁地刻劃他心如刀割的痛楚。林英明回想新高山部落的星空下，在布農族八部合音與奇異恩典的樂曲之中，雖然一樣的星空如今卻是不一樣的心境。一切希望、夢想與幸福的泡沫破滅，景況彷彿世界末日一般崩塌。他與藤原櫻子的承諾與約定，如同眼前的流星劃破夜空一般稍縱即逝。今夜台北市幸町現代文明的婚禮，才是一場正式合法與受人祝福的美麗承諾。昔日新高山部落野蠻荒誕的約定，只是一場化外之地與受人詛咒的夢境幻影。

返回新高山部落的林英明意志消沈，原本懷抱著希望、夢想與幸福的愛，如同海市蜃樓、夢幻泡影讓他椎心刺骨與痛不欲生。部落成員擔心他的狀況耐心守候與陪伴身邊，尤其是長老、紅龜與黑熊費盡心思讓其轉移注意力，同時捨命陪君子一起酩酊大醉了數次。黑熊、紅龜與林英明認識許久，從未看見他如此的萎靡不振與失魂落魄。

有一次酒醉之後步履蹣跚的林英明，抱著懵懂無知的龍馬痛哭流涕地說道：「櫻子，為什麼……」還有一次在夜晚雷電交加之際，天空一道閃電擊中一株大樹燃起熊熊火焰。酒醉的林英明跪坐在滂沱大雨之中，指向閃電不斷的天空聲嘶力竭地大喊：「神啊！我恨祢……」更有一次已經完全爛醉如泥的林英明，上半身

毫無知覺地淹沒在溪流之中，幸好紅龜與黑熊及時將其拉起免遭滅頂之災。

歷經大約一個多月時間。林英明經過百般折騰與身心俱疲之下，坐在懸崖邊緣眺望著晴空萬里的蒼穹，神眼自由自在地翱翔俯瞰著大地。他以頹廢憔悴的面容與神情好奇地思索著：「天空的神眼……俯瞰的大地是什麼模樣呢？」林英明腦海之中突然浮現母親的話語：「一枝草，一點露。」他回憶童年時期極度貧乏與困苦的生活之中，母親總是以天無絕人之路的話語自我鼓勵。

林英明想起為自己犧牲生命的陳惠美，年少時期的她受到委屈時曾有一句話：「想哭就看著天空吧！這樣眼淚就會忘記流下來……」林英明想起在台北刑務所坐牢時，黑觀音經常念誦佛教「般若波羅蜜多心經」的內容：「照見五蘊皆空……色不異空，空不異色；色即是空，空即是色；受想行識，亦復如是。」

佛教的「五蘊」是指：「世間的有為法，皆由『色、受、想、行、識』等五種因素『積聚』形成。」「色」是指：「人類的身體、世間以及宇宙的一切萬有現象。」「受」是指：「身體領受外境因而產生的感受，即是人類的『眼、耳、鼻、舌、身』產生的感覺。」「想」是指：「心靈領受外境因而形成的概念與想像。」「行」是指：「心靈的思慮決斷產生的言語與行為。」「識」是指：「身體與心靈領受外境因而產生的識別作用，可分為『眼識、耳識、鼻識、舌識、身識、意識』等六識。」

佛教的「空」是指：「宇宙萬有之存在與不存在的『真實、

真相、真理』之本質，其為『萬有』與『虛無』之因果關係。一切萬有『緣起』於空亦是『寂滅』於空，其具有『自由性、平等性、公義性』，亦謂之『空性』也。」

　　林英明最後回想起聽聞巴克禮牧師的布道內容：「神即是創造宇宙之真實的、真相的、真理的永恆力量，祂的本質就是愛。人唯有從愛之中才能認識神，人生最高的目標是追求真理的、善良的、美好的愛。愛具有神奇的能量，生命最終的意義就是認識祂。愛是創造希望、夢想與幸福的元素。」

　　依據佛教的「禪學」對於宇宙觀之法則論述：「空緣起」；基督教的「神學」對於宇宙觀之信仰論述：「神即愛」。此刻林英明眺望與凝視著湛藍澄澈的天空，彷彿心如明鏡地頓悟了生命的真實、真相與真理。他從內心觀照與覺悟一個聲音：「空亦是神，神亦是空；空性即神，神性即空；緣起如愛，愛如緣起。」

　　雖然對於藤原櫻子的愛已經無法如願以償，但是林英明相信曾經擁有的愛已經化為永恆，這一切都是神給予的課題與啟示。他想把對於藤原櫻子的愛化為巨大的能量，讓愛的力量得以成為改變的漣漪。今早眼見林英明獨自帶著神眼走出部落，一路尾隨的長老、紅龜、黑熊與鐵美塔道。他們擔憂地躲藏在樹木後方觀察情況。此刻林英明深刻理解放下執著的真諦，內心彷彿煥然一新得到死而復生的深邃領悟，讓他一掃陰霾地縱身躍起頂天立地。

　　屏氣凝神的一行人，眼見林英明在危崖邊緣突然的動作，焦急地衝向其身旁大聲喊道：「不要做傻事啊！」林英明被突如其

來的一行人抓住臂膀，真實地感受到擁有志同道合與肝膽相照的友情，如今新高山部落就是唯一的家。他站在懸崖邊緣內心有感而發與海闊天空一般，面向無垠無際的天地呼喊：「你要向天觀望，瞻仰那高於你的蒼穹。」長空上方翱翔的神眼彷彿聽見主人的呼喊，從遠方傳來一陣老鷹的長鳴。

台東廳卑南族初鹿社的首領馬智禮，派遣信差前來新高山部落，轉達警務局有意與馬西巴秀山部落談判。據說玉穗山部落的拉荷阿雷已經數次與警務局有所接觸，近期他的態度已經大幅丕變。神侍團成員商議之後，決定與警務局的代表會面，雙方約定在關山越嶺道附近的大關山地區。為了提防埋伏或遭遇圍剿，以林英明、長老、紅龜與黑熊等四人作為談判的代表團。其他人則是分批帶領部落的勇士，隱藏於各個重要的隘口待命，以防情勢生變可以即時反應與分進合擊。

警務局代表團帶領者是甫升任警部的佐藤武哲，以及馬智禮率領的勇士隊，總計大約近二十人的隊伍前來。佐藤武哲眼見久候多時的林英明一行人，其心生疑惑地問道：「神侍團只有你們四個人嗎？」「我們的千軍萬馬，遍布在山地的各個角落。」長老對於佐藤武哲語帶貶抑的口吻不滿地回答，同時讓他知曉神侍團也是有備而來，不要有任何輕舉妄動的想法。

警務局託付馬智禮作為中間人，除了他積極想要化解卑南族與布農族的世仇之外，同時可緩和雙方的疑慮與誤判的情況。「有屁快放吧！想要談什麼呢？」紅龜以聲勢奪人的語氣作為開場。

佐藤武哲以輕蔑的態度開門見山地表示：「只要你們無條件的投降歸順，總督府會以法外開恩的形式特赦你們。」馬智禮隨即說明目前的狀況：「有人指控你們是共產黨組織，情勢對於你們非常的不利。」「如果不順從呢？」林英明思忖半晌不以為意地反問。

「你們還有選擇的餘地嗎？聽說你們守護著天國⋯⋯我很好奇天國究竟是什麼樣子？」佐藤武哲走到林英明的面前，以質疑的眼神語帶挑釁地說道。「我們的國，就是一個愛的國度，屬於神的國度！」林英明以堅定的眼神和語氣回覆。「櫻子本來就是屬於我的人，你註定是個失敗者。天國是死人去的地方，有機會我很樂意送你一程！」佐藤武哲對於林英明的答案似乎感到天真可笑，帶著揶揄與威脅的語氣說道。他一陣訕笑之後，以幾乎貼近對方身軀的距離面露肅殺的眼神。

「有機會的話⋯⋯我也很想看看你有多少能耐！」正當林英明受到步步進逼的話語啞口無言時，黑熊以胸膛頂撞著佐藤武哲與不甘示弱的語氣回擊。他高大魁梧的身軀，肩膀上方扛著一支巨大戰斧，氣勢威猛果真令人退避三舍。此刻眼見雙方煙硝味濃厚的馬智禮即時緩頰氣氛：「警務局的意見已經傳達，請讓他們回去思考一下吧！」佐藤武哲也認為完成威懾的談判目的，正好以馬智禮的建議作為退場的方式。雙方人馬各自謹慎機警地撤退。

神侍團七侍者與警務局代表團談判未果之後，如今心無罣礙與豁達開闊的林英明，提議朝向新高山奔馳而去。雖然神侍團的

同志對於前往新高山感到納悶，但是一行人看見林英明的神情眉宇，似乎恢復往日的豪情爽朗。除了為他揮別過去的陰霾感到欣喜之外，他們已經事隔多時沒有一起馳騁穿梭在山地之間。

　　神侍團七侍者從上午時刻，沿途不斷地穿越森林、沼澤、河川、草原與崇山峻嶺，他們一路神清氣爽地前進目的地。路途之中稍作休息的時刻，長老總是利用閒暇以陶笛吹奏著奇異恩典的樂曲，天空上方的神眼彷彿警衛一般展翅盤旋。期間他們以打獵與野菜準備夜晚的紮營，廚藝精湛的長老總是為一行人烹調山珍美味。從大關山到達新高山大約二十五公里的路程，他們在山地夜宿一晚，隔日清晨攀登新高山的頂峰。

　　天氣晴朗視野遼闊的新高山山脈，神侍團七侍者佇立於頂峰。朝向新高山南方地帶的馬西巴秀山部落，眺望著峰峰相連迤邐天際的壯麗景象讓人胸懷寬廣。此刻鐵美塔道心有所感地問道：「神與天國真的存在嗎？」

　　基督徒的長老試圖以自己的見解闡述：「神是自有的、自性的、自然的存在。神是永有的、永恆的、永生的存在。神是無形的、無常的、無限的存在。神是全知的、全能的、全然的存在。神是至真的、至善的、至美的存在。神是唯一的、最初的、最終的存在。神是創造的、維護的、毀滅的存在。神是萬有的、空性的、因果的存在。神具有『自由性、平等性、公義性』，祂創造宇宙的空間與星體、地球的天地與萬物，以及人類與所有生命體。神是宇宙之中可見的與不可見的起源，所有精神的與物質的

造物主。神可稱為『宇宙意識』或『宇宙能量』，祂的本質即是『愛』。」

　　林英明則試圖解釋對於天國的定義與論述：「天國屬於神掌權的國度：一個自由的、平等的、公義的國度；一個希望的、夢想的、幸福的國度；一個真理的、善良的、美好的國度。一個和平的、寧靜的、喜樂的國度；一個沒有恐懼的、沒有欺騙的、沒有遺棄的國度；一個沒有挨餓受凍的、沒有流離失所的、沒有壓迫掠奪的國度。天國的子民具有純潔的、真誠的心靈，天國的子民具有分享的、互助的精神。天國是一個『神的國度』與『愛的國度』，一個可預見的、可創造的、可實現的國度。」

　　林英明同時寓意深長地表示：「新高山部落，具有天國的心靈價值與精神信仰。」他的意思闡明新高山部落的社會文化與生活方式，雖然沒有現代化的物質文明，但是具有「天國文明」存在的印證，亦是神侍團必須捍衛的神聖使命。

　　具有天神信仰宇宙觀的祭司，抽著菸斗沈思與仰望天空提出疑問：「神為何不指引人類正確的道路，反而放任我們自生自滅呢？」「如果沒有物質世界中『痛苦的無常觀照』，我們無法體驗靈性世界中『幸福的永恆存在』。神永遠給予人類自由選擇的機會，指引我們發現真理的道路。痛苦的地獄都是人類扭曲與無知的境界。」林英明解釋二元性與相對性的宇宙現象。

　　由於孤立遺世的新高山部落，完全不瞭解日本與世界的局勢，林英明列舉了影響巨大的事件：「第一次世界大戰、關東大

地震、昭和金融危機、世界經濟大蕭條、世界各國的貧富差距兩極化、社會主義與資本主義的文明衝突……」諸如以上的天災人禍與政經問題，導致了「族群、階級、制度」等意識形態的對立矛盾，衍生社會與國際之間政經局勢的動盪衝突。

林英明語重心長地表示：「看一看貧苦無依的人民、看一看滿目瘡痍的世界……神不是正在告誡世人嗎？」人類文明的進化依循著「探索、體驗、學習、成長」的過程發展，但是人類總是自私貪婪地索取與不知傾聽地反省。人類最偉大的發明就是不斷地重蹈覆轍於歷史錯誤，並且不斷地輪迴深陷於痛苦泥沼。

林英明若有所思地表示：「既然看見神給予的啟示，我們的使命就是成為『神的侍者』。除了告訴扭曲的當權者之外，也必須讓無知的人民覺醒。」神侍團七侍者佇立在新高山頂峰，眺望著天空與山地的浩瀚無垠，感受到人類之於天地及宇宙的滄海一粟。他們意識到唯有讓掌權者傾聽改變，以及讓醉生夢死的人民反省覺悟，命運真實的蛻變才有可能降臨。

馬西巴秀山部落的夜晚，星光燦爛萬籟俱寂的天地之間，部落廣場的營火熠熠生輝融化寒冷刺骨的黑暗。部落周圍的山坡盡是遼闊的森林，在部落前方唯一出入口的羊腸小徑之中，暗黑靜謐的森林之內，偶爾傳出稀疏的貓頭鷹啼聲。森林內樹木間出現隱隱閃爍的手電筒光線，大約一百名攜帶步槍與全副武裝的神秘隊伍，躡手躡腳地穿梭於林道之間驚擾棲息的禽鳥，鳥獸散的振翅聲在蕭瑟寂靜的寒夜尤感淒厲蒼涼。

　　此刻出現在馬西巴秀山部落的神祕隊伍，領導者是一名中年男子人稱：「鬼塚」。他曾經是黑龍會的組織成員，神秘隊伍也稱其為：「鬼塚隊長」。其實鬼塚隊長就是黃飛龍私自委託，由他訓練與帶領鬼頭門的部眾成立「鬼塚襲擊隊」，前往突襲神侍團的任務。先前黃飛龍在台灣三大報紙，發動了汙衊神侍團的輿論戰，眼見時機成熟依照計劃乘勝追擊。

　　據說鬼塚隊長曾經在二十一年前，加入黑龍會參與在清帝國湖北省，武昌起義的辛亥革命任務。黑龍會領導人內田良平曾經向組織成員表示：「黑龍會的使命最主要之處，在於孫文與黃興等人革命思想以『滅滿興漢』為目標。倘若漢民族革命成功，作為失敗者的滿洲民族，屆時可能將命運寄託於祖先的北方故鄉滿洲地區。因此滿洲民族可能依賴於鄰國俄羅斯，此時日本即可與革命成功的新中國，彼此相互提攜應對俄羅斯的南下擴張政策。

　　從此介入滿洲與西伯利亞地區，以期成為我們的勢力範圍。倘若以上計劃實現之後，以此確立東亞的大局勢，即可讓日本皇國的德光照遍大陸之地。以此計劃非但可拯救東亞的危局，同時有利於擴張日本的國勢。我們東亞先覺志士正是從如此的大視野出發，開始籌劃參與支那的革命任務。『俠義之心』與『愛國之情』兩種精神與信仰結合，讓我們的心臟熱血沸騰於清帝國的南方地帶。」

　　懷抱亞細亞主義與東亞經綸的黑龍會，對於辛亥革命之後建立的中華民國，現實的政局發展遠非東亞先覺志士的黑龍會預期

一般，反而是中國國內日益嚴峻的反日浪潮。當年黑龍會竭盡所能的資金援助，同時出生入死與犧牲奉獻地支持中國革命，最終與中國形成水火不容的情勢，讓其支持日本關東軍的滿洲國計劃以及對抗共產國際。

受到黃飛龍蠱惑與慫恿的鬼塚隊長，承諾協助剷除神侍團的任務。在任務執行之前，鬼塚隊長除了襲擊隊的作戰訓練之外，期間也蒐集新高山部落的情報。因此鬼塚襲擊隊才得以掌握進入山地的路線，以及擬訂行軍方式與夜間襲擊的策略。他們到達馬西巴秀山部落前方的森林地帶，在黑暗中摸索地穿越於夜色茫茫與霧氣裊裊的詭譎森林。

今夜部落的祭典期間，民眾全數聚集在廣場的當下，紅龜藉機邀約心儀已久的布農族女子「阿布斯」。天生麗質的阿布斯也是一名高砂族美女，鐵美塔道還負責居間傳達訊息。紅龜與阿布斯約定在部落出入口的小山坡會面，並且今夜瞭望台的守夜人員暫時休息，約會地點的視線可以看見皎潔的明月。紅龜為了展開告白的行動可是布局良久，林英明、黑熊與長老為了協助其完成心願，還支援引開阿布斯的父母與兄長。

紅龜懷抱著忐忑不安的心情等待著阿布斯的赴約。他一直喃喃自語練習著事先預想的內容，想要將自己的內心話一氣呵成地表達。紅龜眼見阿布斯從部落方向的道路緩緩走近，此刻心頭小鹿亂撞的情緒，伴隨著冷颼颼的夜晚緊張地屏氣凝神。正想單刀直入地傾訴情懷之際……阿布斯指向黑暗的森林深處疑惑地表

示：「怎麼會有閃爍的燈光？」

　　紅龜見狀直覺地認為事出反常，提議阿布斯即刻返回部落示警。他潛伏在樹林之間，從夜空灑落的微稀月光中仔細觀察，鬼塚襲擊隊已經到達部落出入口與森林交界之處。鬼塚隊長號令部隊準備突襲攻擊的待命態勢。紅龜眼見來者不善的襲擊隊，利用著夜晚隱藏的優勢決定採取騷擾的行動。他潛藏在距離襲擊隊大約二十公尺的位置，取出攜帶的飛刀射向襲擊隊陣營。兩名身中飛刀的襲擊隊員應聲倒下，當下步槍走火擊發之後聲音響徹雲霄。紅龜達成預警任務瞬間消融於黑暗的森林。

　　鬼塚襲擊隊發覺形跡敗露，索性膽大妄為地採取直搗黃龍的行動。方才阿布斯返回部落示警之後，神侍團立即採取緊急的避難行動。為防有朝一日面臨軍警攻擊時，神侍團事先在部落後方的森林地帶，已經挖築可讓老弱婦孺暫時躲藏的處所。此刻大約一百名的神侍團勇士，埋伏在部落後方與森林交界地帶，布署陣勢等待給予入侵的敵人迎頭痛擊。

　　鬼塚襲擊隊自恃擁有步槍的強大火力，肆無忌憚地衝入部落的廣場，發現營火熊熊燃燒部落卻是空無一人。身先士卒的鬼塚隊長驚覺情勢詭異說道：「危險，撤退！」對於完全陌生與黑暗朦朧的環境懷有不安全感的襲擊隊，面臨詭譎險峻的陷阱狀況恐懼感油然而生，同時慌張混亂地試圖退回森林的方向。

　　守株待兔與伺機而動的神侍團勇士隊，首先由鐵美塔道帶領的弓箭隊，箭雨齊發地射向驚慌潰散的鬼塚襲擊隊。在前方首當

其衝的鬼塚隊長腿部立即中箭，爭先恐後的襲擊隊人員朝向暗黑森林撤退，同時一邊朝向彷彿鬼魅不見身影的敵人射擊。

遭遇隊友遺棄腿受箭傷的鬼塚隊長，迷失了方位倉皇地奔向一處懸崖之地。他在逃離途中以步槍朝向四周跟隨的黑影慌張地射擊，已經身陷彈盡援絕的窮途末路之境。箭傷使得鬼塚隊長行動緩慢，踽踽獨行與步履蹣跚地前進之中，同時已經到達一望無際的懸崖邊緣。此刻只有清晰看見天空上皎潔的明月，月光均勻地灑在懸崖峭壁顯得格外冰涼。一路尾隨跟蹤的林英明、紅龜、黑熊與雲豹，已經包圍身陷絕境的鬼塚隊長，天寒地凍之中讓五個人嘴巴與鼻息吐露詭異靜默的霧氣。

鬼塚隊長已有插翅難飛的自知之明，他面向斷崖深谷與皎潔月光之前，從腰際取出大約五十公分的脅差，並且緩緩地卸下脅差的刀鞘。此刻林英明似乎心領神會地表示：「他想切腹自殺，需要一個介錯。」因此隨即將自己腰際的武士刀拋向雲豹。俐落敏捷地抓住武士刀的雲豹，舉起月光之下鋒芒畢露的武士刀。他站立在脫開上衣的鬼塚隊長身後，雙手高舉的武士刀等待著揮舞的時機。

神侍團一行人對於鬼塚隊長的決定，感到緘默無語和肅然起敬。眼見鬼塚隊長將脅差插入腹部的當下，雲豹的武士刀瞬間迅猛地落下，首級與身軀也瞬間地分離而去。一顆具有毛髮的肉球滾落於懸崖之下，冷冷的月光摻雜著淒涼的寒風，吹拂著黑龍會浪人的臭皮囊身軀。神侍團一行人以崇高的尊敬心鞠躬致意。

　　鬼塚襲擊隊夜襲馬西巴秀山部落的三個月之前，正值神侍團與警務局代表團談判之後期間。位於關山越嶺警備道沿線的大關山駐在所，拉馬達星星獨自帶著幾名兒子隨行，他們在駐在所附近的檜谷狙擊了三名警察。大關山事件之後，關山越嶺警備道沿線駐在所全面高度警戒，紛紛加強守備與如臨大敵的局面。關山越嶺道沿線的霧鹿高台，早已設置了兩門日俄戰爭時擄獲的山砲，霧鹿砲台就是為了嚇阻布農族部落的武器。

　　當時軍警下令從霧鹿砲台往馬西巴秀山部落的方向射擊。由於砲台位置距離馬西巴秀山尚有二十公里，對於山砲大約五至十公里的射程，根本無法達到真正有效的打擊功能。向馬西巴秀山射擊只是進行威懾的目的，當天總計發射幾十枚的砲彈，砲擊爆炸的巨大聲響，讓新高山部落都可感受到強烈的震撼。

　　鬼塚襲擊隊突擊馬西巴秀山部落的前一天……拉馬達星星偕同四名兒子，秘密潛返台東廳里壠支廳的布農族部落。正當他們進入友人的家屋之際，被人看見之後密報警務單位。當天接獲密報的台東廳警務課調集大批的警察人員，在傍晚用餐時刻進行突擊圍捕。拉馬達星星與其兒子等人奮力搏鬥，在困獸之鬥下終究寡不敵眾，全數遭遇拘捕與關押。

　　拉馬達星星與四名兒子被捕的消息，立刻在台東廳的布農族部落傳開，附近幾個部落夜間火炬穿梭不息。總督府收到情報為了防止布農族部落群起營救，命令當地營區與駐在所的軍警部隊暫時撤出。同時將拉馬達星星一行人，押送前往里壠支廳的警察

官舍，派駐重兵把守與戒備森嚴以防生變。神侍團歷經襲擊的數日之後，從台東廳的布農族部落傳來消息，據說拉馬達星星與四名兒子可能面臨處決的命運。

期間新高山部落群的玉穗山部落並未遭遇襲擊。傳聞警務局先前已派布農族的石田巡查作為嚮導，帶著古川警部與新盛警部補冒險潛入玉穗山，與首領拉荷阿雷會面談判。據說在會面談判之前，警務局掌握一個明確的情報。得知拉荷阿雷對於次子西達，喪偶多年沒有續弦一直感到憂慮。警務局突發奇想一個破天荒的招降計劃，試圖以安排拉荷阿雷次子的婚姻作為談判條件，說服其放棄玉穗山部落移居平地。

當時高雄州旗山郡的警部和田寅次，立即聯想到馬里山社布農族的第一美女「華利斯」。正值花樣年華單身未婚的華利斯，屬於旗山郡布農族部落赫赫有名的大美人。和田警部計劃著說服華利斯家族同意和親勸降的事情。另外拉荷阿雷對於其弟阿里曼西肯歸順之後，感到背叛與傷心也失去戰鬥的意志。唯今僅有拉荷阿雷的四子沙利蘭堅持反對投降，或許拉荷阿雷正在圖謀談判歸順的最佳條件。

傳聞拉馬達星星與四名兒子的歸順式，將於台東廳的里壠支廳低調舉行。神侍團七侍者獲得情報，歸順式的當天易容喬裝之後，隱身在街道的人群之中。由於拉馬達星星屬於布農族的精神領袖，逮捕事件震驚布農族部落以及茲事體大。總督府為了低調處理沒有大肆宣揚，但是當天現場前來觀看的民眾人潮，讓里壠

支廳廣場前的街道水洩不通。

　　對於神侍團深惡痛絕的總督府評議員黃飛龍，其刻意隨同藤原警務局長與佐藤武哲警部參與歸順式。為了維安任務現場派駐大約一百多名的警務人員，荷槍實彈的警隊在廣場前方圍成一圈警戒線。廣場內拉馬達星星與四名兒子排成一列，雙手捆綁背後與雙腳夾住鎖鍊的跪姿形式。

　　警戒線外面的民眾交頭接耳與指指點點，與其說是歸順式不如說彷彿刑場的詭譎氣氛。黃飛龍亟欲宣揚總督府的統治權威，得意洋洋地發表意見：「這個自稱是神侍團的組織，其實就是打家劫舍與違法亂紀的土匪。他們是意圖摧毀幸福社會的共產黨暴力團。」在黃飛龍指鹿為馬的渲染之下，現場有些民眾報以熱烈的贊同掌聲。

　　為數眾多者都是盲從或看熱鬧的心態，唯有少數關心事實與沈默無言者。神侍團七侍者隱藏在街道邊緣的人群中，機警謹慎與屏氣凝神地觀察一切的情況。「拉馬達星星，你願不願意歸順？」藤原警務局長以威脅的語氣詢問。眼見當事者毫無回應之下，現場一位警官以手勢下達指令。站立在拉馬達星星父子的後方，五名手持步槍的警察，其中兩名扣下扳機。「砰—砰—」兩聲槍響讓拉馬達星星的兩個兒子中彈倒地。

　　現場原本議論紛紛的民眾頓時鴉雀無聲。「願不願意歸順？」藤原警務局長再度詢問。隱藏在人群的神侍團七侍者緊張地喃喃低語：「歸順吧……」再度兩聲槍響，讓拉馬達星星最後兩個兒

子也瞬間倒地。眼見兩側的四名兒子全部倒臥血泊之中⋯⋯處於中間的拉馬達星星仰望蒼穹悲壯地呼喊：「寧願身軀焚燬，不願靈魂腐朽！」最後一聲槍響在靜肅的氛圍中劃破天地，徒留震驚以及哀嘆連連的現場民眾。

神侍團七侍者噙著眼淚與咬緊牙關，內心悲痛與無可奈何地離開是非之地。眼見團長被行刑槍決的一行人，心情沈重地朝向馬西巴秀山部落奔馳，一路上彼此幾乎沒有交談。他們心有靈犀地沈默著共同哀悼同志，耳邊一直迴盪的聲音，並非令人恐懼的槍響，反而是拉馬達星星面對死亡之前，最後一句的吶喊。他們深刻地體悟堅持信仰的愛與大無畏的勇氣，未來同樣必須面臨生死抉擇的道路。

神侍團七侍者馬不停蹄已屆傍晚時分，就地紮營休息一宿等待黎明再行前進。歲末時節的山地，白天充斥著滿山滿谷的楓紅，夜晚籠罩在寒冷凜冽的冬風。今晚正是跨年度的除夕夜，一行人懷著哀戚的心情以熱咖啡與口糧簡單保持體溫。

長老取出隨身攜帶的陶笛，吹奏著奇異恩典的樂曲。他感念當年拉馬達星星收留的恩情，坐在對面的雲豹也是心有戚戚焉的神情。長老暫停吹奏陶笛，首先打破沈默表示：「我們必須選出神侍團的新團長，我推舉林英明。」野玫瑰鐵美塔道、紅龜與黑熊以認同的態度點頭。「難道沒有其他人選嗎？我認為祭司最為合適。他本來就是馬西巴秀山部落的內政領袖，團長應該由他接任。」雲豹發表個人反對的意見。

　　雲豹對於林英明抱持仁愛與慈悲之心的標準看待敵人，如此作法讓他一直頗有微詞，這是兩人具有矛盾心結的因素。雲豹基於父兄全數死於軍警的仇恨心態，總是心存以牙還牙無差別的報復想法。林英明非常理解雲豹的感受，他曾經以一句發人省思的話語解釋：「以毒水灌溉果樹結出的果實，最終只會讓人自食惡果。」其言下之意想要闡述的道理，以不正確的方式達到目的，最後結果亦會摧毀自己。

　　「我同意長老的提議。」總是抽著菸斗沈默寡言的祭司發表想法。先前拉馬達星星曾經向他叮嚀表示：「倘若我發生了意外的事情，林英明適合成為領導者。」如今成為團長的林英明，背負著神侍團的神聖道路與未知命運。長老吹奏著奇異恩典的樂曲隨風飄散在天地之間，一行人沈默地聆聽樂曲與觀望滿天星辰。黑幕籠罩的天際一道流星下墜閃亮夜空，彷彿向拉馬達星星父子奠祭最崇高的敬意。神侍團七侍者以滿懷悲愴的心情，迎接新年的晨曦劃破黎明前最黑暗的時刻。

　　神侍團七侍者返回馬西巴秀山部落，噩耗讓部落的男女老少陷入愁雲慘霧與人心惶惶的氛圍。他們意識到總督府已經全線完成與開通關山越嶺警備道，以及遊說玉穗山部落的拉荷阿雷似乎即將大功告成。新高山部落群的團結與戰力面臨分化，軍警圍剿馬西巴秀山部落已經是迫在眉睫的事情，他們終將面對總督府可能隨時發動的討伐戰。

　　長老提議前往高雄州的屏東郡與恆春半島，號召曾經參加

貓字軍聯盟部隊，排灣族部落的勇士加入神侍團。長老偕同林英明低調秘密地探訪昔日的戰友，期間歷經一番的遊說確實有所成效。當年參戰或犧牲的勇士後代，願意加入者大約已有兩百名。以目前馬西巴秀山部落大約一百名的勇士，倘若增加排灣族勇士的新血，即可彌補有意歸順的玉穗山部落人數，屆時神侍團的戰鬥人員總計大約三百名。

　　總督府警務局收到神侍團招募勇士的消息，藤原警務局長決定親上火線與神侍團進行談判。除了給予投降歸順的最後期限之外，同時探查虛實與蒐集情報等策略目的。婚後大腹便便的藤原櫻子已經生下一個女嬰，初為人母的她得知父親即將與神侍團會面，除了掛念林英明的安危之外，尤其希望自己可為神侍團的友人善盡一份情誼。藤原櫻子判斷如今的情勢，只能想方設法保住林英明的性命。藤原警務局長對於女兒自動請纓隨行考量之後，或許讓她陪同可以軟化林英明的態度，對於談判確實具有建設性的價值。

　　雙方談判代表團約定在大關山地區會面，神侍團特地攜帶雪茄與紅酒等物品。既然總督府談判規格如此的盛大隆重，神侍團也必須相對地聊表敬意，以此招待位高權重的台灣警務最高首長。「歡迎尊貴的警務局長，可以讓您親自大駕光臨，召見我們這些土匪與蕃人，實在感到與有榮焉啊！荒山野嶺沒有什麼好招待的……獻上雪茄與紅酒。」林英明以開場白歡迎著總督府的貴賓。警務局長為首的代表團，身邊除了十幾名荷槍實彈的警隊，

卑南族首領馬智禮也調動了數十名的勇士在周邊地區待命。畢竟警務最高首長的安全可是不能等閒視之，但是林英明為首的神侍團赴會者僅有五人。

團長林英明下達招待貴客的指令，長老將雪茄與盛裝紅酒的木杯遞給藤原警務局長表示：「總督府請客……」其實這些物資都是神侍團，先前從關山越嶺道搶劫的官方補給品。長老的言下之意隱含著給予警務局的下馬威，其意有所指的話語讓藤原警務局長瞬間面色鐵青。

「請你們放棄反抗，接受招降好嗎？」場面尷尬中藤原櫻子率先以勸誘的語氣表示。此刻林英明的心境堪稱五味雜陳與千絲萬縷，招降的話語心如刀割無情地襲擊自己，眼前曾經深愛的女子如今彷彿形同陌路。林英明強顏歡笑地走向藤原櫻子的面前，深吸一口雪茄隨即將口中的煙霧，緩緩地吐向曾經愛戀熟識的臉龐說道：「藤原小姐，不對！應該稱呼……佐藤太太。我為什麼要聽從妳的指示呢？」林英明試圖以口中的煙霧，淹沒眼前刻骨銘心與難以忘懷的戀人。雪茄的煙霧如同思念的浪潮覆蓋深愛的容顏，也隱藏著唯恐被人識破的傷痛與脆弱，愛恨交加的糾葛纏綿讓其內心波濤洶湧。

花子眼見藤原櫻子受到無禮與輕浮對待氣憤地怒斥：「林英明，你太過分了！」無可辯駁的藤原櫻子隨即制止花子反彈的情緒。她深刻理解林英明此刻椎心刺骨的痛苦，畢竟當初的甜言蜜語和海誓山盟，彷彿曇花一現與鏡花水月。她的內心何嘗不是無

可奈何與萬般折磨，為了保護肚子內愛的結晶這是最好的選擇，也是唯一可以證明愛的承諾。藤原櫻子對於林英明的愛銘記在心之外，內心深處更是懷有一份歉疚之感，如今自己唯有強忍淚水與默默承受地背負非議之名。

　　眼見林英明不為所動的態度，於是藤原警務局長語帶威脅地表示：「據說你們有三百人，知道總督府一次可以動員多少軍警嗎？最少三萬人！」警務局長的話語讓隨從的警隊，不禁以鄙視的態度哄堂大笑。「這一杯敬森川清治郎！這一杯敬森丑之助！這一杯……敬花岡一郎與花岡二郎！正當你們這些掌權者，品嘗著猶如鮮血的紅酒發號政令時，不知令多少弱勢者流下苦難的血淚。如果我們三百人無法形成漣漪的話，想必您今天就不會親自前來吧？」林英明連續三次將木杯內的紅酒撒在地上。逐一舉例由於國家機器與官僚體系的顢頇無能，讓森川清治郎、森丑之助、花岡一郎與花岡二郎，這些克盡職責善良的公務人員，基於愛的良知以犧牲生命作為換取靈魂的救贖。

　　「我想聽看看你們歸順的條件是什麼？」藤原警務局長打開天窗說亮話地詢問。「一、成立民主選舉議會的制度。二、同意山地部落的自治區。」林英明提列訴求的條件之後，藤原警務局長立即回應說道：「以上兩個條件的權限，不是總督府可以自行決定的，必須經過日本帝國議會的審議。」「不要裝瘋賣傻了……只要總督府願意向內閣政府提議，帝國議會沒有阻擋的理由。我看是總督府的政商勾結與權貴利益，在內地的帝國議會杯葛

吧！」林英明一針見血地戳破推托之詞。

「這些意見我會提報給予總督府。」在藤原警務局長意興闌珊地回答與轉身之際，林英明見狀隨即提列最後一項的談判條件：「還有⋯⋯台灣總督的職務，有機會的話我們也想做看看。」「放肆！你和你的父親一樣⋯⋯桀驁不馴！」藤原警務局長聽見最後一項要求後轉身怒斥。或許是移情作用與女兒懷孕的關係，讓藤原警務局長始終懷有敵意的眼神與態度。他走向吞吐雪茄煙霧彷彿林少貓陰魂的林英明面前。

此刻林英明身旁正在咀嚼檳榔的長老，瞬間吐出一口紅色的檳榔汁，噴濺在藤原警務局長的皮靴之上，讓怒不可遏的藤原警務局長頓時冷靜地轉移視線。「長老，你把檳榔汁吐在局長高貴的皮靴，是不是應該幫他擦乾淨呢？」林英明配合長老的神來一筆說道。「如果同意我們提出的三個條件，我一定用舌頭幫他舔乾淨⋯⋯」長老以詼諧逗趣的口吻語畢。始終站在後方警戒的紅龜、黑熊與雲豹等人情不自禁地噗哧大笑。

「不一樣！我的父親是為了自己與追隨者而戰。我是為愛而戰⋯⋯為神而戰！」林英明緊接以反駁的語氣向藤原警務局長回應。「神？你們根本在妖言惑眾，神在哪裡呢？」藤原警務局長嗤之以鼻的質疑語氣。「神源自於愛創造人類，我們都是神的兒女，人民就是神的殿堂。」林英明以基督教的教義回覆。「以你們這一套說辭我是無法提報總督府。給我一個明確的答案，要不要歸順？」藤原警務局長帶著難以置信的神情，以咄咄逼人的態

度下達最後通牒。

　　林英明以曾經身為警察的經驗，他理解眼前這位執法者的官僚立場，藤原警務局長完全依據法律的制度行事。林英明不禁想起早年在法院訴訟時，見到的「天秤」圖案自忖：「自由與公義如同天秤的兩端，倘若有任何一端過於傾斜，社會的『平等』狀態即無法維持。」林英明感到雙方的談判毫無交集之處，最後給予藤原警務局長斬釘截鐵的答案：「自由讓人民平等，公義使邦國高舉。沒有自由與公義的土地，無法建設永久和平的城堡。」

　　神侍團與警務局談判未果之下，神侍團七侍者攀登於大關山頂峰，登高遠眺正月時節雪白潔亮的新高山。祭司身為新高山部落的內政領袖，跟隨拉馬達星星反抗總督府歷時大約十八寒暑。他提起感到疑惑的問題：「為什麼總督府一定要討伐我們呢？」「人類社會的矛盾與衝突，其實不是『族群差異』或者『階級對立』的問題。根本的原因在於『制度』。」林英明試圖解釋人類戰爭的問題本質。

　　林英明舉例諸如：後藤新平、新渡戶稻造、明石元二郎、八田與一、磯永吉、濱野彌四郎、長谷川謹介等人。這些曾經為台灣戮力建設不勝枚舉者，在總督府的體制之下，其竭盡所能創造社會的幸福與美好，但是他們的成果最後卻淪為既得利益者剝削弱勢者的結構。在總督府的體制之下，諸如：木村謹吾、稻垣藤兵衛、井上伊之助等人，他們只有在體制邊緣以棉薄之力貢獻社會。再者諸如：森川清治郎、森丑之助、花岡一郎、花岡二郎等人，

他們反而無辜成為制度的犧牲者。

林英明針對世界兩大政經制度的概況，深入地剖析與闡述：
「社會主義或共產主義的體制，屬於財產『公有制』或『共有制』
的經濟制度。政府以絕對的公權力實行『社會計劃經濟』與『社
會資源分配』，政治採取『專制集權』的統治方式。社會主義為
了達到『絕對公義』形成『壓迫自由』的社會問題。如此『壓抑
人性本質』的制度，最後淪為『社會均貧』與『頹廢敗壞』的經
濟型態。

社會主義教育之下的社會菁英，為了維護制度與統治利益，
成為『欺騙造假』與『暴虐無道』的政權，這個體制成為『人間
地獄』的社會型態。統治者是地獄的主宰，被統治者淪為地獄的
餓鬼。社會主義或共產主義的制度，一個屬於『魔鬼掌權的國度』
之下，形成『恐懼壓迫』與『謊言暴虐』之『無間罪惡的社會』。」

「資本主義的體制，屬於財產『私有制』的經濟制度。政府
為了維護『自由市場經濟』與『自由企業經濟』的環境，政治採
取『民主人權』的統治方式。資本主義為了實現『完全自由』可
能形成『忽視公義』的社會問題。自由市場經濟的財團或資本家，
為了獲取無限制的利益形成『政商勾結』的統治結構。如此『縱
容人性本質』的制度，最後淪為『自私貪婪』與『貧富差距』的
經濟型態。

資本主義教育之下的社會菁英，為了掌握權力與統治利益，
成為『功利主義』與『道德沈淪』的政權，這個體制成為『人間

監獄』的社會型態。資本階級的『富有者』成為監獄的『管理人』，亦是『社會遊戲規則的制定者』。中產階級的『小康者』只是監獄的『囚徒』，勞工階級的『貧窮者』完全淪為『奴隸』。在經濟體系崩壞的時期，中產階級倘若無法晉升成為資本階級，可能只有無奈淪為奴隸的命運。資本主義的制度，政府以『服務財團』與『圖利資本家』的『功利主義』政策思想，一個屬於『人掌權的國度』之下，形成『巧取豪奪』與『剝削掠奪』之『弱肉強食的社會』。」

　　林英明最後為社會主義與資本主義賦予一個註解：「沒有自由意志的公義，只是虛假的公義；沒有公義道德的自由，淪為野蠻的自由。唯有自由與公義平衡發展的社會，方可實現真正的平等。」「人類源自於神的愛創造物質文明，最後卻倒果為因迷失方向，執著於物質文明是唯一擁有幸福的根源。」長老亦對於現代化物質主義的社會價值觀發表看法。「唯有回歸生命起源的愛，以愛建立屬於神的國度，方可堅如磐石。」林英明凝視遠方冰清玉潔的新高山，若有所思地訴說內心的感悟。

　　根據工業革命以降資本主義的社會經濟發展，人類創造前所未有豐饒富庶的物質文明。但是每隔一段週期就會出現經濟發展瓶頸與政治穩定問題，直到市場經濟崩壞或者政治動盪更迭周而復始的歷史。不論社會主義或者資本主義的經濟理論，都是奠基於「物質價值」的主體思想。所有的物質或服務等商品型態，都是基於「創造、生產、服務、消費」的價值鏈，商品供需過程都

是源於「人」的參與。

　　社會主義或共產主義，由於壓抑人性自由創造與自由市場經濟的體制，形成社會經濟發展結構敗壞蕭條。資本主義由於提供人性自由創造與自由市場經濟的環境，因此社會經濟的發展體質豐饒富庶。然而商品的創造、生產、服務、消費等價值鏈的供需成本，諸如「勞工的薪資」與「商品的價格」，都是由資本家主導，以及商品的「利潤所得」，也都歸於資本家。隨著社會經濟發展形成的物價上漲與薪資調漲，倘若「薪資調漲」與「物價上漲」無法取得合理平衡時，市場經濟就會面臨阻滯與不良的循環。

　　「物質價值」主導的資本家具有財富的優勢，可以影響政府政策與法律制度主導經濟型態，以及形成政商勾結的資源分配體系。如此形成「貧富差距」的社會經濟狀態，最後演變為「富者愈富、貧者愈貧」的社會極端現象。貧富差距的經濟情況淪為「貧富世襲、階級僵化」的社會環境，最終導致「族群、階級、世代」的對立矛盾。在當今世界一體化的經濟環境，也形成國族或國際之間的衝突。直到市場經濟崩壞或者政治動盪更迭再度重新輪迴，人類的政經制度運作永遠處於「惡的循環」。

　　「政治」與「經濟」是「一體兩面」的關係，兩者無法各自單獨運作的制度。人類社會從「帝王封建」走向「民主人權」的政治制度，促使人類學習以「善的循環」更替政權。如今唯有讓「經濟制度」同時具有「民主人權」的概念，人類社會的經濟型態方可走向「善的循環」。

　　林英明在新高山部落的生活經驗，感受人類原始部落的心靈
價值與精神信仰。如此具有「分享互助」的社會型態，啟發其主
張：「以人為本、人本價值」的經濟概念，或許是彌補資本主義
與生俱來的缺陷。有別於「物質價值」主導的資本主義，將「以
人為本的人本價值」理論稱為「人本主義」。人本主義在「以人
為本、人本價值」之下，成為「平衡人性本質」的制度，主張「民
主人權」與「分享互助」的政經體制。

　　「民主人權」就是人民擁有超越政府與立法者之最高主權
與基本人權的社會制度。「分享互助」即是人民擁有「財產私有
化」，以及「經濟的自由化、分享化、互助化」之社會制度。政
府維護「自由市場經濟、自由企業經濟」制度，實行人民與企業
的「財產私有化」之外，勞工具有「利潤分享化」之勞動權利，
以及「社會互助化」之失業或急難保險制度。

　　「利潤分享」就是建立於「人本價值」的生產或勞動利潤所
得之下，具有分享權利的法律制度。「社會互助」就是建立於國
家的保險金或稅收制度之下，屬於「有償金」與「退休金」的社
會安全保障制度。人本主義的「財產私有化」、「經濟的自由化、
分享化、互助化」之社會制度，即是實現「民主人權」的經濟制
度。屬於「善的循環」之經濟環境，一個永續發展的社會環境。

　　人本主義的體制之下，政府的定位屬於「管理者、教育者、
慈善者」三位一體的統治組織。「民主人權」與「分享互助」的
政經制度，可以實現「天國的心靈價值與精神信仰」：「自由的、

平等的、公義的社會制度」、「希望的、夢想的、幸福的生活環境」、「真理的、善良的、美好的理想國度」。唯有讓「神的國度」降臨「人間制度」，「天國文明」與「人本主義的物質文明」相容結合，一個屬於「神掌權的國度」之下，形成「愛的社會」與「神的文明」之「人間天國」。

如果想要建立一個「人間天國」，可能影響國家社會現行的法律制度。在一般社會制度之下大約可分為三大類人：「一、『加害者與盲從者』，屬於統治者或既得利益者階級。二、『受害者與犧牲者』，屬於勞苦的社會大眾人民。三、『無知者與沈默者』，屬於平庸的社會大眾人民。」

基於人性自私的本質，統治者與既得利益者或許不願主動改變法律制度。一般勞苦與平庸的社會大眾，淪為受害者與犧牲者的人民，在社會角落無奈痛苦地苟且偷生。尤其是多數屬於無知者與沈默者的大眾，毫無聲音與缺乏資源可以改變社會制度的問題。唯有社會出現第四類人：「覺悟者與改變者」，當他們對於不自由、不平等與不公義的社會，大聲疾呼讓社會大眾覺醒之時，真實的、真相的與真理的世界才得以實現。

林英明再度闡述神侍團的使命：「本著『神侍魂』，遵循『聖人心、菩薩願、基督行』的道路。秉持『仁愛之心、慈悲之願、博愛之行』的精神信仰，以及『愛、智慧、勇氣』的心靈價值，成為捍衛天國文明的團體。」

長老有感而發地敘述基督教「聖殿騎士團」的故事：「聖殿

騎士團全名為『基督和所羅門聖殿的貧苦騎士團』，一個曾經存在於歐洲中世紀的基督教騎士團體。西元一〇九六年，基督教第一次十字軍東征之後，當時十字軍在現今的以色列、黎巴嫩與敘利亞等地區，建立了「耶路撒冷王國」。基督教的聖地耶路撒冷，成為基督徒朝聖者的重要地點，期間不少的基督徒前往聖地的途中，屢屢受到穆斯林教徒的攻擊事件。

有鑑於此，一群西歐騎士於是自告奮勇，以傳說之中所羅門神殿所在地「聖殿山」，作為根據地成立了聖殿騎士團。他們是一支以「神的旨意」作為口號的自願軍，實行保衛基督徒與聖地的任務。聖殿騎士團一般大約以三百人規模為主，具有崇高的榮譽心與尊嚴感，以及視死如歸的神聖使命感。如此讓他們在面對危險與死亡之時，保持奮戰到底與寧死不屈的精神。

聖殿騎士團以公正嚴明的紀律，同時以寡擊眾的作戰能力，讓他們贏得極高的讚賞與聲譽，期間幾乎參與所有保衛聖地的戰役。雖然人數不多但是身先士卒與衝鋒陷陣的勇氣，讓他們成為保衛基督教聖地最強悍的軍團……」

聖殿騎士團的故事，讓神侍團的成員彷彿心有同感。林英明帶著深邃的眼神說道：「縱然面臨希望、夢想與幸福破滅的黑暗時刻，我們依然堅持愛的價值與信仰，這是唯一指引邁向光明的燈塔。我們必須讓日本內閣與帝國議會聽見我們的聲音，讓人民與世界聽見我們的聲音，讓神聽見我們的聲音。為了捍衛天國文明的價值與信仰，這是一場……愛的戰爭！」

　　神侍團七侍者眼神專注地眺望著遠方的新高山。野玫瑰鐵美塔道意有所指地問道：「愛的戰爭，將會在何時呢？」「愛的戰爭，或許在櫻花盛開之時……」林英明寓意深長地告訴不言而喻的同志。拉馬達星星的寧死不屈與慷慨赴義，在警務局的談判破裂之下，以及正月嚴冬的季節之後，神侍團即將面對最後命運的揭曉。

神的眼淚

　　神侍團面對即將來臨的討伐戰召開會議，自從總督府的槍械收繳政策以降，山地部落所有的槍械已被沒收殆盡。同時對於槍械與彈藥的取得，進行非常嚴密的禁絕與控管。如今神侍團可以對抗軍警的武器，只有傳統的刀械與弓箭等冷兵器，以及少許自製的火繩槍。面對軍警的步槍、機關槍與山砲等強大火力，冷兵器只能在近距離的戰鬥發揮效用，無法有效阻擋軍警現代化火力的攻擊。雙方武器與兵力可謂天壤之別與實力懸殊的情況，對於神侍團唯一具有優勢的地方，只有善用山勢天險與森林地形的作戰策略。

　　「屆時總督府會派出多少軍警呢？」祭司抽著菸斗沈思地問道。「從以往的經驗得知最少三千人。」長老以神侍團大約三百人的戰力推估。鐵美塔道望著善於謀略策劃的林英明問道：「以我們現有的武器，根本無法抵抗軍警的攻勢，有什麼作戰計劃嗎？」新高山部落的馬西巴秀山地區，連日滲透著陰雨綿綿與冰冷寒意。林英明朝向眾人圍坐的爐火中丟進一根木材，注視著熊熊的爐火若有所思地表示：「人間最強大的力量就是愛、智慧與勇氣，這是唯一戰勝恐懼邁向成功的武器。我們有兩個月的時間，以現有的資源籌備戰鬥的武器與裝備。」

　　根據盤點新高山部落目前可以運用的資源，林英明心中大概的計劃構想如下：「一、『火繩槍』：善用紅龜先前攜帶而來的黑觀音一萬元資金，可秘密前往平地購買黑火藥、鉛塊、鐵管、鐵材等材料製作火繩槍。二、『武士甲冑』：部落囤積與獵捕野

鹿的『鹿皮』，可以製作成為神侍團勇士隊的戰鬥盔甲。三、『樟腦油』：利用山地豐富的樟樹林資源提煉樟腦油，利用樟腦油的可燃性製成具有作戰功能的武器。四、『麻袋、麻繩』：善用先前在阿朗壹古道劫掠官方的麻袋與麻繩等物資。麻袋可以裝填砂土成為作戰的防禦工事；麻繩浸泡樟腦油後可作火繩槍與炸藥的引線等功能。」

火繩槍，屬於一種以燃燒的火繩作為引線裝置的槍械。火繩是以麻繩浸泡易燃液體晾乾後的長繩，點火後可以緩慢燃燒成為火藥的引線。西元十五、十六世紀由歐洲人發明與普及化。火繩槍的發明使得人類的戰爭，從冷兵器正式進入熱兵器的時代，屬於現代化作戰步槍的始祖。火繩槍主要以圓形槍管、金屬火藥室與木頭支架構成的槍械裝置，總長度大約一百五十公分。

火繩槍操作裝填時，先取火藥瓶倒入火藥於槍管之中，再將以紙包裝的鉛彈塞進槍管。以長條細棒將彈丸推至槍管後方，緊接將導火作用的火藥，倒入槍管後方的金屬火藥室。將燃燒的火繩夾住於槍械裝置的金屬彎鉤上方，以手指扣下扳機讓彎鉤的火繩滑入火藥室，瞬間引燃火藥爆炸將鉛彈射出。火繩槍的射程大約可擊中一百米至二百米距離的敵人，訓練有素的槍手操作時間大約每分鐘可以射擊一次。

有關於製作武士甲冑的「鹿皮」、樟樹提煉的「樟腦油」等山地資源，以及平地種植甘蔗製成的「蔗糖」。諸如以上的經濟資源，三、四百年以來，交織一幅台灣島與世界關係的命運血淚

史……時間返回十六世紀的大航海時代，在太平洋婆娑之海一座美麗的島嶼，一個與世界文明隔絕分離及置身事外的化外之島。島嶼上方從幾千年前甚或不可考的過去，居住一群沒有文字與歷史記載的古老民族……

西元一五六〇年，十六世紀中葉正值日本的戰國時代。由於戰爭之故武士甲冑的大量需求，開啟日本的海商集團前來本島從事鹿皮貿易。此時正是中國古代的明帝國時期，長期實施海禁與鎖國政策的明帝國，將這些縱橫於日本與明帝國東南沿海，以台灣島作為據點的海商集團統稱：「海盜」。

西元一五九三年期間，統一日本戰國時代的「豐臣秀吉」，其親筆書寫一紙「高山國招諭書」交付「原田孫七郎」。書信主旨通知「高山國的國王」必須向日本朝貢，前往傳信的原田找不到收信人因此作罷。西元一六一五年期間，推翻豐臣政權的征夷大將軍「德川家康」，其囑咐熟稔東南亞海域的「有馬晴信」，欲出兵征服「高山國」卻巧遇颱風作罷。

十六世紀期間，歐洲人航海經過本島，發現島內沒有文字記載與民族眾多的部落型態，一個自由美麗與世無爭的島嶼，分布多民族多語言的部落政體。沒有統一王國的島嶼住民，從此被統稱為「福爾摩沙人」。十七世紀初期，福爾摩沙島的西南平原地帶，成為日本與明帝國福建地區海盜集團的棲息巢穴。

西元一六二四年期間，歐洲的荷蘭東印度公司在現今台南沿海，建立了熱蘭遮城與普羅民遮城，成立福爾摩沙第一個外來政

權。在荷蘭人尚未建城與日本德川幕府鎖國政策之前，福爾摩沙輸往日本的鹿皮貿易，均由日本的海商集團獨佔。荷蘭人建城的隔年，對於日本商人課徵貨物輸出稅，同時宣布禁止鹿皮輸出讓日本海商感到極度不滿。

日本朱印船的船長「濱田彌兵衛」，策劃台南地區西拉雅族的新港社首領「理加」等十六人，以「高山國使節團」的名義前往德川幕府。主張獻出福爾摩沙島請求德川家光將軍出兵保護，也阻撓荷蘭駐福爾摩沙長官「彼得努易茲」與幕府將軍見面。

德川將軍單獨接見高山國使節團的理加，最終幕府將軍婉拒派兵前往保護福爾摩沙的請求。在爭議沒有獲得圓滿處理的情況之下，濱田彌兵衛返回熱蘭遮城時，率領了一百多名日本人挾持彼得努易茲。演變成為日本與荷蘭之間的國際事件，並且讓日本與荷蘭東印度公司雙方暫時中止貿易。

西元一六三三年期間，正值德川幕府頒布鎖國令的前一年，日本與荷蘭才恢復雙邊的貿易通商。爾後德川幕府實施鎖國政策，讓荷蘭獨佔福爾摩沙的鹿皮市場，當時輸入日本的鹿皮數量曾經高達每年二十萬張。

荷蘭人在台南建城三年之後，首位基督教的傳教士「干治士」，懷抱著宣揚基督教的福音前來福爾摩沙島。他先學習「新港社」的「西拉雅族」語言，並且以羅馬拼音編撰「新港語」的辭典。爾後以新港語逐步向西拉雅族的部落傳道，開啟基督教文明在福爾摩沙落地生根的歷史。

　　遠渡重洋的荷蘭傳教士曾經記載的日記行旅：「這是福爾摩沙島，受主的旨意差遣我到這裡，為此地居民傳播基督的福音。此島位於北緯二十三度，周圍有一百三十哩，包括許多部落，人口眾多……」牧師在傳教的使命之外，亦成為原住民族教育者的角色，教會成立學校建立教育系統與創辦神學院。依據「熱蘭遮城日誌」曾有牧師記載傳教工作：「年輕的福爾摩沙人定期上學，學習閱讀與書寫。尤其在學習基督教的基本教義上……西拉雅人學習成績優良，女子表現相較於男子更佳。」

　　隨著荷蘭人統治勢力的擴張，在行政方面採取「地方會議制」，定期召集各社首領或長老在熱蘭遮城開會。除了樹立權威同時也宣傳政令，但是初期曾經面臨原住民族的反抗。西元一六三五年期間，荷蘭先後發動麻豆社之役、塔加拉揚社之役出征西拉雅族部落，奠定在福爾摩沙西南平原的統治基礎。

　　隨著政權的穩定，荷蘭人發現台南平原的肥沃土地，適合大量種植甘蔗的農作物，亦由明帝國的福建地區招募漢人，從事甘蔗墾殖與製糖事業。西元一六三八年伊始，從明帝國福建地區渡海前來，自稱「河洛人」的農民移工，其成為荷蘭發展蔗糖事業的生力軍。從此福爾摩沙的蔗糖，成為輸入日本的主要貿易商品。

　　荷蘭人在福爾摩沙建城的兩年之後，歐洲的西班牙帝國在本島北部的基隆，隨之建立「聖薩爾瓦多城」作為統治中心。西元一六四二年期間，荷蘭人為了消滅西班牙人歷時十六年的盤據勢力。結合西拉雅族聯合部落的盟軍部隊，發動了聖薩爾瓦多城的

戰役，成功擊敗西班牙駐軍，取得福爾摩沙北部的統治權。

　　西元一六四五年一月，荷蘭人為了貫通西南與北部的平原地區，組織盟軍部隊攻打盤據中部地區的「大肚王國」。大肚王國屬於巴布拉族、巴布薩族、巴宰族、洪雅族組成的部落聯盟酋邦。同年四月，荷蘭盟軍成功征服了大肚王國，從此管轄福爾摩沙的西部平原地區。

　　西元一六四四年期間，發源於滿洲地區的清帝國，攻陷明帝國的首都北京，明帝國政權撤退東南地區遷都南京。隔年，明帝國招撫福建地區的海盜集團。西元一六二八年崛起的海盜集團，首領鄭芝龍受封成為海防游擊將軍。正值分裂戰亂的明帝國，東南沿海貿易受到封鎖，因此被鄭芝龍海盜集團勢力影響的荷蘭，數度聯合了其他勢力，試圖攻擊鄭氏海軍全都遭遇挫敗。

　　明帝國與清帝國兩軍連年交戰之下，導致福爾摩沙蔗糖輸出的嚴重衰退。移民福爾摩沙墾殖的河洛人，由於生活經濟面臨困頓，同時不滿荷蘭統治者課徵的人頭稅。西元一六五二年期間，河洛人郭懷一組織農民大約四、五千人，企圖奪取荷蘭統治中心的熱蘭遮城。未料行動消息曝光之後，使得郭懷一率領的農民部隊襲擊失敗。

　　荷蘭軍隊動員西拉雅族與馬卡道族的部落聯軍，搜尋與圍剿起事的漢人部隊。多數手持鐮刀作為武器的農民部隊，雖然人數眾多仍然不敵荷蘭軍隊的火繩槍隊，以及西拉雅族與馬卡道族的部落聯軍追擊。歷時十二天的交戰事件，在郭懷一被弓箭射殺之

後，以及參與起事的首領遭到逮捕處死後落幕，期間大約兩千名漢人農民不幸遇害的慘劇。

　　西元一六四六年期間，面對清帝國軍隊南下之時，原先抱持觀望態度的鄭芝龍，誤信清軍的招降圈套被逮捕押送北京。清軍勢如破竹地攻入福建地區，鄭芝龍之妻原籍日本肥前國平戶藩的田川氏，在鄭氏的家鄉福建泉州受到清軍俘虜與強暴，田川氏不堪受辱後自縊身亡。田川氏之子鄭成功，耳聞母親噩耗悲痛不已，立誓起兵對抗清帝國恢復大明皇朝。因此鄭成功率領鄭芝龍的舊部勢力對抗清軍，爾後其也被稱呼為「國姓爺」。

　　西元一六五九年期間，鄭成功率領十萬大軍從福建北伐南京失利。鄭芝龍在降清的期間，數次對其子招降未果，最終在北京遭到清帝國誅殺身亡。此時鄭成功有鑑於清帝國政權日益穩固，為圖謀長久對抗清帝國之事業，必須擁有可長可久的根據地。在福建泉州人前荷蘭通事何斌的建言之下，遂計劃奪取福爾摩沙作為爾後反攻清帝國的基地。

　　西元一六六一年四月，鄭成功率領大約兩萬五千名的部隊，戰船大約三百艘渡過了海峽，首先進攻普羅民遮城再圍攻熱蘭遮城。期間鄭成功部隊與荷蘭船艦爆發激烈海戰，雙方歷時長達大約十個月的戰鬥。荷蘭大約一千五百名守城人員寡不敵眾，最終無法抵擋鄭成功大軍的圍困與消耗之戰。西元一六六二年二月一日，荷蘭人與鄭成功簽訂合約終止戰爭。荷蘭人退出福爾摩沙領地以及熱蘭遮城易主，結束三十八年的荷蘭政權統治，開啟明帝

國流亡政權的鄭氏王朝時期。

　　鄭成功部隊圍困熱蘭遮城與荷蘭軍隊交戰期間，當時鄭軍前往北邊屯駐的部隊，遭遇大肚王國首領阿德克故浪率領的勇士隊襲擊。鄭軍部將楊祖帶領的三千名部隊，慘遭襲擊之後僅有大約兩百人生還，身負重傷的楊祖亦不治身亡。無獨有偶，鄭軍派遣前往南邊的部隊，亦遭遇了瑯嶠半島的斯卡羅酋邦截擊後死傷大約八百人。鄭成功部隊進駐福爾摩沙的期間，付出慘重代價與損失大量兵員。

　　從明帝國福建地區渡海的鄭成功部隊，自稱河洛人的漢民族佔據了熱蘭遮城之後，成為福爾摩沙第一個漢文化政權。西元一六六三年期間，鄭成功辭世享年三十八歲，英年早逝於停留大約十四個月的福爾摩沙島。鄭成功入主熱蘭遮城時更名為「東都」。其子鄭經繼位之後，再度將東都更名為「東寧」，爾後被稱為「東寧王國」。

　　東寧王國為了解決駐兵糧食與反抗清帝國之目的，實施「寓兵於農」的統治政策。平時將士與兵員分發各地從事開墾田地，除了承襲荷蘭時期的王田之外，自行開發的營盤田、官田與私田等，期間拓墾的田地大約一萬八千四百五十四甲以上的面積。由於爭搶土地與周邊的平埔部族等部落爆發不少衝突，此時農業大量地種植稻米以供軍民所需。

　　東寧王國的經濟政策，除了開墾農田與種植稻米，東寧王鄭經積極發展對外貿易。鄭經邀請印尼爪哇的英國東印度公司，共

同簽署貿易通商的合作協議，給予英國船艦在東寧王國的港口自由出入與商品貿易。藉由與英國東印度公司的合作，將繼承於荷蘭時期的「鹿皮」與「蔗糖」等貨物，出口外銷於日本、清帝國與東南亞地區。同時從英國獲得火繩槍與火藥等軍械資源。

　　東寧王國政權在福爾摩沙的統治版圖，只侷限於現今中部地區彰化北斗以南，與南部地區屏東東港以北的西南沿海地帶。東寧王國與北邊的大肚王國、南方的大龜文十八社，以及瑯嶠半島的斯卡羅酋邦等部落，依然維持各自為政與互有矛盾的情況。東寧王國與清帝國在相安無事的狀態之下，期間經濟方面獲得穩定的成長。

　　西元一六七三年期間，明帝國的降將吳三桂起兵對抗清帝國。隔年，福建地區靖南王耿精忠響應了吳三桂，東寧王鄭經受邀後決定率軍渡海西征。期間雖然短暫攻佔福建與廣東地區，但是仍然遭遇清軍反擊最終節節敗退。西元一六八〇年期間，東寧王國部隊結束西征撤回福爾摩沙。隔年，東寧王鄭經辭世享年四十歲。隨後爆發了王朝內部的派系權鬥，外戚權臣殺害鄭經的長子鄭克臧，改立十二歲的幼子鄭克塽為王。

　　東寧王國之變，讓清帝國研判攻打鄭氏政權時機成熟。清帝國康熙皇帝指派曾是鄭芝龍與鄭成功部將的施琅，任命其為福建水師提督領軍十二萬部隊。西元一六八三年期間，施琅率軍發動澎湖海戰，擊敗駐守的東寧王國部隊。年幼的東寧王與東寧王國的權臣恐懼畏戰，決定投降歸順於清帝國，結束盤據在福爾摩沙

西南平原，歷時大約二十二年的東寧王國政權。

東寧王國投降歸順之後，施琅軍隊登陸福爾摩沙將鄭氏家族、官員與部隊全數遣返清帝國。此時福爾摩沙島依然屬於眾多原住民族的部落盤據，清帝國對於納為版圖原本消極視之，但是施琅上奏康熙皇帝力主納入領土。因此西部沿海設置「一府三縣」，分別為「台灣府、台灣縣、鳳山縣、諸羅縣」等區域，隸屬於福建省行政管轄的範圍。爾後原稱「福爾摩沙」的島嶼，開啟國際新稱呼：「台灣」。

由於台灣孤懸海外與山地縱橫的因素，雖然名義上成為清帝國的版圖，為了杜絕從福建地區移民的河洛人，作為叛逆造反的溫床與跳板。繼承東寧王國勢力範圍的清帝國，初期對於統治政策採取防範與限制的措施。

諸如：「派駐的官員採取輪調制。駐守的軍隊從外地派任，不能從台灣本地選僱士兵。駐軍採用班兵制與三年輪調的方式，防止落地生根與形成盤據的勢力。官員與班兵皆不能攜家帶眷等嚴禁規定。」為了有效防範造反或叛變還禁止興建城池，避免民變佔領成為對抗官兵的根據地。同時對於漢人移民台灣，採取嚴格的管理與限制等幾大做法：「一、成年人必須經過申請允許始可前往台灣謀生。二、禁止婦女與兒童渡海台灣。三、廣東地區人民禁止前往台灣等方案。」

雖然官方採取嚴禁的措施，仍然無法完全阻絕福建與廣東地區的偷渡移民。清帝國最初禁止廣東地區的移民前往台灣，據說

與招降東寧王國的施琅有所關聯。由於其原籍出身於福建泉州地區，對於廣東省籍素有嫌隙與刻意阻撓之下，爾後形成台灣沿海平原以福建地區的「河洛人」移民為主。相較於廣東地區自稱為「客家人」的晚期移民，則是屯居分布於丘陵地區。

伴隨福建與廣東地區的移民日益增多，在台灣的西部平原與丘陵地帶，形成「河洛族」與「客家族」的村落。清帝國時期將台灣的原住民族大致分為兩大類：「平埔蕃族」與「山地蕃族」。

以「熟蕃」或「化蕃」的稱呼，泛指西部平原或丘陵地帶的部落稱為「平埔部族」。熟蕃是指漢化程度較深，具有薙髮留辮與繳交稅金者。化蕃則是僅止於繳交稅金尚未漢化者。「山地部族」則泛指山地的部落統稱為「生蕃」，此為清帝國無法統治與化外之地者。

為了防止山地部族與平地的漢人發生衝突，將台灣島大約百分之七十的山地，以「土牛溝界」作為蕃地的劃分，在土牛溝界設置隘寮與雇用隘勇看守。除了禁止漢人越界開墾之外，同時防範山地部族出草馘首的政策。

清帝國自康熙皇帝將台灣納入版圖後，雖然將東寧王國的軍眷遣返，福建與廣東地區的移民為了尋找發展機會，因此渡海禁令的規定形同虛設。康熙皇帝之後歷經雍正與乾隆皇帝的一百年間，尤其雍正時期的開放海禁及取消廣東移民的禁令之下，大量的移民湧進西部平原與丘陵地帶，形成人口數量激增與土地空間壓縮的問題。

　　由於渡海移民的漢人以男性為主，失業遊民眾多與社會治安混亂，族群分類械鬥的情況層出不窮。清帝國駐台官員與軍隊貪污腐敗與素行不良，因此號稱統治兩百年期間，台灣西部平地先後爆發三大民變與革命：「西元一七二一年的朱一貴事件。一七八六年的林爽文事件。一八六二年的戴潮春事件。」三位民變領袖都是屬於福建漳州的河洛人移民後代，並且民變事件都是源自於台灣中南部地區，一個漢民族的「天地會」組織。這個以「反清復明」作為口號的地下幫會，號召推翻清帝國恢復明帝國的革命行動。

　　伴隨漢民族不斷地湧入開墾田地，形成爭搶與掠奪平埔部族的土地領域與生活空間。原住民族與漢人移民的爭端衝突日益嚴重，期間平埔部族亦發生多起與清帝國軍隊的戰事。在移民激增與軍隊鎮壓的情況之下，使得西部平原與丘陵地帶的平埔部族，被迫族群大遷徙退居於高山地帶或東部地區。

　　台灣平地的反抗事件可謂：「三年一小反，五年一大反」的頻繁程度。清帝國時期對於民變與反抗事件，多數利用與分化族群的策略進行瓦解。尤其以晚期移民的客家人族群，為了壯大勢力與搶奪資源的族群利益考量之下，面對早期移民的河洛人族群，以及原住民族的諸多部族等情況，成為協助清帝國的鎮壓主力「客家族義民軍」。受到統治者徵召的各族群義民軍，淪為「資源強取豪奪」與「族群仇恨報復」的不義之舉。

　　清帝國時期的經濟政策，鹿皮的輸出貿易在康熙皇帝期間，

由於平地大量獵捕導致野鹿銳減之後式微，爾後以開放漢人移民的農業開墾為主。農田的種植以甘蔗與稻米為主要作物，經濟型態以「蔗糖」與「稻米」輸入清帝國為主。

　　清帝國時期的統治政策與經濟建設，非但採取消極與放任的態度之外，期間爆發多起國際矚目的事件，讓世界知曉清帝國並未實質統治台灣的真相。西元一八六七年期間，美國商船遇難的「羅妹號事件」。一八六八年期間，怡記洋行的英國人必麒麟欲走私樟腦出口，與清帝國官員發生爭議及摩擦，導致英國軍隊出兵攻打台南城的「樟腦戰爭」。一八七一年期間，在瑯嶠半島琉球人遇難的「八瑤灣事件」，以及三年後日本征台之役的「牡丹社事件」。一八八四年期間，清帝國與法國由於越南事件，法國派遣海軍艦隊攻打台灣的基隆與澎湖，爆發了「清法戰爭」。以上與台灣有關的國際事件，讓世界完全識破清帝國擁有台灣主權的虛假事實。

　　尤其以美國駐廈門領事李仙得與斯卡羅酋邦簽訂的「南岬之盟」，證明台灣島沒有統一的語言、文字與法律制度。島嶼內屬於眾多部族盤據與分治的狀態，清帝國沒有擁有台灣主權的法律地位。瑯嶠半島的羅妹號事件與牡丹社事件，戳破清帝國擁有台灣的國王新衣，為此開始實行「開山撫番」的政策。為了打通瑯嶠半島與前往東部的路線，此後與山地部族的戰事不絕。

　　牡丹社事件之中，日本軍進駐瑯嶠半島期間。清帝國指派欽差大臣沈葆楨，率領大約六千名的淮軍部隊，駐紮在台灣鳳山監

視日本軍的動向。在局勢詭譎之際，沿海地區的漢人移民村落，慫恿日本軍前往攻打「大龜文酋邦」未果，其意圖挑撥與利用日本軍的力量制約山地部族。

　　大龜文酋邦位於瑯嶠半島北方，與斯卡羅酋邦分別稱為「瑯嶠上十八社」及「瑯嶠下十八社」，都是排灣族部落聯邦政體。歷史悠久勇猛強悍的大龜文酋邦，曾經與荷蘭政權、東寧王國分庭抗禮。

　　牡丹社事件，最終日清議和日本撤軍。漢人自行宣告終止向大龜文繳納土地租金，毀約背信名為向清帝國效忠與繳稅，實則策動清軍欲搶奪土地資源，與大龜文的關係走向交惡。由於雙方陸續發生齟齬摩擦，一名清軍的營官王開俊，利用大龜文獅頭社部落的勇士外出打獵時，率領數百名軍隊偷襲獅頭社，殺害婦孺與燒毀部落。王開俊的部隊在返回途中，遭遇獅頭社部落的勇士截擊，全軍潰敗與近半陣亡，王開俊慘遭被馘首的下場。

　　此事震驚清帝國的北京，下令駐守鳳山大約六千人的淮軍，兵分三路攻打大龜文酋邦。據說當時大龜文的首領是一位女性，其夫婿野艾領導約一千名的排灣族勇士，與清帝國大軍激戰歷時約三個月。最後雙方皆因兵疲馬困之下，於是議和停止戰爭。由於原住民族沒有文字，議和書僅有中文版本讓清軍自圓其說。據說戰事中讓大龜文酋邦數百名勇士戰死，清帝國淮軍則犧牲一千多名將士，事件也被稱為「獅頭社戰役」。

　　西元一八七五年，獅頭社戰役之後，讓清帝國得以通往瑯嶠

半島建立了恆春城，同時具有前往台灣東部的路徑。但是清帝國軍隊與官員，未能真正進入大龜文的部落與領域。大龜文酋邦直到日本帝國領台時，佐久間總督槍械收繳的南蕃事件之後，被迫瓦解之下遷徙與移居。

清帝國開山撫番的政策之下，在台灣東部的花蓮與台東縱谷平原，當地的噶瑪蘭族、撒奇萊雅族、阿美族、卑南族等部族群社，慘遭誘騙圍剿或入侵滅族的命運。時任台灣巡撫的劉銘傳，發動了大約二十起的大小戰役，重大諸如：西元一八七七年的大港口事件。一八七八年的加禮宛事件。一八八八年的大庄事件等。

其中噶瑪蘭族與撒奇萊雅族幾乎遭受滅族，最後藏身於阿美族之中得以倖存。期間劉銘傳還上奏北京調動了北洋艦隊，出動致遠艦與靖遠艦的主力巡洋艦，從東部海域砲轟花東平原的部落。歷史得知最後北洋艦隊在朝鮮半島的日清戰爭之中，遭遇日本海軍擊潰與全軍覆沒的命運。

西元一八八五年期間，清帝國決議以積極治理的態度，正式設立行政區成為「台灣省」，同時計劃建設一條從基隆直通台南的縱貫鐵路。由於貪污腐敗的清帝國官僚制度，只有完成從基隆到達台北與台北前往新竹的路線，鐵道最終具有品質疑慮及不堪使用。半途而廢的鐵道計劃是清帝國據台兩百年，唯一的經濟建設工程。

清帝國據台期間實質統治管理的版圖，也只有侷限於西部與東部的平原、丘陵地帶。對於台灣島佔比大約百分之五十以上，

地處中央脊梁的高山地區束手無策，高山部族屹立雄峙於宛如天國之地。

　　清帝國在雍正皇帝時期的開放海禁政策，成為台灣平原與丘陵地帶平埔部族悲苦血淚的開端。清帝國軍隊協助漢人移民，為了取得大量的土地，以供開墾農田種植稻米與甘蔗，對於平埔部族進行屠殺滅族的行動。例如：中部地區的大肚王國為了抵抗侵略，捍衛部落的勇士幾乎全數遭遇屠戮殆盡。當時民間流傳一句話：「蕃童少雁行，蕃婦半寡居」的人間悲劇與慘況。例如：北部地區世居宜蘭平原的噶瑪蘭族，遭遇河洛人與客家人組成的武裝集團。以強行侵占的方式，逼迫噶瑪蘭族放棄自己的土地與領域，流離失所遷居於花蓮與台東地區。

　　漢人移民由於平原土地有限的情況之下，為了種植茶葉及山地樟腦的資源，將目標轉向丘陵與山地區域，平地人與山地部族形成長期的緊張關係。西元一八九〇年期間，由於世界賽璐珞工業的發展大量使用樟腦作為原料，歐洲也利用樟腦研發新式的無煙火藥。此種火藥在戰場上具有不易被敵人發現的特性，以及相較於傳統黑火藥更具有威力等因素。在國際巨大的商業利益驅使之下，讓清帝國官員結合漢人的地方豪強勢力，以「專賣制度」與「武力集團」強行入侵山地部族的傳統領域，以此搶奪侵占山地的樟腦資源。尤其台灣五大家族之一的台中霧峰林獻堂家族，成為台灣樟腦的主要經營者。

　　渡海墾殖的漢人移民為了取得土地，除了以承租、交換或借

貸的方式之外，也利用平埔部族母系社會的文化習慣，「女性為
貴」與「繼承家業」的制度，漢人男性以接受招贅的名義獲得土
地。尤有甚者利用平埔部族的民俗習慣，例如：故意丟棄死貓或
死狗，讓平埔部族感到不吉利自行推移田地；或者利用平埔部族
沒有文字的弱點，實行偷搶拐騙無所不用其極的目的。

　　平埔部族女性與漢人男性誕生的子女，普遍受到父權至上社
會的漢化教育，貶抑與污辱自己異文化的母親。極端父權思想導
致對於母系身分的否認與鄙視。如此自欺欺人與扭曲造作的文化
教育，形成台灣人「貪戀金錢」與「畏懼權勢」的社會性格。

　　平埔部族女性與漢人男性誕生的後代，在極端父權思想的漢
化教育之下，無視於自己從原住民族的子宮降臨世間，反而指稱
母親與母系親族為「蕃人」。如此自我否認與刻意羞辱的文化教
育，最終培養「卑劣鄙俗」與「趨炎附勢」的族群性格。

　　最令人感到可悲之處，在清帝國時期移民的河洛族與客家族
人，時至今日這些移民的後代，某些人存在著身分與文化認同的
扭曲錯亂。一個不認同養育成長的土地，只有無知盲從於「父權
文化」的血緣關係，與狹隘執著於「種族主義」的祖先信仰。他
們的祖先渡海移民得到身體的自由，但是後代子孫反而受困於心
靈的囚禁。他們的祖先渡海得到後代發展的天地，反而不知感恩
與鳩佔鵲巢一般，讓台灣原住民族獨自吞嚥悲痛與苦難的血淚。

　　尤其是清帝國粗暴地對於平埔部族的「熟番」與「化蕃」，
實行所謂「賜姓」的族群滅絕政策。賜姓就是以清帝國的名義賜

予漢民族的姓氏，同時還附贈偽造虛構的「族譜」。例如：瑯嶠半島的斯卡羅酋邦首領「潘文杰」，即是清帝國賜姓的部族領袖。兩百年間平埔部族由於武力恫嚇與賜姓政策，除了選擇離開原有領域移居山地之外，為了生存只能選擇忘記自己。平埔部族的名詞成為台灣歷史的傳說故事。

漢人移民除了搶奪平埔部族原有的生活領域，同時衍生了諸多的社會問題。漢民族之間為了爭奪土地與利益，土地形成地主、大租戶與小租戶，或者地主、承租戶與佃農等一田多主的社會現象，形成台灣社會的階級問題。漢人移民多數為原鄉的困苦落難者，渡海前來自由美麗的島嶼尋找機會，尤有甚者屬於犯罪逃難者，為了躲避查緝渡海改名換姓。他們將痛苦轉嫁給收養的島嶼，以及島嶼上方純真善良的原住民族。

西元一八九四年期間，爆發於朝鮮半島的日清戰爭，改變了台灣的命運，隔年結束清帝國歷時兩百年的盤據。台灣成為日本帝國的領土之後，日本政權統一台灣部族割據與治安混亂的狀態。這座島嶼首次形成統一的制度、法律、錢幣、以及官方的語言與文字。

十六世紀中葉，前來台灣島作為貿易根據地的日本海盜集團，開啟台灣在世界歷史的「入世時期」。荷蘭與西班牙成為「外來政權」與「基督教文化」的發展時期。東寧王國與清帝國成為「漢人移民」與「漢字文化」的發展時期。日本帝國成為「台灣統一」與「東西文化」的「融合時期」。

　　台灣島尚未走入世界歷史舞台的時期，屬於一個「族群多元」與「和平共存」的世外桃源。一個沒有恐懼壓迫、沒有自私貪婪、沒有巧取豪奪、沒有偷搶拐騙的美麗之島。從人類歷史文明發展的長河視角，此座島嶼沒有形成統一封建的王國，長期維持一個寧靜美好、純真善良與分享互助的部落社會。一個「自由的、平等的、公義的」文明狀態，一座所謂化外之地的「天國之島」。

　　天國之島的子民從「福爾摩沙人」到「台灣人」的歷史身分更迭，外來政權帶來「戰爭、自私、貪婪、欺騙、掠奪、壓迫、仇恨」等負面文明。由於「沒有文字、自然純真、善良美好、分享互助」的天國子民，成為外來者覬覦與侵略的血淚命運。外來政權以「文字」與「法律」，作為名正言順的壓迫掠奪與偷搶拐騙，以此視為人類高尚文明的象徵。

　　三、四百年以來，人性扭曲與天道混沌的邪靈，不斷地輪迴在島嶼上方橫行霸道。失去自由、平等與公義的悲情島嶼，形成真實、真相與真理不彰的文明監獄。有人說：「歷史的真理如同一幅拼圖，唯有完整看見真相的圖案，方可撫平命運的血淚，最後得到真實的原諒。」一句話形容與總結天國之島的命運血淚史，正所謂：「沒有文字，不代表沒有眼淚。神的眼淚……流淌在此座島嶼的靈魂。」

　　時至今日，台灣歷經了荷蘭、西班牙、東寧王國、清帝國、日本帝國，以及中華民國等外來政權。西元一九四五年八月，第二次世界大戰結束，日本帝國在太平洋戰爭敗北投降之時，東亞

　　失去日本遏制共產國際的力量。四年之後，中國國民黨隨即遭到中國共產黨擊潰，中華民國國民黨政權最終流亡台灣。

　　中華民國政權流亡的兩年之前，當時由於中國的「中華文明」與台灣的「日本文明」爆發矛盾與衝突之下，釀成以武力鎮壓的「二二八事件」。爾後台灣人民進行長達一甲子以上民主運動的「寧靜革命」。

　　依據歷史事實的證明，從荷蘭政權以至於清帝國，沒有完全擁有台灣的統治權。此座島嶼的住民從「福爾摩沙人」到「台灣人」期間，歷經了「清國人、日本人、中國人」等國籍更迭的身分迷思。西元一八九五至一九四五年期間，日本帝國已經確立擁有台灣主權之法律地位。日本帝國領台之時，在清國管轄的平原與丘陵地區，對於住民發布與公告兩年期限的國籍選擇權，以及山地部落亦完全達到歸順統治之法律事實。

　　西元一九二二年期間，美國、英國、法國、義大利與日本，在美國華盛頓簽訂國際協定的「軍備限制條約」，此條約之中已明確將台灣與澎湖列島，界定為日本帝國的合法領土。一九三七年爆發日中戰爭，以及隨後的太平洋戰爭，台灣人民依據日本國民之義務自願加入軍隊服役，均已確立日本帝國與台灣的法律關係。

　　日本帝國與清帝國即使沒有簽署「下關條約」或稱「馬關條約」，及上述條約在二次大戰後撤銷等問題，都無法改變清帝國沒有實質擁有台灣主權，以及日本帝國擁有台灣主權之事實。既

然清帝國沒有台灣主權之法律地位，中華民國與中華人民共和國主張繼承清帝國之權利，完全是「於法不通」。

中華民國以「驅逐韃虜，恢復中華」的訴求推翻清帝國政權，從此原為「滿洲民族」建立的清帝國，轉變為「漢民族」成立的中華民國政權。第二次世界大戰之後，由於撤銷「下關條約」或稱「馬關條約」的情況之下，中華民國以此宣稱繼承清帝國的權利擁有台灣主權，完全是「於理不通」。遑論「中華人民共和國」宣稱擁有台灣主權的謬論。

第二次世界大戰結束，日本帝國向以美國為首的同盟國投降，在簽訂「舊金山和約」之中宣稱：「放棄台灣與澎湖列島的主權」。條約之中完全沒有載明「指定收受國」與「主權歸屬」等法律地位未定的問題。

中華民國國民黨政權代表以美國為首的同盟國佔領台灣。「國際公法」明文規定：「戰爭法之中的『佔領法』條文⋯⋯『佔領不移轉主權』的原則。」中華民國對於台灣的關係，屬於「受委派的佔領權」或者「佔領權之一部」。美國才是日本帝國在太平洋戰爭主要的征服者，具有實質的「佔領權」與「處分權」。中華民國宣稱擁有台灣主權，「於法於理」完全不通。

西元一九七一年期間，聯合國大會「2758號決議」，中華人民共和國取代中華民國，在聯合國擁有「中國代表權」的席位。中華民國失去主權國家的法律地位，因此失去台灣的「佔領權」。中華人民共和國以此宣稱擁有台灣主權，「於法於理」完全不通。

　　姑且不論「中華民國是否具有國家主權之法律地位」。依據戰爭法之中「佔領法」條文的原則：「軍事佔領是一種暫時的管理狀態，無論持續多久都不能獲得佔領地的領土主權。」西元一九五二年四月二十八日，日本在前一年簽署的「舊金山和約」正式生效。在主權尚未放棄或處置之前，台灣依然屬於日本帝國的領土，中華民國代表以美國為首的同盟國，在一九四五年實行軍事佔領，以及一九四九年中華民國政權流亡台灣，已經屬於佔領法規範的定義。

　　美國擁有台灣與澎湖列島主要「佔領權」與「處分權」的證明，可以參照第二次世界大戰之後，同樣受到佔領的「沖繩群島」。西元一九七二年期間，美國讓沖繩群島的住民以民主方式回歸日本。

　　如今自稱為「中華民國」與「中華人民共和國」的兩岸中國人，以「中華民族」的框架強加於台灣人的國族認同。在台灣人成為日本人的國籍之前，尚未出現中華民族之中華民國與中華人民共和國的存在。雖然日本帝國宣布放棄台灣主權，縱使台灣人已經失去日本國籍，如此「不能等同台灣人是中華民族」。

　　基於國際公法：『軍事佔領不移轉主權』的原則之下，縱使中華民國擁有「受委派的佔領權」或者「佔領權之一部」的權利，如此也不能等同台灣人就是中國人。況且主要的「佔領權」與「處分權」屬於以「美國為首的同盟國」。

　　聯合國大會的「2758號決議」，中華民國已經失去主權國家

的法律地位，如此表示「台灣住民非中國人國籍」的證明。台灣島從數千年前以來，已有原住民族生活的歷史事實之下，亦證明台灣並非中國固有領土。中國人企圖以中華民國流亡政權管理台灣的佔領狀態，或者以「中華民族」的民族主義等論述，強行逼迫台灣人的國族認同，以及謊稱台灣主權屬於中國，「於法於理於情」實則完全不通。台灣成為中國假借理由實行侵略的世界問題。

神的眼淚……依然流淌在天國之島的靈魂。時至今日，不自由、不平等、不公義的幽靈，始終籠罩在台灣的天空。美國及其代表佔領台灣的中華民國流亡政權違反國際公法。依據「佔領法」規範軍事佔領的佔領國或佔領政權，對於佔領地「禁止」諸如以下之管理行為：「一、強迫佔領地的住民進行效忠與從事服務。二、強制移送與驅逐佔領地的住民前往他處。三、移送或驅逐本國平民前往佔領地。」

「強迫佔領地的住民進行效忠與從事服務」：由於中華民國流亡政權對於台灣沒有主權的法律地位，台灣人民沒有進行效忠與從事服務的義務，反之中華民國亦沒有請求效忠或服務的權利。西元一九四七年期間，美國及其代表的中華民國流亡政權，軍事佔領期間爆發「二二八武力鎮壓事件」。不只違反國際公法的佔領法之外，甚至已經違反「國際公法的人道法、戰爭法」。此違法行為的追訴屬於「戰爭罪」。

「強制移送與驅逐佔領地的住民前往他處」：西元一九四七

年期間，中華民國流亡政權在軍事佔領地，強制驅逐在台灣的「日本內地住民」遷移他處，同時剝奪侵占其工作與財產等情事。

「移送或驅逐本國平民前往佔領地」：西元一九四五至一九四九年期間，中華民國流亡政權在軍事佔領地，將中華民國的平民與難民遷移台灣。同時掠奪佔領地住民之工作與財產，強行分配給予流亡難民等情事。

以上諸多違法問題的受害者及其後代，可以依據國際公法在國際法庭，向美國及其代表佔領的中華民國流亡政權，訴訟請求恢復受害者之所有權利或負損害賠償之責任。以美國為首的同盟國不負責任的問題，形成台灣人民受到中國武力威脅的人道問題，此為聯合國違反國際公法與國際人權的世界問題。

在當今弱肉強食、積非成是的國際社會之中，中國宣稱台灣否認屬於其領土之一部分與台灣走向獨立等理由，成為對台動武的神聖藉口，簡直就是倒果為因與本末倒置。其實根本原因在於中國必須走向「民主化」的問題，一個專制集權的政權，任何違反其存在的利益都是大逆不道的事情。台灣享有民主與自由的生活方式，對於中國共產黨政權，以及在台灣唱和共產黨的中國國民黨而言，本質上就是屬於一個威脅。

天國之島……不論是古稱「福爾摩沙人」的「原住民族」，或者祖先來自於「明帝國」、「清帝國」與「中華民國」的「漢人移民」，以及來自於世界各地的族群等。如今世界上稱呼此座島嶼為「台灣」，島嶼上的住民即為「台灣人」。若是以「祖先

認同」作為「國族認同」的主觀爭議，這是「人的問題」。以自己死去的祖先認同，決定其他活著的人之命運，這樣的論述不只是自私，而且簡直就是荒謬。

根據基督教的教義，神亦稱為造物主，創造了宇宙萬有與生命，人類也是受造物之一；另外在佛教的說法之中，人的靈魂都是選擇或無意識地輪迴在人間。綜觀上述的生命理論，人的身體來自於今世父母的因緣而生，但是靈魂都是源自於神。以自己父母的種族為歸屬，或者規範自己的兒女，甚或綑綁他人的思想。此等民族主義的心靈價值與精神信仰，完全是心靈與精神的專制威權，違反「個體靈魂的自由性與平等性」。

因此，民族主義可能唯一和平的處理方法，只有回歸自己「祖先的原鄉」。依據「土地無法移動」的情況，「人可以遷徙」的原則，回歸自己祖先的原鄉是化解爭議的最佳方式。

若是以「主權歸屬」作為「國籍歸屬」的客觀事實，屬於「法律的問題」。依據「國際公法」的規範與原則，西元一六二四年伊始，荷蘭政權在福爾摩沙建城以降。四百年以來，台灣在世界歷史的長河之中，唯有「日本帝國」曾經擁有「台灣主權的法律地位」。

第二次世界大戰的日中戰爭與太平洋戰爭期間，台灣人以「日本人」的國籍身分為日本而戰，雖然日本帝國宣布放棄台灣主權，也無法抹滅這個不爭的事實。事到如今……台灣島依然刻骨銘心著日本情愫。

　　日本帝國除了繼承從荷蘭以降，平地的蔗糖農業經濟之外，對於山地擁有豐富樟樹林的樟腦資源，總督府沿襲清帝國的專賣制度，讓大型的商業財閥趨之若鶩。由於第一次世界大戰的緣故，讓樟腦原料製作火藥的需求旺盛。台灣成為日本帝國樟腦出口的主要地方，大約佔世界總產量的百分之七十以上。樟腦的經濟資源與利益，成為總督府對於山地部族招降與討伐的因素之一。

　　樟腦的提煉方式與製作過程，可分為刨削、蒸餾、冷卻、分離四個步驟。首先必須將砍伐的樟樹，以樹幹為主削切成為木片狀。然後將碎木片置於蒸餾鍋的上方，鍋子放水升火以水蒸氣將樟木片的樟腦精成分釋出。水蒸氣與樟腦精從上方的導引管集中到外面冷卻，水分子冷卻後會形成樟腦油與水。油輕水重的原理可將油撈取，再次將樟腦油冷卻與沈澱後，即可分離取得「樟腦砂」與「純樟腦油」。樟腦油在常溫之下具有揮發性，其燃點大約六十度以下，遇到明火或高熱會引起燃燒爆炸的特性，燃燒時更會產生大量的煙霧。

　　神侍團計劃動員與分配人力，砍伐新高山部落周圍的樟樹，製造大量的樟腦油成為作戰的物資，以及從平地購買煙火與炮竹，取得大量的黑火藥。只要將麻繩浸泡樟腦油即可作為火繩槍的火繩，並且可作為黑火藥的炸藥引線。另外搜集山田的乾稻草浸泡樟腦油之後，將稻草綑綁製作成為「稻草球」，可作為滾動易燃的攻擊性武器。

　　估計總督府可能在三月份的春天之際，高山融雪後正值春

暖花開的環境，軍警部隊可以深入山地進行長期的圍剿任務。神侍團依照計劃在冬季加緊腳步備戰，除了製作火繩槍、戰鬥甲冑與炸藥之外，同時進行馬西巴秀山周邊的地形勘查。研擬一套埋伏襲擊與以寡擊眾的作戰策略，利用地形天險取得作戰的優勢，並且依據戰術進行訓練與分組任務。加入神侍團的排灣族部落勇士，已經攜家帶眷秘密前來馬西巴秀山，部落總計大約有五百多人。男女老少分工合作地製作武器與裝備，戰鬥人員的勇士大約三百名，開始分組分隊與分時分地進行戰鬥訓練。

　　神侍團七侍者作為領導幹部各自發揮專長。長老最擅長於火繩槍的作戰武器，曾經在戰場中迅速裝填火藥與彈丸，成功解救身陷危險的戰友，因此火繩槍製作與操作訓練的任務，都是由他親自設計與負責。鐵美塔道是唯一參與戰鬥的女子，部落之中以她射箭的能力堪稱神乎其技與獨占鰲頭，對於射箭的指導與訓練當之無愧。她除了負責督導弓箭製作之外，同時也帶領人員獵捕野鹿，籌備製作戰鬥甲冑的鹿皮原料。

　　新高山部落內政領袖的祭司，負責調度分配部落的非戰鬥人員，從事戰鬥甲冑、樟腦油與後勤糧食等生產工作，並且統計管理戰鬥武器與裝備。林英明、雲豹、紅龜與黑熊負責帶領勇士隊，砍伐與運送樟樹木返回部落，供應樟腦油的提煉工作。另外他們不定時分組下山前往平地，大量購買煙火與炮竹的任務。擅長偵查的雲豹還負責繪製山區的地形圖。為了新高山部落與神侍團的命運，集體動員與同心協力進行戰鬥計劃及策略。

　　西元一九三三年昭和八年，今年度是日本與東亞政治局勢劇烈轉變的一年。在美國華爾街股票崩盤至今，世界經濟大蕭條已歷經四年歲月。資本主義的經濟模式讓自私貪婪的人性氾濫，資本過度膨脹形成商品產能過剩。由於社會貧富差距加大的因素，亦造成消費需求動能不足，衍生資產泡沫化與經濟泡沫化的問題，成為股票與金融市場的崩盤，最後蝴蝶效應之下影響全世界的經濟環境。

　　今年一月底至二月初，台灣地方自治聯盟第十四次台灣議會設置請願運動，由林獻堂帶領請願團與請願書前往東京都。在貴族院與眾議院的議員提案之後，請願團前往貴族院與眾議院進行說明，但是「台灣地方自治案」依然被內閣政府拓務省否決。

　　日本對外國際關係的情況，關東軍在滿洲九一八事變、上海一二八事變，以及去年成立了滿洲國之後，原本中國民間的排日運動風起雲湧，如今雙方的關係每下愈況與雪上加霜。一月初，日本軍隊與中國國民黨軍隊，爆發了河北省的「山海關戰鬥」。一月中旬，美國正式通告國際社會不承認滿洲國。與此同時，「中華蘇維埃共和國」的領導人毛澤東與朱德發表了「抗日宣言」。另外非國際聯盟會員的美國亦表態，願與國際聯盟會員國合作制裁日本。

　　早年在國際聯盟成立初始，日本曾經數次提出「種族平等議案」的議題，但是遭到西方列強的抵制，因此埋下日本與西方強權的矛盾，爾後亦讓日本意識到必須獨自處理東亞國際秩序與

安全的問題。三月底，美國與國際聯盟制裁的事件，演變成為日本帝國樞密院通過退出國際聯盟的決議，由首相齋藤實正式發表「退出國際聯盟聲明書」。

今年五月，中華民國國民黨政權，正值大舉圍剿中華蘇維埃共和國共產黨軍，為免分身乏術與日本簽訂了「塘沽協定」，解決一月份山海關的戰鬥問題。雙方協議以長城為界的中間地帶，設立非武裝區不得駐守軍隊，以期規避雙方軍隊再度發生衝突事件。同年十一月，台灣隔海相望之處的中華民國福建省，與共產黨密切交好的國民黨左派，自行宣布成立了「中華共和國」。只有短暫維持兩個月的政權，最終被國民黨軍隊平定瓦解。

今年五月，甫走馬上任的美國總統富蘭克林羅斯福，為了解決國內經濟大蕭條與嚴重失業的問題，推行振興經濟的「羅斯福新政」。這項新政基本上屬於一種「社會主義化」的經濟改革政策，即是運用大政府的力量，干預主導自由市場經濟的發展，解決社會上大量的貧窮與失業等問題。同年十一月，標榜資本主義與民主自由的美國，決定與蘇聯共產國際正式建交。

在俄羅斯社會主義革命之後大約十六年的期間，美國從未正式承認蘇聯共產國際的政權。如今美國與蘇聯建交的權宜之計，突顯美國改變早年出兵西伯利亞圍堵共產主義的政策。無疑承認與宣告資本主義具有先天性缺陷之外，同時亦牽制日本在東亞崛起的策略。日本帝國成為亞洲唯一足以對抗共產國際的國家。

此刻對於蘇聯向世界輸出的共產主義，不斷地蔓延亞洲與歐

洲的時期，地處美洲大陸的美國無疑是置身事外。美國緣於參加
第一次世界大戰之後，付出巨大代價且未取得相應的利益報酬之
下，國內的孤立主義興起不願涉入國際爭端。爾後國會陸續通過
了「美國中立法」的系列政策，成為日本與美國關係形同陌路與
分道揚鑣。

今年度，亦是神侍團面臨最後命運的關鍵時刻。三月初，神
侍團已經完成作戰準備，除了勇士的基本裝備「配刀」與「武士
甲冑」之外，亦有「弓箭、火繩槍、煙霧彈、風火輪、流彈炮」
等戰鬥武器。

總督府的槍械收繳政策，至今歷時將近二十年的時間。二十、
三十歲世代的年輕勇士，完全沒有使用槍械的打獵經驗，更別說
具有操作能力與作戰技巧。尤其火繩槍還是大航海時代的歷史古
董，更是需要具備熟稔的操作技巧。長老專程召集神侍團的勇士，
進行火繩槍的品質測試與訓練檢驗。

面對軍警配備現代化的三八式步槍，不管是射擊的時間、
距離、速度與精準度等火力或殺傷力，各個方面評比都是火繩槍
望塵莫及。若在戰場上持有火繩槍的勇士與三八式步槍的軍警，
排除環境因素單兵面對面的話，高下立判火繩槍是毫無勝算的機
會。這是一場屬於自不量力與以卵擊石的戰爭，他們所憑藉的勇
氣與力量，唯有堅定的心靈價值與精神信仰。

神侍團勇士隊的服裝，以深藍色的長袖上衣與黑色皮製短
裙，頭部繫著紅色的頭巾。頭巾上方一個清楚的白色漢字：「愛」。

他們腳穿長筒皮革靴子和護膝，膝蓋上方的身軀穿戴暗紅色的鹿皮甲冑。單兵武器以火繩槍、弓箭與獵刀作為基本戰鬥裝備。由鹿皮製成的戰鬥甲冑，雖然無法防止步槍子彈的貫穿，對於叢林穿梭與刀刃流彈具有基本的防護功能。

　　神侍團唯一的女子戰鬥人員鐵美塔道，她的服裝堪稱屬於獨一無二。賽德克族紅白相間的長袖上衣與長褲之外，外搭及膝長裙與腳穿長筒皮靴。鐵美塔道在額頭繫著一條棉質綁髮帶，髮帶約略與額頭同寬左右下垂，俐落地固定烏黑披肩的長髮。她攜帶的武器裝備以弓箭為主，身上穿戴鹿皮甲冑如同英姿煥發的女武士。

　　長老鉅細靡遺地向勇士隊示範火繩槍的操作，當下鉛彈擊中約一百米的目標物。他熟能生巧的技術與速度，令勇士隊發出讚嘆的掌聲。如今從排灣族部落前來的勇士，多數是當年參加貓字軍的後代，可說尚無任何作戰經驗。長老與雲豹屬於神侍團之中，唯一曾經參加大規模戰役的人員。四十歲出頭的雲豹將太魯閣戰役的經驗與情況，向年輕勇士說明與教育之外，長老亦表示屆時可能面對三千人，甚至於五千人的討伐部隊。

　　軍警的武器裝備除了單兵的三八式步槍、刺刀或武士刀之外，部隊都有配備連發式的機關槍，以及拖曳式的山砲在後方火力支援。總督府一旦動員進行討伐戰，一定準備了持久戰的後勤補給資源，神侍團面臨的處境可謂是一場非死即降的戰鬥。

　　無獨有偶，此刻在總督府之內，藤原警務局長收到討伐新高

山部落的命令。藤原櫻子得知消息向父親請求表示：「可不可以活捉林英明呢？」如今她只有無可奈何地懇請與祈禱。藤原警務局長對於女兒的請求只能保持緘默，因為任誰都無法保證與掌握命運的結果。

正值總督府軍警如火如荼地動員期間，神侍團亦緊鑼密鼓地編排戰鬥分隊與分組任務。卑南族初鹿社的首領馬智禮派遣勇士前來傳達訊息：「總督府軍警大約一週的時間，即將前來討伐新高山部落。」馬智禮轉達有關總督府討伐的決心，勸說神侍團放下武器與投降歸順，他希望能為和平作出最後的努力。

神侍團的團長林英明集合部落宣布情況：「我們今天以民主的方式，自行決定去留與參戰。」廣場上部落居民聽聞消息之後靜默不語。祭司抽了一口菸斗反問林英明說道：「團長，你的選擇如何呢？」「我確確實實地告訴你們，我所做的事，信我的人也要做，而且要做比這些更大的事。」林英明想起「聖經─約翰福音」中耶穌的話語，他毫無遲疑地回覆：「捍衛新高山部落，人間最後的天國文明，這是我人生最有意義的使命……」這個答案亦是他說服排灣族勇士願意響應的理由，現場所有人報以沈默堅決的神情表達認同。鐵美塔道仰望翱翔於天空的神眼問道：「聖殿騎士團，最後的結局如何呢？」

長老再度娓娓道來故事的結局：「十字軍東征之後歷經大約一百年歲月……期間聖殿騎士團英勇的聲譽傳遍歐洲地區，他們非但贏得教宗的認可，同時獲得貴族的龐大資金與捐款援助。權

力至高無上的歐洲教廷還特頒詔書，讓聖殿騎士團不受國王指揮直屬於教宗管轄。西元一一八七年期間，曾經被聖殿騎士團擊敗的阿拉伯薩拉丁軍隊，大軍壓境攻陷了聖城耶路撒冷。聖殿騎士團撤退堅守於鄰近的最後領土「阿卡城」。

　　事隔一百年後。西元一二九一年期間，阿拉伯的馬木留克鐵騎，以絕對優勢的人數兵臨城下。聖殿騎士團連續戰死與更換兩名總團長之後，他們安排平民以船隻從城邊的海路逃生。騎士團仍然死守阿卡城且奮戰到底，敵軍衝殺入城者多如海灘上的細沙，耶路撒冷王國從此淪陷宣布滅亡。幾乎全軍覆沒的騎士團僅有零星者殺出重圍，一個名為「雅克德莫萊」的資深騎士成為最後的總團長。

　　莫萊總團長與少數生還的騎士返回法國之後，由於聖殿騎士團名義下擁有為數眾多的城堡與資產，成為國王腓力四世與教宗克萊孟五世覬覦的目標，此時騎士團成員遂成為清算的對象。腓力四世國王施壓教宗，以「異端」等多項莫須有的罪名，羅織與逮捕莫萊總團長及僅存的騎士團成員，懦弱的教宗克萊孟五世屈從成為了幫兇。

　　西元一三〇七年十月十三日，法王腓力四世下達指令，要求教宗宣布解散法國的聖殿騎士團，西班牙與葡萄牙的騎士團則是被迫改組。七十二歲的莫萊總團長被判處火刑，許多遭遇逮捕的騎士被囚禁的期間，在嚴刑拷打與強行逼供之下身亡。

　　隔年，莫萊總團長在聖母院大教堂前的審判台上方，以悲憤

不平的洪量語調大聲宣講:「神知道有錯和犯罪的是誰,禍事很快就會降臨於冤枉我們的人。神會報復我們的死,我與聖殿騎士團絕對都是無辜的受害者。」總團長含冤而死的咒語,讓現場的民眾震驚同時耳語傳遍全城:「莫萊臨死前高聲呼喊……召喚腓力與克萊孟在一年零一天之內,到達神的面前與他相見,屆時他們的罪惡將受到審判。」教宗克萊孟五世與法王腓力四世,相繼於莫萊總團長火刑化為灰燼後,一個月與半年間因故接連辭世。」

聖殿騎士團成為基督徒心目中的殉道者,他們犧牲奉獻與壯烈成仁的傳奇故事,成為基督教捍衛聖殿與朝聖者,永恆不滅的使命感與精神象徵。長老訴說故事結束之後,祭司抽出腰際的獵刀高喊:「捍衛天國!」新高山部落的勇士隊隨即亦高舉獵刀呼應。神侍團以「捍衛天國」作為精神標語,代表誓死捍衛「天國文明:自由的、平等的、公義的心靈價值與精神信仰」。

一週之後,總督府派遣軍警駐紮在大關山地區。大關山屬於東西向的關山越嶺警備道必經之處,向北大約十二公里可到達玉穗山部落,向南距離馬西巴秀山部落僅有十五公里。軍警紮營大關山的戰略思考,除了具有後勤補給的動線優勢之外,同時對於新高山部落形成南攻北剿的態勢。依據雲豹前往秘密偵查的結果,估計總數大約五千人的討伐部隊。

馬西巴秀山的東方、西方、南方等三面地帶,高山縱谷複雜交錯讓軍警難以攜帶裝備橫越,只有從大關山地區向南前進是唯一的通路。神侍團依據山地環境研擬作戰策略,決議在距離馬西

巴秀山大約五公里的小關山地區迎擊。「小關山」高度約三千兩百多米，周邊森林綿延繚繞與峽谷地形環抱，倘若引誘軍警在此地展開會戰，對於神侍團可以具有天險的優勢。

佐藤武哲與森川真之帶領大約兩千名的警隊，以及後方一千多名軍隊備援之下，陣容壯盛的軍警與神侍團，在小關山一處隘口狹路相逢。雙方對峙於山坳的草原與森林交界之處，兩軍相望大約五百米的距離。佐藤武哲派遣布農族巡查作為信差，林英明騎乘龍馬跟隨信差前往最後的談判。

森川真之面露擔憂的神色率先勸導：「放下武器吧！」佐藤武哲隨即威嚇的語氣表示：「憑你們三百人的獵刀與弓箭，你總不會天真地認為可以戰勝吧？」聲勢浩大的軍警部隊似乎有備而來，此刻山林隱約飄揚著奇異恩典的樂曲。在神侍團排列的戰鬥陣式之中，長老與十幾名勇士同時吹奏著陶笛，悠揚樂音不斷地迴盪於山地之間，讓軍警部隊都可以清晰地聽見。

與此同時，雲豹、紅龜與黑熊帶領著大約十幾名的勇士，橫列在神侍團戰鬥隊伍的最前方，集體以「撒尿」的方式向軍警部隊表達下馬威之意。「要不要投降，不是我可以決定，必須問一下我後方的兄弟，看他們同不同意。」林英明以拇指向著後方比劃，語畢快馬加鞭地離去。佐藤武哲用望遠鏡眼見一群正在撒尿示威之徒，他望著對面不以為意地語氣說道：「真是一群沒有教化的蕃人！」

策馬返回神侍團陣營的林英明，下馬之後以手輕輕地撫慰龍

馬的頭頸部位，隨後親吻龍馬的臉頰說道：「你自由了，走吧！」他輕拍一下龍馬的屁股示意，只見龍馬躍起前腿依依不捨的模樣。已經與龍馬培養深厚情誼的林英明，感覺龍馬似乎意會到生離死別的際遇。他再度撫慰著龍馬的頸部喃喃細語：「回到你的主人身邊吧！」具有靈性的龍馬似乎理解命運的安排後奔馳離開。當下一名神侍團的勇士，從森林深處奔跑前來表示：「玉穗山部落，已經不願意參加戰鬥。」兩天之前，派遣前往聯繫拉荷阿雷的勇士，如今其帶回的訊息，早已是馬西巴秀山部落意料之中的事情。

　　林英明不同於往日穿著的布農族勇士服，今日他穿著一襲深藍色的和服，這是先前藤原櫻子贈予且珍藏許久的服裝。和服之外穿戴暗紅色的戰鬥甲冑，以及腳穿長筒皮革靴子，繫著棉質具有白色漢字「愛」的紅色頭巾。

　　林英明取出一直配戴於胸前的「彈痕十字架」項鍊，親吻一下曾經救其一命的十字架，眺望著遠方開滿艷麗花朵與櫛比鱗次的粉紅色櫻花森林。春天時節風和日麗與清風微拂之間，櫻花林隱隱約約地飄散著清新怡人的陣陣芳香。他輕閉雙眼深呼吸地內心讚嘆：「愛與幸福的味道。」眼見曾經與藤原櫻子一起漫步歡笑的櫻花雨森林，如今過眼雲煙的景象恰似飛鴻踏雪泥，徒留愛與幸福的唏噓記憶。

　　此時已屆不惑之年出頭的林英明，歲月滄桑的痕跡增添一份成熟的氣息，眉宇神情依然保持年輕時期的堅毅不屈。他專注寧

靜地眺望眼前的美景，微風輕輕地吹落飄曳的櫻花瓣，彷彿生命之中一切人事物的過客，同時深刻感覺與天地融為一體的精神狀態。據說當人面對生死關頭之際，生命的回顧會瞬間於腦海歷歷在目。此刻林英明亦難免心生感觸：「人生際遇的緣起緣滅如同潮起潮落，喜怒哀樂與悲歡離合轉眼成空。塵緣聚散彷彿人間殘夢，恩怨情仇亦如娑婆幻夢。如今唯有櫻花香氣暗自飄過，如今徒留櫻花燦爛獨自飄落……」

　　林英明感嘆往事如風自忖：「昔日佛陀捨棄人間的榮華富貴，追尋真理的慈悲與智慧，以及基督奉獻自己的血肉之軀，捍衛真理的愛與勇氣，始有今日前仆後繼菩薩與基督的追隨者。或許奮戰到底無法改變現況，至少展現燃燒自己照亮他人的生命價值。」

　　林英明仰望天空上，自由自在振翅飛翔的神眼之後，面向神侍團發表作戰演說：「你們還有希望嗎？你們還有夢想嗎？今日站在這裡的每個人，就是要讓掌權者知道，我們絕對不會放棄希望與夢想，直到如櫻凋謝……神會感謝，今日站在這裡的每個人，雖然我們終將如同櫻花飄落隨風而逝。但是我們捍衛的價值與信仰，必將永存於此座島嶼的靈魂，永垂不朽……」

　　林英明轉身望著軍警的方向繼續說道：「不必貪戀執著臭皮囊的歡愉，亦不必害怕恐懼軀殼的痛苦，這些都是魔鬼的邪惡誘惑與狡猾幻影。唯有堅定跟隨於心靈的愛，才是上帝啟示的真理話語，當我們回歸於神的懷抱時，聖靈將存在於愛的天國。今日我們站在這裡，不是為了選擇死亡，而是為了讓更多人獲得救贖

與重生的機會。他們可以傷害我們血肉的身體，但是無法摧毀我們神聖的靈魂。今日我們的身體，屬於神的軍裝與寶劍，我們的使命就是勇往直前邁向天國的道路，為愛而戰⋯⋯」

　　林英明拔出腰際的武士刀高喊：「我們是菩薩的勇士，我們是基督的騎士，我們是捍衛天國⋯⋯神的武士！」他演說的每一句話語都深深撼動著神侍團的心靈，同時擲地有聲讓神侍團吶喊著呼應。此刻身旁的雲豹以不同往常的態度表示：「團長，很榮幸此生與你並肩作戰。」他已經心領神會林英明始終堅定的信仰，一個發自內心為愛而戰的價值，一種勇敢無懼面對命運的使命感，一種內在寧靜平和的心靈狀態，一種至真至善至美的神聖狀態。「捍衛天國⋯⋯」神侍團高呼精神標語，震天價響的聲音在山地之間迴盪，隨即前仆後繼地朝向軍警前進，勇敢無懼地展開戰鬥的態勢。

　　新高山山脈與中央山脈交界地帶，巍峨綿延峰峰相連的群山天際，老鷹神眼盤旋在陽光普照與晴空萬里的山地。軍警看見神侍團展開衝鋒戰鬥的隊伍，山砲部隊立即朝向他們砲擊。神侍團不畏砲火強襲的震撼力，先後奔跑至前方大約兩百米之處的「土遁坑道」。

　　土遁坑道，屬於神侍團的作戰策略，一個月前在山坳草原挖掘的工事。一條高度約一米八與寬度約一米的坑道，長度大約五百米的通道可直達毗鄰的森林地帶。他們以木架覆蓋坑道上方再以草皮遮掩，刻意在此埋伏引誘軍警部隊前來，戰鬥開啟時即可

快速地奔向坑道內躲避砲擊。他們預料軍警會先以山砲進行飽和
攻擊，藉此重創瓦解其戰鬥隊伍與作戰意志。

　　神侍團利用軍警輕視的心態且誘敵深入，當軍警倚仗人數與
武器優勢追擊時，他們可利用山坳的地形作為高處的伏擊之外，
同時撤退於森林地帶展開近身的游擊戰。神侍團的作戰策略就是
分散軍警部隊的集結狀態，利用本身熟悉環境與地形掩護的優
勢，形成對於軍警的近身襲擊與肉搏戰術，如此達到以寡擊眾的
目的。

　　神侍團分成四大作戰的任務分隊：祭司率領的「火炮隊」，
長老率領的「火繩槍隊」；林英明、雲豹、紅龜與黑熊率領的「襲
擊隊」，以及鐵美塔道率領的「弓箭隊」。果然躲藏於坑道的神
侍團，使得山砲的砲火攻擊無法達到成效，佐藤武哲為了突破戰
局身先士卒地號召警隊追擊。警隊沿路以步槍強力地掃射到達坑
道時，神侍團已經全數逃匿隱藏於森林。

　　此刻埋伏在山坡高處之上，祭司率領的火炮隊任務，就是運
用「風火輪」與「流彈炮」，負責衝散成群結隊的警察部隊，並
且將後方支援的軍隊分割阻絕。神侍團火炮隊以風火輪發動攻擊
的當下，同時向軍警部隊投擲流彈炮，使得軍警部隊散亂地奔入
森林作為掩護。

　　風火輪是以稻草浸泡樟腦油之後，再將稻草以麻繩捆綁，製
作成為直徑大約一米五與寬度一米的圓形體，易燃的圓形滾動體
稱為「風火輪」。火炮隊將風火輪從高處推下之後，一路滾落山

　　坳的草原地，期間以弓箭點火射中風火輪，引燃形成巨大滾動的火球。不斷地從山坡上滾下幾十個風火輪，燃燒冒出的濃厚黑煙，瞬間蔓延山地與天空之間，軍警部隊也被迫形成分散的狀態。

　　流彈炮是以直徑大約十幾公分的乾椰子殼，將其填裝黑火藥與碎石子。並且以浸泡樟腦油的麻繩作為導火線引爆，火藥爆炸時碎石子形成殺傷力稱為「流彈炮」。雖然傳統黑火藥的威力，不如現代化的軍事火藥，但是爆炸的火花與碎石子的衝擊，也對於軍警形成威懾的震撼力。

　　散亂奔走的軍警人員不自覺地深入詭譎晦暗的森林，立刻面臨長老率領的火繩槍隊猛烈地攻勢。森林內布置許多以麻袋填裝砂土堆砌而成的戰壕，火繩槍隊隱身在戰壕的掩體之內，他們集體射擊火繩槍形成交叉火網。同時以游移變換與迂迴突擊的方式，神出鬼沒地阻絕軍警部隊的大軍壓境。

　　尤其神侍團的勇士皆有配備「煙霧彈」。這是一種以乾燥的竹筒裝填黑火藥與辣椒粉的爆破物。將浸泡樟腦油的麻繩點火引爆炸藥時，瞬間噴發出辣椒粉的紅色煙霧。煙霧彈除了具有辣椒的刺激性氣味之外，紅色煙霧可提供隱身與欺敵的效果，也令軍警轉移作戰的注意力與判斷力。眾多軍警受到辣椒刺鼻與刺眼的襲擾之下，立即以水沖洗短暫失去戰鬥力。

　　在森林視線昏暗與混戰之下，林英明、雲豹、紅龜與黑熊率領的襲擊隊，以迅雷不及掩耳的速度近身突擊。襲擊隊員都是神侍團之內，挑選戰技最為靈活矯健者，他們都是以武士刀或獵

刀近身肉搏的翹楚。正值襲擊隊與軍警水乳交融地纏鬥時，鐵美塔道率領的弓箭隊則是最佳支援的狙擊手。弓箭隊埋伏與潛藏於森林樹木之間，支援隊友形成防不勝防的「弓箭雨」。軍警人員在陰暗迷濛與錯綜複雜的森林中，完全無從察覺無聲無息彷彿下雨的暗箭從何而來。神侍團弓箭隊可以在襲擊隊與軍警的混戰之中，百步穿楊地射中目標且不會誤傷隊友。

　　祭司的火炮隊在完成山坡伏擊任務之後，立馬撤守回防神侍團的前線後方，他們以投擲流彈炮支援與掩護每個分隊的戰線。神侍團與軍警部隊進入全面交鋒的時刻，在森林之中展開敵我混亂的拉鋸戰。雖然穿梭山地如魚得水的神侍團戰鬥力強悍，但是軍警部隊具有優勢人數與強大火力，他們以機關槍火網強行攻堅神侍團的防線。

　　機關槍的火網摧枯拉朽地肆虐於森林之內，同時以優勢的兵力切割突圍神侍團的陣式。雖然神侍團的戰鬥力讓軍警震懾挫敗與吃盡苦頭，畢竟以火繩槍與黑火藥等古老火炮，以及弓箭與刀刃等冷兵器，無法形成軍警嚴重的殺傷力。尤其增援部隊彷彿螞蟻雄兵一般湧入森林，歷經數個小時的激烈戰鬥神侍團傷亡慘重，面臨節節敗退與困獸之鬥的情勢。

　　方圓大約幾公里的森林、草原與山坳峽谷地帶成為殺戮戰場。諾大森林不絕於耳的槍砲聲，以及烽火連天的硝煙彈雨此起彼落。神侍團三百人無所畏懼地面對自己的命運，縱使遭遇數不勝數的軍警人員圍剿，他們依然視死如歸地奮戰到底，相互掩護

與彼此守護的團隊精神。他們早有心理準備為共同的信仰犧牲奉獻，不但英勇戰鬥也為奄奄一息的隊友禱告道別。

軍警部隊以大軍壓境的猛烈攻勢，擊破神侍團勇士隊的戰鬥陣線。火繩槍的火網無法封鎖軍警的步槍與機關槍，大約一百人的火繩槍隊全數遭到圍困殲滅。長老堅持直到最後的孤軍奮戰，他在裝填火藥與鉛彈的空檔時，在軍警機關槍火網掃射之下壯烈陣亡。

位於神侍團的前線後方，大約五十人的祭司火炮隊。由於戰線已經被軍警切割與突破，受到包圍的祭司最後從容地抽著菸斗。其不顧軍警斥喝投降的命令，引爆了裝滿流彈炮的木箱企圖與軍警同歸於盡，自己身陷在爆炸火海之下壯烈陣亡。鐵美塔道率領五十人的弓箭隊，與襲擊隊一邊戰鬥一邊撤退。絕大多數的弓箭手最後彈盡援絕，以獵刀作為困獸之鬥悉數陣亡，鐵美塔道則是遭到軍警的俘虜。

大約一百人戰鬥力最為頑強的神侍團襲擊隊，以火繩槍與刀械堅持最後的殊死戰。雲豹在十幾名軍人團團圍困之下，依然以雙頭刺槍奮戰到底，最後遭到軍人的刺刀連番刺殺壯烈陣亡。紅龜獨自撤退到森林的山崖邊緣，毫無退路還以飛刀反抗的當下，被十幾名警察以步槍掃射墜落山谷。

林英明、黑熊與大約十名勇士突圍奔向一處櫻花林。彷彿冤家路窄的命運交會之下，他們與佐藤武哲帶領的警隊冷不防地不期而遇，雙方突如其來地展開近身纏鬥。黑熊手執巨斧大刀闊斧

地劈砍，佐藤武哲警覺危險時以步槍抵擋，槍身瞬間斷裂呈現彎折狀態。千鈞一髮之下佐藤武哲以武士刀迎戰，勇士隊與警察隊陷入勢均力敵的混戰。黑熊揮舞巨斧的重力加速度，讓佐藤武哲幾乎難以招架。但是佐藤武哲的劍術堪稱出神入化，幾回合交手之下黑熊已不慎地身體多處遭受刀傷。

　　身軀壯碩的黑熊絕非等閒之輩，他在受傷時不甘示弱地還以顏色，佐藤武哲右大腿被匕首插入之後踉蹌倒地。林英明在黑熊與佐藤武哲混戰之時，他獨自擊倒兩名警察後，趨前攙扶傷重不支倒地的黑熊。眼見腹部嚴重穿刺傷的黑熊，最後以悲壯地語氣道別：「兄弟，我時間到了……先走一步！」方才交戰屈居下風的黑熊，以己之身換取求勝機會，也以最後的一口氣息壯烈陣亡。

　　手持武士刀步履蹣跚踽踽獨行的林英明，他歷經多時的激烈奮戰之下，腿部已經有槍彈傷痕的包紮。身上戰鬥甲冑滿目瘡痍與沾染血跡，狼狽的模樣彷彿飽受人間滄桑。此刻他唯有報以窮途末路的最後一戰，其猛烈地衝向佐藤武哲時，以臂膀與身體夾住對方的武士刀。他以身擋刀順勢抽出腰際的脅差，刺入佐藤武哲的左大腿且奪下武士刀。林英明緊跟著雙腿中刀踉蹌前行的佐藤武哲，他雙手高舉武士刀朝著佐藤武哲的頭頸部位，眼前景象隨時可能揮刀馘首的緊繃狀態。

　　此刻蜂擁而至的警隊已經控制現場。帶隊的森川真之立即大聲警示：「林英明，千萬不要做傻事，放下武士刀……」數十名以步槍瞄準預備射擊的警隊，在森川真之的示意下暫時按兵不

動。森川真之想起昨日在大關山的軍警總部，藤原警務局長私下向其叮嚀的話語：「我明白你的義父森川清治郎，為何犧牲自己的生命。在戰場上除了保護佐藤武哲之外，也想辦法留住林英明的活口。」當時森川真之正感到疑惑時，藤原警務局長明白部下內心的問號解釋說道：「為何想要留住林英明的生命嗎？其實我是想要留住櫻子對於我……身為父親的最後尊敬。」

藤原警務局長領悟到森川清治郎，最後以結束自己生命的方式，除了對於官僚體系作出無奈的控訴之外，同時也對於敬愛自己的村民作為靈魂的救贖。森川真之以朋友的立場溫情喊話，遍體鱗傷的林英明，沒有揮下冷酷無情的武士刀，最後在精疲力竭之下昏厥癱瘓。

天空上翱翔盤旋的神眼，彷彿以上帝的視角記錄戰鬥的過程，為天國捐軀的神侍團黯然神傷地躺在大地之母的懷抱。春天時節開滿粉紅色山櫻花的櫻花林，依山傍水與滿山滿谷的狀態，以璀璨絢麗的姿態綿延山地連接天際。黃昏的夕陽為天地塗滿火紅色的雲彩，瞬間的一陣強風吹襲滲透一抹寒意，驟然搖動一陣翩翩飄落的櫻花雨。粉紅色的山櫻花落英繽紛，灑落在神侍團勇士的遺體上，彷彿為他們壯烈淒美的生命，獻祭感動的哭泣與最後的敬意。森川真之看見此情此景不禁由衷地感嘆：「櫻花雨……神的眼淚！」

櫻的約定

　　日本古代流傳一句俗諺：「花是櫻花，人為武士。」此句諺語具有寓意深遠的含義：「做花就要做『櫻花』，做人就要如『武士』。」櫻花之美出自於綻放時，成群盛開的和諧，彷彿人類實現善良的無私之愛。櫻花之美出自於綻放時，向下盛開的姿態，象徵人類追求真理的恭敬智慧。櫻花之美出自於綻放時，完美盛開之下飄零，彷彿人類成就美好的大無畏勇氣。

　　櫻花綻放與盛開沒有枯萎的樣貌，生命雖然短暫但是在最美的時刻凋落。由於群開群謝與驟開驟謝的特性，在飄落的時刻展現了絢麗、燦爛與灑脫的永恆之美。由於成群盛開與成群凋零的姿態，剛勁有力與落英繽紛的壯觀氣勢，形成高貴淒美的「櫻花雨」。因此將「武士」比喻為「櫻花」，櫻花同時代表「武士道」的精神象徵。

　　神侍團為了捍衛天國的心靈價值與精神信仰，如同成群盛開與成群凋零的櫻花雨。一朵櫻花象徵一名勇士，隨風飄落的櫻花雨，彷彿是神正在感傷哭泣的眼淚。德國哲學家馬丁海德格定義人生的名言：「人們計劃未來時，必須包括死亡。因為死亡在任何時候都有可能發生，這樣我們才能明白自己活著的重要性。向死而生，當你無限接近死亡時，才能深切地體會生命的意義。」

　　總結馬丁海德格「向死而生」的生命哲學思想：「人生其實是活著邁向死亡的過程。」若將個人的壽命以一百年作為計算單位，相較人類歷史可謂曇花一現，更別比擬以宇宙的時空相提並論。個人意識之內的生命意義，若以百年時間作為衡量彷彿電光

火石，如此稍縱即逝與微不足道。唯有依靠於生命的本質與真理，生命的價值方得以亙久不滅。森川真之將神侍團的集體殞落形容為「神的眼淚」，他亦將神侍團的精神以一句話概括形容：「欲知神侍魂，且看櫻花雨之時……」

　　林英明遭到逮捕之後關押在監獄。前來探視的藤原櫻子記憶猶新，去年在新高山部落的櫻花季，兩人在櫻花雨之下「櫻的約定」。但是她始終無法啟口已經誕生女兒，以及非常瞭解林英明寧死不屈的個性，只能淚眼潸潸地表示：「如果有機會的話……請活下去好嗎？」林英明盤坐地上背向牢房之外的藤原櫻子，始終注視著牆壁上方的小窗戶緘默不語。明亮的窗外正值一隻白色的蝴蝶，自由自在地出入飛翔，對比其身陷囹圄的景況著實令人唏噓。

　　神侍團除了鐵美塔道遭遇軍警俘虜之外，林英明是唯一的倖存者。其內心非常清楚自己的選擇，在下定決心捍衛新高山部落的時刻，已經將自己的生命交付上帝。神侍團的成員是唯一的家人，如今與家人同行或許亦是唯一的歸宿。

　　佐藤武哲躲藏在監獄的陰暗角落，所幸他的雙腿刀傷沒有禍及要害。眼見藤原櫻子離開之後，他拄著拐杖內心充滿著強烈的疑惑，放下自尊亟欲向林英明求證答案：「你有機會與時間，為什麼不殺我呢？」那一天戰場的情況佐藤武哲心知肚明，雙方歷經幾分鐘的戰鬥中，生死關頭人生彷彿電影一閃而過，只要林英明一個念頭當下命喪黃泉。「我們雖然身世背景天差地別，唯一

的共同點都是……深愛櫻子。我不想摧毀她的幸福。」依然背向
牢房門口的林英明解釋為何惻隱之心。他基於「愛」具有的「同
理心、同情心、平等心」，選擇對於仇敵的寬恕與原諒之心。

　　佐藤武哲對其總是心懷敵意的態度終於軟化，在得到答案的
片刻沈默之後，轉身離開前留下一句話：「櫻子已生下屬於你的
女兒。」聽聞佐藤武哲突然告知的隱情，此刻林英明感到錯愕茫
然與啼笑皆非的尷尬。內心的痛苦糾葛讓他自忖對於愛的感悟：
「愛源自於心靈的幸福與喜樂、無私的分享與奉獻。愛不是佔有
與依賴，更不是控制與嫉妒。愛除了感恩的擁有，有時必須祝福
的放手。」

　　總督府軍警討伐神侍團之後，勒令新高山部落強制遷離，
移居在台東廳或高雄州的丘陵地帶。西元一九三三年昭和八年四
月，玉穗山部落首領拉荷阿雷率領十一人代表團，前往台南州的
嘉義郡小梅庄與高雄州知事野口敏治會面。拉荷阿雷在歸順儀式
之中宣誓：「只要太陽依然從東方升起向西方下沈，一定遵守法
令且不再抗命。」

　　據說拉荷阿雷最後歸順的附帶條件，促成其次子西達與布農
族美女華利斯的婚姻，並且在高雄州廳舉辦了結婚儀式。日本內
地與台灣各大報紙，大篇幅報導「本島最後歸順蕃」的新聞。新
高山部落成為台灣島最後歸順的山地部族，結束長達大約二十年
的反抗事件。

　　新高山部落移居之後，同年十一月，台東廳里壠支廳關山越

嶺道的「逢坂駐在所」，再度爆發布農族出草的攻擊事件。起因
於一名托克邦社的布農族人被搜查到私藏硝石，這是製造黑火藥
的原料之一，屬於官方法定規範的違禁品。違法者被逢坂駐在所
的土森巡查部長毆打凌虐。當事者憤恨不平結夥十幾名布農族人
出草，除了將土森巡查部長馘首之外，其妻子與孩子亦同遭池魚
之殃。出草的布農族人奪走了數支槍械與幾百發彈藥，最終逃逸
於台東廳與花蓮港廳的交界之處。根據情報大約幾十名的布農族
人，再度盤據於深山天險之地，準備進行長期的對峙與戰鬥。

　　逢坂事件的消息再度震驚總督府。此刻森川真之已經升任
為台東廳的警部職務，他前往警務局商討布農族出草事宜。藤原
警務局長除了想要了解情況之外，對於新高山部落的問題甫為落
幕，卻再度出現令人頭痛的反抗事件。藤原警務局長詢問森川真
之的意見：「如何處理這個棘手的問題呢？」森川真之想起卑南
族首領馬智禮的話語：「擺脫仇恨的命運輪迴，唯有跨出第一步
真誠的勇氣，真實的改變才有可能發生。」

　　馬智禮曾經提出建議以平等與尊重的心態處理問題。由於
象徵布農族精神領袖的拉馬達星星被槍決之後，導致布農族部落
群龍無首與民情不安。當時馬智禮在總督府與布農族之間穿針引
線，希望安撫布農族部落忐忑不安的情緒，也積極解決卑南與布
農族沈痾已久的歷史問題。

　　「如果依然以報復心態試圖解決問題，問題可能永遠無法
解決。」森川真之向藤原警務局長請求全權處理獲得認可。他組

織台東廳與花蓮港廳的警隊，大約三百人的搜索隊展開了圍捕任務。警隊依據行動準則攜帶了步槍、機關槍與山砲等武器裝備，從台東廳、花蓮港廳與高雄州三面包抄搜索，最後包圍與封鎖布農族人據守的地點。眼見布農族人完全沒有棄械投降的意向，並且準備進行全面交戰的態勢。森川真之評估情勢向警隊發號施令：「射擊……砲擊……」他要求警隊將步槍指向天空射擊，同時以山砲攻擊布農族據守的對面山區。

　　三百人的警隊一同向天際射擊時，除了在山地之間引起巨大的迴響之外，尤其是山砲擊中的地方，更是出現爆炸的火花與土石，震懾的聲響撼動寧靜的深山壑谷。「任務完成，收隊！」森川真之在警隊射擊與砲擊之後，以象徵性的攻擊行動結束對峙。

　　警方提出了繳交土森巡查部長的首級、行兇刀械與歸還奪走的槍械彈藥，以及遷移官方指定的居住地點等條件。總督府以平和的方式處理及息事寧人，事件在花蓮港廳玉里支廳舉行謝罪與歸順式落幕，成為台灣山地部族最後的馘首事件。

　　在此之前，正值布農族如火如荼反抗的期間。馬智禮為了平息雙方的歷史恩怨，也讓布農族不再進行無謂的反抗與犧牲。他深入台東廳與台中州的布農族部落，展開族群和解的勸說之旅。除了請求總督府不要激起布農族的反抗情緒，同時向卑南族部落的首領與長老據理力爭。願以雙方爭戰不休的鹿野高台，作為布農族移居的地點，釋出共享獵場與共享和平的訊息。

　　馬智禮為了取信於布農族社群，親自率領了卑南族的青年勇

士，前往布農族部落逐一拜訪，以身作則釋出善意與誠意。他以
贈送食鹽與布匹的獻禮表示真誠之外，並且以日本語及布農語演
說：「我們從前的馘首都是過去的錯誤，今後世世代代放下干戈，
相親相愛與永久和平！」其為了讓兩族徹底地化解仇恨，以雲豹
牙和雲豹皮衣作為信物，贈予布農族舉足輕重的巴卡岸社首領拉
芙帝吉斯。雙方在總督府官員的見證之下，兩人歃血為盟與飲酒
立誓結為異族兄弟：「以天地為證，稟告祖靈，永為親人兄弟！」

　　馬智禮展現的豁達胸懷與重諾守義的情操，讓原先抱持懷
疑與敵意的布農族部落，開始獲得冰融化解與盡釋前嫌的回應。
期間布農族部落陸續接受集團移居的政策，台東廳官方亦進行居
住、農事、衛生、教育等設施工程。馬智禮化干戈為玉帛的努力
貢獻，深得總督府的認可與讚賞。其在初鹿社首領任內結束大約
兩百年，卑南與布農的族群衝突與利益爭端。

　　西元一九三五年昭和十年，第十六任總督中川健藏舉辦「始
政四十周年紀念台灣博覽會」。在十月十日至十一月二十八日，
總共五十天的期間，除了台北市之外，同時在台灣本島各地區舉
行博覽會。這是台灣進入世界歷史以來，首次全島性的大型活動
與展覽，博覽會的規劃總計耗資一百萬元，期間創造大約兩百八
十萬的參觀人次。博覽會亦是向世界昭告日本帝國統治台灣，從
蠻荒落後演變成為繁榮進步，從化外之地蛻變成為現代文明的建
設成果。

　　為了舉辦博覽會，總督府特地規劃了交通機能與航線。由於

台北市已經具有現代化設施與機能的城市，市內擁有非常進步的巴士汽車運輸，總共區分為局營、市營與民營等業者，交通網路非常的便利與發達。但是為了運送參觀者前往本島各地的會場，西部縱貫鐵路從最北端的基隆，一路貫穿至恆春半島的枋寮，以及台北州宜蘭地區通往花蓮與台東的東部鐵路線，為此特地更換了五輛最新型的日本國鐵，C55型蒸汽機車頭與鋼體客車。同時為了便利日本內地前往本島參觀的交通，總督府委任大阪商船經營：「基隆至神戶線、基隆至沖繩至九州線、基隆至沖繩至阪神線、高雄至東京橫濱線」等船運航線。

總督府亦邀請了中華民國福建省主席陳儀作為代表的參訪團，以及滿洲國第一任外交總長謝介石。謝介石，出身於台灣的新竹州，年輕時期在台灣受過日本語教育。日本領台初期，他曾經擔任伊藤博文前來台灣的通譯人員。西元一九一五年大正四年，謝介石放棄日本國籍加入中華民國，日後滿洲國成立再度轉為滿洲國籍。

台灣博覽會的會場規劃，主要是台北市三個主會場與一個分館。除了外島的澎湖廳之外，依據本島行政區的五州二廳，各自設立地方分館。台北市會場大致分為：「台北公會堂、台北公園、大稻埕太平公學校、台北市郊的草山分館」等。

台北公會堂的第一會場，分別設立如下的場館：「產業館、林業館、糖業館、礦山館、土木館、交通特設館、興業館」等，以上都是有關於台灣產業與經濟建設的展示內容。

　　產業館：展示了台灣稻米，從在來米改良為蓬萊米的前世今生之外，以及茶葉的製作過程，與號稱台灣三寶的「茶葉、蔗糖、樟腦」為主題的展覽項目。尤其是樟腦高居世界第一約佔百分之七十的總產量，亦有新興產業的鳳梨罐頭，則是居於世界第三的產業地位。

　　林業館：地處亞熱帶與熱帶區域位置的台灣，由於獨一無二擁有「熱帶、溫帶、寒帶」的立體式自然林業生態。會場主要展示特殊三態並陳的植物生態環境，以及本島特產的木材種類。

　　糖業館：以出口量位居於世界第三的蔗糖，屬於台灣重要發展的農業經濟，將產業發展狀況與全島的製糖會社，作為單獨主題項目的展示會場。

　　礦山館：屬於黃金礦產的展覽館，介紹台北州基隆郡瑞芳街的金瓜石金礦區。會場展示了重達兩百二十公斤，以及價值一百六十萬圓的純金磚最為吸睛。金磚由台陽礦業株式會社開採與冶煉，金瓜石同時號稱為亞洲第一貴金屬礦山。

　　土木館：展示台灣與日本內地的都市規劃藍圖與土木工程建設。其涵蓋現代化的都市排水系統、公園綠地與街道設計等，勾勒一幅都市文明的建設藍圖。

　　交通特設館：由交通局鐵道部規劃展示了世界各國新型的火車模型，以及遞信部規劃展示的現代化電信技術。尤其在展區入口之處，規劃一個以無線電操控的機器，主要是展演「桃太郎誕生記」的故事：「一個桃子形狀的模型機器，在接收到電波訊號

時，立即自動開展成為兩半。從中橫空出世的桃太郎模型，伴隨著桃太郎的童謠音樂示範著體操。」這個特殊設計令現場觀眾駐足與驚豔不已。

興業館：由中央研究所、台灣電力株式會社、台北機械電器商協會、台灣發明協會等單位，共同負責規劃與展示了台灣工業的發展歷史，以及各項研究試驗與新型機械的發明故事。

台北公園的第二會場，主要利用公園現場的設施與建築，規劃設置的展覽場地大致分為：「第一文化設施館、第二文化設施館、國防館、電器館、專賣館、船舶館」等。

第一文化設施館：展示台灣四十年文化教育的發展與成果，從初等教育、師範教育、實業教育、大學高等專門教育等。宣揚台灣基礎教育的普及率與人口識字率，屬於亞洲地區僅次於日本內地的程度。

第二文化設施館：強調台灣四十年的文化政策發展，其中「衛生政策」展示台灣的衛生形象與成果；另外「警務政策」說明警察的工作權責，以及有關於台灣原住民族的教化政策與成果。在展示區之中，還有原住民族的房屋建築與生活情況等介紹項目。

國防館：展示日本帝國陸海空三軍的軍事設備為主題。

電器館：屬於「台灣電力株式會社」的專屬規劃區。除了展示現代化的電器設備，亦展示電器的發明，對於現代化生活的影響力與重要性。同時利用模型展示了「電器家庭的一天」，以故事性說明電器產品，可能在於家庭使用的情況。

　　專賣館：由總督府專賣局籌劃與介紹台灣專賣事業的情況，展示了五大專賣產品：酒、鹽、菸草、樟腦、阿片等，以及每一種專賣品的製作過程與模擬介紹。

　　船舶館：由大阪商船、近海郵船、大連汽船，以及遞信部海事課共同規劃展示的項目，其介紹日本帝國航海交通的發展情況。

　　大稻埕太平公學校的第三會場，一個占地大約四千坪的「南方館」為主。南方館：會場規劃主要介紹「中國南方」與「南洋地區」的項目。

　　展場介紹中國福建省與廣東省的特產物，以及福州、廈門、汕頭、廣州、香港、澳門等地方特色。南洋地區的越南、新加坡、馬來西亞、菲律賓、泰國等地區，可謂涵蓋亞洲其他地區的國際文化特色。尤其最為獨特的「馬產館」：專門宣導日本政府的馬政計劃，預計將台灣本島三十萬頭水牛改以馬匹替代。

　　台北市郊的草山分館：屬於北投溫泉區地帶以觀光為主題的展示館，其針對台灣各地名勝風景的宣傳與介紹。另外本島各州廳以「一州廳一特色」的方式，由地方政府自主規劃別具特色的地方分館。藉此吸引國內外到訪參觀的旅客，引導旅客遊歷全島作為博覽會的舉辦目標。

　　台灣博覽會除了展示會場的規劃之外，同時舉行諸如：野球運動賽事、高砂族的歌舞表演節目之外，以及媽祖祭典遊行、台灣佛教徒大會、台灣基督徒大會等宗教活動的項目。

　　台灣博覽會期間，接待來自於世界各國眾多外賓，歐美地區

的美國、英國、法國、德國等；亞洲地區的中國、印度、馬來西亞、泰國、滿洲國等。以現今相較於四十年前的台灣景況，令世界各國的訪客感到驚訝與讚嘆，對於台灣現代化的進步神速報以嘖嘖稱奇。日本帝國以台灣博覽會的名義，主要展示諸如：都市規劃建設、公共工程建設、醫療衛生情況、交通運輸系統、經濟發展型態、文化教育水準、人民素質與生活方式等統治成果。

在博覽會的外國賓客之中，尤其以中華民國福建省主席陳儀最受關注。其率團前來台灣觀摩訪問期間，對於台灣的進步與發展所見所聞，啟發他將台灣經驗移植中國福建省的想法。隔年十二月，陳儀派遣了福建省廈門市長李時霖等十一人，組成官方的「台灣考察團」，再度深入本島各地進行考察訪問。

根據中華民國福建省考察團的「台灣考察報告」記載之中：「本日參觀所經之地，都是屬於偏鄉之處。在日本政府積極經營與治理之下，電燈、電話、自來水等現代化設施，無不普及地規劃建設，幾乎與西洋國家並駕齊驅。觀此即可得知台灣建設之一般矣。」中華民國政府的考察團，對於台灣現代化文明的進步印象，對比此刻中國混亂落後的狀態實為天壤之別。

藤原櫻子參與台灣議會設置請願運動的代表團，前往東京都的日本貴族院議會進行演說。西元一九二〇年大正九年，林獻堂與蔡培火在東京都富士見町教會的植村正久牧師引薦之下，認識了江原素六與田川大吉郎等議員。隔年一月三十日，第一次議會請願提案至今，已經歷時十四年歲月，總計十五次請願。每次提

案後帝國議會的結論，多數以「不採擇」駁回議事。

江原素六在第一次提案的隔年逝世之後，期間田川大吉郎總計有六次提案。爾後陸續加入提案的議員，諸如：清瀨一郎十三次提案、神田正雄六次提案、山脇玄四次提案、渡邊暢十次提案、清水留三郎三次提案等。參與提案的議員有感於台灣議會請願運動的不屈不撓精神，前仆後繼地持續為台灣奮鬥。

台灣議會設置請願的緣起，源自於「台灣同化會」的啟蒙運動。在同化會被總督府強行勒令解散之後，曝露總督府掌握行政權、立法權與司法權的專制集權統治，可謂居於日本帝國下的台灣土皇帝。掌握政治權力的內地人，在攏絡內地財閥與本島仕紳的政策之下，形成既得利益的統治權貴與政商結構，成為壓迫本島人的金權集團。

事出必有因，話說從頭……日本領台伊始，治安混亂與武裝盤據等反抗事件層出不窮之下，當時採取了「特別統治主義」的管理政策。日本帝國議會通過「六三法」，成為總督府為所欲為的源頭。但是在六三法公布實施的開端，曾經爆發一個「高野孟矩事件」，衍生日本帝國憲法的違憲爭議。

台灣總督府宣布始政的隔年，一名出身於福島縣的司法人員「高野孟矩」，其前來台灣肩負創立司法體系的重責大任，受命成為台灣第一任高等法院的院長。當時的乃木希典總督，收到了一封匿名信舉報貪污，信中表示有總督府官吏涉及收受賄賂。因此乃木總督展開暗中調查，發現疑似官員收賄與恐嚇取財等情事。

　　高野孟矩負責進行大規模的調查工作，伴隨案情不斷地抽絲剝繭，事件向上延燒牽涉了民政局長水野遵。尷尬之處在於，民政局長是僅次於總督的高階官員，此事直接震驚了松方正義的內閣政府。由於台灣治安情勢正值動盪期間，面臨倒台壓力的乃木希典與內閣政府商議之後，決定撤換民政局長、財務部長及學務部長。同時為了弭平紛擾不堪的政局，連同高等法院院長身兼法務部長的高野孟矩，在不分青紅皂白之下一併遭到停職處分。

　　堅守職責的高野孟矩，當初接受司法大臣芳川顯正與司法次官清浦圭吾的建議，一個四十多歲的中年人臨危受命，希望在帝國的新版圖建立法律圭臬。台灣始政初期的治安情況與衛生條件嚴峻，當時多數的公務人員，在風險考量之下不願前來任職。高野孟矩原本臨屆退休已可安享俸祿，為了國家不畏艱險前往瘴癘之地，此事件讓其感到忿忿不平。

　　當時乃木希典面臨此起彼落的反抗事件，分身乏術之下已萌生「台灣賣卻論」的想法，官吏普遍無心政務與蜻蜓點水的態度。高野孟矩向松方正義首相提出抗議書：「我既已決心死守憲法欽命與賦予的職責，孟矩以五尺之身雖然可能粉身碎骨，依然堅拒任何想奪我職席者。孟矩一心一意留在職席之責，為了確立台灣司法權之守護者為己任。若有藉故以強迫或暴力之手段，想蠻橫強奪本人職席者，決心將在正當防衛許可之下，竭盡全力進行抵抗之。」

　　高野孟矩在沒有瀆職與過錯之下，認為總督自行發布的人事

命令無理，依然天天返回高等法院工作。但是乃木希典卻號令警務單位調派警力，將高野孟矩與高等法院內聲援的司法人士，以強制驅離的方式進行解職。依令行事的警察人員與堅守院長室的高野孟矩，雙方還爆發激烈的摩擦與衝突。最後高野孟矩無力反抗總督府獨裁的行政體系，府方的行為讓具有高尚情操的司法人員，感到非常地錯愕與不滿。台北與新竹的地方法院院長，為了表達堅定地支持高野孟矩一同辭職以示抗議。

離開台灣返回日本內地的高野孟矩等司法人員，強力抨擊總督府侵犯了日本憲法賦予法官的身分保障，從此引發了六三法違反日本憲法的爭議討論。六三法的條文具有一則但書：「此法在施行日之後滿三年失效。」此但書令日本帝國議會每三年必須面臨一番激烈辯論。

西元一九〇六年明治三十九年，日本帝國議會通過了「三一法」。此法補充明訂總督頒布的律令，不得違反日本帝國的法律。從此限制了總督的「立法權」避免違反憲法的爭議，但是先前六三法已經頒布的律令依然具有效力。爾後大正民主時代成立的台灣同化會，再度衝撞總督府專制集權的制度。西元一九二〇年代伊始，日本內閣政府開始調整以「內地延長主義」與「內台合一」的統治政策。

西元一九二一年大正十年，日本帝國議會通過了「法三號」：「將台灣納入日本內地的法律體系，適用於天皇『敕令』的立法原則，總督『律令』的方式成為輔助地位。」總督頒布的律令只

適用於特殊與緊急情況，必須在日本法律沒有法源基礎之下作為補充。若以法三號時期的法律基礎，台灣本島人應該享有與內地人同等的權利，但是依然呈現事與願違的現實狀況。此時歷經將近三十年政商勾結的權貴政治，形成既得利益集團與統治結構，盤根錯節的利益結構讓法律亦無濟於事。在政商勾結與特權集團的制度之下，無法讓平民百姓享有繁榮的經濟成果，以及無法享有日本內地的民主化成果。

台灣有史以來，第一個民主運動組織「台灣同化會」，開啟了「自由、平等」的潘朵拉盒子。西元一九一九年大正八年，堪稱「台灣民主運動之父」的板垣退助辭世之後，其民主精神的香火持續傳承於台灣，延續同化會精神的台灣議會設置請願運動於焉誕生。

議會請願運動以日本君主立憲政體的憲法精神，主張台灣本島人享有日本國民之自由與平等人權。因此獲得一些帝國議會議員、植村正久牧師、東京帝國大學教授矢內原忠雄等人士，以及「日本基督教會」的強力支持與聲援。

由於法三號的公布實施，為了緩解日本帝國議會與台灣本島內部的壓力，當時總督府評議會開始將重要的施政部份，修正以諮詢本島人的意見為主。法三號公布實施的五年之後，日本內閣政府若槻禮次郎首相曾經在眾議院表示：「台灣不久後應該會漸漸達到自治的狀態。」

大正天皇即位之後展開的「護憲運動」，讓天皇自此不再

擁有絕對專制的地位，開啟以憲法為最高位階規範的大正民主時代。因此總督府在台灣的權力違反憲政精神，台灣議會請願運動就是根據日本憲法，明文賦予臣民的請願權，以此合法性進行的民主運動。歷年的議會請願書也都明確地指出：「必須依據日本君主立憲的憲政精神，參考世界民主潮流的趨勢，實行台灣統治的民主人權訴求。」

一九二〇年代開啟的「內台合一」政策，這個時期的日本法典已是引用西方法治觀念制定而成。伴隨日本內地法律的實施，亦將西方民主式法律沿用於台灣，漸漸地培育台灣人民對於法治的觀念與素養。同時潛移默化影響台灣人民對於民主精神的認知，期間台灣民眾黨即是受到法治保障之下因而成立。

日本領台教育之下，帶來了西方式的民主精神與法治觀念。不但深刻影響台灣的知識分子，亦經由知識階層推行民主人權的社會運動之中，以社團形式宣傳與演講的方式，播種生根於中下階層的一般大眾，形成台灣人民日常生活的守法觀念。

台灣文化協會、台灣民眾黨、台灣工友總聯盟、台灣農民組合等社團組織，由於社會主義與民族主義結合的激進主張，最後都被總督府勒令解散，共產黨組織成員遭到逮捕與判刑。台灣地方自治聯盟成為議會請願運動唯一的社團組織。

日本帝國議會分為貴族院與眾議院的組織型態。貴族院議員由天皇敕封任命，眾議院議員則是民選方式。帝國議會的殿堂之內，地面鋪滿紅色優雅的地毯，議場之中設置了一個講壇。講壇

前方的議員席位採用「扇形」的規劃格局，講壇正後方則是議長的席位。尤其貴族院的議長席位後方，布簾之內還設置唯一的天皇御座。西元一九三四年昭和九年，台灣五大家族之一的辜顯榮，成為台灣首位受到天皇敕封的貴族院議員。

今日，貴族院的議員席位座無虛席，正值聆聽台灣議會請願代表團的演說。日本帝國領台初期，由於治安長期混亂的狀態，以及山地部族出草馘首的文化，期間令眾多的軍警與公務人員不幸喪命。再者總督府刻意的阻撓杯葛與報紙長期的偏頗報導等，亦形成日本內地對於台灣先入為主的印象。因此想要說服貴族院的議員諸公，通過議會請願的提案總是舉步維艱。

藤原櫻子作為請願團的代表，在議場的講壇演說最後以結語表示：「台灣已經不是只會踢人的野馬，當年只會哭鬧的孩子已經長大。請給這個孩子一個民主制度的機會吧……」聆聽藤原櫻子演說台灣實行民主選舉的願望之後，現場一位議員以質疑的語氣表示：「據說有人自稱是天國的子民，既然不認同日本帝國，為何還需要通過法案呢？」此刻議事殿堂內寂靜無聲地令人發寒。藤原櫻子低頭沈默片刻答覆說道：「只要具有一個自由的、平等的、公義的社會，讓人民擁有希望的、夢想的、幸福的生活，日本就是所謂的天國。」

西元一九三五年昭和十年，日本帝國眾議院通過了「台灣地方自治經費預算案」，以及「台灣地方自治改正案」，實行地方議會選舉制度。其分為「州議會、市議會、街庄協議會」，以半

數民選與半數官派的制度,明訂民選議員每四年改選一次。在此之前,去年台灣地方自治聯盟,在認同「內台合一」的政策之下,以及終止議會設置請願運動,獲得總督府的回應法案因此通過。

在眾議院通過「台灣地方自治改正案」之時,同年十一月,實行「市議會、街庄議會」的選舉活動。隔年,也舉辦第一次的「州議會」選舉活動,正式開啟台灣民主選舉的制度。其選舉辦法的選舉人規定:「必須為日本帝國之國籍,年滿二十五歲以上,戶口住居滿六個月以上,以及限制男性年繳稅金五元以上之國民。」

台灣有史以來第一次的民主選舉,民眾皆報以期待與興奮的心情,選舉期間也造成台灣島內的熱門話題。蟾蜍在去年與花子完成結婚,他摩拳擦掌地積極參與歷史性的一刻,決定投入台北市的市議員選舉。藤原櫻子與森川真之在百忙之中抽空輔選,據說鐵美塔道獲得了特赦,並且與森川真之似乎感情有所進展。

蟾蜍在大稻埕街道與學校等地方舉行政見發表會。花子、藤原櫻子、森川真之與鐵美塔道等人,除了在現場協助發放傳單之外,亦隨著候選人在大稻埕地區,挨家挨戶進行拜訪宣傳理念。他們總共進行數十場的演講活動,走遍了大街小巷鞠躬握手拜票。蟾蜍還以沙啞的聲音滔滔不絕地講述選舉口號:「請投下神聖一票,建立愛的社會。」

台灣第一次的民主選舉活動,候選人的競選風氣和平。官方要求在競選期間,候選人與選民不能單獨接觸交談,候選人與助

選員亦沒有任何宴客或者賄選的情況。在選舉投票之前，官方事先提供具有資格的文盲選民，辦理講習與教育選舉的基本能力。在選舉投票之時，符合資格的選民也都在自由私密的保障之下完成。

投票日當天，投票所方圓兩百公尺之內，禁止任何的競選活動與拉票行為。符合資格的選民自行前往投票所，進行身分確認之後，現場領取一張投票紙，進入隔離的投票間，在投票紙上方以毛筆書寫候選人的名字即可。最後將投票紙放入投票箱，如此即完成選舉投票的流程。

投票紙書寫的方式，以漢字、平假名或片假名皆可。只要可以辨識候選人的身分，若有錯別字的情況，仍以從寬認定的方式判為有效票。投票時間在當天下午六點截止，有的地方是採取當天計票，有的地方則是隔天進行開票作業。總之選舉過程具有高度的公信力。

第一次民主選舉統計投票的比例，各地區都高達百分之九十以上的投票率。首次投入選舉的台灣地方自治聯盟成為最大贏家，其推派的候選人均為高學歷的社會菁英，獲得了非常亮眼的成績。市議員內地人大約占百分之五十一的席次，本島人大約占百分之四十九的比例；街庄協議會內地人大約占百分之八左右，其餘百分之九十二席次均由本島人囊括。西元一九三七年昭和十二年，台灣地方自治聯盟舉行第四屆聯盟大會，眾幹部最後決議自行解散組織。

　　有人形容時間的流逝，彷彿光陰似箭或歲月如梭，又是一年一度的櫻花季。每逢春天櫻花盛開的時節，花朵總是年復一年花開花謝，不過景物依舊人事已非。三年前戰死的神侍團成員，生命彷彿飄落的櫻花隨風而逝。據說有人將他們集體埋葬在新高山部落的櫻花雨森林，在每個人下葬位置豎立一座十字架墓碑，白色石材製作的十字架墓碑成群排列。

　　白色十字架墓園的入口之處，矗立一座石柱與鳥居。石柱上方刻鑄；「神侍團」；鳥居笠木的正上方豎立一個石刻字體：「愛」；笠木與下方稱為貫的橫樑之間有一面牌匾刻鑄：「捍衛天國」。鳥居上方以漢字、平假名刻鑄而成的文字，代表神侍團：「為愛而戰，捍衛天國」的故事。

　　神侍團的白色十字架墓園，與世隔絕於簇擁綿延的櫻花雨森林隱密之處。自從新高山部落被集體遷移，此處依然維持原始孤絕與人跡罕至的樣貌。正值三月份時節的櫻花季，滿山滿谷的粉紅色山櫻花，依然綻放盛開的狀態。

　　藤原櫻子走在櫻花林的蜿蜒步道，彷彿時光隧道返回記憶中神侍團，以及新高山部落居民奔跑歡笑的景象。花子、鐵美塔道、佐藤武哲、森川真之、蟾蜍等人，隨著藤原櫻子的步伐緩緩地前行。鐵美塔道彷彿帶著記憶猶新的感覺，其他人無不驚艷於眼前景象的絕妙意境。

　　藤原櫻子與鐵美塔道駕輕就熟地穿梭山林小徑，對於從未造訪新高山部落的人，一切猶如夢境令人目眩神迷，帶著走馬看

花的心情欣賞不可置信的美景。深邃湛藍的天空吹拂著輕盈的微風，空氣之中飄散著鳥語花香的氣息。心靈反璞歸真亦如清淨的明鏡，身心回歸自由彷彿破繭的蝴蝶。眺望遠處山嵐雲海變幻無常，如同置身在空靈夢幻的人間仙境，塵世的紛擾煩憂當下過眼雲煙。

　　沐浴在美景中不知不覺地到達了目的地，十字架墓園蟄伏藏身在櫻花林。此刻天空中投射一道「雲隙光」，彷彿由天上的探照燈形成的時光隧道。從雲天直達地面的神侍團墓園，讓白色十字架墓園散發光明閃耀的景象。藤原櫻子與鐵美塔道在墓園周邊的草地上，種植一株櫻花樹苗，兩人朝向墓園祈禱：「種下櫻花樹，代表對於你們的懷念，亦是象徵……櫻的約定！」她們同時將攜帶的天燈，如同往常一般點燃下方的棉球讓其冉冉升空。飄浮空中散發火光的白色天燈，可以清楚地看見毛筆書寫的紅色字體：「愛」。一行人隨即不約而同地進行祈願與禱告的姿態。

　　「愛的天燈」在雲隙光的時光隧道，騰空飄揚而上彷彿前往天國的道路。觸景傷情讓藤原櫻子不禁回憶起，那一年新高山部落的櫻花季……她記憶猶新與林英明談論關於神侍團的靈感緣起。他們深受基督徒的植村正久、新渡戶稻造、內村鑑三，其三人的信仰思想與著作論述影響甚鉅……

　　西元一八九八年明治三十一年，植村正久牧師發表「基督教之武士道」的論文。主旨說明日本的「武士道」，必須以「基督教精神」作為指導原則的關係。植村牧師引申「聖經—哥林多前

書」的內容:「你們務必要警醒,堅立於真道之上,要作大丈夫,且要剛強。凡是你們所作的,皆要憑愛心而行。」以及「聖經一提摩太後書」的內容:「神賜給我們的靈,不是膽怯的靈,乃是剛強、仁愛、謹守的靈。」

植村正久引經據典,武士道必須符合經文的論述:「你們務必要警醒,堅立於真道之上」,這是闡述必須具有分辨與堅持真理之道的「智慧」。「要作大丈夫,且要剛強」,這是闡述必須具有堅持真理之道的大無畏「勇氣」。「凡是你們所作的,皆要憑愛心而行」,這是闡述行為必須符合真理之道的「愛」。以及「乃是剛強、仁愛、謹守的靈」主要說明:「剛強是『勇氣之靈』、仁愛是『愛之靈』、謹守是『智慧之靈』。」

植村牧師以聖經的基督教精神,作為引導武士道的重要論述。他提到屬於日本傳統道德規範的武士道精神,主要汲取「佛教」對於「生死覺悟」的因果哲學,以及吸收「儒家」對於「天地君親師」的倫理思想。由於日本明治維新之後,大量地學習西方資本主義的發展道路,武士道之中的佛教與儒家等哲學思想式微,成為日本文化精神與道德體系的危機。因此,植村牧師提倡以基督教的信仰思想,作為武士道的精神依歸。

西元一八九九年明治三十二年,新渡戶稻造延續植村牧師的論述,以英文出版一本「武士道:日本之魂」的書籍。主旨探討「佛教哲學」與「儒家思想」融合而成的「武士道精神」,相較於歐洲封建時期的「騎士道精神」,兩者之間雖然處於不同的文化歷

史背景，但是卻具有異曲同工之妙的精神內涵。

　　新渡戶稻造認為武士道與騎士道同為封建時代的產物。騎士道精神在歐洲封建時代瓦解之後，因為存在於基督教會得以就此延續。但是同樣面臨封建時代瓦解的武士道精神，必須具有一個讓其承載與存在的組織或宗教。因此，新渡戶稻造闡述將基督教信仰融入武士道，藉此重建武士道精神的根基。

　　內村鑑三屬於無教會主義的基督徒，曾經發表關於「武士道與基督教」的論文。其開宗明義的闡述表示：「基督教是『神之道』，武士道是『人之道』。神之道是完全的，人之道是不完全的。故人之道唯有近似於神之道，才能成為完全之道。」

　　內村鑑三更加深入闡述，武士道與基督教結合的精神內涵：「武士道是日本國最善之產物，然而武士道此物，並無救助日本國的能力。必須將基督教結合於武士道的椿上物，此物方能成為世界最善之物。如此不只可救助日本國，亦有救助全世界之能力。武士道屬於神賜給日本最大的贈物，有武士道之時，日本會榮興；沒有武士道之時，日本會滅亡。」

　　綜觀植村正久、新渡戶稻造與內村鑑三的思想論述，形容基督教與武士道的精神如同失散的拼圖，唯有兩者相互引導、融入與結合之後，才能成為救世之道。其三人同為武士階級後代與基督徒，對於「基督教與武士道的關係」具有深刻的思想認識。

　　拜讀其三人的論文著作，讓藤原櫻子同時引申「使徒約翰」的話語：「我們應當彼此相愛，因為愛是從神而來的。凡有愛心

的，都是由神而生，並且認識神。沒有愛心的，就不認識神，因
為神就是愛。從來沒有人見過神，我們若彼此相愛，神就住在我
們裡面，愛祂的心在我們裡面得以完全了。神將祂的靈賜給我們，
從此就知道我們是住在祂裡面，祂也住在我們裡面。神愛我們的
心，我們也知道也信，神就是愛。住在愛裡面的，就是住在神裡
面，神也住在他裡面。」

　　藤原櫻子亦想起了「使徒保羅」以弗所書的話語：「你們要
靠著主，倚賴祂的大能大力作剛強的人。要穿戴神所賜的全副軍
裝，就能抵擋魔鬼的詭計。因為我們並不是與屬血氣的爭戰，乃
是與那些執政的、掌權的、管轄這個幽暗世界的，以及天空屬靈
氣的惡魔爭戰。所以要拿起神所賜的全副軍裝，好在磨難的日子
抵擋仇敵，並且成就了一切，還能站立得住。所以要站穩了，用
真理當作腰帶，用公義當作甲冑，用平安的福音當作靴子穿於腳
上。此外又拿著信心的盾牌，用以滅盡那惡者一切的火箭。並且
戴上救恩的頭盔，拿著聖靈的寶劍，就是神之道。」

　　林英明就是源自於植村正久、新渡戶稻造與內村鑑三，三人
對於基督教與武士道的關係論述，以及「使徒約翰」與「使徒保
羅」的經文啟發。其彷彿醍醐灌頂一般頓悟基督教與武士道的互
補關係，分屬於西方與東方的傳統文化精神，兩者之間相互的引
導、融入與結合的情況之下，成為神侍團的精神信仰：「以『神
之道』成為『神之侍』。以『愛、智慧、勇氣』的道路，成為神
的武士、神的侍者。」

　　神侍團紅色頭巾上方「愛」的標誌，象徵著「為愛而戰」的信仰。正巧與一位日本戰國時代的武將，人稱「以愛戰鬥」的「直江兼續」具有異曲同工之妙。直江兼續，出身於安土桃山及江戶時代初期的越後國，即是現今的新潟縣，一位文武兼備的將才。結束日本戰國時代的德川家康，曾經讚嘆其說道：「能得如此之將臣，取天下可無難矣。」直江兼續一生戎馬享年六十歲，最為人讚揚與傳頌之處，在於武士頭盔上方的漢字：「愛」。其秉持「仁愛」與「愛民」的信念，因此被稱為「愛的武士」，據說頭盔的愛字是代表其所信仰的「愛染王」。

　　愛染王，出自於「佛教金剛乘」的傳說，在其佛教經典記載的「瑜祇經」之中，代表「愛敬與降伏」的意思。佛教學者認為其屬「金剛藏王菩薩」的化身。佛教的「菩薩」一詞源於梵語：「菩提薩埵」的簡稱，其意思為：「覺悟生死且具有救度眾生之能力者」。

　　關於愛染王的故事描述：「雖然其外現憤怒暴惡之狀，內證則以『愛敬』令眾生得解脫。其形象通常呈現憤怒威猛之相，身體顏色猶如日暉，代表著『敬愛』與『慈悲』之意，住於熾盛輪火與象徵勇健的菩提心。其有三隻眼睛展現憤怒眼與威怒視，代表分辨眾生一切罪惡的「智慧」意象。頭戴獅子吼的王冠，代表降伏眾生一切罪惡的大無畏「勇氣」。其身上具有六隻手臂，乃是象徵救度六道眾生，手執諸種法器象徵以諸法降伏眾生一切罪惡。愛染王可謂是佛教象徵『愛、智慧、勇氣』的菩薩精神，一

個降伏罪惡的覺悟者及以愛戰鬥的武士。」

武士道之中的「儒家」思想，乃是以「天地君親師」作為倫理哲學。「天地」是指「天下」之意，可引申為「社稷、國家」的範圍；「君」是指「君主、政權」的組織；「親師」則是泛指「祖先、長輩」的關係。儒家思想其信仰與服侍的「主」，就是「國家、君主、祖先」等概念。「國家」屬於地理疆界與政經體制的範圍，「君主」屬於統治政權的組織，「祖先」就是民族血緣的關係。

儒家思想對於國家、君主、祖先的人間倫理，主要內涵可謂：「忠、孝、仁、愛、信、義、智、勇」等道德規範。若是信仰與服侍的對象，屬於「危害人民」或「違反真理」者，此等倫理道德可能成為「壓迫他人之加害者或幫兇」，此等倫理道德只能謂之「小我精神」。

日本明治維新之後，亦將「神道教」獨尊為「國家神道」，成為武士道精神依附的宗教信仰。關於「神道教、佛教、道教、儒家」等宗教與哲學，相較於基督教的「神學」觀念，其傾向於「將神『民族化』，或將人『神格化』的信仰思想。」

神侍團的天國信仰內涵：「唯有建立一個自由的、平等的、公義的社會制度，方可創造一個希望的、夢想的、幸福的生活環境，最終成就一個真理的、善良的、美好的理想國度。」神侍團的精神標語：「捍衛天國」，有關於其代表的「天國文明」之信仰，源自於基督教牧師「賀川豐彥」的「天國運動」。

賀川豐彥，出身於兵庫縣的商人家庭，原為藝伎的母親賣

身成為父親的妾室。其四歲時父母雙亡之後家庭破產，十六歲時
認識美國的傳教士羅根牧師，正式受洗成為基督徒。賀川豐彥就
讀神戶神學院期間，曾經從事一個多月的露天布道會卻染上肺結
核。當時已被醫生宣告病況無可救藥，但是其深信一生將為耶穌
基督傳道，神不會奪走他的生命，同時以堅定的信心不斷地祈禱。
最後再度被醫生檢查時出現病況好轉的奇蹟，這個事件成為其矢
志奉獻與傳教的使命感。

　　賀川豐彥仿效耶穌為窮人服務的精神，其移居到日本狀況不
佳的神戶市新川貧民窟，實踐向窮人傳教的工作。此時他也在貧
民窟的小教堂，認識前來聽道最後成為妻子的柴春子。兩人結婚
時特定在貧民窟之中，擺設豐盛餐宴招待社會底層的窮人。賀川
豐彥向前來宴會的貧民，介紹自己受洗成為基督徒的妻子表示：
「我娶得一個願作各位僕人的媳婦，當你們家中因為分娩或疾病，
人手不足或需要協助時，無論什麼時候都請告知，我們非常樂意
幫助。」

　　西元一九一七年大正六年，賀川豐彥從美國普林斯頓大學神
學院結業返國。其回到日本後隨即與妻子，繼續在神戶的貧民窟
服務，重視貧窮問題同時開始從事社會運動。他參與勞工與農民
運動之外，亦加入無產階級的政黨活動，以及提倡「消費合作社」
的概念。因此其成立「神戶供銷合作社」的組織，以期革新資本
主義的制度缺陷，希望改善社會資源與財富分配的問題。

　　西元一九一九年大正八年，賀川豐彥發起了「普通選舉運

動」，建議政府「修改保護資本家因而設立的法律」，以及創立與發行基督教報紙：「基督新聞報」。一九二六年大正十五年，日本勞動農民黨成立之時，賀川豐彥亦受邀擔任了執行委員，因此其具有「基督教社會運動家」、「工農運動領袖」、「貧民窟的聖者」等名諱。

　　賀川豐彥從美國返回日本之時，正值第一次世界大戰即將結束。由於日本資本主義的快速發展，形成了社會貧富差距與工農運動崛起，期間他成立工會與農會等社團組織。其參與農民運動提倡三愛的精神：「愛土地、愛人、愛神」。爾後因為工農運動路線的轉變與激化，對於提倡「反對私有制、階級鬥爭革命、無產階級專政」等社會主義與共產黨思想，其認為違背自己信仰的「愛與十字架」之精神，令他重新思考社會改革的方向。

　　西元一九二九年昭和四年，賀川豐彥萌生一個社會革新的想法。他希望將基督教會的宗教任務與社會運動結合，其夢想讓日本擁有一百萬以上的基督徒，藉此建立一個「愛的社會」與「愛的國度」。其試圖以「愛的力量」，轉變日本帝國資本主義制度之下，主導強調的「物質主義」與「國家主義」。他以日本基督教聯盟協會牧師的身分，同時以耶穌團的組織，提議倡導「天國運動」或稱「神國運動」。

　　西元一九三〇年昭和五年，賀川豐彥正式成立了「天國運動代表委員會」。除了對於日本全國性的傳道工作之外，甚至前往中國、美國與歐洲等世界各地巡迴演講。一九三二年昭和七年，

他前來台灣進行「天國運動」的演講工作。在此十年前大正時代，其曾經前來台北市幸町教會連續三日的講道。當時台灣議會設置請願運動的蔣渭水等人，熱烈邀請賀川夫婦在春風得意樓舉辦歡迎會，其表達非常支持台灣的民主運動。賀川豐彥的天國運動在台灣亦形成風起雲湧的漣漪。

　　賀川豐彥對於天國運動的中心信仰，即是「愛與十字架」的關係論述：「神本身不是一種理論，而是我們愛的對象。愛才是信仰的中心主軸，生命真理除了愛之外沒有別的啟示。如同俄國基督教徒的大文豪列夫托爾斯泰之名言：「哪裡有愛，哪裡就有上帝。」愛是神的真實本性，也是神的聖所與拯救人唯一的關鍵。愛就是一切，是神向人最高的啟示，是人認識神的原因。人可以從他人的愛看見神，若要他人認識神，更是需要愛他人，在愛之中神才會顯現自己。

　　愛的最高行動體現於『十字架』的意義。十字架代表著『承受苦難』與『犧牲奉獻』的精神。如同耶穌基督背起與受難於十字架，為愛流血付出與為愛犧牲奉獻的行動。愛的力量是無止盡的與無限量的，從基督之愛的行動，讓我們看見神的存在與證明。但是神只對『心靈真誠純潔的人』顯示祂自己，若是想要看見神與感受神，必須具有如同孩童一般的心靈，愛是唯一的啟示關鍵。」

　　賀川豐彥的「天國運動」以及「愛與十字架」的思想，啟發了神侍團「為愛而戰」與「捍衛天國」的信仰。如同聖經之中記

載耶穌基督的話語：「讓小孩子到我這裡來，不要禁止他們，因為在『神國』正是這樣的人。」「馬太福音」的經文記載：「我實在告訴你們，你們若不回轉，變成小孩子的樣式，斷不得進入『天國』。」「羅馬書」的經文記載：「因為神的國不在乎吃喝，只在乎公義、和平與聖靈之中的喜樂。」

林英明流落到新高山部落時，原本期待返回現代化的生活。期間所見所聞讓其感受到山地部落，雖然沒有豐饒富庶的物質文明，但是具有「分享互助」的社會型態與生活。如同天國子民一般「真誠純潔的心靈」，以及「自由的、平等的、公義的天國文明」。讓人重新思考希望、夢想與幸福的生命意義，天國文明的心靈價值與精神信仰，成為神侍團以生命捍衛的使命感。

神侍團象徵的「神侍魂」哲學思想，其信仰奉行的「主」，就是服侍於「神、大我、真理」。這是超越「人間倫理」的關係，可謂之：「大忠、大孝、大仁、大愛、大信、大義、大智、大勇」的心靈與精神倫理。屬於「天人合一」、「神人合一」的「大我精神」，其信仰內涵如同基督教的「聖騎士」，或者佛教的「菩薩道」等精神象徵。

神侍魂就是結合與相融：「基督教、佛教、儒家」的精神哲學。有關於儒家的「人與人的關係」、佛教的「因果關係」、基督教的「人與神的關係」等倫理思想。儒家的「儒學」是「學者」之道；佛教的「禪學」是「覺悟者」之道；基督教的「神學」是「受膏者」之道。「神侍教」屬於「神聖學」，此為「侍者」之道，可謂之：

「服侍於神、大我、真理的心靈價值與精神信仰」。

　　神侍教的神聖學，屬於「天人合一之學」。神侍，其為神的武士或天國的武士之象徵，如同執法者的職責，為了維護「自由、平等與公義之目的」。神侍，其為神的侍者或天國的侍者之象徵，就是指「服侍於神、大我、真理的人」，可泛指各行各業者。神即是愛，神即是大我，神即是真理，神性即是空性。神性與空性即是「大我之愛」、「真理之愛」。

　　神侍教的侍者之道，以「愛、智慧、勇氣」的心靈價值，服侍於「神、大我、真理」的精神信仰，屬於「天國文明」與「物質文明」的橋樑。神侍教除了融合「三教合一：基督教、佛教、儒家」的信仰思想，亦是屬於「三位一體：宗教、政治、經濟」的文化知識。神侍教提倡：「人間天國」的理想國度，屬於「天人合一之道」。人間天國必須具有「真善美心靈」與「神聖精神」之「神侍魂」執行捍衛，否則將成為人類墮落侵略與魔鬼掌權摧毀的聖境。

　　林英明對於天國信仰的內心領悟：「為何必須具有孩童一般的心靈，才可以進入天國呢？人生的業力如同塵埃覆蓋心靈的明鏡，讓人只有看見與執著於虛假的表象。唯有回歸孩童一般真誠純潔的心靈，才可以如同擦拭乾淨的明鏡，重新看見一個真實的、真相的、真理的世界。未來在「人間天國」的子民，不只具有孩童的心靈，同時具有老人的智慧，一個『天國文明』與『物質文明』平衡發展的世界。」

　　天國文明的信仰與思想內涵：「一個具有自由的、平等的、公義的社會制度；一個具有希望的、夢想的、幸福的生活環境；一個具有真理的、善良的、美好的理想國度。」自由的、平等的、公義的社會制度，如同「土地」一般。希望的、夢想的、幸福的生活環境，如同「水、空氣、陽光」一般。真理的、善良的、美好的理想國度，如同「大自然資源」一般。三者之間的關係，首先要有承載環境的「土地」，方有創造環境的「水、空氣、陽光」，以及形成永續發展的「大自然資源」。

　　聖經一馬太福音：「願祢的國降臨，願祢的旨意行在地上，如同行在天上。」天國文明的心靈價值與精神信仰，若能與人間制度的物質文明結合與相融，即可創造一個「天人合一」、「神人合一」的「人間天國」。一個如同基督教的「伊甸園」、佛教的「香巴拉」、儒家的「大同世界」。

　　人類社會自從工業革命以降，創造與發展一個豐饒富庶的「物質文明」。但是所謂的現代化物質文明，其代表的「工業文明」、「科學文明」與「金錢文明」，取代了人類有關心靈價值與精神信仰的「天國文明」，及其代表的「靈性文明」、「精神文明」與「神的文明」等衰敗式微。

　　在人間政經制度其代表的「物質文明」主導之下，如今讓「宗教文化」亦形成虛有其表與偽善斂財的團體，完全以「物質主義」與「功利主義」為信仰中心。人類文明與社會面臨永續發展的問題，諸如：道德淪喪、政治腐化、經濟崩壞、族群仇視、階級對立、

貧富差距、貧富世襲、氣候變遷、少子化等天災人禍，如同一個
「現代的叢林法則」形成分崩離析的世界。

　　「人間天國」屬於「天國文明」降臨「人間制度的物質文
明」，兩者結合與相融形成一個「愛的社會」與「神的文明」。
但是若要將天國文明與物質文明融合，必須讓「天國文明的軟體」
與「人間制度的硬體」具有相容性，如此方可形成人間天國的理
想國度。如今唯有「人本主義」的政治與經濟制度，具有如此的
系統性。

　　人本主義的思想主張：「民主人權與分享互助的政經體制」。
人本主義的政治制度之下，人民與政府屬於「平等的關係」，如
此「自由的、公義的社會關係」方可維繫，此為「民主人權」的
真諦。人本主義的經濟制度之下，亦主張「民主人權的經濟型
態」。其屬於「資本主義」與「部落文明」融合的經濟概念。資
本主義的「私有化、自由化」，以及部落文明的「分享化、互助
化」，兩者之間具有的互補性，形成一個「私有化、自由化、分
享化、互助化」的社會經濟型態。

　　人本主義的人權定義：「財產私有的權利、個人自由的權利、
經濟利潤分享的權利、生存保障互助的權利，以及有關於自由的、
平等的、公義的基本人權等社會制度。」人本主義的「以人為本、
人本價值」之主體思想，超越了種族、膚色、語文、性別、階級、
職業、家庭背景與生活地域等範圍。屬於一個實現「人類之愛」
的基本思想，以及實現「世界主義」的地球村之基本概念。

　　「人間天國的天國文明與物質文明」融合之下，形成一個豐饒富庶與圓滿喜樂的「愛之國度」，一個唯心主義與唯物主義平衡發展的「神之國度」。藤原櫻子對於資本主義發表內心評論：「如果人類政治與經濟的社會制度，依然以『物質主義』與『功利主義』作為思考方向；沒有將『心靈價值』與『精神信仰』列為指引，人類文明的敗壞與社會的苦難，依然是永無止盡。只有從『物質世界』思考建立的文明，猶如鏡花水月與海市蜃樓；唯有從『心靈與精神世界』啟發建立的文明，方可歷久不衰。」

　　政治屬於「協調眾人與眾人決議之事」，經濟則屬於「社會生產發展與資源分配合理之事」，兩者之間如同硬幣「一體兩面」的關係。目前世界大概存在三大類的政經制度型態：「一、『社會主義或共產主義』，屬於專制集權的政經體制。如此類似帝王封建的制度，事實證明無法適合人類社會的良性發展。二、『專制集權政治的資本主義經濟』體制，本身就是一個『自相矛盾』的制度。最終結果只有走向政治改革或政權瓦解，抑或經濟返回專制集權的型態。三、『民主人權政治的資本主義經濟』體制，具有個人層面的『自由與平等』，但是在社會群體層面具有『公義』的問題。」

　　「自由、平等、公義」三者之間的法律與社會關係如下：「法律制度以『天秤』作為代表標誌，其象徵的意義就是『法律之前人人平等』。自由屬於『個人性』，公義屬於『公眾性』。社會必須兼具個人性與公眾性的權利，自由與公義如同天秤兩端的關

係，方可保持平衡發展的情況。天秤兩端的個人與公眾，才得以長久形成平等的社會關係。」

「平等的社會關係」之定義，是指具有「平等心」與「平等機會」的社會環境。政府與人民、團體與個人之間，以平等心分享合作與互助共生。社會制度提供平等的機會，讓人民自由創造理想的生活。

「公義」的基本定義：「公平正義、公眾正義、社會正義」等概念。社會主義或共產主義的公義建立在「平等的結果」，形成倒果為因的「不自由、不平等、不公義」之社會問題。資本主義的自由建立在「平等的機會」，提供自由發展的社會環境。倘若忽視「公義道德」的平衡關係，形成「自私貪婪」與「貧富差距」的社會問題，最終腐蝕自由與平等的社會環境。

以下列舉數個潛藏在資本主義社會的公義問題：一、「政商勾結」的情況，如同運動賽事裁判偏袒特定團體或個人，尤有甚者是裁判兼球員。政府官員或民選公職人員，形成「服務財團」與「圖利資本家」的政治生態，成為社會公義的問題。二、財團或資本家利用自由化的制度，以金錢影響政策培養「特權利益」。三、國家稅收多數由受薪階層繳納，財團或資本家卻是無所不用其極「節稅與逃漏稅」。

四、政府以人民的稅金扶植產業或企業的政策，既得利益的企業最後只想降低成本與增加利潤，並非以增加勞工就業或利益回饋為目標。五、大型的財團或企業若是發生財務問題，政府以

人民的稅金補助損失或協助脫困，可謂「劫貧濟富」的政策。六、社會經濟發展的機會與果實，多數由財團與資本家獨占或壟斷。多數勞心勞力與犧牲奉獻的薪資階級，無法分享所得與利潤。上述問題即是「貧富差距」加劇與僵固的原因，形成腐蝕自由與平等的社會環境，同時演變「貧富世襲」的人間監獄。

　　資本主義的先天性缺陷形成「現代的叢林法則」，如同生物進化論：「物競天擇、弱肉強食」的動物界法則。「勞工與薪資階級猶如社會金字塔的底部，基層不穩固頂端終究面臨崩塌。」資本主義的問題在於政府多數寵溺財團與資本家，勞工階層如同不受重視與忽略的孩子。貧富差距的問題高牆一旦崩塌，政府只能採取治標不治本的救濟機制。

　　政府的角色除了「管理者」的執行機構之外，必須具有「教育者」的輔導職責，以及「慈善者」的協助組織等三位一體的功能。倘若政府與制度具有完善系統與負擔責任，或許不需要民間或宗教慈善團體的存在。一個沒有「愛的制度」與「愛的文明」之人類社會，其實與動物界毫無差異。再者政府與制度之所以具有存在的價值，在於讓人民享有安居樂業的生活。因此問題核心在於「社會生產與資源分配的合理性」，一個無法讓人民擁有希望的、夢想的與幸福的生活環境，如此的政權與制度可能沒有存在的價值。

　　不論從宗教亦或科學的視角，我們都無法否認，宇宙擁有一種人類永恆探索，至高無上的偉大力量存在。其主宰著宇宙、物

質世界以及所有生命體的運行。其實不必爭論其名稱，屬於宗教的「神」或科學的「真理」，殊不知都是指向同一性質的源頭。

人類的問題在於，總是自大地認為可以「人定勝天」，無法自省正是人類走向自我毀滅的原因。尤其是掌握權力的人，如果沒有對於「神」或「真理」，具有傾聽與臣服的態度，根本就是人類社會的災難。

宇宙浩瀚之程度，身處其中的地球猶如塵埃，更何況地球上渺小的人類。如果人類的文明發展，沒有喚回對於「神」或「真理」的意識，我們永遠無法認識究竟從何而來，並且我們即將走向何處。

神創造地球，給予人類一個「真善美」的世界。但是人類無明的罪惡與業力，咎由自取造成人間的墮落與苦難。或許人生最高的使命，即是尋找回歸天國之家的道路，回歸屬神之愛的國度。人類身為地球上最高等智慧的生命，唯一具有「動物性」、「人性」與「神性」三位一體的生物。人類的「創造性」即是源於「神性」，方有管理大自然資源的權力。

人本主義即是以「人本價值」的「人性」為中心主軸，向上提昇連結神性的「天國文明」，方可實現天國降臨人間：「人間天國之愛的文明」。倘若人類文明唯有「物質文明」的中心主軸，猶如人性墮落向下連結「動物性」的發展方式，人類社會永遠輪迴在人間監獄之「弱肉強食的文明」，或人間地獄之「無間罪惡的文明」。

綜觀人類文明從原始的「漁獵文明」轉型為「農業文明」。十八世紀中葉開啟工業革命之後，人類正式進入「工業文明」的豐饒富庶與繁榮發展時代，形成資本主義的現代化物質文明。如今邁入二十一世紀，面對「AI人工智慧」與「機器人」的「資訊革命」全面來臨。人類未來發展已經開啟第四階段的「資訊文明」，這個時代將是「知識經濟」與「服務經濟」為主的社會型態。或許唯有「天國文明」與「人本主義的物質文明」兩者融合，成為人間天國的世界地球村，人類的文明與社會方可邁入永續發展的道路。

神侍團為愛而戰與捍衛天國的故事，埋葬在這座白色十字架的墓園。藤原櫻子曾經暗自立下約定，每一年新高山部落的櫻花季，在神侍團的墓園旁種植一株櫻花樹，以及點亮一盞「愛的天燈」，同時祈願天燈照亮神侍團的「天國之道」。有人曾經說：「每個人都是這個娑婆世界的旅客，唯一可以留下的只有愛的足跡，可以帶走也唯有愛的記憶。」

此刻愛的天燈已經飄向高空。藤原櫻子雙手緊握林英明遺留的「彈痕十字架」項鍊喃喃低語：「那一年櫻花季，在櫻花雨之下，櫻的約定……」她永遠無法忘懷的回憶，那一年在櫻花雨森林刻骨銘心的約定之語：「從今以後，希望每一年都能一起看櫻花……」那一年新高山部落的櫻花季，林英明與她騎乘龍馬緩緩地一路穿梭在鮮豔嫣紅的山櫻花步道。滿山遍野的櫻花林綿延不絕，翱翔盤旋於蒼穹的神眼，偶爾傳來劃破長空的鷹語，彷彿上

帝捎來的祝福訊息。

　　當時林英明向藤原櫻子訴說內心擘劃的幸福藍圖。兩人計劃定居在這個彷彿天國的人間仙境，一個遠離塵囂與世無爭的隱居之地，一個滿懷希望與無限夢想之愛的天地。兩人騎乘龍馬漫步在飄灑粉色櫻花雨的森林之中，林英明訴說著想要養乳牛與經營森林牧場，想要建造愛的木屋與經營森林旅館。他還說想要生下很多的孩子，當下讓藤原櫻子潮紅的臉頰如同粉色的櫻花……

　　林英明以滿懷憧憬的神情溫柔地表示：「以後我們就隱居在這個人間天國，先為它取個名字吧！」藤原櫻子眼見片片隨風灑落的櫻花瓣說道：「櫻花雨森林！」興高采烈與策馬馳騁的林英明向著天地高喊：「櫻花雨森林，我們的天國……」藤原櫻子擁抱著爽朗笑聲的林英明，以俏皮的語氣問道：「你是放牛的林英明嗎？」感受無比幸福快樂的林英明，如同自由奔馳的龍馬一般率真地呼喊回應。


　　據說每當「櫻婆婆」訴說櫻花雨的故事到此。天空上總會隱隱約約地飄揚著陶笛吹奏的奇異恩典樂曲，櫻婆婆總會即刻朝著樂曲飄揚的方向緩緩前行。此時總會看見呼嘯而過的白色龍馬，以及翱翔盤旋在天空的老鷹神眼。牠們總會伴隨櫻婆婆與奇異恩典的樂曲，融化消逝於雲霧變幻與煙雨飄渺的山地，徒留眼前隨風飄曳與片片灑落的櫻花雨森林。

　　據說凡是誤闖櫻花雨森林的迷途旅客，試圖再度前往尋找櫻

婆婆與神侍團墓園，總是彷彿海市蜃樓連同櫻花雨森林遍尋不著
痕跡。徒留故事結局的傳說與耳語：「有人說林英明最後被人營
救，隱居在深山絕谷之地⋯⋯有人說林英明最後被仇敵毒殺在監
獄⋯⋯總之沒有人再度見到林英明與神侍團。還有人說櫻婆婆就
是藤原櫻子的靈魂，始終守護著櫻花雨森林與神侍團墓園⋯⋯總
之他們消失在歷史長河的滾滾洪流，只存在於民間傳說與鄉野奇
談。但是，櫻花雨的故事依然流傳永垂不朽⋯⋯」

天國的祈願：櫻花雨
486

國家圖書館出版品預行編目

天國的祈願：櫻花雨 / 蝶天凱旻著. -- 臺北市
　：致出版，
　2024.01
　486面；14.8×21公分
　ISBN 978-986-5573-78-2(平裝)

863.57　　　　　　　　　　　　112022863

# 天國的祈願：櫻花雨

作　　　者／蝶天凱旻
出版策劃／致出版
製作銷售／秀威資訊科技股份有限公司
　　　　　114 台北市內湖區瑞光路76巷69號2樓
　　　　　電話：+886-2-2796-3638
　　　　　傳真：+886-2-2796-1377
網路訂購／秀威書店：https://store.showwe.tw
　　　　　博客來網路書店：https://www.books.com.tw
　　　　　三民網路書店：https://www.m.sanmin.com.tw
　　　　　讀冊生活：https://www.taaze.tw

出版日期／2024年1月　　　定價／550元

致　出　版　　　　　　　　向出版者致敬